MOCK
POJEDYNEK

D1493618

MAREK KRAJEWSKI

MOCK
POJEDYNEK

WYDAWNICTWO ZNAK

Kraków 2018

Opracowanie graficzne
Michał Pawłowski
www.kreskaikropka.pl

Fotografia wykorzystana na s. 1 okładki
Rob Wilkinson / Alamy Stock Photo

Marek Krajewski na s. 4 okładki
– wg fotografii Szymona Szcześniaka

Opieka redakcyjna
Dorota Gruszka

Redakcja
Karolina Macios

Adiustacja
Urszula Horecka

Korekta
Małgorzata Biernacka
Barbara Gąsiorowska

Łamanie
Jan Szczurek

ISBN 978-83-240-5538-8 (oprawa twarda)
ISBN 978-83-240-5419-0 (oprawa broszurowa)

znak

Książki z dobrej strony: www.znak.com.pl
Więcej o naszych autorach i książkach: www.wydawnictwoznak.pl
Społeczny Instytut Wydawniczy Znak, 30-105 Kraków, ul. Kościuszki 37
Dział sprzedaży: tel. (12) 61 99 569, e-mail: czytelnicy@znak.com.pl
Wydanie I, Kraków 2018. Printed in EU

Difficile est, tollere inolita vitia, et sunt quae etiam specie quadam virtutis imponunt.

Trudno jest wyplenić zakorzenione zło, zwłaszcza wtedy gdy występuje ono pod pozorami honoru.

— ◆ —

Gottfried Wilhelm Leibniz o pojedynkach
na uniwersytetach niemieckich

PROLOG

**FRONT NIEMIECKO-ROSYJSKI POD JAKOBSTADTEM
W KURLANDII,**
poniedziałek 20 marca 1916 roku,
dzień przed rosyjską ofensywą,
godzina jedenasta przed południem

– ZABIĆ WSZYSTKICH. CO DO JEDNEGO. I nie odzywać się przy tym ani słowem. Zlikwidować ich w całkowitym milczeniu. Zrozumiano?

Feldwebelleutnant Eberhard Mock nie mógł uwierzyć w potworny rozkaz, który właśnie otrzymał. Stał wyprostowany jak struna, wpatrując się w zaciśnięte usta dowódcy 257. Rezerwowego Pułku Piechoty i w myślach starał się przekonać sam siebie, że to, co przed chwilą usłyszał, jest jakimś ponurym żartem.

– Ci ludzie są bałtyckimi Niemcami, *Herr Oberstleutnant* – wykrztusił w końcu. – Mam zabić naszych rodaków?

Pięćdziesięcioletni podpułkownik Max Zunehmer zastanawiał się przez chwilę, jak zareagować na to pytanie jawnie zwiastujące niesubordynację. By zyskać na czasie, wstał, rozprostował się i przeszedł tam i z powrotem po nędznej, lecz dobrze wypucowanej izbie, która stanowiła jego kwaterę na lewym brzegu Dźwiny. Postukał główką fajki po pobielonych wapnem balach, z których zbudowana była chata, i nieoczekiwanie przycisnął ucho do ściany. Ledwo widoczne jasne brwi ściągnęły się nad nosem, a bruzda pomiędzy małymi oczami mocno się pogłębiła. Sprawiał wrażenie, jakby słuchał odgłosów korników ryjących w tajemnych korytarzach.

Przeciągnął się raz jeszcze, aż trzasnęły kości, podszedł do Mocka i warknął:

– Zdjąć kożuch! Siadać!

Mock uczynił, co mu nakazano. Ciężkie baranie okrycie powiesił na oparciu krzesła, usiadł, a hełm położył na kolanach. Zunehmer nie odchodził, lecz – oparłszy się o stół z surowych desek, zawalony teraz wojskowymi mapami – przesuwał wzrokiem po mundurze podwładnego. Szukał brudu, dziur wypalonych papierosem albo też niepożądanych elementów stroju – własnoręcznie wystruganych krzyżyków albo innych talizmanów na szczęście. Niczego nieregulaminowego jednak nie dostrzegł. Buty jeździeckie były czyste, jedynie na ostrogach zalegała grudka śniegu zmieszanego z błotem. Bryczesy polowe idealnie odstawały tam, gdzie powinny były odstawać, czarno-biała wstążka orderowa Żelaznego Krzyża była nienagannie zawiązana w dziurce środkowego guzika munduru, a srebrna nitka przetykana czarną na naramiennikach nie miała nawet śladu zanieczyszczenia. Mock w swej kwaterze na pewno miał żelazko.

– Dobrze – mruknął podpułkownik i wrócił na swoje miejsce za stołem. – Niemiecki oficer, zwłaszcza tutaj, w tej krainie brudu, wszy i pluskiew, musi świecić przykładem nienagannej higieny osobistej. Szkoda, że dla wykonania mojego rozkazu będzie się pan musiał przebrać w te... – wskazał stos ubrań leżący na piecu – w te zarobaczone szmaty!

Mock spojrzał w okno, jakby tam szukał wspomnianych insektów. Nie ujrzał jednak niczego poza topniejącymi kopcami śniegu na brzegu rzeki oraz dwoma dębami, których nagie gałęzie szarpał teraz porywisty wiatr. Na szerokie i jeszcze częściowo zamarznięte rozlewisko Dźwiny padały płaty mokrego śniegu, wirujące na wietrze.

– Zrozumiał pan rozkaz, *Feldwebelleutnant* Mock? – zapytał Zunehmer.

– Tak jest, *Herr Oberstleutnant*!

– Powtórzyć!

Rozkaz nie był trudny do zapamiętania. Dobrać sobie dwudziestu weteranów. Nieulękłych i posłusznych. Takich, którym ręka nie zadrży. Przebrać się wraz z nimi w ubrania leśnych partyzantów, tak zwanych plienników, czyli rosyjskich uciekinierów z niewoli, którzy grasowali po przepastnych lasach Kurlandii, atakując małe oddziały niemieckie, napadając na podróżnych, plądrując majątki ziemskie i gwałcąc każdą napotkaną kobietę. W tym przebraniu miał się udać do oddalonego o piętnaście kilometrów majątku Buschhof, należącego od wieków do rodziny von Sassów. W tych dniach w obawie przed ofensywą rosyjską opuścili go właściciele – pan Nikolaus von Sass z najbliższą rodziną. Została służba – Łotysze i czterech Niemców. Mieli chronić majątek przed pliennikami, ale nie uchronili. Do pałacyku wtargnęli leśni bandyci i zajęli go. Są tam teraz wszyscy. Rozkaz był prosty: należy wejść do rezydencji, udając innych partyzantów, i zabić każdego napotkanego człowieka. Także Niemców.

Mock w krótkich słowach opisał otrzymane zadanie i zamilkł. Dowódca obserwował jego tłuste czarne włosy i dwudniową szczecinę pokrywającą kwadratową szczękę. Był to obraz niecodzienny, ten trzydziestotrzyletni mężczyzna słynął bowiem ze swej czystości i pedanterii. Wbrew sobie wykonał rozkaz, aby się zaniedbać na potrzeby tajnej akcji – żaden pliennik nie był gładko ogolony.

Skamieniała twarz Mocka nie wyrażała teraz żadnych uczuć. Była to jednak tylko maska, o czym Zunehmer wiedział doskonale.

– Posłuchajcie mnie, Mock. – Rozsupłał woreczek z tytoniem i zaczął nabijać fajkę. – Prawie każdy dowódca cesarskiej armii z wielkim krzykiem kazałby teraz panu wyjść i wykonać rozkaz. Ale ja nie jestem prawie każdy. Ja panu powiem, dlaczego go wybrałem do tej misji... Jestem zdania, że wydawanie zaskakujących rozkazów bez żadnych wyjaśnień to zwykły brak szacunku dla oficera.

Pyknął kilkakrotnie z fajki, aż się dobrze rozpaliła, i znów wbił wzrok w Mocka.

– Ci czterej Niemcy – westchnął – zarządca folwarku, dwaj jego bracia oraz guwerner, to zdrajcy i rosyjscy szpiedzy. Taki otrzymałem meldunek od naszego wywiadu. Nie mamy czasu, by ich przesłuchiwać, potwierdzać ciążące na nich zarzuty i stawiać ich przed sądem wojennym. Należy ich po prostu rozstrzelać. Ofensywa Kuropatkina na dniach, dzisiaj lub jutro Rosjanie uderzą. Nie mamy czasu bawić się w prokuratorów, sędziów i adwokatów, zrozumiano, Mock?

Zunehmer wstał i dotknął ze wstrętem kożuchów i ubrań cywilnych, jakie leżały na chlebowym piecu.

– Musi pan teraz opuścić swoją kwaterę i zamienić starannie wyprasowany mundur na to ohydztwo, a potem pojechać do Buschhofu i zlikwidować tych Niemców, którzy służą wrogowi. Po okolicy rozejdzie się wieść, że dokonali tego inni leśni bandyci. Że między nimi były jakieś niesnaski. Takie plotki będą nam potrzebne. Na niemiecki mundur nie może paść choćby cień podejrzenia, bo cała okolica rozhuczałaby się od oskarżeń, które by się w końcu przedostały do tych różnych kurlandzkich baronów, tych wszystkich Puttkamerów czy Zoege von Manteuffel. A ci „bałtyccy rycerze” mają spore wpływy w Berlinie i po wojnie może się zrobić gorąco wokół naszej akcji i dowództwa 8. Armii. Nie muszę chyba dodawać, że całą misję wyznacza i aprobuje generał von Below...

Dmuchnął dymem, a następne słowa wyrzekł z naciskiem:

– Ma pan zabić tych Niemców. I powtarzam: zrobić to w milczeniu, aby jakiś szczęściarz, który przeczeka całą akcję w wychodku, nie zeznał później, że napastnicy mówili po niemiecku. Czy teraz już wszystko jasne?

Mock odetchnął z ulgą.

– Tak jest, *Herr Oberstleutnant*! – wykrzyknął i wstał.

– Odmaszerować!

Eberhard zgarnął z pieca stare ciuchy, wrzucił je do worka, który ze sobą przyniósł, włożył hełm, zasalutował i wyszedł. Wciągnął w płuca zimne powietrze. Czuć było w nim lekką woń zgnilizny, jaką niesie ze sobą odwilż, która wkrótce odsłoni na drogach i w lasach trupy koni i ludzi – teraz wciąż jeszcze pokryte śniegiem.

FELDWEBELLEUTNANT EBERHARD MOCK wraz ze swoimi dwudziestoma ludźmi opuszczał przedmieścia Jakobstadtu, nędznego dziesięciotysięcznego miasteczka, które samo w sobie wyglądało jak jedno wielkie przedmieście. Ruszyli na północ lewym brzegiem Dźwiny i po przebyciu trzech kilometrów doszli do miejsca, w którym rzeka się rozdzielała – prosto płynął główny jej nurt, a wąska odnoga odbijała na zachód i wiła się dalej jak wąż wśród ośnieżonych pól. Po pokonaniu kolejnych czterech kilometrów wzdłuż owej odnogi dotarli do ujścia rzeczki zwanej Susejem Małym. Omal jej nie przeoczyli, ponieważ była zamarznięta i pokryta śniegiem, przez co wyglądała jak zwykły kawałek obniżonego nieco terenu pomiędzy drzewami.

Odetchnęli z ulgą, ponieważ nareszcie znaleźli się wśród drzew. Stanowiły one osłonę przed lodowatym wiatrem, który – dotąd nie natrafiając na żadne naturalne przeszkody – wciskał się im pod kożuchy i wywoływał dreszcze. Po krótkim odpoczynku, pokrzepiwszy się chlebem, słoniną i łykiem gorzałki, wsiedli znów na konie i ruszyli wzdłuż Suseja. Jego brzeg był zarośnięty krzakami i pełen zasp niekiedy tak głębokich, iż konie tu i ówdzie zapadały się po pęciny. Po chwili ujrzeli młyn folwarku Holmhof, gdzie rzeczka rozlewała się na szerokość dwudziestu metrów, a po obu jej stronach biegły wyraźnie wytyczone ścieżki.

Przewodnik, stary Polak, prowadził ich okrężną drogą na wyraźne żądanie Mocka. Ta decyzja Eberharda miała swoje uzasadnienie. Ekspedycja karna była ściśle tajna, toteż nie chciał on podążać do Buschhofu zwykłą, krótszą trasą – bitym leśnym traktem wprost z Jakobstadtu – ponieważ tam mogli ich wypatrzyć zwiadowcy plienników. Poza tym atak od północy, znad rzeczki, poprzez zaspy, nie był zbytnio prawdopodobny z punktu widzenia bandytów.

Ludzie Mocka niekiedy schodzili z wierzchowców i prowadzili je za uzdę, głaszcząc po chrapach, aby nie parskały zbyt głośno – zwłaszcza kiedy zdaniem Polaka należało zachowywać się jak najciszej. Szli wtedy powoli i przeklinali szeptem, lecz dosadnie, swe przemoczone buty i dziury w portkach, przez które kąsało ich dotkliwe zimno.

Po trzech prawie godzinach natrafili na drewniany mocno sfatygowany mostek przerzucony przez rzeczkę. W ruchach przewodnika objawiła się pewna nerwowość, a nozdrza zwierząt się rozszerzyły. Coś poczuły. Po chwili i do ludzi doszedł delikatny zapach dymu. Mock wraz z Polakiem wyszli ostrożnie poza linię drzew rosnących na brzegu i w odległości trzystu metrów ujrzeli pałacyk Buschhof, do którego z owego mostka biegła prosta droga zarośnięta po bokach dużymi rzadkimi krzakami. Z budynków biły w niebo dymy. Mock zapłacił przewodnikowi już teraz, na wypadek gdyby akcja się nie udała, a on sam zginął. Nakazał trzem swoim ludziom pilnować koni i czekać na trzy wystrzały, które będą sygnałem, iż dwór został opanowany. Sam z siedemnastoma żołnierzami ruszył dalej – wzdłuż rzeczki.

Przebyli jeszcze jakieś pięćset metrów i stali teraz, nieco zasapani, w takiejże odległości od rezydencji.

– Zachować milczenie – powiedział cicho swym ludziom dowódca. – Dopóki można, używać bagnetów. Potem strzelać! Idziemy!

Poszedł już kwadrans na siódmą, kiedy ruszyli lekkim truchtem w stronę pałacu. Zachowywali szyk, chociaż ładownice przytwierdzone paskami od chlebaków przeszkadzały im w biegu. Trzymali w rękach karabiny Mauser 98. Na niektóre z nich nasadzone były bagnety, na dwóch – garłacze do miotania granatów. Spod baranich czapek wystawały twarze czerwone od lodowatego wiatru. Jedynie dowódca nie miał karabinu. W wysoko uniesionej ręce dzierżył pistolet parabellum.

Było już ciemno, okna budynku jarzyły się światłami. Do ich uszu doszły okrzyki i śpiewy najpewniej pijanych plienników. Jeden z ludzi Mocka potknął się i upadł, a naboje w jego ładownicy głośno zagrzechotały. Wtedy rozdarły się dworskie psy i ktoś krzyknął ostrzegawczo. W niebo gruchnął strzał. Zostali zauważeni. Otworzyły się okna, zaszczękały zamki karabinów, a nad ich głowami zaczęły świstać kule. Bezładne okrzyki leśnych umilkły. Wśród karabinowych salw wyraźnie było słychać podniesiony głos wydający rozkazy. Na szczęście Mock i jego ludzie już dopadli dworskich zabudowań, zanim na parapecie jednego z okien pojawił się karabin maszynowy Maxim, a jego kule zaczęły wyrywać grudy śniegu i ziemi za ich plecami.

Pierwszymi przeciwnikami były cztery dobermany, które rzuciły się na nich, gdy tylko wbiegli na prostokątny podwórzec okolony z trzech stron stajniami i budynkami gospodarczymi, z czwartej zaś – samą rezydencją, zbudowaną w stylu myśliwskiego pałacyku. Dwa psy zaskomliły boleśnie. Po dwóch bagnetach spłynęła krew i ciepłe zwierzęce wnętrzności. Jeden z pozostałych dobermanów rzucił się Mockowi do gardła, ale ten w ostatniej chwili zasłonił się łokciem i psie zęby wryły się w gruby rękaw kożucha. Eberhard strzelił mu w głowę i poczuł wilgoć na twarzy. Ostatni pies został rozerwany kulami karabinu maszynowego, który z parapetu został przeniesiony na próg pałacu i walił teraz po murach stajennych. Jeden z ludzi Mocka krzyknął i runął w bryję błota i topniejącego śniegu. Zapadła ciemność – w siedzibie von Sassów zgaszono światła, aby lepiej zamaskować swe pozycje. Niemcy rozciągnęli się w długą linię i przywarli do budynków gospodarczych, kryjąc się za wszelkimi możliwymi osłonami.

Sytuacja nie wyglądała dobrze. Leśni, ukryci za kolumnami przy podjeździe do dworu, oddawali pojedyncze strzały, których prawie nie było słychać w terkotaniu maxima. Ta śmiercionośna broń skutecznie powstrzymywała napastników przed opuszczeniem pozycji. Od strony drogi i wjazdu na podwórzec doszły pokrzykiwania po rosyjsku. To wartownicy plienników, którzy pilnowali zabudowań od strony mostka na Suseju, ruszyli na pomoc swoim.

Ludzie Mocka nie tracili zimnej krwi. Bez słowa przystąpili do zadań, które przydzielił im dowódca podczas odprawy. Czterej pod osłoną ciemności ustawili się przy bramie na podwórzec – po dwóch z każdej strony. Pozostali, kucając i czołgając się, pełzli wzdłuż ścian stajennych. Krok po kroku zbliżali się do podjazdu i schodów pałacu, zachodząc go z dwóch stron.

Nikt teraz nie strzelał. Cisza wwiercała się w uszy. Dwaj Rosjanie obsługujący karabin maszynowy odstąpili od niego, wystawili głowy spoza kolumn ganku i wytężali wzrok, by ocenić sytuację. Niewiele dostrzegli w ciemności. Niemcy leżeli na ziemi, a ich kożuchy nie różniły się kolorem od śniegu i błota zalegającego na podwórzu.

Nagle od bramy rozległ się stłumiony okrzyk i charakterystyczny bulgot. Mock wiedział, że jeden z jego ludzi chwycił pliennika za szyję i poderżnął mu gardło bagnetem. Nie wiedzieli jednak tego obrońcy. Alkohol buzujący w ich żyłach oraz poczucie niepewności były mieszanką prawdziwie wybuchową. Usłyszawszy hałas, zaczęli strzelać w stronę wejścia – bez opamiętania, na oślep. Rozległy się wrzaski bólu i przerażenia. Po rosyjsku, co ucieszyło Mocka. Obrońcy pałacyku w pijanym widzie walili do swoich. Niestety – można również było usłyszeć jeden okrzyk w surowo zakazanym przez Mocka języku.

– *Oh, mein Gott!* – rozległo się na podwórzu, po czym nastąpiło rzężenie.

Rosjanie, widząc, co zrobili swoim, zamarli w przerażeniu. Eberhard, leżący za przewróconą, pustą psią budą, spojrzał w niebo. Zza chmur wychodził wielki czerwonawy księżyc. Oto nadeszła chwila lepszej widoczności, o czym kilkakrotnie mówił podczas odprawy. Wyjął gwizdek i wydał wysoki dźwięk.

Do tej pory zostali zabici dwaj ludzie Mocka, ale żaden z nich – na szczęście – nie należał do tych, którym powierzono kluczowe w tej potyczce zadanie. Mieli je wykonać dwaj szeregowcy ukryci w cieniu stodoły dwadzieścia metrów od podjazdu. Każdy z nich wyjął teraz spod kożucha mauser z garłaczem do miotania granatów. Rozległ się huk, kolumny przy wejściu stanęły w ogniu. Wszystko zatopił czarny dym. Po chwili już nikt stamtąd nie strzelał.

Kilkunastu Niemców wpadło na schody prowadzące do rezydencji. Dwaj z nich zajęli się karabinem maszynowym, pozostali, depcząc ciała rozerwanych granatami Rosjan, wtargnęli do wnętrza. Zapalili pochodnie i znalezione w środku lampy naftowe i kontynuowali walkę, która właściwie już się zamieniła w polowanie na plienników. Rozpoczęło się przeszukiwanie pokojów i piwnic. Pojedyncze strzały wewnątrz domu i okrzyki bólu oraz rosyjskie przekleństwa zwiastowały rychłe zakończenie całej akcji.

Kwadrans później było po wszystkim. Eberhard z psią krwią rozmazaną na twarzy stał pomiędzy kolumnami na ganku i lustrował podwórze, na którym zapłonęły trzy ogniska podlane naftą. Jego ludzie w brudnych kożuchach ciągnęli zabitych plienników i układali ich jeden obok drugiego.

– Siedmiu, ośmiu, dziesięciu, dwunastu, czternastu – policzył szeptem zabitych wrogów. – Dwóch – Spojrzał na niemieckie trupy.

Po chwili musiał zwiększyć liczbę zabitych wrogów do dwudziestu i podwoić własne straty – bo właśnie sześć ciał wrogów i dwa ciała kolegów przyciągnęli jego ludzie z siedziby von Sassów. Przyjrzał się obcym zwłokom. Trzech zabitych mężczyzn odróżniało się od pozostałych. Byli gładko ogoleni i podobni do siebie. Ubrani w porządne surduty o klapach ozdobionych herbem, na którym widniał czerwony lew i trzy żółte gwiazdy.

To ci zdrajcy – pomyślał Mock. – Zarządca folwarku i dwaj jego bracia. Brakuje tylko jednego.

– Szukać guwernera!

Ten rozkaz wyszeptał, a jego ludzie wzajemnie go sobie powtarzali. Wpadli na powrót do pałacyku. On sam też tam wszedł i z pistoletem w jednej dłoni, a z pochodnią w drugiej zaczął przeszukiwać kąt po kącie, wypatrując zamaskowanych drzwi i tajemnych przejść, których w takich miejscach zwykle nie brakowało. Stąpał ostrożnie, omijając szklane odłamki naczyń i szyb. Czasami pod jego niekształtnymi buciorami zachrzęścił rozsypany cukier albo zaszeleściły kartki książek wyrzuconych nie wiedzieć czemu z wielkich szaf bibliotecznych. Ze starych płócien obrazów patrzyły na niego surowe oblicza bałtyckich rycerzy, z których ten i ów miał przestrzelone czoło albo postrzępiony od noża policzek – najwyraźniej ślady zabawy niedawnych rezydentów.

Po godzinie ostrożnego i drobiazgowego zaglądania w każdą dziurę Eberhard wyszedł znów na podjazd i rozejrzał się dokoła. Nie znaleziono guwernera, akcja skończyła się niepowodzeniem.

Jego ludzie również skończyli tę drugą lustrację i siedzieli teraz wokół ognisk. Ich trzej koledzy oraz polski przewodnik przyszli już z końmi, które teraz dostały owsa.

– Można mówić! – krzyknął Mock i spojrzał na jednego ze swoich. – Martin, melduj!

Feldfebel Martin Scholte odszedł od ogniska i stanął przed Mockiem na baczność. Jego koledzy ustawili się za nim w szeregu.

– Melduję posłusznie, *Herr Feldwebelleutnant* – krzyknął. – Straty nasze: czterech zabitych i trzech lekko rannych. Po stronie wroga zabitych dwudziestu, w tym trzech Niemców. Herby na ubraniach pokazują, że chyba... Pracowali tutaj, we dworze...

– Tak, zauważyłem. – Mock ruszył po schodach ku swoim ludziom. – Kto z naszych zginął?

– Loch, Noack, Brechenmacher i Busche – odkrzyknął feldfebel Scholte.

Eberhard zszedł ze schodów i stanął przed nim.

– Nie ma nigdzie guwernera... – ni to stwierdził, ni to zapytał.

– Tak jest! – odparł podwładny. – Nie ma go nigdzie! Szukaliśmy wszędzie.

– Spocznij!

Mock wyjął papierośnicę i poczęstował Scholtego. Potem spojrzał na swoich ludzi.

– Dobra robota! Ranni, wystąp!

Nikt nie posłuchał tego polecenia.

Żołnierze stali z otwartymi ustami i wpatrywali się w coś nad głową Mocka. Odwrócił się i poszedł za ich wzrokiem. Na balkonie nad wejściem, podpartym przez kolumny osmolone wybuchem granatu, stał człowiek z rękami uniesionymi do góry. Wokół jego głowy owinięty był biały turban.

W całkowitej ciszy, przerywanej jedynie trzaskaniem płomieni, rozległ się rozdzierający krzyk.

Jakby wycie dziecka.

Kiedy Mock chciał później opisać te wysokie, przenikliwe dźwięki, brakowało mu słów. Mógł je tylko do jednego porównać. Tak wył kiedyś tłusty różowy prosiak, któremu wbijano drut w chrząstkę ryja, by nie rył w polu i w ogrodzie. Mock nie mógł zapomnieć tego obrazu w pewnej wsi pod Trzebnicą – zwierzę się szarpie, a krzepki brudny parobek ściska pod pachą jego łeb. Drugą ręką na oślep kłuje i nie trafia. Chce wepchać zardzewiały drut w pysk, tymczasem wwierca go zwierzęciu prosto w oko.

Wycie rozpaczy. Krzyk agonii.

– To woła Pikuls, bóg podziemia – szepnął stary Polak. – On zawsze w turbanie... Wzywa do siebie duchy zmarłych...

Mock poczuł zimny dreszcz sunący wzdłuż kręgosłupa. Podejrzewał, że to, co go zaraz spotka, będzie spełnieniem ponurej przepowiedni, jaką pół roku wcześniej usłyszał w przerwie walk pozycyjnych podczas kampanii mazurskiej. Wtedy to w obozowisku cygańskim rozłożonym nad malowniczym zakolem rzeki Węgorapy usłyszał budzące grozę słowa.

– Widzę to w kartach – szeptała stara Cyganka. – Widzę. Już niedługo, już niedługo... W kraju dalekim, kraju północnym, w lesie przepastnym... Człowiekiem być przestaniesz. W dziką bestię się zamienisz, a piekło cię wezwie do siebie.

WROCŁAW

WROCŁAW,
czwartek 12 października 1905 roku,
kwadrans na siódmą wieczór

SALA MUZYCZNA, JEDNA Z NAJPIĘKNIEJSZYCH na uniwersytecie, pękała w szwach. Barokowe serafiny i putta, tworzące chóry anielskie, wygrywały nieme *Magnificat*, a z fresku na suficie Bóg Stwórca Świata patrzył wszechwidzącym okiem na głowy profesorów, studentów, dziennikarzy oraz licznej inteligencji, która w ten ciepły październikowy wieczór przybyła tutaj zwabiona sławą profesora Ernsta Haeckla.

Z jednej strony wspaniałość i nietypowość sali wykładowej podkreślały zaszczyt, jaki biolog z Jeny uczynił środowisku akademickiemu Wrocławia, z drugiej zaś – jej sakralny charakter kłócił się w oczywisty sposób z ateistycznymi poglądami, jakie ten prelegent miał zaprezentować na dzisiejszym wykładzie. Haeckel, uważany za najwybitniejszego z żyjących przyrodników, naukowy spadkobierca Darwina, był bowiem osobistym nieprzyjacielem żydowskiego Pana Boga. Wiara, iż jakaś istota mogłaby stworzyć świat w ciągu sześciu dni, budziła w nim głęboki naukowy sprzeciw, a w sferze emocjonalnej wywoływała odrazę prowadzącą często do gwałtownych ataków.

Z tego też powodu członkowie zarządu wrocławskiego Towarzystwa Krzewienia Higieny Rasowej, którzy go zaprosili, długo się zastanawiali, czy wizerunek postaci zwanej *Creator mundi*[1] nad głową Haeckla w czasie jego wrocławskiego wykładu nie wywoła ataku złości mówcy i czy nie należałoby tej mitycznej i złowrogiej figury zakryć jakimś materiałem. W końcu szef stowarzyszenia, profesor paleontologii i geologii Arthur Ritter von Nahrenhorst, odrzucił ten pomysł i postanowił uprzedzić jenajczyka, że jego wystąpienie będzie obserwowane z góry przez Oko Opatrzności. Uczynił to podczas uroczystego obiadu, godzinę przed wykładem. Haeckel roześmiał się wtedy wesoło, przyjął do wiadomości okoliczności prelekcji i poprosił o parasolkę, ponieważ owo oko, jak twierdził, będzie gorzko płakało i lało łzy z wysoka po słowach, które tam padną.

Jak dotąd Sala Muzyczna nie usłyszała jednak ani jednego dźwięku z jego ust. Wykład miał się rozpocząć o godzinie szóstej, tymczasem szedł już kwadrans na siódmą, a mówca wciąż nie przybywał. W dwóch okiennych wykuszach, na drabinach przyniesionych tu specjalnie z archiwum uniwersyteckiego sekretariatu, stali studenci z korporacji Borussia, gotowi zamknąć okna, aby uliczny hałas nie zakłócał wystąpienia. Na razie jednak nie było czego zakłócać. Wraz ze świeżym powietrzem wciąż wpadały do sali odgłosy charakterystyczne dla Burgstrasse[2]: dzwonek tramwaju,

---

1 Stwórca świata (łac.).
2 Obecnie ul. Grodzka.

nawoływania rzeźnika z jednego z ulicznych kramów, a nawet – zupełnie sprzeczne z powagą świątyni nauki – przekleństwa woźniców i rubaszne piosenki flisaków spławiających Odrą swe towary. Któryś z profesorów co chwila wstawał ze swojego miejsca w pierwszych rzędach, odwracał się i patrzył w stronę wejścia do sali. Za wzrokiem wykładowców wędrowały spojrzenia studentów, którzy – nierzadko siedząc po dwóch na jednym krześle – falowali i mocno się przepychali.

W końcu dwaj korporanci stojący w samym wejściu do sali, ubrani w płaskie czapki bez daszków wyszywane w barwach Borussii – czarnymi, czerwonymi i białymi nićmi – unieśli do ust fanfary. Ich przenikliwy dźwięk odbił się od sufitu, filarów chóru i od szyb pośpiesznie zamykanych okien. Do sali wszedł długo wyczekiwany profesor Ernst Haeckel w towarzystwie trzech mężczyzn – profesora Arthura von Nahrenhorsta, nadsekretarza uniwersyteckiego doktora Waltera Rehberga oraz dziekana Wydziału Filozoficznego profesora Ferdinanda Albina Paxa.

Umilkły fanfary, huknęły brawa. Panowie wolnym krokiem ruszyli w stronę podium, gdzie stały fortepian i przepiękne organy. Dziekan i nadsekretarz usiedli w pierwszym rzędzie, a dwaj pozostali weszli na podium, pokonawszy dwa stopnie. Von Nahrenhorst stanął z prawej strony, zaś Haeckel usiadł na jednym z dwóch wysokich ozdobnych krzeseł wykonanych niecałe dwieście lat wcześniej, gdy Królewski Uniwersytet we Wrocławiu – jak brzmiała dziś jego oficjalna nazwa – był jeszcze jezuicką Universitas Leopoldina.

Obaj wsparli się o barierkę – von Nahrenhorst dłońmi, a prelegent łokciami. Ten pierwszy donośnym głosem zaczął prezentować osobę niezwykłego gościa, ten drugi, przechyliwszy się w przód, wyglądał, jakby się modlił, co było dość komiczne i wywołało kilka zdrowych parsknięć wśród studenterii.

Ernst Haeckel był krzepkim starcem po siedemdziesiątce z falującymi siwymi włosami i z bujną brodą tejże barwy. Ubrany był w dobrze skrojony surdut z ekstrawagancką aksamitną kamizelką koloru śliwkowego, której guziki ciągnęły się aż pod szyję. Zapatrzywszy się na piękny chór naprzeciwko, był nieobecny duchem i zdawał się nie przejmować pochwałami, jakimi von Nahrenhorst go obsypywał w swym słowie wstępnym.

– Moi panowie – mówca podniósł głos – Profesor Haeckel na przykładzie australijskich Aborygenów oraz Murzynów z Niemieckiej Afryki Południowo-Zachodniej przedstawi panom w swoim wykładzie niezbite dowody na to, że przepaść duchowa i umysłowa pomiędzy ludzką rasą wyższą a ludzką rasą niższą jest głębsza, powtarzam: głębsza, i bardziej przepastna niż pomiędzy przedstawicielami tejże niższej rasy a małpami człekokształtnymi. Nasz gość uczyni to, odchodząc chwilami od swej macierzystej dziedziny, jaką są res naturales[3], i wstępując na grunt językoznawstwa. Takie łączenie dziedzin nie jest w wypadku profesora Haeckla niczym zaskakującym, wszak za chwilę stanie przed nami wielki polihistor współczesnej nauki. Niemniej organizatorzy doszli do wniosku, że pewne specyficzne pojęcia lingwistyczne, z pewnością nowe i nie znane niektórym słuchaczom, winny być wcześniej przed naszą publicznością akademicką wyjaśnione. Ponieważ mówiący te słowa nie czuje się na siłach, aby tego kompetentnie dokonać, poproszę pana Alfreda von Jodena, docenta

---

3 Nauki przyrodnicze (łac.).

prywatnego z Wydziału Filozoficznego, o krótkie językoznawcze wprowadzenie do tez pana profesora Haeckla.

Von Nahrenhorst skinął głową i usiadł na wolnym krześle, tuż obok wspomnianego polihistora. Na podium wszedł zapowiedziany Alfred von Joden. Był to wysoki, szczupły i przystojny szatyn przed czterdziestką. Przystrzyżona w szpic broda, przetykana pojedynczymi nitkami siwizny, nadawała mu powagi, podobnie jak zakola nad wysokim czołem. Z uwagą rozejrzał się po audytorium, a elektryczne światło kilkakrotnie zabłysło w jego binoklach. Z czarnego surduta wystawały błyszczące bielą mankiety z wielkimi spinkami, które przyciągały wzrok, gdy mówca gestykulował.

Po przystępnym zdefiniowaniu pewnych pojęć, które zajęło niecały kwadrans, von Joden zapowiedział, że zmierza już do końca swego wprowadzenia i da jeden tylko – swój własny – przykład, który dokładnie pokaże kierunek myśli profesora Haeckla.

– Moje panie i moi panowie. – Prelegent uszanował tą apostrofą nieliczne studentki siedzące na sali. – Języki narodów cywilizowanych porzucają gramatyczny balast. Takim balastem jest zbytnio rozbudowany system przypadków. Jest on w językach wyżej cywilizowanych narodów redukowany. Mówiąc krótko, im wyższy szczebel cywilizacji, na którym stoi dany naród, tym mniej nacja ta ma przypadków w swoim języku. Na przykład Anglicy stoją cywilizacyjnie wyżej niż my, Niemcy. My zaś stoimy znacznie wyżej niż Słowianie, na przykład Polacy. Czy tę nadrzędność odbija system przypadków w danym języku? Ależ tak! W angielskim wcale nie ma przypadków, w niemieckim są tylko cztery, a w polskim aż sześć – nie liczę tu tak zwanego wołacza, który przez wielu wybitnych uczonych nie jest wcale uważany za przypadek.

Na sali rozległy się nieliczne, lecz głośne protesty. To studenci polscy oburzyli się na słowa von Jodena. Ten przerwał i spiorunował wzrokiem część sali, skąd dochodziły okrzyki. Nadsekretarz uniwersytecki Rehberg, ucieleśnienie akademickiej dyscypliny, wstał i ruszył ku rozgniewanym studentom. Ta wielce wpływowa osobistość, prawa ręka rektora, budziła w nich niechęć i trwogę – większą niż sam rektor i wszystkich pięciu dziekanów razem wziętych. Oni mieli swoje krótkie kadencje, on natomiast od dwudziestu już lat zarządzał uniwersytetem, był doskonałego zdrowia i nic nie wskazywało, aby miał przejść na emeryturę. Odznaczał się niebywałą wręcz pamięcią i każdemu studentowi, który miał nieszczęście o coś go prosić – o stypendium, o zgodę na darmowe posiłki w stołówce, zwanej mensą, albo o przyznanie sali na zebranie jednej z wielu organizacji – przypominał jakieś dawne grzeszki i przewiny. Czasami robił to po prostu dla zasady, aby wzbudzać strach, ale najczęściej jednak wykorzystywał swoją wiedzę i władzę do różnego rodzaju nacisków. Był mściwy i bystry – potrafił znaleźć najmniejsze uchybienie regulaminowe, a sędzia uniwersytecki rzadko kiedy mu się sprzeciwiał.

Nic dziwnego, że Polacy – widząc groźny wzrok Rehberga – natychmiast umilkli, i cała sala w ciszy wysłuchała końcówki wykładu von Jodena. Rozległy się brawa i od strony podium doszedł donośny głos von Nahrenhorsta.

– A teraz, moi panowie, a teraz... – wołał i nagle zmienił ton na widok chudego łysego mężczyzny po sześćdziesiątce, który zbliżał się szybkim krokiem do podium. – Profesorze Bachmann, profesorze... Czas na pytania i uwagi przewidzieliśmy po wykładzie profesora Haeckla... Kolego Bachmann, bardzo proszę!

– Ja nie zostanę na wykładzie Haeckla – zagrzmiał potężny głos. – Nie będę słuchał kogoś, kto sieje nienawiść! A obowiązek wobec nauki zmusza mnie, bym teraz zabrał głos i uświadomił naszej młodzieży, jak mocno się mija z prawdą von Joden!

Na podium znalazł się profesor Bachmann z Wydziału Filozoficznego. Zdawało się, że jego podwójny podbródek i obwisłe nieco policzki kiwają się w takt każdego zdania. A wygłaszał je z pasją i z takim krasomówczym kunsztem, że jego koledzy siedzący w pierwszych rzędach natychmiast umilkli, ciesząc się na przeżycie intelektualne, jakim z pewnością będzie jego polemika.

Studenci również zapadli w milczenie, ponieważ Carl Bachmann budził w nich wielki szacunek. Nawet Rehberg odwrócił się od studentów i z niesmakiem spoglądał na nieco poplamiony surdut mówcy i na jego przekrzywioną kokardę pod szyją.

– Docencie prywatny, doktorze von Joden – grzmiał Bachmann. – Od kilku lat pretenduje pan do stanowiska profesora na naszej Alma Mater i czeka na wolne miejsce na Wydziale Filozoficznym. Jeśli będzie pan głosił takie urągające nauce tezy jak ta przed chwilą, to tej profesury nigdy się pan nie doczeka!

Świadom retorycznej mocy swego wystąpienia, zawiesił głos. Po sali rozszedł się szmer.

– Liczba przypadków w języku nie jest żadnym wyznacznikiem poziomu cywilizacyjnego ludu, który się nim posługuje, kolego von Joden. – Bachmann mówił teraz scenicznym szeptem, który dzięki wspaniałej akustyce sali docierał w każdy jej kąt. – Jeśli będziemy się trzymali tej pseudozasady, natrafimy na nieprzezwyciężalne trudności. Bo jakże wyjaśnimy wyższość bajecznej starożytnej cywilizacji indyjskiej – jej język, sanskryt, liczy aż osiem przypadków, ściślej mówiąc, siedem plus wołacz – nad cywilizacją Arabów, którzy używali i używają tylko trzech? Czyżby Bułgarzy, którzy nie znają przypadków, stali cywilizacyjnie wyżej niż my, Niemcy? Albo jak dokonać porównania cywilizacyjnego dwóch narodów nie używających w ogóle przypadków, powiedzmy, Francuzów i Anglików? To są przykłady pierwsze z brzegu, zapewniam panów, że jest ich o wiele więcej. Kulturowe prawo von Jodena upada pod naporem kontrprzykładów i jest zwykłą urągającą nauce uzurpacją!

Powiedziawszy to, profesor Bachmann z wielką powagą ukłonił się akademikom zgromadzonym na podium, na głowę włożył pognieciony staromodny kapelusz i wolno ruszył ku wyjściu. Nadsekretarz Rehberg podbiegł za nim, uchwycił się jego ramienia i coś mu szeptał pojednawczo. Bachmann, nie przerywając swego marszu, zniżył swe ucho do ust Rehberga, wysłuchał go i pokręcił przecząco głową. Nadsekretarz wciąż przy nim dreptał i uśmiechał się przymilnie. Profesor podał mu rękę na pożegnanie i wyszedł. Urzędnik stał pomiędzy rzędami słuchaczy i patrzył ze smutkiem na znikającą w drzwiach postać uczonego. W absolutnej ciszy słychać było na dalekim uniwersyteckim korytarzu odgłos jego mocno stawianych kroków.

Po kilku sekundach w sali rozległy się inne dźwięki. Szuranie krzeseł. Kilku studentów wstało i ruszyło za Bachmannem.

Och, ci Polacy! – zauważył w myślach Rehberg, lecz nagle zganił siebie samego. – Nie, ten ostatni nie jest Polakiem. Jak on się nazywa? Jak się nazywa? Gdzież się podziała ta moja niezawodna niby pamięć!?

Patrzył na studenta, który – tego był pewien – stawił się u niego raz jeden, składając wniosek o darmowe posiłki. Rehberg mu wtedy odmówił z czystej złośliwości, wymawiając się brakiem miejsc i komentując nieprzyjemnie jego pocerowane spodnie i wytarte łokcie surduta. Kazał mu przyjść po dwóch tygodniach, postanawiając w duchu przyznać mu wtedy bezpłatne posiłki w mensie – oczywiście po zdaniu tak zwanego egzaminu pilności, bez czego żaden student nie miał co liczyć na gratisowe wyżywienie. Ten już jednak nigdy do niego nie przyszedł. Nadsekretarz widział go kilka razy pod „czarną deską", czyli pod tablicą ogłoszeń stojącą przy wejściu do uniwersytetu. Młody mężczyzna nigdy mu się nie ukłonił, tylko patrzył impertynencko.

– Już wiem – szepnął do siebie Rehberg. – Ten solidaryzujący się z Polaczkami student to Eberhard Mock. Tak, Eberhard Mock. Bardzo dobrze się uczy, ale biedny… Zapamiętam to nazwisko. Przyjdzie on jeszcze do mnie z prośbą o darmowe obiady, oj, przyjdzie…

Nadsekretarz nie wiedział, że to nazwisko zaważy na jego życiu.

WROCŁAW,
czwartek 12 października 1905 roku,
godzina siódma wieczór

DWUDZIESTODWULETNI STUDENT EBERHARD MOCK wyszedł wraz ze swoimi polskimi kolegami z gmachu uniwersytetu. Stanęli pod niedawno wybudowaną fontanną z pomnikiem nagiego młodzieńca opierającego się o wygiętą szpadę. Zapalili papierosy. Wszyscy Polacy podziękowali Mockowi za okazaną im solidarność, a najserdeczniej Stanisław Pasierbski, który siedział obok niego na ćwiczeniach z metryki greckiej i łacińskiej, prowadzonych przez profesora Konrada Zachera. Eberhard był nieco zakłopotany ich słowami.

– Zrobiłem po prostu to, co uważam za przyzwoite – wykrztusił. – Podobnie bym się zachował, gdyby obrażano Żydów czy Rosjan...

Słysząc te słowa, studenci pokiwali głowami. Pewnie wzmianka o Rosjanach, których Polacy, a zwłaszcza studiujący tu poddani cara, szczerze nienawidzili, sprawiła, że zapadło na chwilę kłopotliwe milczenie. Jeden z nich powiedział coś do kolegi w ojczystym języku. Po chwili rozmowa potoczyła się po polsku. Mock – sądząc po gniewnych minach i po podniesionym głosie kolegów – doszedł do wniosku, że komentują wystąpienie von Jodena. Poczuł się nieco dotknięty tym, że wykluczyli go ze swej rozmowy. Spojrzał na figurę szermierza i wydawało mu się, iż ten ironicznie się uśmiecha.

Nie podobał mu się ten pomnik, a szczególnie jeden jego element – szpada. W sposób oczywisty kojarzyła mu się ona z odwiecznym zwyczajem studenckim – z pojedynkami szermierczymi, tak zwanymi menzurami urządzanymi przez burszenszafty. Był to raczej nieszkodliwy rytuał, który skutkował w najgorszym razie bliznami na twarzy, uznawanymi za symbol dzielności i obnoszonymi z wielką dumą. Mimo to Mock czuł do owych pojedynków głęboką odrazę. Drażniła go już sama istota pojedynkowania, zgodnie z którą rację ma ten, kto zwycięży.

Tymczasem on był głęboko przekonany, iż sprawiedliwość jest czymś koniecznym i nie może się opierać na przypadku, jakim jest większy lub mniejszy spryt tego czy innego szermierza.

Splunął do fontanny, przydeptał butem papierosa i pożegnał polskich kolegów. Pasierbski usiłował go zatrzymać i zaprosić na piwo, ale Mock nie miał zamiaru z nikim się dzisiaj zadawać – tym bardziej z Polakami z kraju carów, za którymi tak naprawdę nie przepadał. Odróżniali się oni znacznie od swych rodaków ze Śląska lub z Wielkopolski, których z kolei Mock bardzo lubił. Natomiast tamtych, zwykle ziemiańskich synów – bogatych, eleganckich, wyperfumowanych i szarmanckich wobec dam – uważał za nieznośnych arogantów, ponieważ obnosili się dumnie ze swym szlacheckim pochodzeniem. Taką butę Mock, szewski syn z Wałbrzycha, odczuwał szczególnie dotkliwie, a towarzysze Pasierbskiego byli bardzo butni.

Pożegnał ich zatem zimno i opuścił Universitätsplatz[4]. Skręcając kolejnego papierosa, poszedł noga za nogą w stronę swej nędznej stancji na rogu Messerstrasse[5] i Stockgasse[6].

Kiedy już wszedł na mikroskopijne podwórze, nad którym wznosiły się dwie drewniane galeryjki, zwykle obwieszone praniem, usłyszał od strony wychodka charakterystyczne pojękiwania. Ktoś chwycił go za rękaw.

– Czego tu szukasz, panie konsyliarzu? – Mocka owionął czosnkowo-alkoholowy oddech. – Guza?

---

4 Obecnie pl. Uniwersytecki.
5 Obecnie ul. Nożownicza.
6 Obecnie ul. Więzienna.

Student odsunął się ze wstrętem i parsknął drwiąco. Już zdołał się był przyzwyczaić do tego, że sto metrów od świątyni nauki rozciąga się świat brudu, smrodu, przemocy i wenerycznych chorób. Ale jeszcze nigdy ten kontrast tak mocno mu się nie narzucił. Oto przed chwilą był świadkiem subtelnych językoznawczych debat, a teraz wstąpił w kloakę.

Był spokojny. Umiał pływać w gnojowicy.

– Coś ci się nie podoba, ty dziuro w dupie? – mruknął zaczepnie.

Tamten nie odpowiedział. Stanął na szeroko rozstawionych nogach i zacisnął pięści. Był muskularnym, krępym mężczyzną. W skąpym świetle, jakie ledwie rozjaśniało podobne do studni podwórko, widać było, jak szykuje się do ataku. Pochylił się do przodu. Głowa i szczęka wysunęły się poza krzywiznę klatki piersiowej, upodabniając go do goryla. Pod pocerowaną koszulą bez kołnierzyka napinały się mięśnie. Spod złamanego daszka kolejarskiej czapki łypały ślepia, w których spryt łączył się z rozbawieniem. Sięgnął do kieszeni. Na palcach jego lewej ręki zalśnił kastet.

Mańkut – pomyślał Eberhard. – Niedobrze...

Mężczyzna uderzył błyskawicznie lewą ręką. Mock miał dobry refleks. Wyrzucił w powietrze swoją prawą i poczuł przeszywający ból w łokciu. Wtedy napastnik uderzył prawą pięścią. Trafiła ona Mocka w głowę – tuż nad uchem. Przed oczami pojawiły mu się mroczki. Mężczyzna skrzywił się lekko z bólu, a Eberhard odskoczył. Napastnik miał doświadczenie w bójkach ulicznych. Stosował kombinację ciosów – zadawał najpierw lżejszy cios kastetem, by odwrócić uwagę od silniejszej ręki, którą następnie wyprowadzał właściwy atak.

To rozpoznanie uświadomiło studentowi, że nie wygra z tym przeciwnikiem, jeśli nie wzmocni siły swego ciosu. Choćby wykorzystał cały swój instynkt, wyostrzony w ciemnych zaułkach w okolicach wałbrzyskiego dworca, nie ma szans w walce na gołe pięści.

Odwrócił się i pobiegł w stronę fury mleczarza, pana Balcerzaka. Napastnik skradał się cicho za studentem. Pewny siebie, uśmiechał się drwiąco.

Szedł zbyt powoli. Zlekceważył studencika.

Mock wyrwał z wozu okuty orczyk. Sycząc z bólu, jaki przeszywał mu łokieć i głowę, zamachnął się. Trafił. Mężczyzna cofnął się i z niedowierzaniem spojrzał na przeciwnika. Dłoń, na której wciąż miał kastet, przyłożył do szyi. Po palcach spłynęła krew.

Ten moment wahania zdecydował o wyniku walki. Mock, wyższy od napastnika, uniósł orczyk nad głową i walnął nim od góry – jak siekierą.

Usłyszał chrzęst łamanego daszka od czapki. Mężczyzna chwycił się za głowę, ukucnął i powoli – jakby w zwolnionym tempie – przechylił się na bok, i rozłożył w błocie podwórza.

Mock kątem oka dojrzał wtedy jego kolegę, który właśnie wyszedł zza drugiej furmanki Balcerzaka, zapinał rozporek i patrzył ze zdumieniem na studenta. Huk otwieranych drzwi od wychodka wstrząsnął podwórzem. Pojawił się następny przeciwnik. Potężny łysawy chłop wyszedł stamtąd i rozglądał się ze złym wyrazem twarzy. W jego wytatuowanej dłoni tkwił wojskowy bagnet. Zza jego pleców, z ustępu wypadła kobieta i uciekła z podwórka, unosząc koronki sukni, aby nie powalać jej błotem.

Obaj przeciwnicy szli ku Mockowi, kołysząc się na lekko ugiętych nogach. Zrozumiał, że nie ma teraz szans.

– Stać, skurwysyny!

Adolf Nitschmann, syn gospodyni Mocka, stał na galeryjce. Student poznał go dwa tygodnie wcześniej, kiedy wraz z cygańską orkiestrą wszedł na podwórze. Urządził wtedy dla sąsiadów przyjęcie z okazji wyjścia z więzienia. Mocka powitał nieufnie i nie zaprosił na pijatykę.

Na jego zaczerwienionej od wódki twarzy malował się gniew.

– Co to, kurwa, jest? Co tu się, kurwa, dzieje na moim podwórku?

– Spokojnie, Rzeźnik – odezwał się facet spod wychodka i wskazał na Mocka. – Ten bubek tu się przypałętał, chyba ubliżał Ptaszynie i rozwalił mu łeb...

Zbir, zwany Ptaszyną, już dochodził do siebie. Wstał z błota, oparł się o wóz mleczarza i potrząsał głową.

– Tak było, tak było – potwierdził bełkotliwie słowa kolegi.

Nitschmann zbiegł z galeryjki. Wszedł powoli w błoto podwórka. Miał na sobie barchanowy poplamiony podkoszulek i przykrótkawe spodnie z grubego sukna. Tatuaże wychodziły mu spod podkoszulka i sięgały szyi. Opuszczone szelki majtały się koło kolan.

Oparł dłonie na biodrach i spoglądał spode łba to na jednego, to na drugiego.

– Który to powiedział do mnie „Spokojnie!"? Który to nie okazał mi szacunku w moim rodzinnym rewirze? Nie wiecie, że mojego pseudo używają tylko koledzy? A który z was jest moim kolegą? No, który?

Łysawy opuścił głowę.

– To ja powiedziałem. Przepraszam pana, panie Nitschmann.

Rzeźnik pokiwał głową wyrozumiale i ruszył w stronę Ptaszyny i trzeciego, który teraz podtrzymywał kolegę.

– Co tam robiłeś za wozem, skurwysynu? Odlewałeś się? Na moim podwórku? Wystarczy, że trzy lata mnie tu nie było, a jakiś obszczymur leje pod moim płotem?

Na jego twarzy odmalowała się furia. Rzadkie włosy jeżyły mu się nad czołem. Zaciskał pięści tak mocno, że drgały mu mięśnie pod podkoszulkiem.

– Przepraszamy, panie Nitschmann. – Karki Ptaszyny i jego towarzysza ugięły się w pokorze. – Johanna nas tu przyciągnęła... Powiedziała, że tu cicho i można podupcyć w kiblu... To się nie powtórzy...

Kryminalista podszedł teraz do Mocka i przyjacielskim gestem położył mu rękę na ramieniu.

– To jest mój sąsiad, rozumiecie, obszczymury! – ryknął. – On jest stąd! Uczy mojego brata, pomaga mojej matce. Nazywa się Mock. Przeprosić go, ale już! Wszyscy trzej! A potem zadość-uczynić!

– Przepraszamy, panie Mock – rozległ się chór niechętnych głosów.

Potem każdy z nich podchodził do Eberharda i dawał mu kilka monet. Ten pokręcił głową, nie chciał ich przyjąć.

– Weź to, chłopaczyno – mruknął Nitschmann. – To zadość-uczynienie. Zjedz dobrą kolację i wypij piwko za moje zdrowie. A na przyszłość, jak ktoś cię tu zaczepi w okolicy, mów jedno... Że od Rzeźnika jesteś...

WROCŁAW,

czwartek 12 października 1905 roku,

godzina dziewiąta wieczór

W SIEDZIBIE KORPORACJI BURSZE OD RACZKA, czyli w restauracji Linkego przy Neue Junkernstrasse[7], zebrała się grupa akademików, którzy trzy godziny wcześniej zajmowali pierwsze rzędy w Sali Muzycznej i spijali pełne mądrości słowa z ust „współczesnego Arystotelesa", jak von Nahrenhorst nazwał Haeckla w podsumowaniu popołudniowego sympozjum. Gość, niespecjalnie zadowolony ze swojego wykładu oraz z zamieszania spowodowanego przez Bachmanna, pożegnał dość chłodno pochlebców z Towarzystwa Krzewienia Higieny Rasowej i wraz ze swym asystentem udał się dorożką do hotelu Residenz, jednego z najlepszych w nadodrzańskiej metropolii.

Jego adherenci pojechali na drugą stronę Odry, gdzie czekał na nich wynajęty dyskretny gabinet, w którym mieli podsumować wieczór.

Siedzieli tam teraz przy długim stole na prostych drewnianych krzesłach o półokrągłych zwieńczeniach. Salka, na co dzień miejsce spotkań Burszów od Raczka, była urządzona tak, jak tego wymagały ich zwyczaje organizacyjne. Oprócz stołu i krzeseł były tam tylko pianino i ogromny dwuskrzydłowy piec o zielonych kaflach. Nad drzwiami osłoniętymi grubą kotarą wisiały rycerski hełm i skrzyżowane szpady. Na jednej ścianie widniał plan Wrocławia oraz umieszczony na niedźwiedziej skórze wielki

---

7 Obecnie ul. Kilińskiego.

złoto-czerwono-czarny herb korporacyjny z napisem „Raczeks. Wolność, Honor, Ojczyzna". Na tej oraz na wszystkich innych ścianach wisiały oprawione zdjęcia i rysunki przedstawiające pojedynki na szpady, studentów z obandażowanymi twarzami, pijatyki na corocznych zjazdach w Sobótce, wspólne śpiewy przy akompaniamencie pianina oraz portrety najbardziej szanowanych byłych korporantów, tak zwanych starych panów.

Jeden taki *alter Herr*, gruby i czerwony na twarzy botanik Hermann von Taubitz, przewodniczył dzisiejszemu spotkaniu. Poganiał teraz wzrokiem kelnerów zabierających puste talerze, w których jeszcze przed chwilą leżały indyczki w truflach i cielęcina w pieczarkach. Na stole pojawiły się butelki znakomitego reńskiego geisenheimera, spienione kufle piwa od Kisslinga, miseczki z soloną rzodkwią oraz wielkie popielnice. Kiedy już ostatni z kelnerów opuścił salkę, von Taubitz wstał, wszedł za kotarę, zamknął drzwi na klucz i wrócił do stołu.

– Drodzy panowie – rzekł, sadowiąc na krześle swój duży zad z takim impetem, że maltretowany sprzęt trzasnął niepokojąco. – Jako gospodarz miejsca otwieram tajne zebranie zarządu Towarzystwa Krzewienia Higieny Rasowej. Wszyscy członkowie zarządu obecni. Proszę pisać, panie doktorze – zwrócił się do protokolanta, historyka Richarda Austa. – Cel zebrania: podsumowanie wykładu Haeckla i zaplanowanie kolejnych akcji mających na celu stworzenie katedry eugeniki na Królewskim Uniwersytecie we Wrocławiu. Doktorze Rehberg, oddaję panu głos.

Nadsekretarz uniwersytecki drgnął, jakby się ocknął z letargu. Nie myślał teraz ani o nieudanym wystąpieniu von Jodena, ani o demonstracjach polskich studentów. Uśmiechnął się lekko, wypił mały łyk wina i spojrzał na dziesięciu pozostałych mężczyzn. Był niewysokim, chudym człowiekiem po pięćdziesiątce z małymi pożółkłymi od tytoniu wąsikami. Jego dużą głowę oblepiały rzadkie włosy, których żółtawa barwa była tym razem naturalnego pochodzenia. Miał zaskakująco ładnie ukształtowane, mocne dłonie o wypielęgnowanych paznokciach.

– Dzisiejsza prelekcja miała dwa zadania. – Obracał sygnet z onyksem, tkwiący na małym palcu lewej dłoni. – Po pierwsze, propagowanie poglądów eugenicznych. Po drugie, pełne i jak najkorzystniejsze zaprezentowanie szerszej publiczności akademickiej osoby pana docenta von Jodena. Oceniam, że pierwszy cel został osiągnięty prawie całkowicie, cel drugi tylko w niewielkim stopniu. Wyjaśnię panom teraz moje zastrzeżenia wyrażone w słowach „prawie całkowicie" i „w niewielkim stopniu".

Zapadła cisza przerywana jedynie zgrzytem stalówki protokolanta Austa.

– Prawie całkowicie. – Teraz w głosie Rehberga pojawiły się wysokie nosowe tony akcentu szwajcarskiego. – Ponieważ nasz znamienity gość w kilku momentach poszedł w zupełnie nieoczekiwaną przez nas stronę. Owszem, ostro krytykował judaizm i chrześcijaństwo, ale był bardzo wstrzemięźliwy w krytyce pojęcia Boga. Potem zaś nagle wypalił, że tworzy własną religię, którą będzie naukowy monizm oparty na przyrodoznawstwie. U dziekana Paxa deklaracja wyznawania naturalnej religii wywołała zgrzytanie zębów. Wiedzą panowie, jak mocno tępi on wszelkie metafizyczne treści wkradające się do biologii. Nie obawiałbym się jednak, że Pax pokrzyżuje nam plany. Dziekani przychodzą i odchodzą...

– A nadsekretarz wciąż trwa – wtrącił protokolant Aust.

– Obserwowałem studentów – ciągnął Rehberg, uśmiechając się na te słowa. – Zauważyłem, że wielu z nich zareagowało ogromnym zainteresowaniem na tę zapowiedź stworzenia nowej religii. To nie jest po naszej myśli. Nam przecież chodzi o to, aby studenci żywo reagowali na wszelkie treści eugeniczne, nie zaś na teizm przemycany pod płaszczykiem nauki. Poza tym Bachmann swoim nieregulaminowym i grubiańskim wystąpieniem nastawił niektórych słuchaczy bardzo krytycznie do Haeckla. To tyle, jeśli chodzi o zastrzeżenie „prawie całkowicie".

Spojrzał znacząco na von Jodena – docent nerwowo palił papierosa i wbijał wzrok w róg stołu.

– Mój drogi Alfredzie – zwrócił się do niego. – Mogłeś się lepiej przygotować do swojego wystąpienia lingwistycznego. Bachmann cię zwyciężył, a nam odebrał przez to możliwość manewru. Powinieneś to przewidzieć i podjąć choć próbę polemiki. Nie wypadłeś najlepiej jako przyszły profesor naszej Alma Mater i kierownik katedry eugeniki, jeśli taka powstanie na Wydziale Filozoficznym. Dlatego powiedziałem, że zaprezentowanie ciebie na większym gremium udało nam się „w niewielkim stopniu". To tyle.

Panowie spojrzeli po sobie, aby się natychmiast przekonać, że wszyscy podzielają opinię Rehberga. Jedynie von Joden nie podniósł wzroku, lecz jego nabiegłe krwią policzki wskazywały wyraźnie, jak celne usłyszał przed chwilą zarzuty. Wciąż mu w uszach dźwięczały słowa Bachmanna: „Jeśli będzie pan głosił takie urągające nauce tezy jak ta przed chwilą, to tej profesury nigdy się pan nie doczeka!".

Profesor Wilhelm Mirus, dyrektor Instytutu Mineralogicznego, podniósł dłoń, uciszając kolegów. Jego długa głowa wydawała się jeszcze dłuższa z powodu grzywy gęstych włosów nad czołem.

– Drodzy panowie – rzekł cichym głosem. – Nasza organizacja ma niecałe pół roku, a eugenika stała się ideą szeroko dyskutowaną w środowisku wrocławskim. Zrobiliśmy już bardzo dużo. Idziemy szybko do przodu. Może czas zwolnić? Może czas na drobne kroki, po których znów ruszymy galopem?

– Co pan ma na myśli, panie profesorze? – zapytał niewysoki, tęgi i rudowłosy docent prywatny Adolf Wegener z Seminarium Politologii i Statystyki.

– Katedra eugeniki jest celem długodystansowym, natomiast objęcie katedry po śmierci Bachmanna – Mirus uparł się przy swoich hippicznych porównaniach – jest właśnie takim lekkim kłusem we właściwym kierunku...

Zapadła pełna niezrozumienia cisza. Przybity swą porażką von Joden, widząc, że przestaje być przedmiotem rozmowy, ośmielił się unieść wzrok i nawet lekko się uśmiechnąć. Von Nahrenhorst dymił cygarem tak obficie, jakby chciał, by tytoniowa chmura ukryła jego zakłopotanie. Inni schowali nosy w piwnej pianie. Tylko Rehberg i Mirus siedzieli bez ruchu i zachowywali zupełny spokój.

– Widzę, że panowie są skonsternowani. – Nadsekretarz postukał papierosem o blat stołu, ozdobiony wyciętymi scyzorykiem datami piwnych pojedynków. – Na pewno w głowach panów pojawiło się pytanie: O czym też profesor Mirus mówi? O jakiej to śmierci Bachmanna? Przecież nasz główny przeciwnik żyje i opromieniony glorią swych licznych dzieł gromadzi tłumy na swoich wykładach! Ten stary liberał i błazen wciąż skutecznie zatruwa umysły młodzieży i jest pełnym energii polemistą, co nam dzisiaj niestety pokazał! – Wziął głęboki wdech i powiedział z naciskiem: – Otóż, drodzy panowie, jego dni są policzone! Z pewnego źródła, powtarzam: z wiarygodnego i dobrze przeze mnie opłaconego źródła, wiem, że Bachmannowi zostało nie więcej niż kilka miesięcy życia. Jest śmiertelnie chory. Ktoś przepisał diagnozę z recepty i przeliterował mi ją przez telefon dzisiaj rano. Tą wiadomością zdążyłem się podzielić tylko z profesorem Mirusem. Obaj postanowiliśmy ją zachować na dzisiejszy wieczór.

– Na deser po wybornej kolacji. – Germanista Morticke aż gwizdnął po tych słowach.

– Nie wiem, czy to dobre porównanie, panie profesorze. – Rehberg się skrzywił, jakby mu nie posmakował właśnie wciągany w płuca dym. – Deser to przyjemność, rozkosz dla podniebienia, a śmierć człowieka, choćby tak szkodliwego jak Bachmann, to rzecz nader smutna...

– Niemniej – wszedł mu w słowo Mirus – Bachmann powoli umiera. Zdiagnozowano u niego *cancer oesophagi cum perforatione in bronchia.*

– To rzeczywiście choroba śmiertelna – medyk Bleil aż się wzdrygnął, słysząc tę łacińską diagnozę. – Rak przełyku z perforacją oskrzeli...

– Tak czy inaczej – von Nahrenhorst zdusił cygaro tak mocno, że liście tytoniowe odgięły się na wszystkie strony, przez co niedopałek przypominał wielkiego rozdeptanego karalucha – niedługo Bachmann umrze i będzie *vacat* w katedrze na Wydziale Filozoficznym. A pan, doktorze von Joden, ją zajmie, po czym po kilku latach zamieni się ona w katedrę eugeniki! Czyż można wyobrazić sobie lepszy i prostszy plan? *Fortes fortuna adiuvat*[8]! Oczy przyszłego szefa katedry aż się zaświeciły z radości. Na jego twarzy pojawił się szeroki uśmiech, rumieńce zanikły, a czoło się rozpogodziło, przez co zakola wydawały się mniejsze. Pozostali głośno wyrażali aprobatę dla słów von Nahrenhorsta. Jedynie Rehberg milczał i uśmiechał się leciutko.

– Plan jest dobry – przerwał w końcu okrzyki radości nadsekretarz – ale ma jeden słaby punkt. Bachmann przed śmiercią na pewno mianuje swojego następcę, którym będzie...

Zawiesił głos. Nie musiał kończyć zdania. Każdy w tym pomieszczeniu mógł je uzupełnić. Prywatny docent doktor Moritz Adler, ukochany uczeń, niegdyś asystent, a teraz najbliższy współpracownik Bachmanna. Przechrzczony Żyd i żarliwy katolik, największy przeciwnik nowych idei eugeniki i rasizmu, jaki stąpał po wrocławskim bruku. Skuteczny negocjator, który przekonał wielu akademików, by zbojkotowali dzisiejszą prelekcję Haeckla. Uwielbiany przez studentów wykładowca i niestrudzony popularyzator wiedzy w kółkach samokształceniowych, zwłaszcza kobiecych. Ideowo szczególnie niebezpieczny, bo znał się bardzo dobrze na darwinizmie, ponieważ w swych badaniach starał się pogodzić ewolucję biologiczną z ideami starożytnego żydowskiego myśliciela Filona Aleksandryjskiego.

– Tak, panowie, Adler obejmie katedrę po Bachmannie – wrócił do swego wątku Rehberg – i nikt z rady wydziału, poza niektórymi z nas oczywiście, nie ośmieli się sprzeciwić tej kandydaturze.

---

8 Szczęście sprzyja dzielnym (łac.).

Nie jesteśmy w stanie zmusić dyrektora Althoffa z ministerstwa, by postępował zgodnie z naszymi oczekiwaniami... Jest on niezależny, pryncypialny, uparty i – niestety – wszechwładny. Dlatego...

Wszyscy zamienili się w słuch. Było tak cicho, iż wydawało się, że dzwon katedralny, wybijający teraz dziesiątą wieczór, znajduje się w sąsiednim pokoju.

– Dlatego – prawie szeptał nadsekretarz – musimy zawczasu zniszczyć Adlera... I wiem, jak to zrobić... – Wstał. – Mam jutro zamówioną rozmowę telefoniczną z Monachium – rzekł. – Towarzystwo Krzewienia Higieny Rasowej ma tam cichego wielbiciela, który jest bardzo, ale to bardzo wpływowy... A teraz żegnam panów. Muszę już iść, w czwartki zawsze zażywam długiej, wonnej, różanej kąpieli i mój służący już nagrzał w piecu... Dobranoc!

WROCŁAW,
czwartek 12 października 1905 roku,
kwadrans na jedenastą wieczór

MOCK WRÓCIŁ Z TOALETY, USIADŁ POD PIECEM i zapalił papierosa. Przesunął palcami po głowie, gdzie trafił go cios Ptaszyny, a potem pomasował łokieć.

Niespecjalnie mu się podobało w tym bastionie korporacji Bursze od Raczka, ale z drugiej strony knajpa przy Neue Junkernstrasse[9] była idealna – oddalona tylko o kwadrans od jego

---

9 Obecnie ul. Kilińskiego.

stancji, nie była zbytnio niebezpieczna i oferowała smaczne jadło po niewygórowanych cenach.

Panował tu hałas. Korporanci w swych organizacyjnych strojach – kolorowych myckach i uroczystych tużurkach z akselbantami – zajmowali sąsiednie stoliki, wesoło śpiewali i pochłaniali cysterny piwa.

Nie wszyscy jednak pili. Kilku siedziało z zaaferowanymi minami i wpatrywało się w stojące przed nimi maskotki lisów dzierżących kufle z wykaligrafowanym monogramem burszenszaftu Raczeks. Tych młodych ludzi w „cywilnych" strojach nazywano fuksami[10]. Byli to kandydaci na korporantów kończący swój roczny albo półroczny staż kandydacki, w czasie którego „starsi" wnikliwie ich obserwowali i dokładnie poznawali. Z rozmów i z okrzyków Mock wywnioskował, iż dzisiaj miał się odbyć ich „chrzest" w dyskretnym gabinecie obok, który był teraz zajęty przez inną grupę mężczyzn.

Poirytowany plemiennym entuzjazmem burszów i ich dziarskim pohukiwaniem, już miał opuścić lokal, kiedy otwarły się drzwi tajnego gabinetu. Wyszło z niego kilkunastu elegancko ubranych mężczyzn w średnim wieku. Byli to bez wątpienia ludzie uniwersytetu. Przed chwilą wyszedł Rehberg, a teraz Mock ujrzał historyka Austa i germanistę Mortickego.

Do opuszczonego przez nich pomieszczenia wdarli się teraz burszowie wraz ze swoimi fuksami. Zostawili otwarte drzwi, by wywietrzyć zalegający tam dym.

Mock patrzył w głąb salki i czuł nerwowe drżenie.

---

10 Lis (niem.).

Zaczęła się ceremonia chrztu korporacyjnego. Niewysoki, tęgawy fuks stał w kręgu starszych kolegów. Jeden z nich zdjął mu z głowy lisią kitę nowicjusza, a drugi nałożył korporacyjną myckę. Fuks, najwyraźniej dumny i przejęty, wsunął sznurek czapki pod brodę. Jego korporacyjny opiekun, zwany fuksmajorem, podał mu rękę. Adept właśnie został przyjęty do grona kolegów. Rozległy się rytualne śpiewy. Każdy podchodził do byłego fuksa, a teraz świeżo namaszczonego bursza, i policzkował go lekko.

Przed oczami Mocka pojawiła się scena sprzed roku. Wtedy to po dwóch semestrach fuksowania on sam miał zostać przyjęty do korporacji Silesia. Chrzest odbywał się w słynnej Piwnicy Świdnickiej. Mock czekał przez dłuższą chwilę przed drzwiami Sali Książęcej, po czym uroczyście go tam wezwano. Na egzaminie, który trwał aż kwadrans, fuks Eberhard wykazał się znajomością historii i obyczajów korporacyjnych. Trzej starsi bursze wstali, a on ukląkł. Na jego głowie znalazła się czapeczka z niebiesko-białym otokiem zwana *cerevis*. Starsi kazali mu się podnieść, po czym przywódca silesian podszedł do niego, podał mu rękę, a potem wymierzył mu siarczysty policzek.

Przypomniawszy sobie to wszystko, Mock teraz nie wytrzymał. Wszedł do salki i wrzasnął:

– Człowieku! Tak pozwalasz, by jakiś bydlak prał cię po mordzie? Godności ty nie masz?

Wszyscy korporanci w gabinecie odwrócili się i spojrzeli na Mocka. Czterej, którzy stali najbliżej, unieśli swe okute laski i ruszyli ku intruzowi.

Eberhard wycofał się szybko. Przed jego nosem huknęły drzwi. Wyszedł z knajpy. Teraz się bał, a wtedy przed rokiem jego strach został przytępiony przez wściekłość. Wtedy to, spoliczkowany boleśnie przez fuksmajora, uniósł pięść i uderzył. Silesianin padł jak martwy, a Mocka otoczyły rozgniewane twarze. Nikt go wtedy nie zaatakował, wszyscy nim gardzili. Opuścił wtedy Piwnicę Świdnicką bez najmniejszego uszczerbku na zdrowiu i wyglądzie, odprowadzany niechętnymi spojrzeniami, które mu odtąd wciąż towarzyszyły na uczelni.

Kiedy doszedł na Universitätsplatz[11], postanowił odreagować swój strach i frustrację. Stanął na murku fontanny, rozpiął rozporek i oddał mocz, kierując jego strumień w stronę szermierza--korporanta.

– Leję na ciebie, skurwysynu – powiedział do niego.

‖ **WROCŁAW,**
‖ **niedziela 15 października 1905 roku,**
‖ *godzina szósta po południu*

PRZECHODNIE, KTÓRZY TEGO CIEPŁEGO WIECZORU mijali przepiękną kamienicę na rogu Kaiser-Wilhelm-Strasse[12] i Kaiserin-Augusta-Strasse[13], zatrzymywali się, by choć przez chwilę posłuchać wesołych dźwięków Bachowskiego menueta dochodzących z rozświetlonych okien balkonowych na pierwszym piętrze. Miłośnicy muzyki, którzy przechodzili tędy często,

---

11 Obecnie pl. Uniwersytecki.
12 Obecnie ul. Powstańców Śląskich.
13 Obecnie ul. Szczęśliwa.

z przyzwyczajenia zerkali na ten balkon i czasami widzieli na nim starszego, łysego pana z nieodłącznym cygarem.

– To pewnie jakiś pianista – mówili do siebie.

Kiedyś pewien ciekawski zapytał stróża zamiatającego chodnik przed domem, jak się nazywa ów muzyk z pierwszego piętra. Stróż, podobnie jak wszyscy inni mieszkańcy tego narożnego domu ozdobionego ostrymi wieżycami, oznajmił z dumą, że pianistą tym jest słynny profesor Carl Bachmann i że w czasie wolnym od akademickich obowiązków oddaje się muzycznej namiętności.

Tak było i teraz. Wykładowca siedział przy nowiutkim fortepianie Blüthnera i wygrywał ostatnie akordy utworu, w którym łączyły się w jedno tendencje przeciwstawne: nieposkromiona radość i harmonijne panowanie nad żywiołem emocji.

Bachmann skończył drugą suitę francuską Bacha i zamknął oczy. W pokoju rozległy się oklaski trzech par dłoni. Pani Louise Bachmann ocierała oczy, a dwaj obecni w salonie panowie byli nie mniej poruszeni wirtuozowskim wykonaniem. Ale tylko jeden swoje wzruszenie ujawnił. Był to trzydziestosiedmioletni wysoki brunet, docent prywatny Moritz Adler.

Wstał on gwałtownie i wyszedł na balkon. Wsparł się o barierkę i patrzył długo na pomnik Helmutha von Moltkego, stojący wśród pożółkłych od jesieni klonów. Starał się opanować łzy wywołane wspaniałą interpretacją Bachowego utworu.

Na chodniku stało kilka osób.

– Brawo! – ktoś krzyknął z dołu, patrząc na Adlera.

To *qui pro quo* rozbawiło go nieco i pozwoliło mu opanować wzruszenie. Osuszył chusteczką oczy, parsknął śmiechem, wrócił do salonu, przyłożył rękę do serca i ukłonił się nisko Bachmannowi.

– Przepraszam za moją uczuciową reakcję – powiedział.

Bachmann nie zareagował. Wciąż siedział przy fortepianie z zamkniętymi oczami.

– *Carissime Mauriti*[14] – odezwał się siedzący w wygodnym fotelu profesor Eduard Norden, który jako filolog klasyczny z upodobaniem używał zlatynizowanej formy imienia swego rówieśnika i przyjaciela. – Wzruszenie jest rzeczą ludzką. To dzisiejsze czasy każą mężczyznom zachowywać zawsze kamienną minę i wobec wielkiej sztuki, i wobec cierpienia... Achilles płakał przecież rzewnymi łzami po śmierci Patroklosa, a nikt nie może mu odmówić męskiej siły ducha. Homer pisał o tym *expressis verbis* i nie bał się, iż ktoś może uznać jego herosa za słabeusza. Łzy mogą być też wyrazem szacunku. Oktawian August płakał nad grobem swojego śmiertelnego wroga Antoniusza, choć niektórzy uczeni wątpią, czy było to szczere.

Zapadła cisza, która się przeciągała. Norden uznał, że jego erudycyjne popisy były trochę nie w porę.

– Nie chciałem się puszyć przed panem profesorem – usprawiedliwił się nieco zakłopotany. – Czasami zapominam, że nie stoję na katedrze, i opowiadam całkiem oczywiste w tym gronie rzeczy.

– To wszystko prawda, mój drogi Eduardzie. – Bachmann otworzył oczy. – Nawet dzielny Germanik wylewał potoki łez, jak zaświadcza Tacyt. Przyzna pan jednak, że nie wszyscy

---

14 Najdroższy Maurycy (łac.).

wodzowie płakali. Hannibal u Liwiusza, po przegranej kampanii italskiej, zgrzyta zębami i jest na skraju płaczu, ale jednak nie roni ani łzy.

– Hannibal jest barbarzyńcą, panie profesorze – włączył się do rozmowy Adler. – A barbarzyńca, który nie płacze, jest bestią, bo przecież zwierzęta nie płaczą. Poza tym u Liwiusza, o ile dobrze pamiętam, Hannibal jest określony jako *gemens*[15], a zatem według innego świadectwa jęczy on i wyje. Cóż jest zatem lepsze: płakać jak prawdziwy wódz i mężczyzna czy wyć jak bestia?

– Widzicie, moi drodzy – Bachmann spojrzał na żonę i na Nordena, a potem wskazał głową Adlera i roześmiał się wesoło – takiego to smoka wyhodowałem na własnej piersi… Niańczyłem toto, sprawdzałem mu łacińskie wypracowania, zachęcałem go do studiów nad Liwiuszem, a co mam w zamian? Jaką wdzięczność? Będzie taki poprawiał swojego nauczyciela, korygował, krzywił się, kiedy człowiek cokolwiek się pomyli… Ale, ale, mój drogi wychowanku, przecież pan wie, że Hannibal nie przez wszystkich autorów jest traktowany jako dziki barbarzyńca, którym matki straszyły nieposłuszne dzieci… Przecież i Diodor, i Polibiusz…

Ostatnie słowa jakoś nieprzyjemnie zazgrzytały, a głos profesora nagle stał się ochrypły i zamilkł. Pani Louise spuściła wzrok. Wtedy cisza została rozdarta potężnym czknięciem, które się wyrwało gospodarzowi. W kąciku jego ust zaczęła się zbierać ślina, a po chwili cała broda stała się błyszcząca od tej wydzieliny.

Bachmann wyjął chusteczkę z kieszeni surduta i przyłożył ją do twarzy. Otarł ślinę z brody i wstał. Lekko się chwiejąc, szepnął:

---

15 Jęczący (łac.).

– Wybaczą mi panowie, idę spłacić dług naturze, jak mawiał cesarz Klaudiusz.

A potem wyszedł z salonu poprzedzany przez starego siwego służącego imieniem Gerhard. Wymioty były jak głośne wycie, o którym przed chwilą rozmawiali. Mimo iż – jak wiedzieli – łazienka jest po drugiej stronie długiego na dwadzieścia metrów korytarza, słyszeli je bardzo wyraźnie; o wiele lepiej niż ciche łkanie z balkonu, dokąd wybiegła teraz pani Louise Bachmann.

Norden i Adler spojrzeli na siebie znacząco. Obaj wiedzieli, że Bachmann ostatnio źle się czuje; obaj odczuwali nieprzyjemną woń bijącą z jego ust; doświadczali też często jego rozdrażnienia – niezwykłego u tego cierpliwego i łagodnego wykładowcy, który egzaminował godzinami najbardziej tępych i niedouczonych studentów. Nie po to, aby ich całkiem upokorzyć, ale po to, by wydobyć z nich choć cząstkę jakiejś zapomnianej wiedzy, która by pozwoliła mu wpisać do indeksu upragnione przez nich *genügend*[16]. Owszem, Bachmann bywał zaciekły i uparty w dysputach naukowych, ale żaden z jego najbliższych współpracowników nie pamiętał, by pognębił kogokolwiek z taką pasją jak von Jodena w ostatni czwartek. Jego atak na docenta mógł być oczywiście nie tak brutalny, jak donosili koledzy – Adler i Norden nie byli na wykładzie Haeckla. Tak czy inaczej – łagodny Bachmann, którego znali do tej pory, zmienił się ostatnio bardzo, choć temu zaprzeczał na każdym kroku.

To przyjęcie urodzinowe ich mistrza i uniwersyteckiego kolegi było całkowicie niepodobne do poprzednich. Adler świętował

---

16 Dostatecznie (niem.).

urodziny Bachmanna po raz ósmy, Norden o dwa razy mniej, ale – jak sięgali pamięcią – jeszcze nigdy nie było tak smutno i pusto jak dzisiaj. Zwykle było tłumnie, wesoło, głośno i bardzo smacznie. Panowie grali w wista i w skata, młodzież, w tym sześciu synów gospodarzy, pozowała w żywych obrazach, panie aranżowały różne gry towarzyskie, z których jedna – zabawa w pociąg, kiedy wszyscy biegali po mieszkaniu, trzymając dłonie na ramionach poprzedzających osób – wywołała nawet kiedyś protesty w mieszkaniu poniżej, gdzie od tupania huśtały się żyrandole.

Tymczasem sześćdziesiąte drugie urodziny Carla Bachmanna celebrowali wyłącznie Adler i Norden. Ten ostatni został poproszony przez jubilata, aby raczył zjawić się sam, bez małżonki; nawiasem mówiąc, pani Marie Norden dostała od Bachmanna bukiet róż z osobnym listem, w którym profesor błagał odbiorcę o „wybaczenie starczej ekstrawagancji nadawcy polegającej na tym, iż tego roku chciałby on widzieć na swoich urodzinach wyłącznie męskie grono”. Zastanawiające, a wręcz szokujące było to, iż na urodziny swego ojca nie przyszedł – jak co roku – żaden z synów Bachmanna, żonatych i obarczonych już potomstwem.

Nic zatem dziwnego, że przyjęcie było dość niezwykłe. Zamiast gór wyszukanych potraw dzisiaj na dwóch małych stolikach w salonie stały piętrowe salaterki z drobnymi przekąskami i kruchymi ciasteczkami. Nie było też wina ani żadnych innych alkoholowych trunków – zamiast nich służący Gerhard dbał nieustannie o to, by filiżanki pani domu i jedynych dwóch gości były pełne aromatycznej indyjskiej herbaty. Profesor pił tylko wodę jak najdrobniejszymi łykami.

Rozmowa, zwykle ożywiona, tym razem się nie kleiła. Bachmann wyraźnie unikał tematów politycznych i aktualnych, a indagowany przez Adlera o swoje wystąpienie na wykładzie Haeckla, delikatnie, lecz stanowczo dał poznać, że w tej sprawie nie ma nic do dodania. Dopiero kiedy zasiadł do fortepianu, atmosfera się rozluźniła. Słuchali Bacha i nie musieli rozmawiać.

Do pokoju wrócił Bachmann, przygięty nieco i poszarzały na twarzy.

– Nadeszła chwila pożegnania, moi panowie – rzekł spokojnym i donośnym jak zwykle głosem.

Wstali. Gospodyni opuściła balkon i również weszła do salonu. Małżonek otoczył czule jej ramiona, a potem coś chrupnęło w jego zębach. Do gości doszedł intensywny zapach cynamonu.

– Nie mówię o końcu przyjęcia urodzinowego – teraz jego głos znów zachrypiał – ale o takim, jakie nastąpiło w roku 46 przed Chrystusem. W Utyce, po przegranej bitwie z Cezarem, Katon Młodszy wyprawił rodzinę za morze i zaprosił przyjaciół na pożegnalną ucztę. Przywitał ich, trzymając pod pachą zwój. Wiecie wszyscy, co to było za dzieło i co się stało później...

– Dialog Platona *Fedon* – po raz pierwszy odezwała się pani Bachmann. – Z dowodami na nieśmiertelność duszy.

Wiedzieli, co się stało później. Katon przebił się mieczem, ale zrobił to dość nieudolnie. Krwawiąc obficie, wsadził dłonie do rozerwanej jamy brzusznej i jeszcze mocniej rozdarł ranę. Potem umarł, otrzymując od miejsca swej samobójczej śmierci po wsze czasy przydomek Utycki.

– Niedługo zrobię to co ten uparty i pryncypialny stoik – powiedział wolno profesor. – Nie w ten sposób oczywiście, ale bardziej nowocześnie. A teraz chcę się z wami pożegnać. Jesteście jedynymi moimi przyjaciółmi.

Adler i Norden zostali owiani cynamonową wonią, która zabijała odór gnijących resztek pokarmu zalegającego w przełyku. Wyściskali się serdecznie z profesorem. Mieli łzy w oczach.

– Siadajcie teraz, panowie. – Wskazał im fotele. – Wysłuchajcie spowiedzi starego filologa.

Przyglądał się im przez chwilę. Jego uczeń doktor Moritz Adler był ciemnowłosym mężczyzną o wybitnie semickiej, subtelnej i gładko ogolonej twarzy. W jego czarnych oczach czaiła się zawsze polemiczna pasja, intelektualna namiętność. Był wybuchowy, lecz wspaniałomyślny. Nieustępliwy, lecz skłonny przyznać się do błędu pod wpływem przekonujących argumentów. Nordena, na którego teraz przeniósł swój wzrok, profesor znał nieco gorzej. Ten młody, lecz już opromieniony niemałą sławą latynista przybył do Wrocławia z Gryfii i natychmiast zaskarbił sobie sympatię swojego starszego kolegi Bachmanna. Był spokojny i bardzo opanowany. Aparycja, która nie wskazywała w najmniejszym stopniu na jego żydowskie pochodzenie, była dość przeciętna – szczupła budowa ciała, wzrost średni, rudawe gęste włosy zaczesane do góry. Niewielkie wąsiki i binokle dodawały mu lat i powagi.

– Rak, moi drodzy, *cancer oesophagi* – odezwał się cicho solenizant, kiedy już wszyscy usiedli. – Odbiera mi głos i odbiera mi godność. Pamiętają panowie słynny passus u Epikteta o samobójstwie? – Zacytował po grecku, a potem przetłumaczył dla pani Louise: – „Jeśli jest w domu zbyt dużo dymu, otwórz okno i wyjdź". Postanowiłem tak właśnie zrobić, wyjść z tych oparów. Zrobię to z pełną świadomością za kilka dni, może tygodni.

Zapadła cisza. Z otwartych okien zawiało chłodem, który podkreślał ponure wyznanie Bachmanna. Do pokoju wdarł się dzwonek tramwaju. Pani Louise zadrżała i wstała, aby zamknąć okno.

– Już pan rozumie, Eduardzie, dlaczego odmówiłem uczestnictwa w audiencji u cesarza po otrzymaniu doktoratu *honoris causa* w Berlinie? Mam ważniejsze sprawy do załatwienia niż prowadzenie głupich, nic nie wnoszących pogawędek z tym półkretynem... Już pan wie, Moritz, dlaczego wciąż jeszcze nie przedstawiłem panu moich uwag do jego nowej książki? Nie zdołałem jej przeczytać. Próbowałem, ale nie rozumiałem pańskich wywodów, bo ból odbierał mi jasność myśli. Cierpienie nie pozwala mi zachować czystości i schludności. Nawet mój ukochany pies nie może znieść mojego oddechu. Tak, moi panowie, cierpienie nie pozwala mi być tym, kim jestem: filologiem, nauczycielem, akademikiem. A kiedy nie możesz być tym, kim jesteś, albo przedefiniuj sam siebie, zacznij robić coś innego, albo odejdź z tego najlepszego ze światów. U mnie teraz każda czynność umysłowa jest niedokończona, bo zaraz nadchodzi głód i mąci myśli... Chcę jeść, a mój przyjaciel *cancer* mi na to nie pozwala i mnie odgania od jedzenia, jak harpie swym kałem odpędzały Fineusa.

Norden ośmielił się przerwać Bachmannowi.

– Panie profesorze, człowiek cierpiący nie traci swej godności, nie traci! Można by rzec...

– Że naśladuje Chrystusa! – zawołał Adler.

Bachmann spojrzał na nich z lekkim uśmiechem jak dobrotliwy nauczyciel na dokazujących uczniów.

– Wiem, kochani koledzy, że moglibyście jeszcze długo mnie przekonywać – mówił cicho i powoli, ale bardzo dobitnie – ale już chcę was pożegnać. Muszę przyzwyczajać się do przerażającego, a jednocześnie krzepiącego uczucia krystalicznej samotności.

Pani Bachmann krzyknęła przejmująco i zakryła oczy.

Obaj goście ukłonili się i ruszyli w stronę wyjścia. W salonie pojawił się służący Gerhard, który odchylił kotarę zasłaniającą drzwi i wypuścił ich.

Wyszli z kamienicy i w całkowitym milczeniu ruszyli w stronę pomnika von Moltkego i przystanku tramwajowego przy Kaiser-Wilhelm-Strasse[17]. Obaj jechali tramwajem linii żółtej – z tym że w przeciwne strony. Stanęli na tym przystanku, z którego tramwaj kursował w kierunku dzielnicy Borek, gdzie mieszkał Adler. Stali obok siebie skrępowani smutkiem i milczeniem.

Adler podsumował w końcu sytuację, w której się znaleźli.

– Pozostaje tylko wzdychać.

Ale Norden tego nie słyszał. Nagle w jego głowie pojawiła się myśl, która nurtowała go od momentu wyjścia z mieszkania Bachmanna. Chwycił przyjaciela za ramiona i przyciągnął do siebie.

– Coś innego mi nie daje spokoju... – Z jego oczu biły iskry. – Nic cię nie zaniepokoiło w zachowaniu tego starego służącego?

– Ależ nie! Ja tu o śmierci, a ty o służącym! Przecież...

– Posłuchaj! Ten Gerhard zostawił nas samych w salonie. Nas, to znaczy Bachmannów, ciebie i mnie. Wszedł za kotarę wiszącą

---

17 Obecnie ul. Powstańców Śląskich.

na drzwiach wejściowych, prawda? Ale czy wyszedł stamtąd do przedpokoju, *that's the question*![18]

– No, chyba tak było... Nie zwróciłem uwagi... – Adler był wyraźnie skonsternowany. – O co ci chodzi, Eduardzie?

– Kiedy podnieśliśmy się z miejsc i wychodziliśmy z salonu, natychmiast znalazł się tam służący, prawda?

– Tak było rzeczywiście, ale jakie to ma...

– A dlaczego on tam się znalazł?

– Bo pani Bachmann krzyknęła i sługa poczuł się zaniepokojony! Przepraszam, ale muszę się już żegnać...

Na przystanek wjechał wagonik z żółtą tablicą, z którego wysiadł jakiś krzyczący malec w marynarskim ubranku i w krótkich spodenkach, a za nim wytoczyła się potężna matrona. Adler wszedł na pierwszy stopień i wyciągnął rękę do przyjaciela.

– Myślałem tak jak ty – Norden uścisnął jego dłoń, lecz nie puszczał – ale nie usłyszałem szczęku zamka w drzwiach. Powinno być tak: Gerhard słyszy wołanie pani, otwiera drzwi, szczęka zamek, Gerhard wchodzi do salonu... Tymczasem Gerhard po prostu wyszedł zza kotary... Zamek nawet nie zazgrzytał...

– Wsiada pan czy nie?! – krzyknął z pierwszej platformy nieco rozłoszczony konduktor.

– On nas podsłuchiwał, Maurycy! – zawołał Norden i w końcu puścił rękę Adlera. – Ten stary nas podsłuchiwał!

Tramwaj ruszył po torach w szpalerze drzew na południe. Po chwili widać było już tylko jego tylne światła, aż i one się zlały z poblaskiem gazowych latarni.

---

18 Oto jest pytanie (ang.).

– No i co z tego? – powiedział sam do siebie Norden. – Służba jest zwykle bardzo ciekawska...

Nie dawało mu to jednak spokoju aż do momentu, gdy przy Christophoriplatz[19] przesiadł się na linię białą i pojechał w stronę katedry. Potem już myślał tylko o Katonie Wrocławskim.

WROCŁAW,
niedziela 15 października 1905 roku,
północ

PO RAZ PIERWSZY WYSZŁA NA ULICĘ krótko po swoich dwudziestych siódmych urodzinach. Kobiety w jej wieku były już weterankami w tym zawodzie. Tutaj zaczyna się pracę w wieku nastu lat, a kończy – przed trzydziestką. Nie przejmowała się tym, wszyscy jej mówili, że wygląda bardzo młodo.

Pierwszy dzień pracy Klary nie był specjalnie udany. Wystroiła się, umalowała i zaczęła się przechadzać obok jakiejś podłej knajpy w bocznej uliczce obok Neumarkt[20]. Nie znała dobrze tych rejonów miasta, ale kiedy przychodziła tu na targ, widziała wiele krzykliwie ubranych młodych kobiet, które wobec mężczyzn zachowywały się uwodzicielsko i prowokacyjnie.

Postanowiła je naśladować. Swojego pierwszego wieczoru chodziła zatem w tej uliczce tam i z powrotem i uśmiechała się do przechodzących panów. Czuła się bezpiecznie. Andreas stał

---

19 Obecnie pl. św. Krzysztofa.
20 Obecnie pl. Nowy Targ.

w bramie, kilka metrów dalej, gotów rzucić się na każdego, kto by ją chciał skrzywdzić.

Nie przewidziała jednak, że złamała niepisane, a panujące tu zasady. Powinna się była zapoznać z innymi kobietami, które uprawiały ten sam zawód, i po prostu poprosić je o pozwolenie. Konkurencja była tu silna, bo chłopi i rzemieślnicy sprzedający swe towary na targu oglądali każdą markę z obu stron, zanim ją wydali. Usługi seksualne były coraz tańsze, a brzydkie i stare ladacznice – jeśli nie obniżyły swych honorariów – szybko wypadały z obiegu. Każda nowa prostytutka, i to w dodatku o ponętnej powierzchowności, była zatem wrogiem numer jeden. Toteż pierwszego wieczora, zanim Andreas zdążył zareagować, do Klary doskoczyło dwóch mężczyzn z brzytwami. Błysnęli nimi i zażądali zmiany rewiru albo dzielenia się połową zarobków. Kiedy Andreas podbiegł do nich, tłumacząc, że to on jest jej opiekunem, brzytwy zaczęły mu niebezpiecznie świstać koło nosa. Tym samym pokazali mu, co sądzą na temat jakichkolwiek negocjacyj.

Po tym incydencie Andreas znalazł dla Klary inne miejsce zarobkowania. Pewna starsza dama, panna Sophie, urządzała w swoim mieszkaniu przy Gartenstrasse[21] schadzki i zgodziła się, aby Klara korzystała z jej gościnności – oczywiście za stosowną opłatą – pod jednym wszakże warunkiem: Andreasowi nie wolno było w tym czasie przebywać w mieszkaniu.

– To ja jestem jej alfonsicą – powiedziała mu dosadnie – nie ty, zrozumiano?

---

21 Obecnie ul. Piłsudskiego.

Andreas się zgodził, Klara była podekscytowana. I tak się wszystko zaczęło. Przychodziła tu dwa razy w tygodniu przed północą i nie wiedziała, jaki mężczyzna będzie jej klientem, bo to leżało w gestii panny Sophie. Choć zapewniała ona, że każdy pan odwiedzający Klarę będzie należał do najlepszej wrocławskiej socjety, nie wszyscy klienci odpowiadali temu wyobrażeniu. Wielu z nich, szczególnie kupcy i bogaci rzemieślnicy, nie przykładało wielkiej wagi do higieny. Pałali oburzeniem, kiedy Klara prosiła ich o umycie się w łazience. Niektórym – szczególnie w alkoholowym zamroczeniu – nie dopisywały męskie siły i winą za to obarczali jej rzekomo nie dość energiczne starania. To było nieprzyjemne, ale Klary nie zniechęcało. Bywali i dziwacy, którzy błagali ją o rzeczy budzące odrazę u wielu kobiet. Pojawiał się pewien zamożny arystokrata, który chciał, by biła go deską po chudym tyłku i krzyczała: „Ty nieznośny bachorze!". Powracał nieustannie pewien tajemniczy młodzieniec, którego twarzy nie znała, ponieważ w czasie pobytu w domu schadzek nie zdejmował z niej maski komicznej. Klara lubiła tych dziwaków, a swoje zajęcie – niezależnie od upodobań klientów – uważała za satysfakcjonujące.

Aż do tego dnia.

Klient, który teraz przyszedł, należał niewątpliwie do lepszego towarzystwa. Choć nie widziała jego ubrania – zostawił je w łazience, gdzie się był przebrał i umył bez najmniejszych sugestyj z jej strony – wykwintna woń korzennej wody kolońskiej i zadbana skóra, zdradzająca używanie kremów, świadczyły o zasobnym portfelu. Był też niewątpliwie dziwakiem, ponieważ wszedł do jej pokoju ubrany jedynie w długą szatę z kapturem, pod którą był zupełnie nagi.

Przyniósł jej kwiaty, co było niespotykane i urocze, i nastawił patefon, co z kolei było jakąś miłą odmianą. Włoskie arie operowe nadały ich spotkaniu aury dekadencji – podobnie jak milczenie, którego żadne z nich niepotrzebnie nie przerywało. Mężczyzna podobał się jej, choć nie przyjrzała mu się dobrze.

Mówił mało i cicho, ale jego ton nie znosił sprzeciwu. Kazał jej zdjąć bieliznę, a potem nie ściągając sukni, usiąść w fotelu, zarzucić nogi na podłokietniki i pokazać mu się w całej krasie.

Zrobiła to z dziwną przyjemnością. Oczekiwała czegoś niezwykłego.

Nic podobnego nie nastąpiło. Mężczyzna, nasyciwszy się widokiem intymnych miejsc, kazał jej teraz całkiem się rozebrać i położyć na plecach na łóżku. Zaczynało ją to już irytować. Traktował ją jak kłodę drewna, którą przesuwa się raz tu, raz tam. Spełniając jego rozkaz, szepnęła:

– Mógłby mi pan okazać trochę sympatii...

– Zaraz ci okażę – mruknął. – Wiele uczucia... Tylko zamknij oczy i czekaj na coś niezwykłego...

Zrobiła posłusznie, co jej kazał. Leżała na łóżku z zamkniętymi oczami i z rozrzuconymi nogami. Do niepokoju dołączyła się lekka ekscytacja. Tajemniczy, doświadczony mężczyzna w dziwnym płaszczu. Kojarzył jej się z pogańskim arcykapłanem, o którym gdzieś czytała – w jakiejś książce o tajemnych obrzędach.

Dotknęło ją coś delikatnego i miękkiego.

– Nie otwieraj oczu! – usłyszała.

To coś było mokre. Przesunęło się w górę – od jej sromu do brzucha. Wilgoć wypełniła jej pępek.

To chyba język – pomyślała.

Nie wytrzymała. Podniosła głowę i oparła się na łokciach. Mężczyzna stał nad nią. W jednej dłoni trzymał pędzelek, w drugiej – jakieś puzderko. Włożył doń włosie pędzla. Błysnęła na nim czerwona farbka.

Może to krew – pomyślała przerażona.

Spojrzała na swój brzuch. Wymalowany był na nim czerwony krzyż, a jego ramiona łączyły się w pępku. Mężczyzna odchylił swój długi płaszcz. Był nagi. Drżał. W cieniu kaptura niknęła jego twarz. Widziała tylko ostry podbródek i wydęte usta.

– Połóż się – polecił jej stłumionym głosem. – Masz leżeć!

Klara poczuła grozę. Choć Andreas czekał na nią w powozie niedaleko stąd, może nawet na podwórku, to tutaj, w tym mieszkaniu, była całkiem sama. Skazana na łaskę i niełaskę swego klienta. Mógł z nią zrobić wszystko – nawet ją zabić, składając w ofierze jakiemuś bożkowi.

Jej fantazja zaczęła nagle wszystko potęgować. Już nie była w domu tajnych schadzek, lecz leżała na ołtarzu w świątyni, a nad nią stał dziwak nie z pędzlem i z farbką, ale z mieczem, który miał zaraz zatopić w jej ciele.

Ta wizja przejęła ją grozą. Szarpnęła się. Farbka chlusnęła na brzuch mężczyzny. Rozbawiło go to, ze śmiechem zaczął ją rozcierać wśród włosów łonowych. Wyglądały jak sklejone krwią. Nie mogła na to patrzeć. Wstała.

– Wynoś się! – krzyknęła.

Wtedy ją uderzył. Padła na wznak na łóżko. Rzucił się na nią. Kolanami przycisnął jej ręce. Na jej twarzy położył poduszkę. Zaczął napierać. Jej tułów podrygiwał. Poduszka zrobiła się wilgotna od łez i śliny.

Nie mogła go zrzucić. Charczała i wierzgała.

Mężczyzna podduszał ją, a potem zwalniał nacisk, pozwalając jej zaczerpnąć tchu. Kiedy pełna nadziei nabierała powietrza, znów kładł się na poduszce całym swym ciężarem. Rzęziła, a on drżał w gwałtownych paroksyzmach. Słyszała jego chichot.

Doszedł ją szelest materiału. Oderwał poduszkę od jej twarzy. Zobaczyła, jak stoi nad nią nagi na szeroko rozstawionych nogach.

– Będziesz grzeczna? – szepnął.

Była. Zgasło światło. A potem wszystko zaczęło się na nowo.

Baron Andreas von Lauterburg siedział w powozie na podwórku i czekał, aż jego żona skończy. Ból kręgosłupa, który go prześladował od roku, od czasu nieszczęsnego wypadku na polowaniu w ich majątku koło Milicza, nie pozwalał mu zbyt długo przebywać w pozycji siedzącej.

Wyszedł zatem z powozu i spojrzał w okno pokoju, gdzie jego Klara wcielała się w Messalinę. Już się do tego był przyzwyczaił, już nie przeklinał losu, który sprawił, że podczas owego polowania uderzył kością ogonową w ścięty pień drzewa i stracił na zawsze męskie siły. Wiedział, że ogromne uczucie, które go łączy z Klarą, nigdy w nim nie wygaśnie, choćby przez jej łóżko przewinął się pułk huzarów. Tylko tak wielka miłość pozwalała mu znosić to wszystko.

Nagle w pokoju zgasło światło.

To wydało mu się dziwne. Klara zawsze lubiła to robić przy świetle. Wbiegł do bramy tej nędznej kamienicy, gdzie nawet stróża nie było. Czując ostry ból w kręgosłupie, biegł do góry. Pokonywał skokami po dwa schodki naraz.

W końcu stanął przed drzwiami. Zaczął walić w nie z całej siły. Drzwi się otwarły i ktoś go pchnął mocno. Poleciał na schody i uderzył lędźwiami w stopień. Na chwilę zemdlał z bólu.

Nie widział już, jak ktoś go mija w wielkim pędzie, skacząc po trzy stopnie.

Kiedy się ocknął, ujrzał, jak naga Klara czołga się po przedpokoju w stronę otwartych drzwi. Była pokryta krwią, kaszlała, a z jej ust wychodziły nitki lepkiej wydzieliny. Ale żyła. Uratował jej życie.

WROCŁAW,
czwartek 19 października 1905 roku,
kwadrans na dziewiątą rano

DO SALI WYKŁADOWEJ SEMINARIUM FILOLOGICZNEGO na parterze wschodniego skrzydła uniwersytetu wpadała blada poświata ponurego deszczowego poranka. Byłoby całkiem ciemno, gdyby pod sufitem nie paliły się proste i pozbawione jakichkolwiek ozdób elektryczne lampy. Oświetlały one teraz tłoczących się w ławach studentów i ich paltoty parujące koło pieca.

Eberhard Mock siedział w drugim rzędzie. Na wykłady przychodził zawsze dużo wcześniej z dwóch powodów. Po pierwsze, spóźnianie się było sprzeczne z jego uporządkowaną naturą, po drugie – w sali było ciepło, w odróżnieniu od jego nędznej izdebki na parterze oficyny na rogu Messerstrasse[22] i Stockgasse[23]. Przychodził zatem tutaj jako jeden z pierwszych o wpół do siódmej, stawał tuż koło uniwersyteckiej Bramy Cesarskiej[24], będącej *de facto* tunelem, przez który jeździły tramwaje, i stukał w okno pokoiku portiera Franza Urbana. Ten funkcjonariusz wykonywał obowiązki portiera, sprzątał sale seminaryjne i palił w piecach. Znając Mocka od momentu immatrykulacji, otwierał boczną bramę, tuż obok kościoła, i wpuszczał go do środka. Student szedł do sali wykładowej seminarium i odsypiał jeszcze dobre dwa kwadranse, leżąc na twardej ławie, a za kołdrę mając własny wytarty mocno paltot. Młody organizm domagał się rekompensaty za gwałtowne przebudzenie, którego codziennie doznawał o szóstej rano.

Wtedy to bowiem budził Mocka szczęk blaszanych baniek na mleko, dochodzący ze sklepiku na parterze, oraz przekleństwa mleczarzy i furmanów toczących pojemniki po bruku podwórza. Wtedy też do jego pokoiku wpadała jak bomba tęga gospodyni, pani Nitschmann, i z hukiem stawiała na podłodze wiaderko z węglem, którym miał sobie napalić w starym i nieszczelnym piecu. Nie robił tego o poranku, ponieważ oszczędzał swój dzienny przydział opału na wieczór, kiedy to z powodu korepetycyj udzielanych okolicznej dziatwie musiał siedzieć w swej norze. Witał się zatem rankiem z panią Nitschmann jakąś wyszukaną łacińską

---

22 Obecnie ul. Nożownicza.

23 Obecnie ul. Więzienna.

24 Przejście pod Uniwersytetem Wrocławskim.

frazą, co ją zawsze nadzwyczaj bawiło, i wyskakiwał z ciepłej pościeli, by – otuliwszy się paltotem – wyjść na wilgotne podwórko do drewnianego, chwiejącego się na wszystkie strony wychodka, gdzie niedawno znana mu Johanna dogadzała bandziorom.

Ponieważ golił się zawsze poprzedniego wieczoru, rankiem tylko spryskiwał kark i twarz lodowatą wodą, po czym mył się pod pachami mydłem karboksylowym; specyfik ten, na który wydawał sporą część swych marnych zarobków korepetytora, miał blokować intensywne wydzielanie się potu, która to przypadłość męczyła Mocka od lat chłopięcych. Następnie wcierał w głowę pomadę – luksus, który tak naprawdę służył ukryciu przetłuszczenia włosów. Wciągał na grzbiet jedną z dwóch posiadanych koszul, a potem przeklinając mocnymi słowy swój stary, wyświecony na łokciach surdut oraz jedyne, wielokrotnie już łatane buty, ubierał się szybko i wybiegał ze swej stancji na uniwersytet.

Później drzemał w cieple sali seminaryjnej, a następnie – w krótkiej przerwie pomiędzy drzemką a początkiem wykładu – rezerwował sobie miejsce, położywszy zeszyt na rozkładanym siedzeniu, i przed ósmą biegł na śniadanie. Kiedy miał więcej pieniędzy, to znaczy przynajmniej dwadzieścia fenigów, zjadał posiłek w bufecie przy Sali Muzycznej. Składały się nań wówczas albo kiełbaski na gorąco, albo świeża bułka przełożona śledziem lub plastrami suchej wrocławskiej kiełbasy, zwanej knackwurstem. Zapijał te specjały cienką kawą albo szklaneczką lemoniady. Kiedy nie miał pieniędzy – pukał na zaplecze pobliskiego szynku Pod Wielorybem, gdzie od litościwej żony właściciela, pani Ernestine Zwilling, dostawał za darmo kawę i kromkę chleba komiśnego z margaryną, który miał tę zaletę, że smakował nie najgorzej nawet, gdy był czerstwy. Potem wracał do sali wykładowej, marząc już o obiedzie.

Wszystkie te troski dnia codziennego blakły, gdy zaczynał się wykład. Wtedy do uszu słuchaczów zaczęły dochodzić krystaliczne dźwięki greckie i łacińskie, a myśli Mocka przeskakiwały na zupełnie inne tory prowadzące ku czasom, kiedy Cyceron rzucał gromy na Katylinę, Sokrates, otoczony uczniami, spacerował po ateńskiej agorze, a w miejscu, gdzie była teraz jego uczelnia, starożytni Ślężanie składali na brzegu Odry ofiary Światowidowi.

Dzisiaj Mock nie myślał o zamierzchłych epokach ani nie marzył o swej przyszłości, kiedy to będzie profesorem gimnazjalnym z wysoką państwową pensją. Dzisiaj mocno się rozkojarzył. Docent prywatny Moritz Adler stracił w nim uważnego słuchacza. Myśli studenta zogniskowały się bowiem wokół siedzącej w pierwszym rzędzie kobiety, którą mógł swobodnie obserwować, a właściwie podziwiać.

Kilkakrotnie już ją widział w Seminarium Filologicznym, ale na zajęciach – po raz pierwszy. W odróżnieniu od nielicznych hałaśliwych i bezpośrednich Amerykanek, studiujących na wrocławskiej Alma Mater, była powściągliwa i zachowywała dystans wobec kolegów. Wśród studentek miejscowych, które odznaczały się zwykle niestarannym ubiorem i zamaszystymi ruchami, wyróżniała się urodą oraz upodobaniem do kosmetyków i eleganckich dodatków, co nawet skłoniło Mocka do wszetecznych podejrzeń, iż jest ona utrzymanką jakiegoś majętnego starszego mężczyzny. Kiedy jednak przypadkiem usłyszał, jak z modnie ubranym studentem, strojącym zawadiackie miny, rozmawia po rosyjsku, porzucił to domniemanie. Wiedział, że jego polscy i rosyjscy koledzy, których na uniwersytecie było całkiem sporo, zwłaszcza na medycynie i na agronomii, pochodzą często z bogatych ziemiańskich domów, na wizytówkach wypisują sobie „Ritter von" przed nazwiskiem i noszą się z ostentacyjną elegancją. Zaliczył ją zatem do grupy arystokratów, nazwał w myślach rosyjską baronówną i nieustannie zastanawiał się, jak by tu ją zagadnąć. Nocami zaś snuł bardzo nieprzyzwoite o niej rojenia.

Teraz zerkał co chwila na jej gęste ciemne włosy upięte wprawdzie w kok, ale z pewną nonszalancją, przez co z obu stron skroni osiadały na jej ramionach dwie miękkie spirale loków. Podziwiał zadarty nosek, małe usta i pełne jak u dziecka policzki. Po kilku minutach od zachwytu przeszedł do myśli praktycznych. Zastanawiał się, jak wykorzystać ten uśmiech losu, iż oto znalazł się tak blisko niej. O czym z nią porozmawiać, by nie wydać się głupim lub ordynarnym? Może opowiedzieć jakiś dowcip? Ależ to byłoby niezręczne i idiotycznie – tak ni stąd, ni zowąd podejść do niej z jakimś witzem na ustach! Ale jeśli już, to z jakim? Jak na złość przychodziły mu do głowy jedynie ordynarne kawały, które rozbawiłyby rekrutów, nie zaś wykształconą młodą damę.

Słowa Adlera rozbijały się o szybę w umyśle Eberharda. Nawet nie udawał, że słucha i cokolwiek notuje. Zakręcił kałamarz włożony w dziurkę w pulpicie, a obsadkę ze stalówką odłożył tamże w specjalny rowek. Zamknął oczy i zaczął wyobrażać sobie rozmowę z Rosjanką. Nawet nie wiedział, kiedy zasnął. Nagle coś go ożywiło. Od strony katedry padły dwa wyrazy dobitnie zaakcentowane przez Adlera – walka i pojedynek.

– Tak, moje panie i panowie, to będzie naprawdę walka – usłyszał Mock. – Prawdziwy intelektualny pojedynek zgodny ze starą tradycją uniwersyteckich debat. Liczę się z tym, że mogę go przegrać. Jeśli jednak polegnę, zrobiwszy wszystko, co w mej mocy, aby się do niego dobrze przygotować, to nie będę miał sobie niczego do zarzucenia! W mej mocy jest tylko to, co stoicy nazywali *tà eph' hymîn*[25]. Panuję tylko nad tym, nad czym panuję całkowicie, czyli nad moim umysłem i nad moim nastawieniem do świata. A moje nastawienie jest następujące: uparcie, spokojnie i rozsądnie kroczyć drogą do celu, jakim jest ewentualne zwycięstwo nad Drexellem. Nie wiem, czy z nim wygram, to trochę jak walka Dawida z Goliatem, ale wiem, że zrobię wszystko, co w mej mocy, by wygrać. Droga jest wszystkim, sam cel jest niczym. A teraz dość już tych osobistych wynurzeń, które, tak przy okazji, pokazują, jak wygląda stoickie przygotowanie do życia. Teraz przerwa.

Wykładowcy zarządzali zwykle przerwę po pierwszych trzech kwadransach. Dzięki temu Mock, nie mając zegarka, wiedział, iż dochodzi dziewiąta. Spojrzał w swoje notatki i zrozumiał, że skupiony był na wykładzie mniej więcej do jego połowy, a potem, błądząc myślami wokół rosyjskiej baronówny, zasnął i nie słyszał najważniejszego – z kim, kiedy, a nade wszystko, dlaczego Adler staje w jakieś intelektualne szranki. O jaką debatę chodzi? Kim jest Drexell, jego przeciwnik? I nagle w jednej chwili zrozumiał, że ten moment słabości będzie świetnym punktem wyjścia do rozmowy z dziewczyną. Po prostu zada jej te pytania. Z pewnością

---

25 To, co w nas (gr.).

zareaguje ona zdumieniem: Jak to? Był pan na wykładzie i nie słyszał? Wtedy on powie: To przez panią. Pani wdzięk nie pozwolił mi się skupić. I od tego wszystko się zacznie. Czując, jak słowo „wszystko" powoduje, że się rumieni, wybiegł szybko z sali i rozejrzał się dokoła.

Studenci wypuszczali pod wysoko sklepiony sufit barokowego korytarza kłęby tytoniowego dymu. Stali podzieleni na kilka grup, które wyraźnie potwierdzały prawdziwość zasady *pares cum paribus*[26]. Mock po kolei przebiegał wzrokiem po owych gromadkach kolegów.

Dziewczyny nie było wśród trzech Polaków, którzy elegancko ubrani w surduty i meloniki, pykali z fajek, stojąc na samym końcu korytarza obok sali wykładowej nie przypisanej do żadnego seminarium. Stanisław Pasierbski uchwycił spojrzenie Mocka, uśmiechnął się do niego szczerze, powitał go pstryknięciem od dołu w rondo melonika i powrócił do rozmowy ze swoimi, wydając kolejne zadziwiająco szumiące i szeleszczące dźwięki polskiej mowy.

Nie było jej też wśród dwunastu jego współobywateli żydowskiego pochodzenia, którzy tłoczyli się przy samym wejściu do sali wykładowej, pilnie porównując i uzupełniając swe poczynione przed chwilą notatki.

Nie dostrzegł jej również pośród jedynych oprócz niej kobiet. Dwie młodziutkie amerykańskie studentki były teraz emablowane przez kilku wolnych słuchaczy koło trzydziestki, którzy ze względu na brak matury nie mogli studiować w zwykłym trybie. Byli to

---

26 Równi z równymi (łac.).

głównie biuraliści, którzy potrzebowali zaliczenia przynajmniej czterech semestrów, aby uzyskać wyższą rangę. Do tej grupy należeli też dwaj podoficerowie i trzej nauczyciele ze szkół ludowych. Rej wodził tu pewien młody, lecz prawie całkiem łysy urzędnik, który popisywał się przed koleżankami swoją angielszczyzną.

Rosjanka była w najliczniejszej, kilkunastoosobowej grupie stojącej pod oknem. Otaczało ją wielu rozochoconych burszów w czapeczkach. Członkowie trzech konkurencyjnych względem siebie korporacji – Teutonii, Vandalii i Borussii – tym razem nie prowadzili walki plemiennej. Tutaj występowało indywidualne rozkładanie pawich ogonów. Każdy z nich próbował wybić się ponad kolegów i zdobyć uznanie w oczach pięknej studentki, zabawiając ją dowcipną rozmową. Dziewczyna – zachwycona swym powodzeniem – obdzielała ich wesołymi spojrzeniami i śmiała się perliście. Mock wiedział, że trudno mu będzie przebić się przez ten mur zalotników i wygłosić przygotowaną przez siebie kwestię.

Nie poddawał się jednak łatwo. Podszedł do tej grupy i poprosił jednego z burszów o ogień. Ta krótka chwila wystarczyła, by się zorientować, iż ich rozmowa dotyczyła właśnie treści wykładu, a dowcipy, którymi błyszczeli studenci, były parodią sformułowań Adlera. Rozmawiali o jakimś dziecku, co w umyśle Mocka nie wywoływało najlżejszych nawet skojarzeń. Temat wykładu był chyba fascynujący, skoro nawet w przerwie służył im do zabawiania koleżanki. Gdyby teraz rozepchnął zalotników i włączył się do rozmowy, oświadczając Rosjance, że nic a nic nie pamięta z wykładu, to mógłby się jej wydać tępakiem i wsiowym głupkiem, który nie wiadomo co robi na uniwersytecie. Realizacja tego planu równałaby się kompromitacji.

Podziękował za ogień i odszedł. Stanął z ponurą miną z boku – obok swojego jedynego bliższego w tym gronie kolegi, Heinricha Zuckermanna, i obmyślał nowy podstęp.

Dwóch ich było, którzy nie pasowali do owych wszystkich grupek i podgrupek: Żyd z Głogówka i szewczyk z Wałbrzycha. Grzecznie, lecz stanowczo odepchnięci przez wszystkich, ciążyli siłą rzeczy ku sobie. Ten pierwszy, prawie trzydziestoletni mężczyzna z przylizanymi włosami oraz małym wąsikiem, nie kolegował się z innymi wolnymi słuchaczami, ponieważ różnił się od nich pozycją społeczną. Był tylko urlopowanym feldfeblem, i to bez matury, a zatem nie pasował do wspomnianych oficerów, nauczycieli i urzędników. Demonstracyjnie unikali go też Żydzi, ponieważ na każdym kroku drwił z ich – i z własnego – narodowego charakteru, o którym mawiał, że jest odbiciem „mentalności garstki koczowników z epoki neolitu".

Wałbrzyszanin natomiast sam siebie skazał na samotność, bo od czasu niefortunnego chrztu jak ognia unikał burszenszaftów. Nie znosił stadnych ceremonii, nadętych fraz, wspólnego śpiewu i rubasznego poklepywania się po ramionach. Ta niechęć do zrzeszania się była w nim tak silna, że objęła również naukowe, samopomocowe i wszelkie inne organizacje studenckie. Skazała go zatem na towarzystwo nielicznych takich jak on samotników. Wymyślił sobie nawet racjonalne uzasadnienie swego indywidualizmu.

– Jestem kowalem własnego losu – odpowiadał tym, którzy chcieli go do siebie przyciągnąć. – I własnej godności.

Tych burszów, którzy wyciągali do niego rękę, zniechęcał do siebie bezkompromisowością, uporem i zdystansowaniem, co powszechnie było uznawane za przejaw pychy i impertynen-cji. Nikomu się nie przyznał, że takie zachowanie wypływało z lęku przed odrzuceniem, który był spotęgowany jak najgorszy-mi wspomnieniami chrztu korporacyjnego. Nic zatem dziwnego, że po dwóch latach takiego życia we Wrocławiu wytworzyła się wokół niego pustka i pozostał mu tylko jeden towarzysz – eks-centryczny Zuckermann – sarkastyczny, szczery i godny zaufania.

Tylko on znał niektóre tajemnice Mocka – zadawanie się z ta-nimi prostytutkami i nocne wypady do podłych knajp. Tylko on wiedział, iż ten wysoko ceniony przez profesorów student ma dobre kontakty ze złodziejami, z alfonsami, a nawet drobnymi rzezimieszkami, którzy – zaczepiając go i prowokując w zatęch-łych uliczkach wokół uniwersytetu – szybko przekonywali się, iż nie jest on kolejnym wymoczkowatym studencikiem, i docenili siłę jego pięści i charakteru. Zuckermann wiedział o tym wszyst-kim i milczał.

Mock wziął go teraz pod ramię i szepnął:

– Wyjaśnij mi, Heini, o co chodzi z tym intelektualnym po-jedynkiem Adlera i jakiegoś Drexlera... Chyba się zdrzemnąłem i nie wszystko dokładnie usłyszałem...

Zapytany spojrzał na niego ze zdumieniem, ale jako były woj-skowy nie zadawał zbędnych pytań.

– Adler napisał książkę. O tym wiesz, prawda?

– Tak, wiem, ale nie pamiętam tytułu...

– „Cudowne dziecko. Historia pewnej religijnej idei". Taki jest tytuł. Otóż Adler zbadał motyw cudownego dziecka w różnych kulturach starożytnych. Po drobiazgowej analizie tekstów gre-ckich, łacińskich, a nawet semickich wyszło mu, że w wielu z nich pojawia się jeden i ten sam niezwykły motyw. Uśmiechający się noworodek. Takie nadprzyrodzone dziecię uśmiecha się od razu po urodzeniu, rozumiesz?

– A co w tym niby dziwnego? – zdumiał się Mock.

– Chłopie, tyś chyba dawno noworodka widział! Zwykłe dziecię uśmiecha się dopiero po iluś tam tygodniach życia, kiedy mu się rozwiną mięśnie mimiczne, a cudowne objawia swoją cudowność, uśmiechając się do rodziców tuż po narodzeniu! Adler ma na to poważne argumenty i wiele świadectw. Kilku wielkich reformatorów religijnych, w tym Budda, Chrystus i Zaratustra, śmiało się już w kołysce do swych rodziców, wedle różnych autorów...

– No dobrze, a co to ma wspólnego z jakimś pojedynkiem intelektualnym? – niecierpliwił się Eberhard.

– No właśnie – sapnął Zuckermann. – Słynny Drexell z Monachium, ten, wiesz, od języka Etrusków, napisał w „Berliner Philologische Wochenschrift" druzgocącą recenzję książki Adlera. A nasz dzielny Moritz wcale się nie załamał, tylko zaprosił Drexella do Wrocławia na debatę. I ta debata ma się odbyć – spojrzał do zeszytu – dwudziestego trzeciego listopada... No, chodźmy, Ebi, bo Adler już woła...

Mock nie usłyszał ostatniego zdania, bo właśnie obok niego przechodziła Rosjanka i kończyła wypowiedź skierowaną do chudego bursza w binoklach i w granatowo-czerwono-białych barwach Vandalii.

– Chyba ma pan rację, Karl – powiedziała, miękko wymawiając spółgłoski. – Adler przegra... Drexell go zniszczy!

– A co też pani mówi? – krzyknął Mock i zastąpił jej drogę.

– Drexell nie ma najmniejszych szans!

Dziewczyna zatrzymała się zdumiona. Przed nią stał młody brunet, który zachłannie wpatrywał się w nią przez cały wykład, co mile nawet połechtało jej próżność. Był średniego wzrostu, lecz silnej budowy ciała – zwłaszcza jego pierś była atletyczna i wyraźnie zarysowana pod nieco sfatygowanym surdutem. Miał mocno ciosaną szczękę, na której pojawił się już siny cień zarostu, i duże piwne oczy, w których błyskał ognik wesołości.

Kpi czy o drogę pyta? – pomyślała rozbawiona.

– Nie przeszkadzaj pan i nie wtrącaj się bez pytania – warknął jej towarzysz Karl, zdradzając bawarski akcent.

– Ależ oczywiście! – Mock wsunął się pomiędzy nią a bursza, ignorując tego ostatniego. – Przeczytałem książkę Adlera i recenzję Drexella. Głupi monachijczyk myli się fundamentalnie, jak zresztą wszyscy monachijczycy! To ograniczone umysłowo piwożłopy! Mam mnóstwo dodatkowych argumentów za tezą Adlera. Takich, których nie ma w książce ani w recenzji! Pani pozwoli – skinął głową i strzelił obcasami – Eberhard Mock, student filozofii...

– Natalia Diabrinska – uśmiechnęła się Rosjanka. – Wolę zdrobnienie „Natasza". Również studentka filozofii... A jakież pan ma argumenty? Ujawni je pan na debacie?

W sali studenci zajmowali swoje miejsca, trzaskały ławy. Adler przechadzał się wzdłuż tablicy, szykując się do drugiej części wykładu. Mock nie miał zbyt wiele czasu i zagrał *va banque*.

– Chętnie je pani przedstawię – powiedział swym niskim, chrypliwym nieco basem. – Ale na obiedzie... Czy dałaby pani się zaprosić? Dzisiaj po wykładach...

Natasza spoważniała, a potem się lekko uśmiechnęła.

– Być może...

Poszła do swojej ławy i usiadła. Uczyniła to z wielką gracją, uwydatniając wszelkie krzywizny swego pięknie uformowanego ciała. Towarzyszący jej bursz Karl zbliżył swą twarz do oblicza Mocka. Kiedy mówił, lekko pryskał śliną.

– Nazywam się Karl von Stietenkrafft i pochodzę z Monachium. A pan wszystkich monachijczyków nazwał głupkami. Jest pan idiotą! Żądam satysfakcji na rapiery!

– Nie widzisz, monachujku – wysyczał Mock – że nie mam żadnych plemiennych barw!? Nie uznaję pojedynków... Ale jeśli się zaraz nie odsuniesz i nie przestaniesz mi chuchać swym smrodliwym oddechem... to dla własnej satysfakcji obiję ci ten chudy, zezowaty ryj... Po wykładzie pod Łaźnią Miejską? Na pięści, nie na szpady!

To było prostackie i Mock zdawał sobie z tego sprawę. Miało jednak zrobić wrażenie na szlachcicu. I zrobiło. Odsunął się gwałtownie. Ze wstrętem – jak później dodawał. Ze strachem – jak to widział szewczyk z Wałbrzycha.

– Czy panowie studenci nie mogą się powstrzymać od kłótni i od używania języka koszarowego? – zwrócił im uwagę Adler, który najwyraźniej usłyszał kalambur Mocka. – A może panowie studenci potrzebują specjalnego zaproszenia na wykład?

Kiedy Mock siadał w swej ławie i maczał stalówkę w atramencie, poczuł na sobie przelotne spojrzenie Nataszy. Pękał z dumy. To był jego wieniec laurowy po zwycięstwie, jakie odniósł nad Karlem.

Jeszcze tego dnia miało się okazać, że było to zwycięstwo pyrrusowe.

WROCŁAW,
czwartek 19 października 1905 roku,
wpół do pierwszej po południu

NATASZA ZGODZIŁA SIĘ PÓJŚĆ na obiad z Eberhardem. Tuż po kolejnym wykładzie wyszli oboje z gmachu uniwersytetu odprowadzani spojrzeniami Karla von Stietenkraffta i jego kompanów z Vandalii. Pierwszy patrzył z wściekłością, pozostali z pogardą. Mock nie przejmował się nimi. Był spokojny i pewny siebie, zwłaszcza że w kieszeni brzęczały mu trzy marki pożyczone litościwie przez Zuckermanna.

Szli wolno w stronę Konwiktu Świętego Józefa[27], mijając fontannę z szermierzem, którą ostatnio Mock zanieczyścił. Student nie chciał się afiszować z pieniędzmi Pod Wielorybem, w obawie, iż pani Zwilling odmówi mu później darmowego śniadania, toteż zaproponował dziewczynie dobrze sobie znaną, a ostatnio mocno podupadłą restaurację Pod Białym Bocianem przy Longeholzgasse[28], tuż obok kramów z wyrobami masarskimi. Nie była ona zbyt droga, a o tej porze było tu jeszcze bezpiecznie. Za pół marki oferowano gościom smaczny obiad, oczywiście bez alkoholu, zatem nie groziła tu Mockowi żadna kompromitacja przy płaceniu rachunku, nawet gdyby panna Diabrinska zdecydowała się na najdroższą potrawę, jaką była tutaj cielęca nerkówka raptem za niecałą markę.

---

27 Obecnie Collegium Anthropologicum na ul. Kuźniczej.
28 Obecnie ul. Krowia.

Po drodze usiłował bawić swą towarzyszkę rozmowami o Wrocławiu i Śląsku, ale czynił to tak nieudolnie, że samego go to znudziło, nie mówiąc już o dziewczynie, która raz aż ziewnęła, kiedy rozwodził się na temat piękna Karkonoszy. Nawet Neptun wznoszący się nad Neumarktem[29] patrzył ironicznie na jego próby konwersacji. Marny bawidamek odliczał zatem w myślach minuty, które zajmowała im droga, i odetchnął z ulgą, kiedy dotarli do celu.

W restauracji zajął się nimi wielki drab z bielmem na oku. Jeszcze do niedawna obsługiwał gości we fraku, ale wraz z obniżką cen i napływem nowej klienteli z niższych sfer kelner ten włożył inny strój roboczy – przewiązał się w pasie czarnym fartuchem, przez co zyskał wśród rojącej się tu studenterii przydomek kandydata teologii.

Uroczystym ruchem odebrał od nich zroszone mżawką płaszcze i posadził ich przy jedynym wolnym stoliku pod piecem. Zamówili grochówkę, a na drugie danie – jaja sadzone z kartoflami i z parówką. Do picia wzięli lemoniadę. Natasza nie chciała żadnych wykwintnych dań, mimo iż Eberhard dwukrotnie ją zachęcał do zamówienia sobie czegoś bardziej wyszukanego. Ona jednak odmawiała zdecydowanie.

– Wolę, żeby mi pan nie fundował – powiedziała wprost. – Nie chcę się czuć zobowiązaną wobec pana.

Eberhard ustąpił i zastanawiał, w jakim kierunku poprowadzić dalszą rozmowę. Do tej pory miał do czynienia albo

---

29 Obecnie pl. Nowy Targ.

z córami Koryntu, albo z posługaczkami, ze służącymi, z pracz-
kami i innymi kobietami pracującymi, które ciężko zarabiały na
życie i chwil wytchnienia szukały w tanich knajpach – w żartach,
rubasznych flirtach i w potańcówkach z przytupem. Z prostytutkami cały wysiłek sprowadzał się do tego, aby swym młodzień-
czym urokiem wynegocjować jak najniższą cenę. Z kobietami
pracującymi należało jednak wejść w bliższą zażyłość – i tu
stosowano najróżniejsze sposoby. Najpopularniejszym była
oczywiście obietnica ślubu. Co ciekawe, nie wierzyli w nią ani
ewentualny narzeczony, ani jego wybranka, a sukces odnosił
ten, kto był najbardziej przekonujący w kluczowym momencie, kiedy dziewczyna w chwili zaślepienia albo alkoholowego
zamroczenia porzucała swe nader uzasadnione wątpliwości co
do zamiarów matrymonialnych uwodziciela.

Mock nie stosował tej metody. Mimo swoich jawnych bra-
ków finansowych odznaczał się wszystkim tym, co kobiety cenią
w zachowaniu mężczyzny. Nie marudził i nie użalał się nad sobą,
był spokojny, opanowany i zdecydowany, a kiedy było trzeba,
ujawniał siłę ducha i swych mięśni. Jego aparycja nie pozosta-
wiała wątpliwości, że ten krępy brunet o kwadratowej szczęce
i szerokich barach obroni kobietę w potrzebie i zajmie się nią
w razie jakiejś niedoli. Obdarzony zatem męską naturą i odpo-
wiednią tężyzną, nie musiał nadrabiać niedostatków aparycji i fi-
nansów pozowaniem na światowca. Nie tryskał zatem gejzerami
elokwencji, w podrywaniu kobiet pracujących stosował metodę
na milczka, bo zauważył, iż są one zawsze zaintrygowane mężczyzną małomównym, uznają go za pełnego sekretów i starają
się poznać jego tajemnice.

Tym razem metoda na tajemniczego nieznajomego nie działała, a status studenta nie był żadnym wabikiem. Przed Eberhardem siedziała przecież studentka, której akademicy nie imponowali samą swą pozycją społeczną. Ich umizgi i pozy były dla niej chlebem codziennym. Metoda na milczka też nie działała. Owa wykształcona młoda dama przywykła do bycia zabawianą. Nie rozumiała zatem, dlaczego kolega ze studiów, który tak ją zaintrygował, najpierw wpatrując się w nią uparcie, a potem zapraszając na obiad w przebojowy sposób, siedzi teraz jak struty i rozgląda się dokoła, jakby szukał podpowiedzi w łukowatych sklepieniach, wypłowiałych obrazkach i obrusach nie pierwszej czystości.

Piec ziejący gorącem wycisnął pot na czole Mocka. Otarł go z irytacją.

– Zawsze pan taki rozmowny? – zniecierpliwiła się w końcu dziewczyna. – Zdaje się, że pan obiecał mi przedstawić argumenty za tezą Adlera...

– To będzie na deser! – Eberhard uśmiechnął się niepewnie, ale zaraz nabrał nieco wiatru w żagle i mimo wszystko spróbował flirtu. – Przecież zwabiłem panią do tej jaskini obietnicą wyjawienia naukowej zagadki. Jeśli zdradzę ją zbyt wcześnie, to pani wyjdzie i mnie samego tu zostawi...

– Mówi pan na deser? – Panna Diabrinska owinęła wokół palca jeden ze swoich loków. – A co będzie na danie główne?

Mock nie miał żadnej błyskotliwej odpowiedzi na takie *dictum*. Zrozumiał, jak boleśnie blado wypada jego flirtowanie. Przyjrzał się uważnie swej towarzyszce. Nie przypominała kobiet, które zdobywał we wrocławskich szynkach. Elementem, który ją najbardziej od nich odróżniał, była bluzka. Lśniąco biała, starannie wyprasowana, z wysokim koronkowym kołnierzem. Natasza była niewątpliwie zaprzeczeniem stereotypu niechlujnej Rosjanki lub Polki, jaki często propagowały niemieckie studentki, zazdrosne – jak mówili złośliwcy – o ich słowiańską urodę. Mock, patrząc na jej schludność, na delikatne, dziecięce prawie rysy, na inteligentne, skośne nieco oczy, w jednej chwili uzmysłowił sobie, że z taką kobietą jeszcze nigdy nie miał do czynienia. Wydawała mu się boginią, która zeszła z Olimpu, nie zaś dziewuchą, którą można przycisnąć w jakimś zaułku. Już samo przebywanie z nią było rodzajem nagrody. Porzucił zatem wszelkie głupawe sposoby uwodzenia. Odetchnął głęboko. Postanowił zerwać maskę i być z nią szczery.

– Widziałem panią kilka razy na uniwersyteckim korytarzu – poczęstował ją papierosem, ale odmówiła – i chciałem się z panią zapoznać. Nie znalazłszy żadnego wspólnego znajomego, żadnego pośrednika, wziąłem sprawy we własne ręce... No i udało się, siedzimy tu teraz razem...

– A dlaczego chciał mnie pan poznać? – przerwała mu Natasza z lekkim cieniem kokieterii.

– Jestem mężczyzną – odparł prosto. – A mężczyźni chcą poznawać kobiety...

Przerwał, bo oto kelner postawił przed nimi miski gorącej grochówki oraz koszyk ze świeżym chlebem, który od białego miąższu nazywany był mlecznym.

– Nie jestem salonowcem. – Z przyjemnością patrzył, jak jego towarzyszka podnosi łyżkę do swych małych ust. – Nie bywam na rautach, na balach. Gdzie mogę poznać interesującą i wykształconą niewiastę? Sama rozmowa z taką damą jest dla mnie... Jest jak...

Zamyślił się, a Natasza przerwała jedzenie i wpatrywała się w niego z lekkim uśmiechem.

– Rozmowa z panią jest dla mnie jak tchnienie wiosny – skończył i zanurzył łyżkę w gęstej zupie, w której pływały nieliczne skwarki.

– Świetnie to ze sobą współgra. – Wybuchnęła śmiechem.

– Praśna grochówka i poetyckie porównania. Ale przyznaję, że to miłe... Niech mi pan powie szczerze, panie Mock... Czy coś pan wie o kontrowersji Adler *versus* Drexell czy była to tylko sprytna przynęta?

– To był podstęp – wyznał szczerze. – Ale to nie znaczy, że...

– No proszę, proszę, jak to się wyżarł nasz szewczyk! – rozległ się od drzwi donośny głos. – Biedne to jak mysz kościelna, od Żydów pieniądze pożycza na wykładach, a tutaj to udaje wielkiego pana!

Ludzie odwrócili się od stolików i spojrzeli życzliwie na grupę pięciu mężczyzn w granatowych czapeczkach z małymi daszkami. Studenci weszli do knajpy, stukając po podłodze laskami. Kelner zatarł ręce z radości. Kroił się niezły zarobek. Korporanci byli już najwidoczniej wstawieni, tutaj wychylą jeszcze kilka bomb piwa, zaczną śpiewać ku uciesze innych gości, zrobi się tłoczno i wesoło, a napiwki hojnie będą się sypać.

Burszowie zawiedli go jednak srogo. Najwyraźniej śpiewy i dokazywanie nie były ich celem. Karl von Stietenkrafft piorunował wzrokiem siedzącą parę, a w jego oczach wypisane było jedno słowo: Zemsta. Wolnym krokiem on i jego koledzy zmierzali w stronę Nataszy i Eberharda. Ten spokojnie jadł zupę, lecz po każdym łyku zerkał ku nadchodzącym. Dziewczyna odłożyła łyżkę i wbiła spojrzenie w stół. Prawie fizycznie odczuwał jej niepokój.

– Nie wiem, czego oni chcą – skłamał. – Ale przy mnie jest pani bezpieczna...

Jednooki garson podbiegł do młodzieńców i zapytał, czy życzą sobie piwa i obsługi, a jeśli tak, to czy zechcą poczekać, aż się zwolni jakiś stolik. Potężny, nie znany Mockowi student z twarzą pociętą bliznami mruknął, iż tak, życzą sobie, ale na razie poczekają przy stoliku, przy którym siedzi pan baron von Waldenburg[30]. Powiedziawszy to, oparł pięści na stole i słuchał przez chwilę rechotu, jaki towarzysze wydawali zza jego pleców.

– Zaraz będzie stolik, szanowna młodzieży – zawołał kelner.

– Zaraz będzie!

Ale było to raczej pobożne życzenie. Nikt z gości zajmujących wszystkie stoliki w lokalu nie ruszał się z miejsc, widząc, że atmosfera zrobiła się napięta, że jest już o włos od bójki, czyli od darmowej rozrywki. Tymczasem kelner postawił przed Eberhardem i Nataszą talerze z gotowanymi kartoflami, jajem sadzonym i parówką.

Mock przechylił miskę i zjadł grochówkę do końca, a potem kamiennym wzrokiem spojrzał na olbrzyma z pokiereszowanym obliczem, który zapewne zasiedział się do rana na jakiejś uroczystości, a potem leczył kaca. O tym świadczył jego poplamiony galowy ubiór korporacyjny. Wciąż był odziany w białe obcisłe spodnie, buty do konnej jazdy i w długi płaszcz podszyty futrem. Na jego granatowej bluzie mundurowej pyszniły się akselbanty

---

30 Wałbrzych (niem.).

i sznury z pętelkami założonymi na ozdobne guziki. Czapka, taka sama jak u kompanów, siedziała mu na czubku głowy. Uderzał szpicrutą w otwartą dłoń obciągniętą rękawiczką.

– Słucham panów? – Eberhard wstał powoli, zawadzając rękawem o łyżkę, która się osunęła z talerza i pobrudziła resztką zupy pognieciony obrus.

– Niech pan uważa na jedzenie, baronie von Waldenburg.

– Von Stietenkrafft uśmiechał się krzywo i dźgał palcem w stronę Mocka. – Bo jeszcze sobie pan poplami ten modny surdut... Bo trochę zupy się panu wyleje na te nowiutkie eleganckie trzewiki... Gdzie pan je kupił? Na straganach w Sobótce?

Mock uznał chudzielca za harcownika i zignorował go całkowicie. Za to nie spuszczał wzroku z potężnego studenta z bliznami.

– Miły jest ten twój absztyfikant? – zwrócił się do Nataszy przywódca korporantów. – A jak się spisuje w nocy? Też taki dzielny?

Pozostali wybuchnęli śmiechem. Zawtórowali im co bardziej pijani goście lokalu, wśród których dominowali studenci w rozmaitych korporacyjnych myckach.

– Jak pan śmie! – wrzasnęła dziewczyna i zerwała się na równe nogi. – Nie jestem z panem na ty!

Potężny bursz spojrzał na nią przekrwionymi oczami, nad którymi widać było jasne rzęsy i takież brwi. Pożądanie odmalowało się na jego nalanej twarzy. Pod mundurem zadrżał mu ze śmiechu wyraźnie zarysowany brzuch wzdęty od piwa i grochu.

– Spójrz, mała – błysnął zębami – co teraz zrobi twój Romeo... Myślisz, że będzie się bił z nami w obronie twojego honoru? No patrz... Ależ nie! On tu trochę postoi, posłucha, co mamy do powiedzenia... Będzie tak tkwił przede mną na baczność cały czas... wyprężony jak struna... A wiesz dlaczego, mała? Dlatego że ściska swoje półdupki... Gdyby usiadł, toby popuścił ze strachu! I co by wtedy było? Wtedy taki-owaki spodnie by pobrudził, a nie ma innych... I w czym będzie chodzić toto na wykłady?!

Goście lokalu ryknęli śmiechem. Kilku z nich zbliżyło się ze swoimi kuflami, aby wszystko lepiej widzieć i słyszeć. Ich sympatie były najwyraźniej po stronie napastników.

Wandalowie otoczyli stolik Mocka. Wolno mijały sekundy. Burszowie najwyraźniej czekali na jego reakcję. W końcu ich herszt podniósł rękę, w której drżała szpicruta. Wszyscy się uciszyli.

– Nazywam się Richard Lotz i tu jest moja wizytówka. – Podał Eberhardowi elegancki kartonik.

Zapadła całkowita cisza.

– Służyłbym panu satysfakcją – jego słowa były mocno zniekształcane przez alkohol – na rapiery. Ale to jest niemożliwe, bo pan nie należy do żadnej korporacji. A zatem pojedynek na zasadach ogólnych. Na pistolety. W dowolnym miejscu i w dowolnym czasie... Ale pan nie ma zdolności honorowej, co objawił przed chwilą. Człowiek honoru stanąłby w obronie damy. A pan pozwolił na uchybienie jej czci. A zatem i pistolety są wykluczone. Nie ma pojedynku z człowiekiem bez honoru... Co tu zatem robić? – Potarł dłonią czoło, jakby intensywnie myślał. – Proszę mi wybaczyć, szanowna pani – zwrócił się do Nataszy – że wykorzystałem w tak grubiański sposób pani osobę. Musiałem jednak udowodnić komilitonom, że ta nędzna kreatura, która pani towarzyszy, to człowiek bez honoru. Nikt mu już ręki nie poda na całym uniwersytecie...

Uniósł szpicrutę, zamachnął się, a potem wolno przyłożył ją do policzka Mocka, jakby mierzył, gdzie ma uderzyć. Rozejrzał się dokoła. Jego koledzy i goście lokalu krzyczeli podnieceni i bili mu brawo. Patrzyli z niechęcią na Eberharda i pokazywali go palcami. Lotz rozglądał się, syty aplauzem, i unosił ręce w geście triumfu.

Tyle że walki jeszcze wcale nie wygrał.

Doświadczony przez życie kelner wiedział, że zaraz się zacznie. Wypadł z knajpy na ulicę.

I rzeczywiście wszystko się zaczęło. Nadszedł ten moment, na który Mock czekał. Wiedział, że nerwy w mięśniach i w skórze dadzą mu znać, gdy nadejdzie ta upragniona chwila, kiedy będzie mógł wymierzyć jeden, niszczący cios nokautujący – prawy podbródkowy. Zdołał go wyćwiczyć w robotniczych dzielnicach Wałbrzycha i w wilgotnych zaułkach Wrocławia.

Uderzył mocno i zawył. Prawie sparaliżował go ból promieniujący od nadgarstka.

Rozszedł się wysoki, zgrzytliwy dźwięk, jakby zderzyły się ze sobą toczone z wielką szybkością bilardowe kule. To kłapnęły szczęki Lotza.

W ułamku sekundy Mock spostrzegł, jak żuchwa przeciwnika dziwnie się przesuwa w poziomie, oczy mętnieją, a on sam łapie się – nie wiedzieć czemu – za uszy. Pod wandalem ugięły się kolana i osunął się na ziemię. Od upadku ciała aż drgnęła podłoga, a spomiędzy desek wystrzeliły w górę dymki kurzu.

Mock objął Nataszę i szepnął jej do ucha.

– Uciekaj! Teraz będą chcieli mnie zatłuc!

Niewiele się pomylił. Czterech korporantów otoczyło go pod piecem i zaczęło okładać laskami. W powietrzu aż świstało. Ktoś krzyknął, aby przestali. Mock uderzał na oślep, wystawiając się na kolejne ciosy.

Trafił w czyjś nos, buchnęła krew. Potem bronił się już z zamkniętymi oczami – jakby odganiał osy, które kąsały go ze wszystkich stron. W końcu musiał chronić swą głowę. Położył na niej splecione dłonie, czyniąc z nich prowizoryczny hełm. Kręcił się w kółko, a kije głucho waliły po jego palcach. Ból kostek był tak silny, że musiał puścić głowę. Ale nie uciekał, nie chował się pod stół.

Wandalowie młócili dalej laskami mimo protestów gości. Najzajadlej zaś Karl von Stietenkrafft. Czasami uderzali się wzajemnie, i to ich jeszcze bardziej rozpalało.

Po minucie Mock przestał się bronić i opadł na kolana. Po dwóch minutach rozległy się policyjne gwizdki. Do knajpy wpadli dwaj stróże prawa z pobliskiego komisariatu przy Altbüsserstrasse[31].

Ale tego to już Mock ani nie widział, ani nie słyszał.

WROCŁAW,
poniedziałek 30 października 1905 roku,
godzina jedenasta przed południem

KARCER UNIWERSYTECKI ZWANY HOTELEM PANA GÜSSA mieścił się w budynku przylegającym do wschodniego skrzydła uczelni. Zakładem tym zawiadywał lubiany przez studentów woźny

---

31 Obecnie ul. Łaciarska.

o nazwisku, od którego karcer wziął swoje miano. Ten sympatyczny i zażywny jegomość, były podoficer cesarskiej armii, miał same zalety, a tylko jedną słabość – wymagał, aby jego podopieczni okazywali mu szacunek poprzez trzaskanie obcasami i kończenie każdej wypowiedzi frazą *„Herr Oberpedell"*[32]. W zamian przynosił im smaczne jedzenie od własnej połowicy i przymykał oko na rozmaite nieregulaminowe zachowania. Nie reagował, kiedy przychodzili do aresztantów koledzy, rozstawiali stoliki pod oknami karceru na chodniku ruchliwej Burgstrasse[33] i ucztowali do późnych godzin nocnych, podając więźniom przez kraty tytoń, piwo i rozmaite smakołyki. Śmiał się też wesoło, kiedy „absolwenci" studenckiego więzienia, zwani od czasów średniowiecza *carcerii*[34], opuściwszy jego mury, swawolili w dorożce zaprzężonej, jak kazał zwyczaj, w konia w cylindrze.

Tym razem pan Theodor Güss otrzymał od uniwersyteckiego nadsekretarza Waltera Rehberga bardzo stanowcze zalecenie, aby delikwentów, którzy tu niedługo trafią, potraktować naprawdę surowo. Woźny polecenie wykonał literalnie. Pięciu burszów z Vandalii pod przywództwem dobrze sobie znanego studenta Lotza ulokował w dwóch ciasnych celach, a jednego – nie widzianego tu dotąd – studenta filozofii Eberharda Mocka w osobnej. Zamknął okiennice na kłódki, nie pozwalając na kontakty ze światem zewnętrznym, i pozostał głuchy na wszelkie prośby więźniów, których karmił regulaminowym czarnym chlebem.

---

32 Panie nadpedlu (niem.).
33 Obecnie ul. Grodzka.
34 Neologizm od łac. *carcer* – więzienie.

Wandalowie zostali przez senat uniwersytecki potraktowani bardzo surowo. Za pobicie swojego kolegi, owego Mocka, otrzymali wyrok dwóch tygodni karceru wraz z groźbą wydalenia z uczelni. Ich przywódca dostał taką samą karę plus niezaliczenie semestru, nie licząc kary od natury – zwichnięcia żuchwy. Mocka osądził nie senat, zajmujący się cięższymi przestępstwami studentów, lecz tylko rektor oraz sędzia uniwersytecki, zwany powszechnie sędzią piwnym. Za bójkę w miejscu publicznym i uszkodzenie ciała kolegi dostał tylko trzy dni karceru. Okolicznością łagodzącą było oczywiście to, iż – jak przyznała będąca świadkiem całego zdarzenia studentka Natasza Diabrinska, panna o nieposzlakowanej opinii – to właśnie Mock został napadnięty i bronił się dzielnie mimo czterokrotnej przewagi napastników. Stan zdrowia ofiary napaści – wstrząśnienie mózgu – na tyle się poprawił, że po kilku dniach leżenia w łóżku był zdolny do odbycia kary i regulaminowo stawił się w karcerze.

Ku zdziwieniu nadpedla współwięźniowie nie przywitali go przyjaźnie. Kiedy szedł korytarzem, rozlegało się buczenie i pogardliwe okrzyki.

– Oto baron von Waldenburg!

Co gorsza, krzyczeli nie tylko zamieszani w całą sprawę, ale również inni burszowie odsiadujący tu swe kary. Wcześniej dali się oni przekonać współwięźniom, iż Mock nie od razu stanął w obronie czci towarzyszącej mu damy, a cios swój wymierzył Lotzowi dopiero później, w sposób najpodlejszy z możliwych – bez uprzedzenia.

Gdyby ten Mock był człowiekiem honoru – takie opinie powtarzano sobie na uniwersyteckich korytarzach i w mensach – to po obrażeniu panny spoliczkowałby Lotza, a potem z nim walczył w pojedynku. A on najpierw odmówił mu satysfakcji, a potem go zaatakował. Znienacka – jak wściekły pies.

Nie poprawiło też opinii Mocka oficjalne ogłoszenie, jakie studentka Diabrinska zamieściła na tablicy, zwanej czarną deską, przy głównym wejściu do gmachu uniwersyteckiego. Napisała w nim wyraźnie, że Mock był ofiarą agresji i mężnie – wobec wielkiej przewagi – bronił jej czci oraz swojego honoru. Owo ogłoszenie wywołało w zdominowanym przez mężczyzn świecie uczelni skutek odwrotny do zamierzonego i panna Diabrinska straciła nieco na swej nieposzlakowanej opinii.

Cała sprawa wywołała plotki szczególnie wśród biuralistów.

Kontroler kosztów zastanawiał się:

– Ten Mock to chyba musi być rzeczywiście jakiś laczek, skoro go kobieta broni na czarnej desce...

– Ta Rosjanka to jakaś łatwa dziewoja. – Sekretarz budowlany się rozmarzył. – Ciekaw jestem, kiedy da temu czy innemu studentowi miłosne alibi na czarnej desce. Słyszałem, że grucha ta gołąbeczka z niejednym, oj, z niejednym...

Natasza przejęła się tymi plotkami, za którymi szły bezczelne spojrzenia urzędników i kolegów. Postanowiła zatem jednym gestem podeptać wszelkie pogłoski i udała się w odwiedziny do karceru. Oczywiście nie sama.

Nadpedel Güss, na którym wielkie wrażenie wywarły jej schludność, uroda, a nade wszystko towarzysząca jej kobieta, złamał zalecenie Rehberga i zgodził się na wizytę. Otworzył przybyłym niewiastom celę Mocka i dyskretnie się wycofał.

I tak oto trzeciego, ostatniego dnia kary Eberhard ujrzał Nataszę w towarzystwie prawosławnej mniszki w czarnym habicie i w kwadratowej czapce takiegoż koloru. Dla więźnia, dla pedla i dla innych „carcerii" było całkowicie jasne, iż osoba duchowna jest w tej sytuacji gwarancją nieskazitelnych intencyj odwiedzającej damy.

– Dzień dobry – powiedziała Natasza i odwróciła się do swej towarzyszki. – Siostro Eulalio, przedstawiam pani mojego dalekiego znajomego, pana Eberharda Mocka.

Więzień oraz zakonnica wymienili ukłony. Nieogolony i posiniaczony mężczyzna w niezbyt czystej koszuli nie zrobił chyba na niej najlepszego wrażenia, bo skrzywiła się nieco i spuściła skromnie wzrok. Panna Diabrinska rozejrzała się po celi, w której nie było niczego oprócz stołu, krzesła z urwanym oparciem i pryczy wymoszczonej cienkim siennikiem. Pociągnęła lekko nosem.

– Spodziewałam się gorszych zapachów – powiedziała z pewnym uznaniem.

– Właśnie wysłałem służącego po perfumy – odparł Mock, przyklepując obandażowaną dłonią przetłuszczone włosy.

Natasza zaśmiała się głośno, a mniszka zawtórowała jej cichutko.

– Nie sądziłam, że potrafi być pan dowcipny – rzekła Rosjanka. – W kawiarni był pan raczej milczący...

– Za to student Lotz był zanadto rozmowny... – W jego głosie zabrzmiała chełpliwość. – Ale teraz, jak sądzę, przeszła mu wszelka chęć do konwersacji... Leży tu za ścianą i bardzo mało mówi. Trudno mówić ze zwichniętą szczęką...

– Był pan doprawdy bardzo odważny, wbrew temu, co mówią złe języki... – wyrwało się dziewczynie.

Siostra Eulalia spojrzała na Nataszę z wyrzutem, jakby chciała powiedzieć: Na flirty się pani zebrało? Studentka, czując jej dezaprobatę, poważnie ściągnęła usta.

– Muszę panu coś oznajmić. – Wydęła teraz policzki. – Coś bardzo, bardzo ważnego...

– Już mam zakładać pętlę na szyję? – Mock zrobił komiczną minę i rozejrzał się po celi.

– Proszę nie dowcipkować. – Tupnęła lekko nogą. – Przyszłam tutaj ze strażniczką moralności, która będzie świadkiem deklaracji, jaką chcę teraz panu złożyć... Otóż, drogi panie... Od tej pory nasze wszelkie kontakty poza uczelnią nie istnieją!

Mniszka spojrzała z uznaniem na zarumienioną nieco dziewczynę.

– Proszę nie wystosowywać do mnie żadnych zaproszeń na obiad, do teatru, na koncert *et cetera*... Nigdzie z panem nie pójdę, panie Mock! Doceniam, iż człowiek, który mi ubliżył, został przez pana przykładnie ukarany, ale chcę to powiedzieć jasno: poprzez pańskie zachowanie ucierpiała moja reputacja, co jeszcze bardziej utrudnia mi i tak niełatwą pozycję, jaką ma tutaj kobieta i cudzoziemka... Muszę się pilnie uczyć, aby zdobyć dyplom... Nasze kontakty towarzyskie uważam za niebyłe i oświadczam, że w przyszłości żadnych stosunków z panem już nie nawiążę! Siostra Eulalia o tym zaświadczy!

Eberhard podszedł do zakonnicy krokiem tak szybkim, że ta uskoczyła nieco wystraszona.

– Czy mogłaby siostra pozostawić nas samych? – zapytał z przewrotnym błyskiem w oku.

– Nigdy! Przenigdy! – krzyknęła mniszka z silnym rosyjskim akcentem.

Mock chwycił ją pod rękę i bezceremonialnie wyprowadził z celi. Była tak zaaferowana całą sytuacją, że nawet nie zareagowała. Dopiero kiedy za nią zamknął, a ona została na korytarzu, zaczęła szarpać za drzwi celi i wrzeszczeć.

– Gwałtu, rety! Więzień! Niebezpieczeństwo dla pani!

Mock jedną ręką przytrzymywał drzwi, drugą zaś chciał chwycić Nataszę za łokieć, aby być blisko niej, kiedy będzie wyjawiał swoje plany i zamierzenia. Ta uskoczyła jednak w głąb celi. Rumieńce jeszcze mocniej ubarwiły jej policzki, włosy rozsypały się na plecy, a na ustach błąkał się tajemniczy uśmieszek. Choć wyglądała wyjątkowo powabnie, Eberhard patrzył na nią z zupełnym spokojem.

– Nie przyjmuję do wiadomości pani oświadczenia – krzyknął, przekrzykując wrzaski siostry Eulalii i trzymając wciąż drzwi celi, które już były szarpane od zewnątrz mocną dłonią pana Güssa. – Chcę się z panią widywać jak najczęściej, kiedy tylko mogę, chcę na panią patrzeć, rozmawiać z nią... I tak będzie! Taka jest moja wola!

– Ale nie moja! – Panna Diabrinska spoważniała. – Jednym z błędów, których nigdy nie wybaczam, jest kłamstwo. A pan mnie okłamał, mówiąc, że ma jakieś argumenty za tezami Adlera... Nie to jest jednak najgorsze. Najbardziej mnie ubodło, że pan wykorzystał moją pasję do wiedzy... Zachował się pan jak ci wszyscy podli akademiccy uwodziciele... Oni tylko udają, że chcą ze mną porozmawiać jak z człowiekiem myślącym, poszukującym prawdy... Nie, oni, tocząc ze mną poważne rozmowy filozoficzne, chcą tylko jednego... Uwieść mnie! I pan jest taki sam!

Mock trzymał klamkę obiema rękami. Palce bolały go tak mocno, że musiał je w końcu puścić. Kiedy do celi wpadali pedel z siostrą Eulalią, Eberhard podbiegł szybko do Nataszy.

– Udowodnię pani, że nie kłamałem, że widzę w niej mądrą rozmówczynię, nie tylko obiekt westchnień!

Spojrzał na szarżującego pana Güssa, strzelił obcasami i zasalutował.

– Melduję posłusznie, *Herr Oberpedell*, że już kończę rozmowę z tą damą. Dwa ostatnie zdania z nią na osobności. Bardzo proszę, *Herr Oberpedell*...

Funkcjonariusz uniwersytecki mruknął coś o dobrym wychowaniu tego więźnia i rzekł do swej towarzyszki w habicie:

– Chodźmy, siostro! Przez wizjer wszystko będziemy widzieć... Nic zbereźnego nie zrobi...

– Może pan mi to udowodnić tylko w jeden sposób – powiedziała panna Diabrinska do Mocka, kiedy ponownie zostali sami. – Zabierze pan głos podczas debaty pomiędzy Adlerem a Drexellem... Dwudziestego trzeciego listopada... Wtedy uwierzę w pana dobre intencje!

– A potem zgodzi się pani pójść ze mną do kina, do teatru, na koncert *et cetera*? – parodiował z uśmiechem wcześniejsze oświadczenie Nataszy. – A może obdarzy mnie pani niewinnym całuskiem w czoło? A może w policzek?

– Być może... – roześmiała się dziewczyna.

– Co oni tam robią? – Zaniepokojona siostra Eulalia wymierzyła panu Güssowi lekkiego kuksańca w bok. – Nic wszetecznego?

– Wszetecznych rzeczy – stary pedel oderwał oko od wizjera – to nawet króliki nie zrobią w ciągu jednej minuty, a tyle właśnie minęło, jak są sami... Och, przepraszam, nie chciałem skonfundować osoby duchownej...

Mniszka nie była bynajmniej zmieszana. Wybuch jej śmiechu był tak potężny, że aż obudził Richarda Lotza drzemiącego w celi obok.

║ **WROCŁAW,**
║ **piątek 3 listopada 1905 roku,**
║ *godzina trzecia po południu*

KONWIKT ŚWIĘTEGO JÓZEFA NA SCHMIEDEBRÜCKE[35] 35 rozbrzmiewał o tej porze brzękiem rapierów i okrzykami szermierzy. Treningi pod okiem pana Friedricha Hildischa, mistrza fechtunku, odbywały się codziennie pomiędzy dwunastą a trzecią oraz pomiędzy ósmą a dziewiątą wieczór. Te niezwykłe pory zajęć zostały wyznaczone po to, by odgłosy walk, a także wrzaski triumfu lub porażki nie przeszkadzały wykładowcom i studentom aż trzech seminariów naukowych, które dzieliły ze sobą ten przepiękny barokowy budynek z wewnętrznym ogrodem.

---

35 Obecnie ul. Kuźnicza.

Szczękanie rapierów słychać było bardzo wyraźnie, kiedy Eberhard Mock wspinał się wolno po schodach na pierwsze piętro. Wciąż jeszcze bolały go plecy, ręce i czaszka, obite przez wandalów i srogo doświadczone twardą pryczą w celi, ale za to zawroty głowy były coraz rzadsze. Po wyjściu z karceru wrócił na wykłady w Seminarium Filologicznym i Filozoficznym i co dnia spotykał się z nieżyczliwymi spojrzeniami.

Fałszywa opinia tchórza atakującego znienacka, którą mu urobili Lotz *et consortes*[36], ciągnęła się za nim, wypierając oczywisty fakt, że bronił się dzielnie i został bestialsko pobity, w dodatku przez przeważającą liczbę wrogów. Ta oczywistość zaczęła się jednak powoli przebijać do świadomości studentów.

Aby temu zapobiec, Richard Lotz, na co dzień student prawa, postanowił powziąć stosowne środki. Obnosił się z zabandażowaną żuchwą i każdemu opowiadał ze zbolałą miną, jak to go zaatakował szewczyk z Wałbrzycha – wściekle i zdradziecko. Bursz ubolewał nad tym, że nie może wyzwać „tego wściekłego psa" na pojedynek – wobec braku zdolności honorowej tegoż – ani nawet go ukarać należnym mu kopniakiem, nie ryzykując relegowania ze studiów. Te opowieści przyczyniały Lotzowi zwolenników, ba, byli nawet tacy wandalowie, którzy głośno zapowiadali, że nie darują Mockowi i ukarzą go gdzieś przykładnie w ciemnej uliczce.

Do niczego złego jednak nie doszło. Studenci nie byli mimo wszystko bandytami, a poza tym nie chcieli się narażać na kłopoty skutkujące później bolesnymi interwencjami chirurga. Nie

---

36 I kompani (łac.).

udał się też wrogom Mocka kolejny kłamliwy zabieg propagandowy, który miał go przedstawić jako tchórza nie broniącego honoru kobiety. Owo oczernianie rozbiło się bowiem o mur rozsądku. Nikt nie chciał uwierzyć, że zwłoka, jaka nastąpiła pomiędzy spostponowaniem damy a atakiem na obrażającego świadczy o tchórzostwie Eberharda. Tak oto Mock przez pierwsze cztery dni wolności chodził po korytarzach uniwersyteckich z jednej strony owiany niesławą jako ten, co nie walczy z otwartą przyłbicą, lecz z drugiej – wzbudzając respekt jako łamacz szczęk, które to zresztą miano było grubą przesadą. To wszystko nie zmieniało jednak tego, że wciąż nikt – poza Polakami oraz Zuckermannem i jego rodakami – nie podawał mu ręki. Natasza prawie go nie zauważała i – kiedy ją spotykał – ledwo mu raczyła skinąć głową.

To zresztą była jego największa zgryzota: jak zyskać przychylność dziewczyny, w której – tego był coraz bardziej pewien – zakochał się bez pamięci. Oczywiście znał odpowiedź na to pytanie. Musiał się uwiarygodnić w jej oczach, pokazać, że nie jest cynicznym uwodzicielem. To w praktyce oznaczało, iż powinien zabrać głos podczas debaty Adler *versus* Drexell i przedstawić swoje rzekome, dodatkowe argumenty. Tak tylko mógł przekonać dziewczynę, że nie jest bezdusznym kłamcą, który chce ją oczarować i uwieść.

Tymczasem to naukowe zadanie wydawało się nie tylko bardzo trudne, ale wręcz niewykonalne. Prosto z karceru poszedł do Seminarium Filologicznego i tam chwilowo nabrał dobrej nadziei. Książka Adlera „Cudowne dziecko. Historia pewnej religijnej idei” stała na półce i Mock ją natychmiast wypożyczył.

Ale potem los zaczął mu rzucać kłody pod nogi. Pod życzliwym okiem profesora Richarda Foerstera, dyrektora administracyjnego i bibliotekarza, rozpoczął żmudne poszukiwanie dodatkowych informacyj na temat motywu cudownego dziecka w literaturze starożytnej. Po mniej więcej godzinie okazało się, że wszystkie materiały, które traktują o tym zagadnieniu, są wypożyczone – czego się można było zresztą spodziewać – przez docenta Moritza Adlera. Było jasne, że – przygotowując się do debaty – jeszcze raz je przegląda i najpewniej nie pożyczy ich nikomu. Eberhard musiał pogodzić się z porażką.

Mockowi nie pozostawało nic innego, jak tylko podjąć benedyktyński i najprawdopodobniej jałowy trud przeglądania oryginalnych tekstów greckich i łacińskich autorów albo ich przekładów w poszukiwaniu jakichkolwiek wzmianek o uśmiechającym się noworodku.

Profesor Foerster lubił niezamożnego młodzieńca, z którym często gawędził przy papierosie. Wywnioskował z półsłówek, że wytężona nauka i ukończenie studiów są dla niego życiową szansą wydobycia się z plebejskiego środowiska. Foerster, sam syn drobnomieszczanina ze Zgorzelca, rozumiał to doskonale i nie wahał się ani chwili, by mu pomóc. Włożył na siebie fartuch chroniący go przed kurzem i rzucił się w wir bibliotecznych poszukiwań. Po dwóch godzinach krzyknął: *„Heureka"*, i roześmiał się radośnie, ale po kilku sekundach śmiech zamarł mu na ustach.

– Mam dla pana artykuł, panie Mock, dokładnie na ten temat – powiedział i szybko dodał: – Ale jest niestety po rosyjsku...

Eberhard spojrzał na oprawione w płótno numery czasopisma wydrukowane cyrylicą o tytule przetłumaczonym na niemiecki jako „Czasopismo Ministerstwa Oświecenia Publicznego". Był to sześćdziesiąty ósmy rocznik tegoż periodyku z tysiąc dziewięćset drugiego roku.

Mock chwycił się tej ostatniej deski ratunku gorączkowo.

– Dziękuję, panie profesorze – przytulił tom jak największy skarb. – Ktoś mi to przetłumaczy...

– Nie wątpię. – Foerster, wiedząc doskonale o awanturze, której bohaterką była znana mu zresztą rosyjska studentka, zsunął okulary na nos i posłał posiniaczonemu Mockowi rozbawione spojrzenie.

Ten już tego nie widział. Wypełnił rewers i popędził z tomem pod pachą za most Zwierzyniecki, gdzie w pięknej bocznej uliczce o jeszcze piękniejszej nazwie Am Birkenwäldchen[37] stała duża willa – nad wejściem do niej pyszniła się tablica z nazwą Colonia Polonica. Cały ten budynek wraz ze służbą wynajmowali bogaci polscy studenci, a wśród nich Stanisław Pasierbski, absolwent rosyjskiego gimnazjum klasycznego w Lublinie. Kolega nie dał się długo prosić. Obiecał przetłumaczyć Ebiemu tekst artykułu jak najszybciej.

Wczesnym rankiem następnego dnia pani Nitschmann przyniosła swemu lokatorowi – oprócz wiadra z węglem – list od Pasierbskiego. Ten donosił, iż będzie tego dnia brał lekcje szermierki w Konwikcie Świętego Józefa, po których, mniej więcej około trzeciej, przekaże koledze przekład publikacji.

I tak oto Mock znalazł się w sali do fechtunku. Przez chwilę obserwował walczących szermierzy, pomiędzy którymi przechadzał się instruktor pan Hildisch i pokrzykiwał na nich głośno.

---

37 Przy Brzozowym Lasku (niem.), obecnie ul. Bartla.

– Serwus, Ebi! Jeszcze trochę powalczę! – krzyknął Pasierbski i wskazał palcem elegancką teczkę leżącą na krześle przy drzwiach. – Weź sobie stamtąd to, co ci obiecałem!

Rozkojarzywszy się, omal nie został trafiony przez przeciwnika. Krzyknął do niego coś wesoło po polsku, lecz zaraz umilkł, bo niewysoki pan Hildisch, kołysząc się na krzywych nogach, zmierzał już ku niemu szybko z oczywistą chęcią reprymendy.

Mock otworzył teczkę, wyciągnął z niej kopertę, na której widniał napis „Dla Ebiego". Przekreślił i napisał ołówkiem: „Dziękuję, stary druhu. Dozgonnie wdzięczny – E.M.". Z koperty wyjął gruby plik kartek, ją samą zostawił w teczce i udał się ze swym tłumaczeniem na oszkloną galerię, która biegła dokoła małego, ale zadbanego ogrodu konwiktowego. Zszedł tam i usiadł na ławce. Zgasił papierosa i zaczął czytać.

Po chwili szermierze wychodzący po ćwiczeniach usłyszeli dziki okrzyk w ogrodzie. Spojrzeli w dół i ujrzeli rozradowanego Mocka.

– Będziesz moja. – Eberhard powiedział to głośno, patrząc w kartki trzymane w dłoni.

Pasierbski spojrzał na kolegę z udawaną troską i zakręcił kółko na czole.

WROCŁAW,

piątek 3 listopada 1905 roku,

godzina dziewiąta wieczór

MOCK WSTAŁ CIĘŻKO OD SWOJEGO STOLIKA i odsunął krzesło, na którym jeszcze przed chwilą siedział dwunastoletni Hugo Nitschmann, syn jego gospodyni i brat kryminalisty Adolfa. Student zamknął zeszyt z łacińskimi odmianami, których znajomość był przed chwilą egzekwował od swojego ucznia, i otworzył okno, by wywietrzyć dym z papierosów.

Do pokoiku weszło wyjątkowo ciepłe jak na tę porę roku powietrze zmieszane z odorem stęchłej serwatki, który dochodził z sąsiedniej mleczarni.

Mock był zmęczony po całym dniu wykładów i korepetycyj. Entuzjazm, jaki dziś poczuł w ogrodzie konwiktu, gdzieś się ulotnił. Spojrzał na stos kartek z tłumaczeniem Pasierbskiego i poczuł niechęć do sprawy „cudownego dziecięcia". Owszem, znalazł tam jeden i czy dwa interesujące tropy, ale sprawdzenie ich wymagało przynajmniej tygodnia intensywnych studiów. Nie chciał ich dzisiaj zaczynać, choć boleśnie brakowało mu czasu. Nadeszła jedna z rzadkich chwil, gdy nie wiedział, co ma ze sobą zrobić.

Oto na ratuszu wybija dziewiąta wieczór – myślał. – Niektórzy moi koledzy rozpoczynają wieczorne swawole, a ja czym mam się zająć? Znękany po całym dniu jak zwierzę pociągowe, mam teraz przygotowywać się do jakiejś debaty, w której mój udział jest niepewny, a może się skończyć wielką kompromitacją? I wtedy co? Czyż Natasza obdarzy mnie cieniem swojego zainteresowania?

Nagle pojął, że najzwyczajniej się nad sobą użala. Nie znosił tego. Ze złością odsunął kartki, na ramiona narzucił płaszcz i z papierosem w kąciku ust wyszedł na miasto. Szedł w stronę Rynku wąską Stockgasse[38] – nie wiedział dokąd ani po co. Rozprostować kości – myślał. – Przejść się po Rynku, zapalić, pomyśleć...

Obojętnie mijał stojące w bramach wymalowane jaskrawo kobiety, które się do niego wdzięczyły. Kiedy przeskoczył rynsztok płynący od bocznej uliczki Nadlergasse[39], jedna z nich, wysoka i zgrabna, zastąpiła mu drogę.

– Może pójdziemy na stronę, panie ładny? – Uśmiechnęła się zalotnie.

W skąpym świetle padającym z okien na parterze jednej z krzywych starych kamieniczek wyglądała bardzo ponętnie. W rozpięciu płaszcza widział jej pełne piersi, które napierały na białą bluzkę. Duże lśniące czerwone usta odsłaniały równe, ładne zęby. Była jeszcze młoda, nie zniszczona przez ulicę.

Mockiem owładnęły prawie jednocześnie dwa uczucia – najpierw pożądanie napięło mu spodnie, a potem nagle ustąpiło wraz ze świadomością finansowej niemocy. Nie stać go było na prostytutkę – nawet z tej podłej dzielnicy.

Dziewczyna patrzyła na niego zachęcająco. Jego męska duma nie pozwalała mu powiedzieć jej, że nie ma pieniędzy, a jednocześnie nie chciał od niej odchodzić. Biło od niej przyjemne ciepło rozgrzanego ciała. Pewnie siedziała w jakiejś knajpie przy piecu – pomyślał.

---

38 Obecnie ul. Więzienna.
39 Obecnie ul. Igielna.

– Jest pan miłym młodzieńcem – szepnęła. – Mogę panu policzyć tylko pół ceny...

I wtedy Mock usłyszał w uszach dzwonki alarmowe. Jeszcze nigdy nie spotkał tak ładnej prostytutki, która by z własnej woli i bez żadnych targów obniżyła swoje honorarium o połowę. Owszem, tak mogłoby się stać nad ranem, gdy brzydkie ladacznice popadały w desperację i oddawały się byle komu za pół darmo. Tymczasem był dopiero wczesny wieczór, a ta kobieta wyglądała jak rozgrzana nimfa.

Dziwne – pomyślał w popłochu. – Coś tu jest nie tak! Trzeba stąd zmykać, i to szybko!

Było już za późno. I za nim, i przed nim stało po dwóch mężczyzn, każdy z nożem w dłoni. Kobieta gdzieś zniknęła. Typowa sytuacja na wabia. Słyszał o takich, ale ich jeszcze nie doświadczył.

– Dawaj forsę, wymoczku, i spadaj! – warknął jeden z bandytów.

Mock czuł dziwny spokój. Cofnął się i oparł o mur kamieniczki. Pod stopami poczuł klapę piwniczną. Ona była jego jedyną nadzieją.

Zachodzili go ze wszystkich stron. Nagle jeden z nich schował nóż.

– Zostawić go! – krzyknął. – On jest od Rzeźnika...

Trzej mężczyźni usunęli się w cień bramy, a wydający rozkaz niewysoki, muskularny człowiek zbliżył się do Eberharda. Teraz było dokładnie widać jego podwójnie złamany daszek od czapki cyklistówki. Mock poznał jego gniewne, a jednocześnie drwiące spojrzenie. Ptaszyna.

– Czemu tego nie powiedziałeś? – zapytał cicho, wyciągając papierośnicę w kierunku studenta.

Mock poczuł, że dopiero teraz – kiedy już niebezpieczeństwo zniknło – jego ciało ogarnia drżenie. Nie mógł go opanować.

– Czego? – Mock drżącymi palcami wyjął papierosa. – Czego nie powiedziałem?

– Że jesteś od Rzeźnika – rzekł Ptaszyna i zwrócił się do kumpli stojących w cieniu bramy: – Bracia, ten chłopak nie jest wydyganiec! Mógł powiedzieć, że jest od Rzeźnika, a on nic... To charakterny bursz!

Kumple Ptaszyny podeszli do Eberharda i każdy z nich podał mu dłoń. Czuł ich sękate palce, widział napięte mięśnie przedramion i więzienne tatuaże. Nie mógł powiedzieć im prawdy – że zapomniał, iż jedno zdanie: „Jestem od Rzeźnika", jest jego glejtem w tych dzikich zaułkach.

– Chcesz dziewczynę za darmo? – zapytał jeden z nich. – Nie na całość, ale może ci nadmuchać balonik... Chcesz?

Mock skinął głową.

Po chwili stał z dziewczyną na podwórku jednej z kamieniczek. W kąciku jego ust dymił papieros. Rozpierała go duma. Oto cieszy się szacunkiem, oto za chwilę piękna kobieta będzie klęczeć u jego stóp! Po co mu ta cała debata? Po co mu te korepetycje, ten uniwersytet ze swoimi sztywnymi zachowaniami, z tą całą pompą? Po co mu te subtelne problemy, które blakną wobec ciepłej świńskiej rozkoszy, jaką mu zaraz da ta księżniczka nocy?

Dziewczyna kucała przed nim i rozpinała mu spodnie. Nagle zapaliło się światło na korytarzu kamieniczki i Mock zobaczył jej twarz. Syknęła z irytacji.

I wtedy dostrzegł smugę na jej białej bluzce. Tłustą plamę o żółtych brzegach. Jakby się do niej przykleił pomidor z sałatki, jakby oliwa się wylała, kiedy kobieta leżała na stole, a ktoś ją brał *a tergo*[40].

Brudna, pognieciona bluzka, pewnie ze śladami potu pod pachami – myślał. – Natasza by takiej nigdy nie włożyła...

Chwycił ją za włosy i odsunął, zanim się wszystko zaczęło. Spojrzała na niego z dołu ze zdziwieniem pomieszanym z gniewem.

– Nie bój się – szepnęła. – To tylko ktoś światło w kiblu zapalił... Za chwilę będzie tu cicho i przyjemnie...

Pogłaskał ją po policzku, zapiął spodnie i szybko wyszedł z podwórza.

_____

40 Od tyłu (łac.).

WROCŁAW,
czwartek 23 listopada 1905 roku,
godzina szósta po południu

ZAINTERESOWANIE DEBATĄ ADLER *versus* Drexell nie było tak duże, jak się spodziewano. Przepiękna barokowa Aula Leopoldyńska była wypełniona zaledwie w dwóch trzecich – zgodnie zresztą z przewidywaniami rektora Gustava Kaweraua, który wątpiąc w popularność przedsięwzięcia, nie chciał się zgodzić na tak prestiżowe miejsce dyskusji.

Nadsekretarz uniwersytecki bronił jednak wtedy swojej propozycji jak niepodległości. Owszem, zgadzał się ze zwierzchnikiem, iż profesor Drexell nie dorównuje sławą nobliście Haecklowi, a Adler to zwykły docent prywatny. Niemniej jednak – dowodził – tematyka dyskusji jest bardzo kształcąca, a ponadto rzuca nowe światło na problem narodzin Chrystusa. Ten ostatni argument przekonał rektora Kaweraua, który był profesorem teologii ewangelickiej. Wygrawszy tę batalię, Rehberg cieszył się jak dziecko.

Jeśli Adler polegnie w dyskusji, co jest niewątpliwe – myślał – to stanie się to w scenerii nader uroczystej, na oczach całego akademickiego Wrocławia, wśród dziekańskich biretów i rektorskich gronostajów. A wtedy wszystko potoczy się zgodnie z intencjami naszego Towarzystwa. Bachmann wkrótce umrze i choć namaści Adlera na swego następcę, po dzisiejszej spodziewanej klęsce rada wydziału na pewno go nie poprze. A zatem w staraniach o katedrę opuszczoną przez Bachmanna pozostanie na placu boju jeden tylko kandydat – nasz Alfred von Joden. I on wygra, a potem z całą swoją elokwencją będzie szerzył wśród młodzieży idee eugeniczne w przebraniu filozoficznym. Po czym po kilku latach na gruncie użyźnionym przez von Jodena zostanie powołana pierwsza w Niemczech katedra eugeniki. Nauka ta przybierze swoją właściwą biologiczną postać i praktyczny wymiar. Ludzkie odpady będą sterylizowane, a ludzie pełnowartościowi uzyskają przestrzeń dla swej ekspansji. Wrocław stanie się sławny na cały świat!

Szmer narastał, ludzie zaczęli się niecierpliwić. Rektor, wytrawny wykładowca, wyczuwał bezbłędnie nastrój audytorium. Czekał na punkt kulminacyjny i rozpierał się na swej ozdobnej, przypominającej opadający dziób statku katedrze stojącej przed dwoma rzędami stall, gdzie wśród rzeźbionych orłów i girland siedzieli profesorowie.

W końcu uznał, że właściwy moment nadszedł.

– Moje panie i moi panowie – zaczął, uwzględniając żeńską część widowni *magnificus*. – A oto kontrowersja, którą tutaj poddaję pod dyskusję. Czwarta sielanka Wergiliusza, napisana czterdzieści lat przed narodzeniem Chrystusa, jest uważana za tajemniczą i proroczą. Czytamy w niej bowiem o cudownym chłopcu, którego przyjście na świat przyniesie ludziom pokój. Jakież to dziecko miał na myśli Wergili? Narzuca się tutaj oczywiście interpretacja chrystologiczna. To dziecko to przecież Chrystus! Wieki późniejsze tak to widziały, przez co rzymski poeta był w średniowieczu uważany za wielkiego proroka, a nawet za swoistego pogańskiego świętego. Niezależnie od tego, jak będziemy identyfikować to dziecko, odznacza się ono zadziwiającymi, a nawet cudownymi cechami. Podczas gdy zwykłe ludzkie dziecię uśmiecha się do rodziców dopiero po dwóch miesiącach, to Wergiliuszowe uśmiecha się do nich już po zaczerpnięciu pierwszego oddechu! Czyż nie jest to szczęśliwy omen, znak jego nadprzyrodzonego charakteru? Zwolennikiem tego poglądu jest członek naszej społeczności akademickiej, docent prywatny doktor Moritz Adler z Wydziału Filozoficznego, który poświęcił czwartej sielance prawie połowę swojego wielkiego, niedawno wydanego dzieła pod tytułem „Cudowne dziecko. Historia pewnej religijnej idei". – Rektor nabrał tchu i perorował dalej: – Filologia klasyczna w naszym wielkim kraju nie byłaby jednak tak wiodącą dyscypliną, gdyby naukowcy nie podejmowali ze sobą twórczych polemik. Wybitny uczony z Uniwersytetu Maksymiliana w Monachium, profesor Philipp Drexell, nie podziela opinii naszego wrocławskiego kolegi. Otóż uważa on, że tekst Wergilego należy zupełnie inaczej interpretować. To nie dziecko się uśmiecha do rodziców, jak tego chce tradycja i doktor Adler, ale w tym tekście jest wręcz przeciwnie: to rodzice uśmiechają się do dziecka. Skutkiem tego owo dziecię wcale nie jest cudowne! Bo co w tym cudownego, że rodzice uśmiechają się do swojej latorośli? Panowie, zapraszam do debaty!

Oponenci podeszli do katedry i usiedli z obu jej stron – zgodnie z wcześniejszymi reżyserskimi wskazówkami Kaweraua – bokiem do audytorium. Porządek był taki, iż Drexell odpowiada na każdy argument Adlera natychmiast po jego wygłoszeniu.

Obaj przeglądali po raz ostatni swoje notatki i materiały. Byli w tym samym wieku, choć gość z Monachium wydawał się nieco starszy. Spowodowane to było jego bujną ciemną brodą, która zasłaniała mu pół twarzy i opadała na klapy surduta. W jego oku błyskał monokl, a rzadkie włosy rozdzielone były idealnym przedziałkiem na środku głowy.

W absolutnej ciszy uniwersytecki nadpedel pan Güss na znak rektora uderzył berłem o podłogę podium.

Adler rozpoczął swoją argumentację *per analogiam*. Nawiązał do pewnej uroczej scenki u poety Katullusa. Dziecko siedzące tam na rękach matki uśmiecha się do swojego ojca, rozpoznając jego twarz.

Drexell natychmiast zaoponował, że wiek tego dziecka u Katullusa jest bliżej nieznany, ale już sam fakt, iż ono siedzi, wskazuje na to, iż nie jest noworodkiem. Wszak dzieci siedzą, kiedy mają pół roku. Sala przyznała mu rację szmerem aprobaty.

Przez pierwszy kwadrans adwersarze przerzucali się argumentami mniejszego kalibru. Adler przypuszczał atak, Drexell go odpierał, obficie sypiąc kontrargumentami, po czym wrocławianin część z nich obracał wniwecz, a część osłabiał. Pojedynek wyglądał na wyrównany z lekką przewagą monachijczyka.

Aż nadszedł moment, gdy docent wyjął działo wielkiego kalibru.

– Moje szanowne damy i moi szanowni panowie. – Rozejrzał się po sali. – Wielcy reformatorzy religijni, twórcy nowych wierzeń, duchowe olbrzymy ludzkości rodzili się w zadziwiających okolicznościach i już jako niemowlęta czynili cuda. Jednym z nich był uśmiech, jakim swych rodziców obdarzały te boskie dzieciny, leżąc jeszcze w kołysce! Proszę teraz posłuchać opowieści o Zaratustrze, Buddzie i Jezusie!

Adler długo czytał passusy o tych wielkich mężach i o ich cudownym zachowaniu w niemowlęctwie. Widząc, że po audytorium rozchodzi się w końcu szmer poparcia dla jego wywodów, przerwał, nie chcąc nużyć swych słuchaczy. I był to nader właściwy moment.

– Słucham teraz pana, profesorze Drexell! – zakrzyknął.

Wywołany do odpowiedzi spojrzał na widownię, po której przeszedł szmer entuzjazmu, i zawołał:

– To rzeczywiście ważkie argumenty *per analogiam*. Ale proszę rozsądzić, czy one wszystkie nie upadną wobec jednego jedynego argumentu językowego. Wergiliańska fraza nie może być inaczej przetłumaczona niż tak, jak ja mówię, czyli że to rodzice uśmiechają się do dziecka. Kto twierdzi inaczej, ten nie powinien czytać Wergilego, bo po prostu nie zna łaciny!

Sala wybuchła.

– Jak to – podnosiły się głosy zdumienia. – Adler nie zna łaciny!? Wykładowca w Seminarium Filologicznym!?

Profesorowie poruszyli się w swych stallach. Norden podniósł rękę, aby zabrać głos, ale rektor tego nie zauważył. Rehberg uśmiechnął się w duchu. Tak, ten zarzut już padł *in publico*. Wszyscy go słyszeli. Wszyscy będą o tym dyskutować. Nieważne, kto ma rację. Dyrektor ministerialny Althoff, miłośnik języków klasycznych, jutro się dowie, że kandydat na katedrę po Bachmannie myli się w łacinie! To wystarczy, to już jest zwycięstwo!

Poza tym Drexell, o czym Rehberg doskonale wiedział, najcięższą armatę odpali na samym końcu.

Na znak rektora woźny Güss uderzył berłem o podłogę i sala się uspokoiła. Norden opuścił rękę zrezygnowany, a obaj adwersarze zaczęli roztrząsać łacińskie problemy gramatyczne tak subtelne, że większość słuchaczy nie mogła nadążyć za ich rozumowaniem.

Rehberg się cieszył. Wszystko idzie dobrze. Najpierw Drexell niezwykle trafnie ripostował, potem – owszem – Adler pociągnął za sobą całą salę opowieściami o Zaratustrze, Buddzie i Chrystusie, i gdyby się na tym skończyło, to Żyd musiałby być uznany za zwycięzcę. Ale ten triumf przepadł najpierw przygwożdżony insynuacją o kiepskiej znajomości łaciny tegoż, a potem przytłoczony nudnymi detalami gramatycznymi.

Słuchacze byli już znudzeni szczegółami z zakresu łacińskiej składni. Nikt już nie zważał na to, co mówią dyskutanci, podniósł się gwar, który musiało co chwila tłumić rektorskie berło w rękach pana Güssa.

I wtedy od katedry dobiegło straszne słowo, wypowiedziane przez Drexella. Brzmiało ono: „Plagiat".

Rehberg uśmiechnął się, słysząc ten obiecany wystrzał z armaty. Audytorium zamarło.

– Proszę powtórzyć! Chcemy wiedzieć! – rozległy się po chwili okrzyki.

Oponenci spojrzeli na rektora. Ten udzielił głosu Adlerowi.

– Proszę wrócić do tego wątku, doktorze! – polecił mu Kawerau.

– Rozmawialiśmy o mojej poprawce do tekstu Wergiliusza. – Docent był spokojny, ale jego prawa brew drgała. – Wyjaśniam tym, którzy nie znają specyfiki mojej dziedziny, że takie poprawki do tekstów starożytnych, tworzone przez dzisiejszych filologów, to chleb powszedni naszej dziedziny, prawda, profesorze Drexell?

Ten skinął głową, podobnie Norden oraz inni słuchacze.

– Otóż stworzyłem pewną poprawkę – tu Adler przez chwilę przytaczał łaciński tekst Wergiliusza – którą mój szanowny oponent uznał za plagiat. Jest to wierutne kłamstwo, profesorze Drexell. A pan jest kłamcą albo kłamstwa powtarza!

Adler usiadł zadowolony z ciszy, jaka zapadła. Wtedy powstał Drexell.

– Drogie panie i drodzy panowie – zahuczał. – Proponowałbym mojemu szanownemu adwersarzowi, by nie ulegał emocjom tak bardzo. Proponowałbym, aby zanim zarzuci komuś kłamstwo w sprawie rzekomego czy rzeczywistego plagiatu, poprosił o dowody na ten plagiat.

Spojrzał triumfującym wzrokiem w głąb sali – aż na emporę chóru, skąd patrzył na niego surowo ze swojego popiersia starosta śląski Johann von Schaffgotsch, który prawie dwieście lat wcześniej nadzorował budowę wrocławskiej Alma Mater.

– Otóż tę poprawkę przedstawia pan Adler w swojej książce na stronie trzysta dwudziestej drugiej. Książka ukazała się w bieżącym roku, czyli w dziewięćset piątym. Proszę spojrzeć, drodzy panowie, czy na tej stronie jest jakikolwiek przypis? – Drexell otworzył książkę, zszedł z podium i zaczął chodzić, pokazując otwarte stronice wszystkim dokoła.

Rzeczywiście u dołu tych stron nie było ani jednego przypisu.

– Doktorze Adler, dlaczego na stronie trzysta dwudziestej drugiej nie opatrzył pan przypisem swojego wywodu o poprawce? – zapytał Drexell.

– A dlaczegóż miałbym to zrobić? – Docent znów był blady jak na początku debaty.

– Bo to nie jest pańskie rozumowanie! To nie jest pański pomysł. A cudze ustalenia, cudze idee, zawsze opatrujemy przypisami, czyż nie, panie docencie?

– Jak to nie moje ustalenie?! – krzyknął Adler. – Ja wymyśliłem tę poprawkę!

– Nieprawda! – Drexell sięgnął po gruby tom. – Zobaczcie panowie! Oto pierwszy rocznik czasopisma francuskiego „Revue critique de philologie" z roku tysiąc dziewięćset czwartego. Ukazało się ono rok przed książką Adlera, prawda? I co tutaj widzimy? Artykuł rosyjskiego uczonego Fiodora Batiuszkina, w którym jest przedstawiona ta właśnie poprawka, o jakiej mój szanowny adwersarz ośmiela się, powiem więcej: ma czelność, mówić „moja"! Batiuszkin ją przedstawia jako własną, pisze o tym *expressis verbis*. – Tu uczony przeczytał dłuższy *passus* po francusku, który to język znali wszyscy profesorowie. – To moja hipoteza, moja! Tak mówi Batiuszkin! *C'est ma hypothèse*. – Słowa powtórzone kilkakrotnie rozbrzmiewały pod sufitem.

Z ław audytorium zerwali się słuchacze i zaczęli się wzajemnie przekrzykiwać. Pan Güss na darmo walił berłem o podłogę. Rektor Kawerau wstał i uniósł rękę jak Cyceron. Powoli zapadła cisza.

– Co pan ma do powiedzenia na takie *dictum*, panie Adler? – zapytał *magnificus*. – To bardzo poważny zarzut!

– Jak to? Jak to możliwe, że o mnie tutaj nie wspomniał? – Docent przeglądał gorączkowo tom „Revue critique de philologie". – Ja nie znam tego francuskiego czasopisma... Zaczęło wychodzić rok temu, to jakieś niszowe... Żadna bibliografia o nim nie wspomina...

– Głośniej! – krzyknął z sali jakiś student.

Moritz Adler stał na brzegu podium i chwiał się na nogach. Krew odpłynęła mu całkiem z twarzy. Głos drżał.

– Znam profesora Batiuszkina – powiedział głośno. – Rozmawiałem z nim sześć lat temu na sympozjum w Berlinie, a potem korespondowaliśmy przez dobry rok... Nie mogę uwierzyć... Nie mogę uwierzyć... Ja mu napisałem o mojej poprawce w jednym z listów, a on ją w tym czasopiśmie przedstawił jako własną...

Rehberg nie mógł się powstrzymać od uśmiechu triumfu. Norden zasłonił oczy.

– Drogie panie i drodzy panowie – krzyknął Adler. – To Batiuszkin popełnił plagiat! Moją poprawkę przytoczył jako swoją!

– No cóż... – skrzywił się Drexell. – Musimy panu wierzyć, bo nie ma wśród nas profesora Batiuszkina, który by potwierdził lub zaprzeczył... Chyba że jednak gdzieś tu siedzi...

Przyłożył dłoń do czoła i zaczął przesuwać wzrokiem po sali jak kapitan, który obserwuje morze, osłaniając oczy przed słońcem.

Niepotrzebnie błaznuje ten Drexell – pomyślał Rehberg. – To kopanie leżącego. Lepiej, żeby teraz milczał.

Nadsekretarz rozejrzał się po sali, aby zobaczyć, jak ludzie reagują na kiepską grę aktorską Drexella.

Ponad ich głowami widać było wyciągniętą wysoko rękę w trzecim rzędzie. Ktoś chciał zabrać głos, mimo iż rektor nie dał znaku do publicznej debaty.

Tym kimś był student Eberhard Mock.

WROCŁAW,
czwartek 23 listopada 1905 roku,
trzy kwadranse na siódmą wieczór

KOMISARZ RUDOLF FERSEMANN USŁYSZAŁ ciche pukanie do drzwi swego gabinetu.

Tak puka ktoś, kto się wstydzi – pomyślał. – Kto się chce spotykać po godzinach pracy, by nikt go nie zauważył... Ktoś znany, kto liczy na dyskrecję...

– Będziesz dyskretny, Rudi? – zapytał go dziś jego szef Arndt.

– Nic nie wiem o sprawie, z którą dziś do ciebie przyjdzie pewien arystokrata. Nie chciał mi powiedzieć, o co chodzi... Wyrzuciłbym go, gdyby nie to, że dobrze mu z oczu patrzy. Przyjdzie dziś do ciebie po pracy. Możesz mu poświęcić kwadrans, Rudi?

Fersemann kiwnął wtedy głową, a teraz zawołał:

– Proszę wejść!

Do gabinetu wszedł wytworny mężczyzna po czterdziestce.

– Ja z polecenia komisarza Arndta... – powiedział nieśmiało.

Policjant wskazał mu krzesło.

– Słucham pana...

Elegant przycupnął na jego brzegu.

– Proszę się rozsiąść wygodnie. – Komisarz uśmiechnął się szeroko. – Krzesła nie są brudne, codziennie przecieram je krawatem...

– Ja inaczej nie mogę siedzieć – szepnął mężczyzna, zdjął cylinder i otarł pot z czoła. – Miałem kiedyś wypadek... Kręgosłup mam zwichnięty...

Fersemann nie śpieszył się, nie ponaglał. Był cierpliwy jak rasowy gliniarz, który nauczył się spokoju po latach śledzenia ludzi, kiedy trzeba było stać nieraz godzinami w zimnie na ulicy. Przyzwyczaił się do fałszywych tropów, ślepych myślowych zaułków i do utraty nadziei na rozwiązanie łamigłówek, które wcześniej wydawały się banalnie proste, a potem nieoczekiwanie grzęzły w bagnach niedopowiedzeń, niechęci do współpracy, tępego uporu.

Patrzył obojętnym wzrokiem na swego interesanta – na jego eleganckie futro i laseczkę z kryształową gałką, którą ten obracał w swych zamszowych rękawiczkach najwyraźniej wykonanych na zamówienie. Gość tymczasem oglądał jego biuro – stół z zielonym blatem, ciężkie krzesła, usychający kwiatek w oknie, segregatory w szafach i szufladki jak w bibliotecznych katalogach.

– Przyszedłem do pana – zaczął mężczyzna – bo jest pan najstarszy ze wszystkich pracujących tu komisarzy... Jest pan doświadczony i dojrzały. Nie będzie pan sobie stroił żartów z mojego nieszczęścia... Tak powiedział komisarz Arndt...

Fersemann ugniótł ubijakiem tytoń w główce fajki.

– Jestem żartownisiem – mruknął. – Do pewnych rozsądnych granic. One się zaczynają tam, gdzie ludzki ból...

Interesant pochylił głowę z szacunkiem.

– Nazywam się Andreas von Lauterburg, jestem baronem, ale proszę nie używać tego tytułu... Mieszkam wraz z żoną Klarą i dwojgiem małych dzieci w majątku Bukowice koło Milicza...

Opowieść, którą policjant teraz usłyszał, była pełna cierpienia. Poprawił się nerwowo na krześle, kiedy się dowiedział o pękniętej kości ogonowej barona. Poczuł się nieswojo, gdy mężczyzna ze łzami w oczach przyznał się do swej impotencji. Nie wykrzesał jednak z siebie współczucia, kiedy jego gość mówił o życiu erotycznym własnej żony i o jej bestialskim pobiciu przez nieznanego mężczyznę. O jej złamanej szczęce, o uszkodzonym oku i o ranie od noża na piersiach.

Nieczułość Fersemanna była spowodowana przede wszystkim zawodem, który wykonywał. Z pobiciem prostytutek miał do czynienia wiele razy, a to, co się powtarza, czyni w końcu człowieka obojętnym. O złamaniu kości ogonowej i o spowodowanej tym impotencji nigdy nie słyszał. Poruszyło go to zatem tak, jak poruszyłyby go informacje o nieznanej tropikalnej chorobie, na którą ktoś zapadł.

Baronowej nie współczuł natomiast z prostego powodu – nie spotkał nigdy kobiety o normalnych potrzebach cielesnych. Jego nieboszczka żona – jedyna kobieta, z którą obcował w swym prawie sześćdziesięcioletnim życiu – nie miała ich wcale. Traktowała nieliczne i wymuszone przez niego zbliżenia jako zło konieczne, jako przykry obowiązek, i oddychała z ulgą, kiedy postępująca cukrzyca zobojętniła jej męża na kwestie małżeńskiego pożycia. Para nie doczekała się dzieci, a Rudolf nie mógł się pozbyć myśli, że natura uznała jego małżonkę za bezużyteczną i zabrała ją do siebie po jakimś głupim zapaleniu płuc.

Nieczuły wobec nieszczęścia kobiety był również dlatego, że pracował w komisji morderstw, a w prowadzone przez niego sprawy były zamieszane zwykle prostytutki, o których sądził, że nie mają żadnych potrzeb erotycznych. Ich lubieżne okrzyki i jęki rozkoszy były – jak powiadali koledzy – aktorskimi popisami. Znając zatem życie intymne jedynie swej oziębłej żony z autopsji oraz kobiet sprzedajnych – ze słyszenia – nie rozumiał powodów, dla których arystokratka, kobieta zamożna i piękna – jak ją opisał jej mąż – rzucała się w ramiona przypadkowych mężczyzn.

Fersemann nie był jednak moralistą, lecz policjantem, a jako taki wiedział jedno: to, co zrobiono pani von Lauterburg, było przestępstwem i przestępcę należy ukarać.

– Wiem, że to aberracja – powiedział baron. – Że uważa pan to za aberrację...

– Nawet gdybym to uważał za zboczenie – przerwał mu spokojnie komisarz – to chyba nie przyszedł pan tu do mnie jak do księdza, tylko jak do policjanta. To po pierwsze. Poza tym, jeśli to nawet aberracja, to nie uważam pobicia pańskiej żony za karę

za grzech. To mnie nie interesuje. Natomiast jest ono przestępstwem, choćby cały zastęp pastorów mówił, że była jawnogrzesz-
nicą. Moim obowiązkiem jest złapanie sprawcy, nieprawdaż?
Chyba po to pan do mnie przyszedł...

– To by było moje marzenie – powiedział baron. – Jest ono
jednak nierealne, bo moja żona się wstydzi i nie będzie zeznawać. Nie będzie chodzić po sądach. Przyszedłem do pana po coś
innego... Z wielką prośbą... Kiedy pan złapie zboczeńca podejrza-
nego o to, że kobietom maluje krzyże na brzuchach, to moja żona
przyjdzie i go rozpozna... Po zapachu, po podbródku, po ustach...

Fersemann pyknął gęstym dymem.

– Po co ma go rozpoznawać? – zapytał. – Skoro nie będzie
zeznawać w sądzie...

– To się może wydać panu dziwne – baron splótł palce, aż
trzasnęły stawy – ale moja żona chce mu spojrzeć w oczy. Ona
nawet nie wie dokładnie, jak on wygląda... Chce poznać swojego
oprawcę... Czy to pana dziwi, panie komisarzu?

Fersemann pokiwał głową i nic nie odrzekł.

Przez kolejną godzinę wypytywał von Lauterburga o szczegóły
i sporządzał protokół. Opisał w nim panią Sophie, która wyparo-
wała jak kamfora po zajściu z Kapłanem – jak komisarz nazwał
na własny użytek sprawcę bestialskiego pobicia. Opisał też kilka
rozmów barona z właścicielem kamienicy, który kłamał w żywe
oczy, twierdząc, że tego mieszkania nie wynajmował żadnej pani
Sophie ani nikomu innemu, lecz trzymał je dla swojego syna,
który miał właśnie wrócić ze studiów zagranicznych.

Fersemann obiecał, że spełni prośbę Andreasa von Lauterburga, nie dodawszy jednak, że w chwili rozpoznania sprawcy

przez jego żonę on sam i kilku jego krzepkich ludzi zastosuje wszelkie środki, aby powstrzymać skrzywdzoną panią i jej męża od zemsty na oprawcy. Nie dodał też, że cała sprawa mu się nie podoba i wcale nie podziela opinii swego szefa, iż arystokracie dobrze z oczu patrzy.

Był starym podejrzliwym gliniarzem i o różnych rzeczach słyszał w swym życiu – także o wykorzystywaniu policji w prywatnych porachunkach.

Być może jakiś maniak religijny naraził się małżonkom – myślał, kiedy już von Lauterburg opuścił jego biuro. – I teraz chcą naszymi rękami go przyskrzynić... A może pani baronowej wcale nie pobito?

Wiedział jednak, że całej tej sprawy – jakkolwiek podejrzana by się wydawała – nie można odłożyć *ad acta*. Pewien człowiek go kiedyś prosił o wszelkie informacje dotyczące spraw, w których ktoś okazałby pogardę dla symboli chrześcijańskich. Ujawniłby swoją awersję do *sacrum*. Jak dotąd nie spotkał się z taką sprawą. Aż do tego dnia.

Wyjął z biurka papeterię, zanurzył stalówkę w atramencie i zaczął pisać list do swojego starego przyjaciela.

Drogi Helmucie, mam coś, co zaciekawi Ciebie i Twojego pryncypała. Od razu powiem, że sprawa ta wydaje mi się zawiła i nader podejrzana. Przyjdź do mnie w wolnej chwili. Może umówimy się na szachy u Ciebie, jak za dawnych czasów...

Skończył pisać szybko. Westchnął i spojrzał na zegarek. Minęła ponad godzina, od momentu gdy von Lauterburg przekroczył próg jego biura. Komisarz Arndt poprosił go o poświęcenie kwadransa mężczyźnie, któremu dobrze z oczu patrzy.

– Nie szkodzi – szepnął do siebie. – I tak nie mam w domu nic do roboty...

– NIE NADSZEDŁ JESZCZE CZAS na pytania od publiczności – zawołał rektor Kawerau, patrząc na bezczelnego młodzieńca.

– To nie jest pytanie – odkrzyknął Mock, wymachując kartkami papieru i tomem rosyjskiego „Czasopisma Ministerstwa Oświecenia Publicznego". – To jest *ad vocem*. Mam coś, co natychmiast oczyści doktora Adlera z zarzutu plagiatu! Muszę to powiedzieć teraz!

Rektor przywołał do swej loży kilku profesorów. Przez chwilę cicho rozprawiali. Rehberg usiłował wywnioskować z ich min, czy udzielą głosu zuchwałemu młokosowi. Obaj dziekani wydziałów teologicznych kiwali głowami, aprobując słowa Eduarda Nordena, które ten sączył do rektorskiego ucha z wielkim przejęciem. Kawerau skinął głową.

– Udzielam studentowi głosu – powiedział do Mocka. – Jeśli student będzie mówił zbyt rozwlekle i nie na temat, przerwę mu, i student poniesie konsekwencje swego nieposłuszeństwa. Czy student się zgadza?

– Tak jest! – odparł Mock i wysoko wzniósł rękę, w której trzymał gruby tom i kartki z tłumaczeniem Pasierbskiego. – W rosyjskim czasopiśmie naukowym z tysiąc dziewięćset drugiego roku, które tu trzymam i mogę wszystkim pokazać... tutaj profesor Fiodor Batiuszkin przedstawia poprawkę, o której była mowa. Poprawkę do czwartej sielanki Wergilego. I w przypisie pisze tak oto: „Autorem tej koniektury jest pan Moritz Adler z Królewskiego Uniwersytetu we Wrocławiu". Tak, proszę panów... Mogę to wszystkim pokazać... To było w tysiąc dziewięćset drugim roku, a dwa lata później zmienił zdanie... Ale pierwsze słowo się liczy! Dziękuję...

Usiadł wyczerpany. Czuł, jak pulsują mu bólem potłuczone plecy i skronie. Rozejrzał się. Wokół niego zrobiło się sporo wolnego miejsca. Ludzie stali i uważnie mu się przyglądali. Odwrócił się. W oczach Nataszy ujrzał podziw.

– Czytał pan to? – zapytał Drexell Mocka. – Po rosyjsku pan czytał?

Traci panowanie nad sobą – pomyślał Rehberg o monachijczyku. – To nie jest żaden argument.

– A co to? – rozległ się nagle dziewczęcy głos. – *Rossica non leguntur*[41]?

– Jak panienka śmie?! – krzyknął rektor. – Jak panna ma czelność?

Dziewczyna usiadła skruszona, a Rehberg zapisał ją głęboko w mściwej części swej pamięci, gdzie już od miesiąca było miejsce dla Eberharda Mocka. Ten wstał i odpowiedział Drexellowi.

---

41 Nie czyta się książek rosyjskich? (łac.).

– Ktoś mi to przetłumaczył! Polak, student naszego uniwersytetu! Ręczę za adekwatność tego przekładu...

Profesor slawistyki Władysław Nehring pokiwał głową. Drexell nadal piorunował wzrokiem Mocka.

– A jak pan mi to wyjaśni, panie Mędrek – rzeczywiście tracił panowanie nad sobą – że w jednym tekście w przypisie naukowiec przytacza ideę innego naukowca, a w innym ten sam uczony przypisuje tę ideę tylko sobie samemu? No jak pan wyjaśni?

Niech ten błazen już milczy... – pomyślał Rehberg z niechęcią o Drexellu.

– Ja nie wiem – odparł Mock prostodusznie. – Ja nie jestem naukowcem...

W audytorium rozległ się przyjazny śmiech oraz głosy:

– O co on pyta tego młodzieńca? Skąd on ma wiedzieć, na Boga?

Profesor Norden uniósł rękę. Rektor wahał się, czy udzielić mu głosu. Był zmęczony debatą, ale jednocześnie bardzo zadowolony, bo w głębi duszy popierał tezy Adlera i wierzył, że cudownym dzieckiem był Chrystus. Kiwnął głową Nordenowi.

– Proszę, panie profesorze!

Eduard Norden podszedł do brzegu podium. Poprawił binokle i spojrzał na audytorium.

– Ten młody człowiek – wskazał na Mocka – ośmielił się odezwać w gronie wielkich profesorów, za co jeden z nich nazwał go ironicznie mędrkiem i zapytał, dlaczego w dwóch różnych tekstach jakiś autor raz pisze o sobie jako o twórcy danej hipotezy, a raz ją przypisuje komuś innemu. Student odpowiedział szczerze: „Nie wiem". Ja natomiast wiem, moi panowie...

Anioły, putta i dobrodzieje uniwersytetu, uwiecznieni na portretach wiszących w Auli Leopoldyńskiej, patrzyli na młodego profesora z wielkim zainteresowaniem.

– Nie pierwszy to przypadek w dziejach filologii, że jakiś uczony, publikując w swoim mało znanym, egzotycznym języku, lojalnie, etycznie i zgodnie z dobrymi obyczajami mówi: „To nie jest moje ustalenie, to zrobił ten a ten". Ale kiedy ów uczony publikuje już w języku światowym, kiedy swój artykuł puszcza w międzynarodowy obieg, jest często żądny chwały i traci swoje dobre obyczaje. I wtedy taki małoduszny naukowiec w wersji niemieckiej lub francuskiej swojego artykułu usuwa z przypisu nazwisko człowieka, od którego zaczerpnął swój pomysł. Kłamie wtedy: „To ja to wymyśliłem, to ja! *C'est ma hypothèse*". Nie chcę panów nudzić kilkoma przykładami, które mogę przytoczyć natychmiast. Nie chcę tego wszystkiego przesądzać, ale profesor Batiuszkin jest najpewniej smutnym przykładem takiego właśnie postępowania!

Norden usiadł, a rektor Kawerau otarł pot z czoła. Adler zbiegł do Mocka i ściskał mu rękę, Drexell ironicznie się uśmiechał i przeglądał swoje notatki, Natasza Diabrinska z wypiekami na twarzy czytała rosyjski artykuł o cudownym dziecku i wstydziła się za swojego rodaka.

W końcu *magnificus* wstał i oznajmił, że rozpoczyna publiczną dyskusję nad zaprezentowanymi argumentami i kontrargumentami. Potoczyła się ona dość szybko i większość zabierających głos profesorów opowiedziała się za Adlerem. Rektor triumfował. Gratulował prywatnemu docentowi i publicznie roztaczał przed nim świetlane perspektywy.

I tak minął ten wieczór.

Mistrz Adlera profesor Bachmann zatelefonował nazajutrz do swojego ucznia. Przeprosił go, że nie mógł przyjść na debatę. Kiedy chciał mu pogratulować wygranej, głos uwiązł mu w gardle. Odłożył słuchawkę. Potem już tylko wył z bólu.

Rehberg zrezygnował z pomysłu napisania protokołu z debaty i wysłania go dyrektorowi ministerialnemu Althoffowi. Leżąc wieczorem w swej wannie wypełnionej pianą i ciepłą wodą, obmyślał dalszy plan działania. Drexell zawiódł Towarzystwo, ale jest człowiek, który na pewno nie zawiedzie, choć nie jest żadnym utytułowanym luminarzem nauki. Jest za to bardzo niesfornym studentem i nazywa się Richard Lotz.

I wtedy Rehberg zrozumiał, że znalazł się w miejscu, skąd nie ma już odwrotu. Rozbawiło go to. Już był w tym miejscu kilkakrotnie.

Zanurzył się cały w wannie, wychlapując trochę piany na kafelki.

Po debacie Mock spał jak zabity. Kiedy następnego dnia wchodził do budynku uniwersytetu, ujrzał na „czarnej desce" ogłoszenie, iż w kantorku pedla czekają na niego dwa listy. Poszedł tam niezwłocznie. Jeden list był od Nataszy Diabrinskiej, drugi od Eduarda Nordena. Studentka przepraszała go za swe niecne podejrzenia, chwaliła jego odwagę i intelekt, zaś profesor zapraszał go na obiad do swojego mieszkania w najbliższą niedzielę.

WROCŁAW,

niedziela 26 listopada 1905 roku,

godzina pierwsza po południu

MOCK STAŁ PRZED KAMIENICĄ przy Tiergartenstrasse[42] 87, od-
daloną o jakieś sto metrów od mostu Zwierzynieckiego, i przez
woal sypiącego śniegu przyglądał się dokładnie budynkowi. Gdyby we Wrocławiu organizowano konkurs na najbardziej okazały dom, to miejsce zamieszkania profesora Nordena odpadłoby
w przedbiegach. W porównaniu z ogromnymi secesyjnymi gma-
chami mieszkalnymi, prawdziwymi „budowlanymi tortami", jak
je nazywano, stojącymi na Ohlauer Stadtgraben[43] albo na rogu
Tauentzienstrasse[44] i Neue Taschen Strasse[45], ta kamienica była
raczej niepozorna. Ponadto profesor mieszkał na niezbyt presti-
żowym, przedostatnim piętrze, nad którym były już tylko pokoiki
mansardowe oraz strych.

To wszystko nie zgadzało się z wyobrażeniami Mocka na temat
zamożności profesorów uniwersyteckich, którzy przecież, jak
było powszechnie wiadomo, należeli do finansowej elity cesarstwa.

– Albo jest człowiekiem nadzwyczaj skromnym – mówił do
siebie – albo bardzo oszczędnym.

Dzierżąc w dłoni bukiet chryzantem, wbiegł na trzecie piętro bardzo szybko – przeskakując po dwa stopnie. Kiedy stanął

---

42 Obecnie ul. Skłodowskiej-Curie.

43 Obecnie ul. Podwale, odcinek od Słowackiego do Dworcowej.

44 Obecnie ul. Kościuszki.

45 Obecnie ul. Kołłątaja.

pod drzwiami, kręciło mu się w głowie tak mocno, że musiał się oprzeć o ścianę w obawie przed omdleniem. Jeszcze całkiem nie wydobrzał po pobiciu. W końcu szarpnął za dzwonek.

Już w przedpokoju student zorientował się, że jego podejrzenia na temat charakteru lub kondycji finansowej Nordena były bardzo nietrafne. Oto znalazł się we wspaniałym westybulu, z którego wychodziły drzwi do siedmiu, o ile zdołał dobrze policzyć, pokojów. Mimo iż wszystkie były one zamknięte, do uszu Mocka dochodziły okrzyki i przekomarzania wydawane z kilku dziecięcych gardeł.

Służący odebrał od niego paltot i melonik, gdy w końcu udało mu się zzuć przyciasne, pożyczone od Zuckermanna kalosze. Na podsuniętej sobie pod nos srebrnej tacce położył bilet wizytowy, który poprzedniego wieczoru własnoręcznie wykonał, kaligrafując swe nazwisko na dokładnie przyciętym kartoniku.

– Prosić – usłyszał głos profesora dochodzący z salonu.

Wszedł z bukietem chryzantem do ogromnego pokoju, którego okna wychodziły na szeroką, ośnieżoną Tiergartenstrasse[46], jedną z najbardziej reprezentacyjnych ulic Wrocławia. Norden podniósł się z fotela stojącego pod oknem i wyciągnął rękę do gościa.

– Dziękuję, że uczynił mi pan ten zaszczyt, panie Mock, i przyjął moje zaproszenie na obiad.

Wiedział, że profesor jest nadzwyczaj uprzejmym człowiekiem, ale to dworskie powitanie całkiem zbiło go z tropu.

– Ależ to zaszczyt dla mnie – wydukał, ściskając dłoń swojego nauczyciela.

---

46 Obecnie ul. Skłodowskiej-Curie.

Uznał, że nie oddał dokładnie stanu swego ducha. Chciał coś dodać i otworzył usta. Profesor czekał wobec tego na dalszą część wypowiedzi. Pytanie w jego oczach całkiem zbiło Mocka z tropu.

– To zaszczyt dla mnie, tak... – Zarumienił się ze wstydu na myśl o swoim braku elokwencji. – Zaszczyt...

Potem było jeszcze gorzej. Do salonu weszła pani Marie Norden, atrakcyjna, postawna kobieta przed trzydziestką. Była typową germańską pięknością z wysokim blond kokiem na głowie, zgrabnym noskiem i obfitym biustem, który falował za koronkowym dekoltem sukni.

– Pozwól, moja kochana. – Norden uśmiechnął się do żony. – To jeden z moich najlepszych studentów, pan Eberhard Mock.

Spojrzała na przybysza i wyciągnęła ku niemu smukłą dłoń. Młodzieniec widział w tym spojrzeniu wszystkie możliwe obietnice, przez co stracił panowanie nad swym ciałem. Ruszył ku kobiecie i potknął się o dywan. Upadłby na nią i uderzył ją bukietem kwiatów, gdyby profesor nie przyszedł mu z pomocą i nie przytrzymał go za łokieć.

– Bardzo mi miło – szepnęła pani Norden, kiedy Eberhard schylał się do jej dłoni.

Wyrozumiały uśmiech kobiety był życzliwym komentarzem do niezgrabnego zachowania przybysza.

– Jakie piękne kwiaty! Bardzo lubię chryzantemy! Dziękuję, mój panie!

Przytuliła bukiet do piersi, czym wywołała kolejne nieprzyzwoite myśli Mocka. Chciałby się znaleźć na miejscu tych kwiatów.

– Zostawię panów samych, zaraz spotkamy się na obiedzie, a teraz może Willy poda coś na zaostrzenie apetytu...

Kiwnęła Mockowi głową i przez rozsuwane szklane drzwi z gracją przeszła do drugiego pokoju, gdzie służąca nakrywała już do stołu. Kamerdyner przyniósł na tacy dwa płytkie kieliszki, wypełnione bursztynowym płynem. Profesor zabrał się do przycinania cygar.

– Wie pan – mówił w zamyśleniu – powiadają, że cygaro trzeba przyciąć pół godziny przed zapaleniem. Jest to pewnie przesąd, ale czasami lubię się oddawać przesądom. Teraz przytnę, a zapalimy po obiedzie w moim gabinecie...

Mock błogosławił tę zwłokę, która pozwoliła mu ochłonąć i rozejrzeć się po salonie zajętym prawie w jednej trzeciej przez wielki fortepian. Na biednym studencie apartament profesora robił imponujące wrażenie. Nie widział jeszcze nigdy lampy tak ogromnej jak oświetlający salon wielki żyrandol, z którego zwisały kryształowe sople, tak ogromnych obrazów jak wiszące wszędzie oprawione w złote ramy płótna – niektóre nachylone pod kątem – przytłaczające i wciągające oglądającego w swe mitologiczne i fantastyczne światy. Nie miał pojęcia, do czego służą małe szafki na długich wygiętych nóżkach oraz niewielkie dwunożne stoliki, przyklejone jakby do ścian obitych tłoczoną błękitną tapetą. Gładkie politury mebli zwielokrotniały ten przepych.

– Tak... Drogi panie Mock... – Młody profesor uśmiechnął się, widząc podziw na twarzy gościa. – Pewnie się pan zdziwił, kiedy powiedziałem żonie, iż jest pan jednym z najlepszych moich studentów, prawda?

– Istotnie – odparł szczerze zapytany. – Owszem, otrzymuję dobre noty z egzaminów, ale jak dotąd pan profesor nie miał okazji słyszeć ani jednej mojej naukowej wypowiedzi. Owszem, chodziłem przez pierwszy semestr studiów na pańskie wykłady z historii literatury rzymskiej, potem na arcyinteresującą historię filologii klasycznej, ale wszędzie tam byłem po prostu słuchaczem. Nie miałem nigdy przyjemności uczestniczyć w ćwiczeniach ani w seminarium pana profesora... Nie zdawałem przed nim żadnego egzaminu...

Norden spojrzał na niego życzliwie i poprawił binokle.

– Z pańskich wypowiedzi naukowych, jak pan to ujął, wystarczy mi ta, którą usłyszałem podczas ostatniej debaty. A poza tym wiem, że jest pan jednym z wyróżniających się słuchaczy naszego seminarium. Ma pan opinię aktywnego i niespokojnego ducha, który jest dociekliwy i umie się wycofać ze swego poglądu przekonany racjonalnymi argumentami. Tak mówi o panu mój kolega profesor Skutsch. Podobnie sądzi o panu mój kolega z Seminarium Filozoficznego, profesor Ebbinghaus. Zgadza się pan z tą charakterystyką?

– Jakże tu się nie zgodzić – odparł prostodusznie Mock – kiedy tak mówią sławy naukowe?

– Nad pańskimi ciągotami filozoficznymi nie będę się dłużej zatrzymywał, pozostanę przy filologii. Od Skutscha wiem, że jest pan bardzo zainteresowany gramatyką i osobliwościami języka Plauta, czy tak?

– Owszem. Bardzo mnie interesuje metryka, chodzę nawet na zajęcia do profesora Zachera...

– Doskonale... No to wypijmy, drogi panie... To znakomity skandynawski akvavit. Orzechowy... – mruknął Norden i podał gościowi kieliszek. Sam wypił mały łyk, odstawił naczynie na fortepian, podszedł do okna i założył ręce za plecy. – Dobrze...

To bardzo dobrze, że interesuje pana metryka... – Odwrócił się na pięcie i spojrzał bystro na studenta. – Panie Mock, niech mnie pan posłucha. Mam zamiar wydać na nowo i objaśnić *Eneidę* Wergiliusza. Mój komentarz miałby charakter religioznawczy. Chcę zaprosić pana do współpracy, chcę, żeby mi pan pomógł...

Mock aż się zakrztusił. Niewielka kropla gryzącego płynu, który trącił orzechem i jakimiś ziołami, dostała mu się do tchawicy. Długo charczał i kaszlał, aż Norden kazał kamerdynerowi przynieść szklankę wody. Kiedy ten podawał Eberhardowi napój, w drzwiach salonu ukazały się trzy dziecięce główki, które zaraz zresztą zniknęły pod surowym spojrzeniem ojca.

– Ale jak... – szepnął w końcu Mock. – Ale jak ja mogę pomóc panu profesorowi? Przecież ja ledwie student jestem...

Norden włożył dłoń w rozcięcie surduta i uśmiechnął się wyrozumiale.

– Dobre mi ledwie! Pan jest studentem już trzeci rok, wszystkie zajęcia obowiązkowe już pan ma za sobą... Czas myśleć o seminarium doktorskim, mój panie...

Wyjął z kieszeni zegarek i schował go na powrót, nie patrząc nań. Był to automatyzm dobrze znany każdemu studentowi, który chodził na wykłady Nordena. Ze względu na to przyzwyczajenie wykładowca był nazywany Tik-Tak.

– Pewnie pan myśli, że w analizowaniu wierszy Wergiliusza nie ma niczego ciekawego... Że są one tak banalne i proste, że pierwszy lepszy gimnazjalista potrafi je rozłożyć na czynniki pierwsze... Tymczasem one mają głębszą strukturę, jest w nich dziwna symetria, są pewne tajemne matematyczne zależności... Czy pana interesują te kwestie?

Zapytany poczuł gwałtowne bicie serca, słysząc o rozbiorze wierszy łacińskich i o ich sekretach. Nigdy nie sądził, że ten subtelny literaturoznawca wejdzie na poletko lingwistyki i matematyki. Dotąd takie ujęcie poznawał na ćwiczeniach i na proseminarium profesora Franza Skutscha. Ale temu ostatniemu brakowało jednego – szerszego spojrzenia. Ciął łacińskie wiersze jak skalpelem, a potem leżały one martwe i wzgardzone. Skutsch był rasowym formalistą. Nie interesowało go nic poza strukturą. Ale Norden był inny, jawił się teraz Mockowi jako poszukiwacz wewnętrznych, ukrytych znaczeń w poezji łacińskiej. Student poczuł, jak fascynacja naukowa rozpala jego głowę.

– Bardzo mnie to interesuje, panie profesorze – wydukał.

– Doskonale, Mock – Norden powtórzył swój najwyraźniej ulubiony przysłówek. – Doskonale... Potrzebuję właśnie kogoś, kto tych tajemnych związków poszuka. Chcę, by to pan był tym eksploratorem, ale ostrzegam: może się okazać, że pańska wyprawa w nieznane skończy się fiaskiem... Będzie pan kroił wiersze *Eneidy* i spotka pan za nimi tylko pustkę...

– Ale może się skończyć wygraną – wszedł mu w słowo student.

– Tak! Może być pan triumfatorem – zapalił się nauczyciel. – Napisze pan u mnie doktorat, a potem, opromieniony dobrym przyjęciem swej dysertacji, rozpocznie pan pracę w jakimś renomowanym gimnazjum klasycznym! Tak, mój drogi Mock! Co pan o tym sądzi?

– To wspaniale! – krzyknął Eberhard i zerwał się na równe nogi. – Zgadzam się, zgadzam! To dla mnie zaszczyt...

Norden uniósł kieliszek.

– Proponuję, aby pan od nowego semestru został moim asystentem. Z asystencką gażą, niewielką, niestety, bo tylko taką przewidują przepisy. Ale to na razie wstępna propozycja, pozostawiam sobie prawo wycofania się z niej, nawet może już za chwilę... Wycofam się... kto wie?... po pańskiej odpowiedzi na jedno pytanie, które zaraz mu zadam. Czy zgadza się pan na to pytanie? Może być ono dla pana bardzo nieprzyjemne i osobiste...

– Tak, zgadzam się – wyszeptał zaniepokojony Mock.

Norden zmarszczył brwi. Nastrój uniesienia i radości nagle się gdzieś ulotnił.

– Asystent, w moim rozumieniu, jest łącznikiem pomiędzy wykładowcą a studentami. I sądzę, że pan może kimś takim być. Aby mieć pewność, muszę pana jednak o coś zapytać... Oto moje pytanie: Dlaczego wielu pańskich kolegów nie podaje panu ręki i traktuje pana jak powietrze?

Zagrał rzeczywiście na bardzo bolesnej strunie. Mock poczuł, jak mu serce puchnie w piersi. Odetchnął głęboko raz czy dwa i zebrał myśli.

– Nie należę do żadnej korporacji, nie lubię burszowskich obyczajów, zwłaszcza pojedynków. Uświadomiłem to sobie po rocznym okresie fuksowania podczas tak zwanego chrztu... Czy mam wyjaśniać te pojęcia, panie profesorze?

– Nie trzeba, w czasie moich studiów w Bonn i w Berlinie poznałem ze słyszenia korporacyjne zwyczaje, choć podobnie jak pan nie byłem nigdy burszem... No, słucham pana dalej, słucham...

– Otóż – kontynuował Mock – w czasie „chrztu" nie wytrzymałem i kiedy fuksmajor mnie spoliczkował, oddałem mu... To sprawiło, że przez wszystkich korporantów zostałem uznany za *persona non grata*. Później byłem kilkakrotnie wyzywany na pojedynek. Nienawidzę pojedynków, bo są nielogiczne... Nie przyjmowałem wyzwań. To przysporzyło mi opinii człowieka niehonorowego... Potwierdziło ją w przekonaniu korporantów pewne ostatnie zajście, w wyniku którego znalazłem się w karcerze... A zatem jako człowieka bez honoru wielu ma mnie w pogardzie. Spośród moich kolegów ręce podają mi tylko Żydzi, Polacy i kobiety, słowem: uniwersyteckie wyrzutki...

Nordenowi spadły binokle z nosa. Słowa te zrobiły na nim ogromne wrażenie. Nigdy nie ukrywał swego żydowskiego pochodzenia, choć już jako siedemnastolatek przeszedł na protestantyzm. Milczał przez dłuższą chwilę.

– Jest pan odważny, Mock. Ośmielił się pan zabrać głos wśród największych naszego akademickiego świata. Dzięki panu mój przyjaciel doktor Moritz Adler może mówić o dużym szczęściu. Choć miał słuszność i rację, pański szybki refleks go ocalił... Ludzie wydają wyroki, nie czekając na prawdę...

Norden chodził dłuższą chwilę pomiędzy wielkim tremo a potężnym zegarem stojącym. W końcu spojrzał przenikliwie na swojego rozmówcę.

– Mówi pan, że podają mu ręce tylko uniwersyteckie wyrzutki. – Wyciągnął do niego dłoń. – Ja się z tymi wyrzutkami solidaryzuję. Wyciągam do pana rękę i pytam: Czy będzie pan moim asystentem?

– Tak. – Mock zamrugał oczami, by ukryć wzruszenie. – Tak.

Pani Marie Norden weszła do salonu. Natychmiast zauważyła poruszenie Mocka.

– Panowie, panowie, czy musicie poruszać tak ważne kwestie przed obiadem? Chodźcie, bo comber z sarny wystygnie... Dzieci – odwróciła się w stronę przedpokoju – proszę przyjść tutaj, przywitać się z gościem, a potem marsz do swojego stolika!

Norden ujął Mocka pod ramię. Student uśmiechnął się krzywo i ocierał pot, który mu obficie wystąpił na czoło. Profesor uznał, że w największe pomieszanie wprawiły młodzieńca ostatnie fragmenty rozmowy, które dotyczyły jego przyszłości. Tym razem miał częściową tylko rację. Pot był wywołany obawą przed kolejną kompromitacją.

Mock po prostu nie wiedział, co to jest comber ani jak się go je.

WROCŁAW,
poniedziałek 27 listopada 1905 roku,
godzina piąta

ŚNIEG PADAŁ PRZEZ KILKA DNI, a potem nadeszły mrozy. Fosa miejska i rozlewiska Odry zastygły skute lodem. Dachy Wrocławia skryły się pod białym puchem, a wieżyce kamienic nabrały opływowych kształtów. Na ulicach pojawiły się sanie, na oddziałach chirurgicznych przybyło pacjentów, na cmentarzach miejskich zaś bezimiennych grobów, do których wrzucano bezdomnych. Wieczorami okna mieszkań błyszczały przyjaznym blaskiem, a nagie gałęzie drzew, które dotąd szkliły się porannym szronem, teraz się zginały pod zimowym brzemieniem. Sprzedawcy parującego ponczu i gorących kiełbasek ciągnęli swe kramy tam, gdzie gromadzili się ludzie. O tej porze roku takim miejscem były wrocławskie ślizgawki.

Jedną z najbardziej znanych była ta na fosie miejskiej pod Wzgórzem Liebicha[47]. Łyżwiarzom, którzy zażywali tam rozrywki, nierzadko wydawało się, że oto – jak za dotknięciem czarodziejskiej różdżki – przenoszą się o sto kilometrów na południe, z centrum śląskiej stolicy do jakiegoś zimowego karkonoskiego kurortu. Tej chwilowej utraty kontaktu z rzeczywistością winne były nie tylko zawroty głowy wywołane przez dzikie piruety, ale przede wszystkim malownicza sceneria lodowiska. Nad jego zamarzniętą niecką wznosiły się bowiem strome brzegi fosy miejskiej tak gęsto zarośnięte wysokimi i nachylonymi ku niej drzewami, że łyżwiarze spoza nich nie widzieli prawie żadnych zabudowań miasta. Masyw Wzgórza Liebicha również potęgował tę iluzję, sprawiając wrażenie ogromnej góry wizualnie przytłaczającej ludzi śmigających po lodzie przy skocznych melodiach wygrywanych przez orkiestrę.

Poniedziałek był dla muzykantów dniem wolnym. Nie było ich teraz na betonowym pomoście, do którego schodziło się po schodkach od strony Neuegasse[48]. O niedawnej obecności grajków przypominały jedynie wgłębienia w lodzie po nogach od krzeseł, nieliczne papiery po zjedzonych kanapkach i wypalone papierosy.

Do zalegających tu niedopałków doszedł teraz jeszcze jeden. Elegancki but Waltera Rehberga zdusił żar, który zasyczał w zetknięciu ze śniegiem.

---

47 Obecnie Wzgórze Partyzantów.

48 Obecnie ul. Nowa.

Urzędnik uniwersytecki wypatrywał w tłumie łyżwiarzy tego, do którego tu przyszedł. W końcu go ujrzał. Wręczył stojącemu obok malcowi kilka fenigów i powiedział:

– O, widzisz tego dużego w kaszkiecie? Tego z zabandażowaną gębą? To ten! Dawaj go tutaj!

Malec pobiegł po lodzie ku potężnie zbudowanemu młodzieńcowi. Złapał go za rękaw i pokazał palcem Rehberga. Młody człowiek zdjął kaszkiet, ukłonił się z daleka i natychmiast przybił do platformy, wykonawszy kilkanaście zamaszystych ślizgów.

– Dzień dobry, *Herr Obersekretär* – zawołał.

– Bez tytułów, Lotz. – Rehberg obejrzał się dokoła. – Zdejmuj łyżwy! Czekam na ciebie na górze.

Lotz zrobił, co mu nakazano, i po chwili już obaj spacerowali alejką pomiędzy fosą a parkanem szkoły ludowej, zbudowanej niedawno na miejscu odlewni dzwonów i armat.

– Jak tam szczęka? – Rehberg spojrzał na studenta. – Chyba dobrze, bo nieźle darłeś mordę przed chwilą... A jeśli wszystko w porządku, to po co masz na niej wciąż bandaż?

– Szczęka dobrze – odparł Lotz. – To było tylko zwichnięcie, nie złamanie. A bandaż to dla zmylenia i w celach propagandowych.

– Zdejmij go, ale już! – warknął Rehberg. – I tak już wszyscy tego Mocka mają za jakiegoś siłacza, Heraklesa niemalże, i z daleka schodzą mu z drogi!

Lotz pokornie wykonał rozkaz. Zdjął bandaż i schował go do kieszeni. Jego blizny – pamiątki po pojedynkach – nabiegły krwią i odcinały się wyraźnie od i tak już rumianego oblicza. Minęły ich dwie młode dziewczyny w krótkich kożuszkach i z łyżwami w rękach. Zachichotały. Blizny – oznaki męskości i wojowniczo-ści – robiły wrażenie na niejednej *Fräulein*. Lotz powiódł za nimi złaknionym wzrokiem.

– Jesteś przygotowany? – zapytał urzędnik. – Przestudiowałeś plan wykładu Adlera, który ci dostarczyłem?

– Tak jest – zameldował student.

– Nauczyłeś się wszystkiego?

– Tak. Wykułem na pamięć i plan, i wszystkie pańskie suge-stie... Wiem, kiedy mam wejść do akcji. Załatwię go na medal!

– Tym razem nie popsuj sprawy, bo już cię nie uratuję od wywalenia z uczelni na zbity pysk – mówił dosadnie Rehberg i nagle wrzasnął tak głośno, że obie dziewczyny aż się odwróci-ły. – Słyszysz, idioto!? Nie nawal po raz drugi!

Lotz zatrzymał się gwałtownie. Wyglądał na wystraszonego w świetle dopiero co zapalonej gazowej latarni. Purpura rozlewała mu się po policzkach i sięgała aż na skronie. Na białych rzęsach coś błyszczało – nie wiadomo, czy śnieg czy łzy. Z nosa wystawał mu kawałek zbrylonej wydzieliny. Wyglądał śmiesznie – potężna postura bandyty i poczciwa twarz wiejskiego głupka.

– Zapewniam pana – wydukał. – Już więcej pana nie zawiodę... Wiem, że się naraziłem, ale nie mogę znieść, jak ktoś ubliża moim korporacyjnym braciom... Dlatego zaatakowałem tego Mocka...

– Wytrzyj sobie gile. – Rehberg wyciągnął papierosa i zapalił. – Nie mogę na nie patrzeć...

Lotz otarł nozdrza – wobec braku chusteczki – wierzchem dłoni.

– Na przyszłość pamiętaj, durniu, że masz atakować tylko tego, kogo ci wskażę, i tylko wtedy, kiedy otrzymasz taki rozkaz. Wyraźny rozkaz.

– Tak jest!

Nadsekretarz patrzył przez chwilę w zamyśleniu na pochodnie trzymane w rękach przez niektórych łyżwiarzy. Tworzyły one jasne, ruchome punkty w zapadającym mroku. Kręciły się i wirowały na ciemniejącym lodowisku.

– Wiesz o tym, Lotz, że jeśli zrobisz w czwartek to, co ci kazałem, staniesz na skraju przepaści? Musisz mi powiedzieć teraz, czy jesteś tego świadom.

– Po co mi pan to mówi?

– Wciąż masz wybór. – Rehberg uśmiechnął się drwiąco. – Możesz mi odmówić!

Lotz pochylił głowę, jakby się kłaniał urzędnikowi.

– Jak panu odmówię, to ja dopiero wpadnę w przepaść, *Herr Obersekretär*!

Rehberg popatrzył na niego dłuższą chwilę, a potem wyjął z ust papierosa i wsunął go między drżące od zimna wargi Lotza.

– Nie jesteś taki głupi, jak myślałem.

Wymierzył mu siarczysty policzek, odwrócił się i odszedł bez słowa pożegnania.

WROCŁAW,
czwartek 7 grudnia 1905 roku,
południe

DOKTOR MORITZ ADLER STAŁ NA KATEDRZE i rozkładał notatki. Trzaskały opuszczane siedzenia krzeseł, a słuchacze zapełniali salę, roztaczając oddechami woń wypalonych przed chwilą papierosów. Spod pieca dochodził zapach wilgotnych, parujących płaszczy, a mróz rysował swe zawijasy na szybach wielkich nieszczelnych okien wychodzących na most Uniwersytecki. Z sąsiedniego pomieszczenia dochodził śmiech profesora Nordena i basowe pomrukiwanie profesora Skutscha. Zwykły zimowy dzień w Seminarium Filologicznym.

Adler nie sądził, że w jego życiu będzie tylko jeden dzień gorszy od tego, który się właśnie rozpoczął. Dzień jego własnej śmierci.

Dotknął gładko ogolonego, wystającego nieco podbródka i przyjrzał się znad binokli trzydziestu słuchaczom. Szczególną uwagę zwrócił na jednego z nich, którego widział po raz pierwszy. Był to potężnie zbudowany bursz o dość pospolitej czerwonej twarzy, pociętej bliznami i okolonej jasnym zarostem. Z jego oczu biła zuchwałość i skłonność do kpin. Wyglądał jak wesołek, który swym dowcipkowaniem i błaznowaniem potrafi urozmaicić najnudniejsze przyjęcie.

Oprócz niego Adler znał wszystkich. Korporanci zlewali mu się w jedną masę, szczególnie zaś dobrze pamiętał studentów niezrzeszonych – Polaków, Żydów i jednego Niemca, Eberharda Mocka. Oraz oczywiście cztery panny – w tym jedną szczególnie powabną Rosjankę, której akurat tego dnia nie było.

Mój wybawca i ten nowy – pomyślał wykładowca – najwyraźniej się nie lubią. Siedzą po przeciwnych stronach ławy i patrzą na siebie spode łba...

Uniósł kredę i wskazał nią nowego słuchacza.

– Widzę pana po raz pierwszy, mój panie, toteż informuję o zasadach regulujących porządek na moim wykładzie... Po pierwsze, nie toleruję spóźniania się, po drugie, proszę o przerywanie mi choćby w pół zdania, jeśli pan czegoś nie zrozumie. Czy wszystko jasne?

Student nie odpowiedział, tylko uśmiechnął się drwiąco i lekko skinął głową.

– Zostałeś o coś zapytany, Lotz – warknął Mock. – Odpowiadaj, a nie dygaj jak pensjonarka.

Nowy słuchacz zaczerwienił się, lecz nie zareagował na zaczepkę. Nawet nie spojrzał w stronę Eberharda.

– No dobrze, moi panowie. – Adler zsunął binokle na czubek nosa i rozpoczął wykład. – Będzie dzisiaj mowa o logice po Arystotelesie.

Na początku wygłosił pochwałę Jana Łukasiewicza, młodego polskiego filozofa, który wykazał, że logika stoików jest właściwym początkiem rachunku zdań. Uczony ze Lwowa poszedł w ten sposób pod prąd całej tradycji, która logiki stoickiej nie rozumiała i lekkomyślnie nią gardziła jako popłuczynami po Arystotelesie. Adler bardzo dowartościował idee Zenona i Chryzypa, wydobyte i świetnie opisane przez Łukasiewicza. Twierdził, że intuicje i ustalenia najstarszych przedstawicieli Stoi były na wskroś nowoczesne i wytyczały drogę, którą w świecie niemieckojęzycznym zapoczątkował i kroczył geniusz z Jeny – profesor Gottlob Frege.

– Zaraz, zaraz – przerwał mu Lotz, uśmiechając się drwiąco. – Czy nie sądzi pan docent, że to docenienie logiki stoickiej przez Polaka ma drugie dno? Polityczne...

– Polityką się tu nie zajmujemy – Adler przerwał i uśmiechnął się wyrozumiale. – Ona się nie liczy w naszej kwestii. Łukasiewicz wykazał charakter stoickiej logiki niezbicie i ściśle. Każdy może to sprawdzić. W nauce istotny jest wynik, a nie to, co danym uczonym kierowało. A poza tym...

– Polacy i Żydzi – Lotz rozejrzał się po kolegach – których nie brakuje i na tej sali, tworzą zwartą mieszankę społeczną i u nas, i w Imperium Rosyjskim. Wzajemnie się popierają jako rzekomo uciskani przez oba państwa. A zatem Polak Łukasiewicz wynosi pod niebiosa Żyda Zenona z Kition. Czyż nie jest to...

– Po pierwsze – Adler zszedł z katedry, stanął przed Lotzem i splótł palce, aż trzasnęły mu stawy – jeśli dopuszczam przerywanie toku wykładu, to tylko wtedy gdy przerywający ma do powiedzenia coś, co jest na poziomie uniwersyteckim, nie na poziomie magla czy wychodka... Wydawało mi się, że w tym gmachu jest to zrozumiałe. A po drugie, to skąd pan wie, że Zenon był Żydem?

– No dobrze, nie Żydem, lecz Fenicjaninem. – Lotz rozparł się wygodnie w ławie. – Wszystko jedno. Semita to Semita...

Mock zacisnął pięści i chciał wstać. Adler powstrzymał go uniesioną dłonią. Wrócił na katedrę i usiadł za pulpitem. Powieka nad lewym okiem drgała mu bardzo szybko.

– Jak się pan nazywa? – zapytał zmęczonym głosem.

– Lotz. – Uśmiechnął się arogant. – Richard Lotz.

– A panu Lotzowi mimo wszystko należy się wyjaśnienie. Nie ma głupich pytań, choćby były ordynarne i prostackie w swej formie. Otóż, panie Lotz, pańskie sugestie są tak nierozumne, że można by je zbić w sposób najprostszy z możliwych. Wystarczyłoby sprowadzić wszystko *ad absurdum*. Mógłbym na przykład zapytać siedzącego tu wśród nas pana Pasierbskiego, przedstawiciela narodu polskiego, o to, czy Polacy wspierają Arabów. Otrzymałbym odpowiedź negatywną, prawda panie Pasierbski?

Student skinął głową.

– Otóż, otrzymawszy odpowiedź negatywną, obnażyłbym pańską bezmyślność... Teza, że Polacy wspierają Semitów, jest bezpodstawna. Ale ja dodatkowo panu pokażę, że w pańskim pytaniu ukrytych jest wiele błędnych przesłanek. Pierwszą z nich jest to, że Żydzi wysoko oceniają logikę stoicką. Nie ma na to żadnych dowodów! Zaraz – krzyknął, widząc, że Lotz otwiera usta. – Na to nie ma żadnych dowodów, powtarzam! No, chyba że pan mi takie dowody przedstawi... No, słuchamy, Lotz!

– To przecież oczywiste – zawołał wyrwany do odpowiedzi.

– I pan wie o tym najlepiej, że Żydzi... Przecież pan sam jest Żydem i chwali stoików...

W sali wykładowej rozległ się huk. Głowy wszystkich zebranych odwróciły się w stronę Nataszy Diabrinskiej, która stała w progu zdyszana i zarumieniona ze wstydu.

– Przepraszam za spóźnienie, panie docencie! I za hałas... Te ciężkie drzwi... Jakoś ich nie utrzymałam... Przepraszam... A tak bardzo chciałam być na pańskim wykładzie od początku...

Usiadła na jedynym wolnym miejscu – obok Lotza. Nikt z mężczyzn obecnych na sali nie miałby nic przeciwko temu, aby wykłady były przerywane częściej przez tak piękne zjawiska. Adler również przebaczył w duchu ślicznej, zarumienionej od biegu dziewczynie. Poczekał chwilę, aż Natasza zdejmie płaszcz, bo wiedział, że przez najbliższe minuty umysły studentów będą bardzo odporne na trudne kwestie z teorii poznania, do których miał zamiar przejść.

Nie zawracając już sobie głowy Lotzem, prowadził studentów przez zawiłą problematykę stoickich przedstawień. Czas mijał, a nowy słuchacz siedział cicho, zerkając tylko co chwila na pilnie notującą Nataszę.

Uff, kobiety są jak muzyka, też łagodzą obyczaje – pomyślał wykładowca. – Nawet ten barbarzyńca się uspokoił...

Ten wniosek byłby prawdziwy, gdyby dodać do niego zastrzeżenie: „Ale tylko na chwilę". Lotz zaktywizował się po kwadransie.

– Zaraz, zaraz – przerwał w znany już wszystkim sposób. – Mówi pan docent, że wydaje się nam, iż wiosło tkwiące w wodzie jest złamane, i że to nasze wyobrażenie stoicy uważali za błędne, bo wiosło w rzeczywistości wcale nie jest złamane? Czy ja dobrze rozumiem?

– Tak, to prawda – dobiegło z katedry potwierdzenie.

– Ale co to znaczy w rzeczywistości? Jeśli w moich oczach to wiosło jest złamane, to jest ono złamane w takim samym stopniu, jak ta młoda dama – wskazał Nataszę – jest w moich oczach piękna. Ona jest piękna w oczach wszystkich, podobnie jak wiosło w oczach wszystkich jest złamane! Czy nie należałoby się zatem zgodzić, że subiektywny znaczy tu tyle co obiektywny, że jest jakieś *iunctim*[49] pomiędzy pojęciami przeciwstawnymi?

– Proszę pana! Tu nie ma żadnego *iunctim*...

Lotz nie słuchał. Uśmiechał się do Nataszy i szeptał jej coś do ucha. Dziewczyna usuwała się wystraszona. Zrobił się lekki szum.

---

49 Łączność (łac.).

Mock pierwszy zaczął tupać. Natychmiast przyłączyli się do niego inni. Adler przerwał wykład. Wszyscy patrzyli na Lotza. Seminarium Filologiczne huczało od uderzeń obcasów. Stary uniwersytecki obyczaj oznaczał tu jedno: skrajną dezaprobatę. Oczy wszystkich, wbite w nowego studenta, wskazywały jednoznacznie obiekt tej niechęci.

Ten natomiast wcale się nie przejmował. Uśmiechał się lekceważąco i cmokał, wysyłając Nataszy całusy.

– Won, pijana kanalio! – ryknął Adler z katedry. – Won, ale już!

Studenci wstali i patrzyli groźnie na olbrzyma. Ten ruszył powoli do wyjścia. W drzwiach odwrócił się, omiótł wzrokiem salę, na łeb nasadził korporacyjną myckę, pod brodą poprawił jej sznurek.

– Wcale nie jestem pijany – odparł i wyszedł, trzaskając drzwiami.

Docent usiadł na krześle i ocierał pot z czoła. Powieka mu drżała w tempie niewiarygodnym, a nabiegła krwią twarz prawie puchła w oczach.

Natasza podeszła do wykładowcy i położyła mu na czole chłodne dłonie. Była w tym geście litość, tkliwość i głębokie zrozumienie.

Studentka w oczach Mocka była kwintesencją kobiecości.

Młodzieniec zazdrościł docentowi. Gdyby znał wypadki, które nastąpić miały tego wieczoru, jego zazdrość zniknęłaby jak papierosowy dym.

WINIARNIA KEMPINSKIEGO NA ROGU Altbüsserstrasse[50] i Ohlauer Strasse[51], do której weszli Adler z Nataszą, była stanowczo
zbyt droga jak na kieszeń Mocka. Witryna firmy, wypełniona aż
do samej góry butelkami wina i ozdobiona z obu stron pięknymi
marmurowymi kolumnami, informowała, iż oferuje się tutaj wyborny napój Bachusa nie tylko w restauracji, ale również w sklepie
w ilościach detalicznych i hurtowych. Mock ze zgrozą przeczytał także kartę dań wystawioną tuż obok drzwi i zrozumiał, że
nędzne moniaki, które mu brzęczą w kieszeni, wystarczyłyby
tutaj jedynie na pół bułki z pasztetem i na szklankę kompotu,
ewentualnie na całą bułkę z pasztetem, ale za to na sucho.

Oczywiście mógł tu wejść i zamówić te właśnie specjały. Po
ich spożyciu byłby jednak narażony na coraz bardziej natarczywe
indagowanie przez kelnerów. Już słyszał ich ironiczny ton: Czy
wielce szanowny pan jeszcze sobie czegoś życzy oprócz tej małej
bułeczki? Taki młodzieniec to potrzebuje zjeść! Oferujemy panu
gąskę pieczoną za trzy marki. Takie sugestie – powtarzane coraz częściej i coraz mniej przyjaznym tonem – wypędziłyby go
w końcu, okrytego wzgardą, z tej wytwornej winiarni.

Nie potrafił sobie odpowiedzieć na pytanie, dlaczego po awanturze na wykładzie aż do tego miejsca śledził docenta Adlera

---

50 Obecnie ul. Łaciarska.

51 Obecnie ul. Oławska.

i Nataszę Diabrinską. Gdyby ktoś go rzeczywiście o to zapytał, zapewne odparłby, że dla zabawy – niewinnej i niezbyt ryzykownej – bo wśród wirującej zadymki śledzenie kogokolwiek było nader łatwym zajęciem.

Po prostu chcę wiedzieć, dokąd pójdą – myślał, zaciskając zęby.

Z jednej strony gryzła go zazdrość o Adlera, z drugiej zaś – znajdował jakąś przewrotną przyjemność w dręczeniu samego siebie, kiedy wyobrażał sobie, co oni będą robić wieczorem, kiedy już pójdą – co uważał za nieuniknione – do mieszkania docenta, pewnie trochę mniej luksusowego niż mieszkanie Nordena, ale jakże różniącego się od jego własnej zimnej i wilgotnej stancji!

Kiedy tak rozmyślał i co chwila otrzepywał ze śniegu paltot i melonik, poczuł lekkie klepnięcie w ramię. Obok niego stał Heinrich Zuckermann, uśmiechnięty od ucha do ucha i najwyraźniej mający w sobie sporo chmielowego napoju.

– Co tak tu stoisz, bracie? – zapytał. – Wahasz się, czy wejść czy nie? Właź do środka, stary druhu, ale już!

– Nie mogę, Heini – wymigiwał się Mock. – Mam dużo do nauki...

– O czym ty mówisz? Do sesji jeszcze daleko! Ale ja wiem, co cię gryzie, wiem... Nie myśl o pieniądzach! Ja zapraszam!

– Przecież jeszcze ci nie oddałem tego sprzed miesiąca...

Zuckermann uśmiechnął się szeroko, pokazując braki wśród zębów trzonowych.

– Milczeć! To rozkaz! Jestem starszy wiekiem i rangą wojskową! A oddasz mi, kiedy będziesz miał. A teraz chodź, chodź, chodź! Opowiesz mi, co się działo na wykładzie Adlera. Cały uniwerek aż huczy! Mnie nie było, bo się zasiedziałem u jednej panienki z przedmieścia...

Nie zważając na słabe protesty Mocka, chwycił go pod ramię i prawie na siłę wciągnął do winiarni.

Większość stolików, umieszczonych w dyskretnych niszach wyłożonych boazerią i ozdobionych porożami jeleni, była zajęta; jeden z nich – w głębi sali – przez doktora Moritza Adlera i pannę Diabrinską. Przy pozostałych siedzieli zamożni dżentelmeni z eleganckimi damami w kapeluszach. Niejednego z nich Mock znał z widzenia z uniwersyteckich korytarzy. Wokół stolików w tej winiarni dla elity krążyło kilku kelnerów i uzupełniało puchary oraz rozstawiało zimne i gorące dania.

Obaj koledzy usiedli przy wolnym stoliku, który nie był ukryty w niszy, ale pozór dyskrecji zapewniały mu dwa ażurowe parawany. Zuckermann zamówił butelkę reńskiego wina musującego Kwiat Cesarski z piwnicy znanej firmy braci Hoehlów. Po chwili stuknęli się kieliszkami i zaczęli przeglądać kartę dań. Nie zdążyli jednak niczego wybrać, bo oto w lokalu rozległy się ciężkie kroki.

Do winiarni wtargnęli Lotz i czterej jego towarzysze.

Mock kilkakrotnie już miał wrażenie *déjà vu*, ale jeszcze nigdy nie było ono tak wyraźne. Lotz był wprawdzie inaczej ubrany niż wtedy, gdy starli się w restauracji Pod Białym Bocianem, bo nie miał teraz na sobie galowego stroju burszowskiego Vandalii, lecz jedynie myckę na głowie oraz szarfę w granatowo-czerwono--białych kolorach. Na jego twarzy widniała jednak ta sama butna, pewna siebie mina, a towarzyszący mu von Stietenkrafft krzywił swe wąskie oblicze w tym samym złośliwym uśmieszku.

Wypadki potoczyły się jednak inaczej niż Pod Białym Bocianem wcześniej. Korporanci minęli stolik Mocka i Zuckermanna, nawet nie racząc obdarzyć ich spojrzeniami, i podeszli do Adlera i do Nataszy.

– Zobacz, Ebi – mruknął nieprzychylnie towarzysz Mocka – jak walą butami o podłogę, jak udają żołnierzy... Niechbym dostał jednego z drugim pod moją komendę, to pokazałbym takiemu, co to znaczy żołnierski sznyt!

– Milczeć! – wrzasnął Lotz i rozejrzał się po sali. – Wszyscy teraz milczeć!

– Za słabo mu przywaliłeś – wysyczał przez zęby Zuckermann. – Wciąż ryczy jak wół...

– Biorę wszystkich państwa na świadków! – darł się Lotz. – Biorę wszystkich na świadków!

Spojrzał na docenta, który się zerwał od stolika.

– Pan mnie nazwał dzisiaj kanalią – zawołał. – To obraza stopnia drugiego. Odwdzięczam się panu pięknym za nadobne. Jest pan podłym Żydem i oto, co się panu należy!

Adler nie zdołał się uchylić. Potężny, piekący cios zadany otwartą dłonią rzucił nim o ścianę. Osunął się na ziemię. Napastnik pochylił się nad nim i włożył mu swoją wizytówkę do kieszonki surduta.

– Spotkała pana obraza stopnia trzeciego, docencie Adler. Służę wobec tego satysfakcją!

Mock zerwał się z miejsca, co natychmiast zauważyli inni wandalowie. Odwrócili się do niego i unieśli do góry laski.

– To sprawa honoru, ani się waż mieszać do tego, Ebi. – Zuckermann chwycił kolegę za rękę. – Czekamy teraz, co dalej...

Dalej nie było nic. Docent Adler powoli wstawał z ziemi.

– On mu nie da satysfakcji – szeptał szybko Heinrich – bo jest żarliwym katolikiem...

Mock spojrzał na niego ze zdumieniem.

– Nie wiedziałeś, Ebi? Jest Żydem, tak jak ja, ale się przechrzcił. Jest bardziej papieski od papieża. A Kościół nakłada ekskomunikę na każdego, kto bierze udział w pojedynku!

Natasza opadła na krzesło. Adler stał wyprostowany i patrzył Lotzowi prosto w oczy na tyle spokojnie i zuchwale, na ile pozwalały mu na to skurcze, które przebiegały przez jego oblicze. Otrzepywał przy tym rękawy surduta z niewidzialnych pyłków.

– Czekam na pańską odpowiedź, panie docencie Adler – warknął Lotz.

– Gdybym dał panu satysfakcję – powiedział dobitnie naukowiec – to zrównałbym pana ze mną. Tymczasem to pan mi uchybił i za swój niecny czyn odpowie zgodnie z prawem. Wszystkich tu obecnych biorę na świadków całego zajścia. – Rozejrzał się dokoła. – A teraz idę po policjanta, którzy spisze protokół całego zdarzenia.

– Zbędny trud! – rzekł Lotz. – Policjanci to ludzie honoru. Żaden nie kiwnie palcem w sprawie spoliczkowania... Pozostaje panu podjąć wyzwanie albo stchórzyć... Wyzywam pana na pistolety!

Adler schował wizytówkę z adresem Lotza i wyciągnął dłoń do panny Diabrinskiej.

– Najpierw odprowadzę szanowną panią! A potem idę na policję. Dzisiaj może się pan spodziewać wizyty mundurowych!

– Człowiek bez honoru! – zaczęli jeden przez drugiego wrzeszczeć korporanci. – Jest pan człowiekiem bez honoru, Adler!

– Na całym uniwersytecie nikt panu ręki nie poda! – piał wysokim głosem von Stietenkrafft.

Natasza ruszyła od stolika. Obcasy jej bucików zastukały na schodkach prowadzących w dół, na uliczny trotuar.

– Idź na ulicę! – wrzasnął za nią Lotz. – Tam twoje miejsce!

– Sytuacja bez wyjścia – skomentował Zuckermann. – Jeśli Adler się zgodzi na pojedynek, to jako ekskomunikowany odejdzie z Kościoła; jeśli odrzuci wyzwanie, stanie się pariasem... *Persona non grata*. Nigdy nie dostanie żadnej katedry. Pozostanie mu albo odejść, albo w łeb sobie strzelić...

Eberhard już go nie słuchał. Wybiegł z lokalu i skoczył na trotuar. Omal się nie poślizgnął na śniegu. Płatki osiadały na jego wilgotnych włosach i na zarumienionej twarzy. Rozglądał się. Natasza stała na środku ulicy bez kapelusza i bezradnie rozglądała się na wszystkie strony. Najwyraźniej nie wiedziała, dokąd ma pójść. Jakiś fiakier ją minął, krzycząc:

– Uważaj, szkoda by było takiej ładnej dupci!

Mock włożył melonik, podbiegł do niej i chwycił ją za ramiona.

– Odprowadzę panią – szepnął. – Kobieta nie może chodzić po ulicy sama, bo będzie narażona na zaczepki.

Natasza odsunęła się od niego.

– Bo co? Bo mnie wezmą za ulicznicę, jak to zrobił ten dorożkarz, tak? Bo co? Bo stracę reputację?

Milczał. Natasza przybliżyła twarz do jego twarzy. Poczuł wino w jej oddechu.

– Bo stracę honor tak jak pan?

Odeszła wśród zadymki w stronę Rynku.

Po chwili Adler ruszył w tym samym kierunku – w poszukiwaniu policjantów.

Lotz miał rację. Żaden ze stróży prawa nie chciał się zająć sprawą spoliczkowania docenta, a jeden z nich powiedział wprost:

– Niech pan go wyzwie na pojedynek, jeśli jest pan człowiekiem honoru!

Wtedy naukowiec podjął nieodwołalną decyzję.

WROCŁAW,

czwartek 7 grudnia 1905 roku,

godzina ósma

MORITZ ADLER SIEDZIAŁ PRZY BIURKU W swoim dwupokojowym mieszkaniu przy Kaiser-Wilhelm-Strasse[52] 173. Nie mógł się nadziwić obojętności, z jaką dzisiaj w jednej chwili porzucił wszystkie swe stoickie ideały i postanowił wstąpić na drogę zła. Co było tym impulsem, który wykoleił jego poukładane życie? Pogardliwe uśmieszki policjantów? Ucieczka panny Diabrinskiej? Przecież do znudzenia sobie powtarzał, że nie należy dbać o to, co myślą o nim inni, bo na ich myśli nie ma najmniejszego wpływu. I nagle zrozumiał. Lotz brutalnie rozerwał delikatną – jakby to powiedział Marek Aureliusz – „plecionkę" jego relacji ze studentką. Zniszczył dobro, które się rodziło pomiędzy nimi. A ta bezwzględna

---

52 Obecnie ul. Powstańców Śląskich.

ingerencja wymagała reakcji. Skutecznej defensywy, przeprowadzonej przez stoickiego wojownika dla ratowania dobra.

– Podjąłem właściwą decyzję – powiedział do siebie i rozejrzał się po pokoju.

Nie lubił tego mieszkania. Musiał się tutaj wprowadzić wraz ze schorowaną matką, gdy w wyniku bankructwa rodzina utraciła okazały dom w podwrocławskich Karłowicach. Lubił tylko biurko, które zostało mu po ojcu. Zajmowało ono prawie cały półokrągły wykusz. To miejsce ustawienia mebla budziło na początku pewne protesty pani Sary Adler, która właśnie z wykusza chciała patrzeć na świat, czyli na ruchliwą ulicę i na dom koncertowy Roland po jej drugiej stronie. Tak się jednak nie stało. Jedynak dopiął swego, grając na czułej i delikatnej strunie duszy swej rodzicielki. Powiedział jej mianowicie, że jeśli będzie miał godziwe warunki do pracy naukowej – to znaczy miejsce do pracy w pokoju stołowym, ciszę i stół dobrze oświetlony światłem dziennym, co właśnie zapewniał wykusz – to w końcu zdobędzie taką renomę w świecie filologicznym, że obejmie katedrę na uniwersytecie. A wtedy – i to właśnie była owa czuła struna – ożeni się i spłodzi potomków, dzięki czemu nie wyginie stary mieszczański ród Adlerów.

Starsza pani chciała w to wierzyć, choć przeczucie mówiło jej wyraźnie, iż ożenek Moritza stoi pod dużym znakiem zapytania. Mimo iż dobiegał czterdziestki – a zatem osiągnął idealny kawalerski wiek – miał dwa felery: jeden mniejszy, drugi zaś większy.

Po pierwsze, był przechrztą, co zrażało do niego i Niemki, i Żydówki. Temu dałoby się jeszcze zaradzić – był on na tyle przystojnym mężczyzną, że większość kobiet w tym liberalnym mieście przymknęłaby oko na jego pochodzenie. Niestety, pozostawał feler poważniejszy. Moritz Adler nie miał stałego zajęcia. Z uporem odrzucał propozycje nauczania języków klasycznych w gimnazjum, ponieważ uważał, że taka praca obarczyłaby go całą masą obowiązków, na przykład sprawdzaniem zadań domowych, poprawianiem łacińskich wypracowań *et cetera*. W ten sposób szkolna rzeczywistość przekreśliłaby jego naukowe plany i na zawsze podcięłaby mu skrzydła. Wolał zachować niezależność, wytrwale pisać erudycyjne rozprawy, występować z referatami i czekać, aż śmierć lub emerytura jakiegoś profesora otworzy mu drogę na katedrę filologii klasycznej.

Żył zatem ze skromnych oszczędności matki, która na wszystko się zgadzała – i na pisanie przez syna monografii, za które honoraria były zdumiewająco niskie, i na jego ekscentryczne potrzeby duchowe – byleby tylko dostać to, o czym marzyła, a mianowicie gromadkę zdrowych wnucząt.

Tego wieczoru pani Sara Adler, ubrana już w koszulę nocną, szlafrok i czepek do spania, siedziała w swoim małym pokoiku i popijała ciepłym mlekiem chałkę. Ten skromny posiłek miał jej zapewnić poczucie sytości, bez czego nie była w stanie zasnąć, napój zaś miał wprost nastroić ją do snu. Były to środki zaradcze przeciw bezsenności spowodowanej głównie przez jej wyborny słuch, który wyłapywał nawet najlżejszy dźwięk i skutecznie nie pozwalał zaznać odpoczynku.

Teraz też słyszała różne odgłosy z pokoju syna. Najpierw długo skrzypiała stalówka na papierze.

– Moritz pewnie kończy ten artykuł naukowy, o którym mi mówił – szeptała, po czym zganiła samą siebie. – Ależ nie! Prace naukowe to on pisze na kiepskim papierze i stalówka często zahacza o jakieś grudki, przez co słychać jakby zgrzyt. Nie, mój syn pisze teraz na gładkim dobrym papierze listowym. Może chce zaprosić na spacer jakąś porządną, gospodarną dziewczynę? A potem może się oświadczy?

Przełknęła łyk mleka i teraz już nasłuchiwała uważnie niezwykle zaciekawiona. Usłyszała szelest papieru, a potem cichy jęk szkła. Wiedziała, że sięgnął po coś na jedną z oszklonych półek. Kolejny szmer był połączony z metalicznym brzęknięciem.

Tak, to brzęczy ten stary orzeł na przycisku do papieru. – Uśmiechnęła się do swoich wspomnień. – Moritzek miał wtedy sześć lat, kiedy złamał mu skrzydło, a ono, choć sklejone, wciąż dźwięczy jak wtedy. Teraz mój syn składa list i przyciska jego brzegi, aby był płaski i ładnie wszedł do koperty. Ale chyba o czymś zapomniał... Nie słyszałam syku gruszki do perfum. A powinien był skropić nimi papier, kobiety lubią pachnące liściki!

Starsza pani była tak przekonana o słuszności swoich matrymonialnych przypuszczeń, że postanowiła wejść do pokoju i zwrócić synowi uwagę na to niedopatrzenie.

Wstała z fotela, podreptała do przedpokoju i już miała zapukać w drzwi synowskiego gabinetu, kiedy nagłe drżenie ogarnęło jej ciało.

Zza drzwi doszedł dźwięk, który zawsze przejmował ją trwogą.

Tego odgłosu sprawdzania broni nie słyszała już od dawna. Trzask odciąganego kurka. Ale nie był to dźwięk, jaki wydawał stary austriacki karabin kapiszonowy Lorenz, kiedy był sprawdzany przez jej męża nieboszczyka tuż przed wyjściem na zawody Towarzystwa Strzelców Wolnej Ręki. Tutaj odgłos był wzbogacony dodatkowo o dźwięk przesuwania i obrotu bębenka.

Ze zgrozą pomyślała, że oto Moritz dokonuje przeglądu ozdobnego rewolweru Mauser Zig-Zag, który odziedziczył po swoim ojcu.

Ale po co? – pytała samą siebie. – Po co mu wiedzieć, czy broń jest sprawna?

Wycofała się zalękniona do sypialni. Wtedy usłyszała, jak jej syn wychodzi do przedpokoju i wkłada buty. Nie wychylała głowy, by zapytać, dokąd idzie. Na pewno by jej nie powiedział prawdy, rzuciłby jakiś żart – taki już był, jak ojciec. Pod dowcipami skrywał melancholię i rozdrażnienie, które czasami tak się nasilały, że musiał chodzić do psychiatry, profesora Bonhoeffera.

Drzwi się zamknęły za Moritzem Adlerem. Jego matka nie zasnęła tej nocy. Wciąż widziała obraz sprzed lat – kiedy przywieziono ją do prosektorium i nie mogła rozpoznać zmasakrowanej twarzy swojego męża. Wciąż słyszała pytania, które zadawali jej wtedy policjanci, i swoje uparte, wciąż powtarzane odpowiedzi.

– Tak, to prawda, że mąż tego dnia zbankrutował – mówiła. – Ale nic nie wskazywało na to, aby miał popełnić samobójstwo. Po prostu wyszedł na zebranie towarzystwa strzeleckiego. Przed wyjściem żartował. Tak jak zwykle.

WROCŁAW,

czwartek 7 grudnia 1905 roku,

godzina wpół do dziewiątej wieczór

DOCENT ADLER WYSIADŁ Z TRAMWAJU linii żółtej na rogu Kai-ser-Wilhelm-Strasse[53] i Kaiserin-Augusta-Strasse[54], po czym po-szedł w stronę pomnika von Moltkego. Minął go i stanął pod oknami wielkiej kamienicy, skąd o cieplejszej porze roku często dochodziły dźwięki Bacha lub Chopina.

Zatrzymał się zdumiony. Mimo trzaskającego mrozu profesor Bachmann stał na swoim balkonie. Miał twarz wykrzywioną cier-pieniem. W rękach dzierżył dwie małe poduszki. Najwyraźniej nie zauważył, że Adler mu pomachał.

Docent został wpuszczony przez stróża i udał się na pierw-sze piętro. Nie zadzwonił do drzwi swojego mistrza. Pochylił się i podniósł klapkę z napisem „Listy" osłaniającą podłużną szparę. Wsunął w nią kopertę i wyszedł z kamienicy.

Znów spojrzał w górę. Bachmann wciąż stał na balkonie i jed-ną z poduszek przyciskał do policzka. Jego ulubiony uczeń znów mu pomachał.

Wtedy ulicą wstrząsnął huk wystrzału.

Śnieg wciąż sypał, ale jego płatki spadające teraz na trotuar były zabarwione czerwienią. Adler przyjrzał się im uważnie. To nie był śnieg, to było pierze poplamione krwią. Ze zgrozą uniósł głowę ku górze.

---

53 Obecnie ul. Powstańców Śląskich.
54 Obecnie ul. Szczęśliwa.

Rozerwana strzałem poduszka leżała na nagich gałęziach klonu stojącego pod balkonem. Bachmann leżał przewieszony przez balustradę. Jego ręce i głowa zwisały w dół – w kierunku białego trawnika. Nad uchem ziała potężna dziura, skąd krew się lała na śnieżny puch.

Nie chciał nabrudzić w mieszkaniu – pomyślał Adler i poczuł łzy w oczach. – Zawsze był taki schludny.

Od strony balkonu doleciał rozdzierający szloch.

– Nie mogę teraz być z panią Louise – szepnął. – Muszę już iść.

Miał jeszcze do załatwienia jedną, niecierpiącą zwłoki sprawę. Tą sprawą było przywrócenie właściwego biegu sprawom tego świata. Może kto inny nazwałby to „honorem".

WROCŁAW,
piątek 8 grudnia 1905 roku,
trzy kwadranse na szóstą rano

OWEGO PIĄTKOWEGO PORANKA MOCK został obudzony jak zwykle – przez metaliczny brzęk baniek z mlekiem, toczonych po brukowanym podwórzu przez pracowników mleczarza, pana Balcerzaka. Po chwili do tych dźwięków dołączył się zgrzyt kabłąka od wiadra z węglem, które gospodyni stawiała pod jego piecem.

Otworzył oczy i wyciągnął ręce spod pierzyny. Poczuł przenikliwy chłód poranka. Uśmiechnął się do pani Nitschmann i powitał ją łacińskim, jak zwykle, zawołaniem.

– *Salve, hospes mea carissima*[55]*!*

---

55 Witaj, moja najdroższa gospodyni (łac.).

Tym razem gospodyni nie zachowała się tak jak zawsze. Nie wyszczerzyła wybrakowanych zębów w przyjaznym uśmiechu, nie pogładziła swego lokatora po głowie matczynym gestem, nie krzyknęła wesoło: *Morgenstunde hat Gold im Munde*[56]!

W drżących rękach trzymała „Schlesische Zeitung".

– Olaboga! Olaboga! Ale tragedia!

Eberhard usiadł na łóżku i nie spuszczał z oczu gospodyni. Choć jego pęcherz domagał się opróżnienia, zwlekał z porzuceniem ciepłej pościeli, nie chciał bowiem, aby pani Nitschmann ujrzała jego poranną erekcję.

– Co się stało? – wykrztusił.

Gospodyni z impetem usiadła przy biurku studenta, a krzesło zakołysało się lekko i zatrzeszczało ostrzegawczo. Potężne czerwone łokcie oparła o blat, a twarz ukryła w dłoniach.

– Olaboga! Olaboga! Profesór się zastrzelił! Zastrzelił na śmierć! Taki mądry człowiek, nagrody dostawał, ordery, a tak się Panu Bogu sprzeniewierzył!

– Kto? Jaki profesor? Jak się nazywał?

– A bo ja to niby wiem, jak się nazywał? – Pani Nitschmann kiwała głową na boki, jakby dziwiąc się głupocie mędrca-samobójcy. – Rano mi o tym chłopak powiedział, no, jeden od Balcerzaka. Wychodzę ja przed kamienicę, a tam krawiec Stanislawski rozmawia z dorożkarzem Schnallkem. Ten Schnallke to pijany wrócił, jak byk, konia wyprzęga, pokazuje nam gazetę i krzyczy, że jakiś profesór się zabił. Całkiem na śmierć się zabił! Dzisiejsza gazeta, niech pan student zobaczy, dzisiejsza! Niech pan student czyta!

---

56 Poranna godzina ma złoto w ustach (niem.).

Gospodyni wręczyła Mockowi gazetę. Ten nie tylko już się całkiem pozbył resztek snu, ale nawet przestała go dręczyć poranna męska przypadłość. Postawił stopy na wilgotnych deskach podłogi, wstał z łóżka i wziął do ręki gazetę. Wiedział, że pani Nitschmann jest analfabetką i że chce, aby jej przeczytał wiadomość, która rzekomo zelektryzowała całe miasto.

Odsunął stos kartek, na których przez pół minionej nocy, w jakimś szale i zapamiętaniu, rozbierał wersy *Eneidy* na czynniki pierwsze, marząc przy tym o zemście na pannie Diabrinskiej, o naukowych zaszczytach i o karierze nauczycielskiej, którą mu ułatwi profesor Norden.

– „Wczoraj około ósmej – czytał Eberhard, a oczy gospodyni rozszerzały się wraz z każdym jego słowem – na balkonie własnego mieszkania przy Kaiser-Wilhelm-Strasse[57] zastrzelił się profesor uniwersytetu Carl Bachmann, światowej sławy uczony, doktor *honoris causa* kilku uniwersytetów europejskich i amerykańskich. Z dobrze poinformowanych źródeł wiemy, że prof. Bachmann cierpiał na nieuleczalną chorobę, która objawiała się okrutnymi boleściami. Kiedy cierpienie stało się nie do wytrzymania, nieszczęsny chory dokonał ostatecznego wyboru. Nie pochwalając samobójstw, pragniemy złożyć najszczersze kondolencje Rodzinie Zmarłego oraz wyrazić cześć pamięci tego wybitnego Syna Śląskiej Ziemi". To wszystko, pani Nitschmann...

Gospodyni spojrzała na Mocka załzawionymi oczami. Wyraźnie się wzruszyła.

---

57 Obecnie ul. Powstańców Śląskich.

– No co się pan tak patrzy? To człowiek był, człowiek przecie! Co z tego, że na życie się targnął!? To nasz bliźni przecie...

Odebrała od lokatora gazetę i wyszła, mamrocząc modlitwę za zmarłych. Eberhard był przyzwyczajony do ekstrawagancji tej egzaltowanej kobiety, która miała tak wielkie serce, że żaden zasmarkany mały ulicznik, żaden bezdomny kot, pałętający się po brudnych zaułkach, nie uniknął jej matczynej życzliwości – kawałka suchej bułki, cukierka, miseczki mleka.

Pokiwał głową nad ludzkim losem. Oczywiście, już przed pamiętnym wykładem Haeckla wiedział doskonale, kim jest Bachmann, widział go wielokrotnie w Seminarium Filologicznym. Moc jego umysłu poznał jednak dopiero wtedy, gdy w Auli Leopoldyńskiej profesor obalił w proch wywody von Jodena. Nie miał z nim nigdy żadnych regularnych zajęć. Jego wykłady z literaturoznawstwa nie budziły wielkiego zainteresowania u tego studenta, który najpilniej zgłębiał kwestie gramatyczne i filozoficzne. Owszem, sława wykładowcy go przyciągała podobnie jak innych słuchaczy, ale pech chciał, że w tych samych godzinach co Bachmann swe wykłady z pedagogiki ogłosił filozof i psycholog William Stern. Mock mniemał, że kurs tego przedmiotu na pewno mu się przyda w zdobyciu po studiach uprawnień nauczycielskich. Wybrał zatem Sterna. Ponieważ ten obdarzony był wielką charyzmą, student ani przez chwilę nie żałował swej decyzji. Aż do teraz, kiedy zrozumiał, że ominęło go spotkanie z Bachmannem – jednym z najwybitniejszych umysłów śląskiej metropolii.

No cóż, umarł, to umarł – pomyślał w końcu i zabrał się do codziennych swych czynności.

Odwiedził wygódkę na podwórzu, spryskał twarz lodowatą wodą i umył się pod pachami mydłem karboksylowym. Wtarł we włosy trochę pomady i ubrał się bardzo szybko. Złożył swoje notatki w równy stosik na biurku i – osłoniwszy się wyliniałym kołnierzem paltota – wyskoczył na mroźny poranek. Po dwóch minutach już pukał do drzwi prowadzących na zaplecze szynku Pod Wielorybem przy Messerstrasse[58] 20. Miłościwa pani Ernestine Zwilling, żona restauratora, dała mu dwie kromki chleba komiśnego z marmoladą, które pochłonął po drodze na uniwersytet, gdzie był po pięciu kolejnych minutach.

Portier Franz Urban spojrzał na Mocka ze współczuciem.

– Niech kawaler u mnie trochę odpocznie, w seminarium jest policja... Pewnie kawaler wie, co się stało...

Mock kiwnął głową i skulił się na ławie pod piecem w pokoju mieszkalnym portiera. Drzemał długo. Obudził go jakiś hałas i zgrzyt tramwaju przejeżdżającego pod uniwersytetem, czyli przez tak zwaną Bramę Cesarską[59], od której właściwie zaczynał się most Uniwersytecki. Przetarł oczy, spojrzał na zegar stojący pod ścianą i aż podskoczył. Były trzy kwadranse na dziewiątą. Zaspał.

Wypadł z lokum Urbana i pobiegł w stronę sal seminaryjnych.

Teraz pewnie Adler przerwę zrobił – myślał. – Będę na drugiej części wykładu. On tak nie lubi spóźnialskich...

Korytarze były dziwnie puste. Podbiegł do drzwi do sali. Tam widniała kartka z odręcznym napisem.

---

58 Obecnie ul. Nożownicza.

59 Przejście pod Uniwersytetem Wrocławskim.

Wobec ostatnio zaistniałych zdarzeń odwołuje się
dzisiejsze zajęcia w Seminarium Filologicznym

Podpisano: *Dr Rehberg, Universitäts-Obersekretär.*

– Mam godzinę do wykładu Sterna – skonstatował Mock.

– Idę do Urbana, może mi pozwoli trochę posiedzieć w cieple swego pieca...

Niestety, pokój portiera był już zamknięty i Mockowi pozostawało przeczekać tę godzinę albo w bufecie studenckim koło Sali Muzycznej, albo w bibliotece Seminarium Filozoficznego na trzecim piętrze, gdzie wykładał Stern. Wybrał to drugie rozwiązanie. Ruszył w stronę Schodów Cesarskich. Wstępując na nie, usłyszał gwar licznych głosów dochodzących sprzed gmachu.

Zaintrygowało go to. Owinął się płaszczem i wyszedł na plac przed uniwersytetem. Obok fontanny z szermierzem stało około stu osób – głównie studentów i profesorów. Wszyscy żywo o czymś między sobą rozprawiali. W tłumie dostrzegł Heinricha Zuckermanna. Podbiegł do niego, aby się usprawiedliwić za porzucenie kompana w winiarni Kempinskiego.

– Przepraszam cię, Heini. – Mock wyciągnął rękę do kolegi. – Wybiegłem za tą dziewczyną z winiarni i tak cię samego zostawiłem... Wybacz, stary druhu...

– A nie mówiłem, Ebi? – Zuckermann był wyraźnie skacowany. – Nie mówiłem, że w łeb sobie strzeli? Tylko to mu pozostawało...

– Nie chcę umniejszać twoich przewidywań – odparł Mock nawet zadowolony, że jego kompan nie podjął tematu Rosjanki – ale Bachmann był śmiertelnie chory... Wiedziałem o tym od

Foerstera. Już w poprzednim semestrze nie prowadził żadnych zajęć. Cierpiał...

Żyd spojrzał uważnie na kolegę przekrwionymi nieco oczami. Chwycił go za klapy paltota i lekko obrócił w stronę barokowego gmachu. Na przepięknym balkonie nad wejściem głównym do uczelni, ozdobionym figurami czterech cnót kardynalnych, powiewały dwa wielkie czarne proporce.

– Ja nie o Bachmannie, Ebi – rzekł Zuckermann powoli. – Ja nie o Bachmannie... Kilka godzin temu nad Odrą, niedaleko Kępy Mieszczańskiej, znaleziono ciało docenta Adlera. Pamiętasz, mówiłem, że popełni samobójstwo po tym zajściu w winiarni... Tylko to mu pozostało... Słowo daję, Ebi, wykrakałem... Przeklęty honor, który nam takich ludzi zabiera!

– To prawdziwa noc samobójców – mruknął Eberhard.

Kątem oka zauważył jakąś postać, która zbliżała się do niego szybkimi krokami. Odwrócił się i ukłonił nadchodzącemu profesorowi Nordenowi.

Filolog wyglądał kiepsko. Miał szarą cerę i zaczerwienione oczy, jakby płakał. Nie odpowiedział na ukłony obu studentów. Ujął Mocka pod ramię i – ku zdziwieniu Zuckermanna – poprowadził w stronę wejścia głównego.

– Muszę z panem koniecznie pomówić – powiedział. – Nie chciałem tego, Bóg mi świadkiem, ale naprawdę muszę... Dziś straciłem dwóch najbliższych przyjaciół. Jeden z nich popełnił samobójstwo, a drugi został zabity. Nie zamierzam darować mordercom Adlera. Nadszedł pański czas, Mock. Czas śledztwa i czas zemsty!

STUDENT I PROFESOR STALI NA PRAWEJ ODNODZE monumental-
nych Schodów Cesarskich, a nad nimi wznosił się plafon przed-
stawiający Księstwo Oleśnickie – jeden z wielu, które pokazywały
księstwa śląskie. Nad Nordenem widniał książę oleśnicki Karol
Fryderyk von Württemberg-Teck trzymający tarczę ze swym herbem, a nad Mockiem drwale z podtrzebnickich tartaków układali
na stosach pnie ściętych drzew.

– To nie było samobójstwo – powiedział podekscytowany
Norden i podał Eberhardowi starannie złożoną kartkę papieru.

– Ten list Adler napisał wczoraj do Bachmanna. Mój przyjaciel
wsunął go pod drzwi profesora mniej więcej w tym czasie, gdy
chory się zastrzelił... To list pożegnalny, ale nie list samobójcy.
Moritz zginął w zainscenizowanym pojedynku, który tak naprawdę był zwykłym morderstwem! Niech pan czyta!

Minął ich idący na górę nadsekretarz Walter Rehberg. Widząc
Nordena, uchylił kapelusza. Zauważył, że wręcza on jakiś list
studentowi Mockowi. Wszedł powoli na pierwsze piętro. Tam
skręcił w lewo. Minął pięć sal wykładowych, pokój nauczyciel-
ski docentów i znalazł się w miejscu, skąd nad Bramą Cesarską[60]
odchodziło wschodnie skrzydło budynku i gdzie były kwestura
oraz jego własne biuro. Nie wszedł tam jednak, lecz tuż przed
toaletami rozejrzał się i skręcił w lewo – do pomieszczenia, dokąd

---

60 Przejście pod Uniwersytetem Wrocławskim.

niedawno przeniesiono pralnię. Wszedł do środka i – upewniwszy się, że nikogo nie ma – zamknął drzwi od wewnątrz i zapalił papierosa. Po chwili usłyszał ciche pukanie. To był von Joden.

Wszedł wprost w chmurę dymu wypuszczoną przez Rehberga. Był drżący i zdenerwowany.

– Niepokoi mnie ten Norden. – Von Joden mrugał powiekami, bo papierosowy dym wciąż drażnił mu oczy. – Był dzisiaj bardzo poruszony. Boję się, że zacznie coś węszyć. Rozmawiał przed chwilą ze studentem Mockiem, tym samym, co nam pokrzyżował naszą akcję „Plagiat". Czyżby to był przypadek, że w tej trudnej dla nas chwili Norden i Mock się dobrali? Nasz zapiekły przeciwnik, wróg eugeniki, i studencki mędrek, który naraził prawie na szwank naszą misterną intrygę... Zapędził w kozi róg samego Drexella. Oni coś knują, Walterze!

Ten położył palec na ustach. Von Joden chciał coś jeszcze dodać, ale znaczący gest urzędnika natychmiast go uciszył. Zacisnął swe wydatne usta i patrzył wyczekująco na przyjaciela.

– Nie martw się, Alfredzie – powiedział cicho Rehberg. – Też ich widziałem. Dla Nordena Wrocław jest tylko przystankiem po drodze do prawdziwej kariery... Zapewniam cię, że mam go pod kontrolą i wiem o nim dużo. A co do Mocka... No cóż... Kontakty profesora z tym uprzykrzonym studentem są raczej natury czysto naukowej. Wczoraj Norden wystąpił o stypendium asystenckie dla swojego bystrzaka. A ja przyznam to stypendium biedakowi... Przyznam. Uśpię jego czujność i poobserwuję go. Tak... Długa obserwacja to podstawa dobrych decyzji.

– Ten student ma w sobie coś, co mnie irytuje – szeptał von Joden. – Jakąś nieustępliwość, jakiś upór... To typ tępego zdobywcy... Boję się, że może on nam mocno zaszkodzić... Może trzeba się go pozbyć i zagnać z powrotem do warsztatu szewskiego? Mylę się? Szewcem jest jego ojciec, nieprawdaż?

– Czy ty przypadkiem nie przesadzasz? – Rehberg uśmiechnął się drwiąco. – Mamy się bać jakiegoś studenciny? Nędzarza, który już kiedyś błagał mnie o darmowe obiady? Jednym podpisem mogę go zniszczyć, jedną decyzją!

Wypuścił dym nosem i milczał chwilę, przyglądając się stosom rektorskich i dziekańskich tóg oraz obrusów z sali senatu.

– Ja doskonale cię rozumiem, Alfredzie... Ostatnio dużo razem przeszliśmy. Plan „Haeckel" zawiódł, akcja „Plagiat" się nie udała... Ale przecież intryga „Adler" była sukcesem, prawda? Nic teraz nie stoi na przeszkodzie twojej profesurze w Seminarium Filologicznym... Teraz przeczekajmy tylko całe to zamieszanie, a potem realizujmy konsekwentnie nasz plan: najpierw poddamy pod dyskusję na radzie wydziału twoją kandydaturę, zobaczymy, ilu mamy zwolenników... Potem ich zneutralizujemy, a ciebie po prostu desygnujemy na katedrę opuszczoną przez Bachmanna... To wszystko jest bardzo proste. Z tym studentem zaś... No wiesz... Mogę w każdej chwili zrobić z nim, ot tak... O tak, zobacz!

Rehberg rzucił papierosa na podłogę i kręcąc czubkiem buta, zgasił niedopałek, a potem go wcisnął między deski podłogi. Pobrudził sobie przy tym obuwie. Z niechęcią spojrzał na warstewkę kurzu, która osiadła na bucie. Sięgnął do kieszeni.

— ◆ —

Wyjął chusteczkę i przetarł skórę sfatygowanego, lecz błyszczącego od pasty buta. Potem spojrzał na profesora Nordena.

– Nie rozumiem, panie profesorze, gdzie w tym liście jest mowa o pojedynku!

– O, widzi pan tutaj, Mock? – Naukowiec postukał wypielęgnowanym palcem w kartkę, którą Eberhard wciąż studiował. – Tu napisał „zginę w najgłupszy z możliwych sposobów". Bachmann bardzo lubił frazy tego typu, często powtarzał słynne określenie Leibniza „ten najlepszy z możliwych światów". Adler przejął tę manierę po swoim mistrzu. Kiedy rozmawialiśmy o pojedynkach, zawsze je nazywał – naśladując Bachmanna – najgłupszym z możliwych sposobów opuszczenia tego świata.

– Tak, rzeczywiście, coś jest tu na rzeczy – powiedział Mock w zamyśleniu. – Cały ten list jest pozbawiony ozdobników retorycznych. Jest napisany prostym stylem, zdaniami współrzędnymi, często bezspójnikowymi... Po prostu pożegnanie ukochanego mistrza na wypadek śmierci jego ucznia. Z tym stylem bardzo kontrastuje ta wyszukana fraza... „zginę w najgłupszy z możliwych sposobów". Tak, ona rzeczywiście musi coś znaczyć...

– Dobrze, Mock, dobrze. – Na ustach filologa zagościł blady uśmieszek. – Z każdym słowem utwierdza mnie pan w przekonaniu, że podjąłem dobrą decyzję, proponując panu asystenturę, współpracę, opiekę nad pańskim doktoratem, a później pracę w dobrym gimnazjum, o którą z moimi koneksjami łatwo się panu wystaram...

Ta litania dobrodziejstw zaniepokoiła Mocka.

Dlaczego na placu powiedział: „Nadszedł pański czas, Mock. Czas śledztwa i czas zemsty!"? – myślał. – Jakiej zemsty, do cholery? Filolog zna wagę słów. To musiało coś znaczyć!

– To wszystko pan ode mnie otrzyma. – Profesor najwyraźniej był telepatą. – Nie tylko za współpracę nad tajnym przesłaniem *Eneidy*. Wraz ze śmiercią Adlera pojawił się mój nowy warunek, rozumie pan, Mock? *Condicio sine qua non*, która niestety nie ma nic wspólnego z nauką! Ale śmierć Moritza zmieniła wszystko...

Student nie mógł ukryć swego pomieszania. Nie spodziewał się, iż ten nadzwyczaj uprzejmy i kulturalny pan będzie jeszcze mnożył warunki i dodawał zlecenia, od których wykonania uzależni swoje poparcie.

Nagle zrozumiał, że Norden go oszukał. Olśnił przepychem swego domu, roztoczył świetlane perspektywy, komplementował jego zdolności umysłowe, doceniał odwagę, a tymczasem tutaj chodzi o jakieś dodatkowe zlecenia.

Może sprowadzić panienkę panu profesorowi? – myślał ironicznie. – Może po obiad skoczyć? A może ponieść ciężką walizkę na dworzec?

Poczuł, jak małe młoty biją mu w uszach. Spojrzał zuchwale w oczy Nordena.

– Sporządza pan profesor aneks do naszej umowy? – Z trudem się hamował. – Dodaje pan jeszcze jakiś warunek? A któryż to jest warunek? Ostatni, przedostatni?

Norden spojrzał na niego zimnym wzrokiem.

– Nie będzie już innych warunków, Mock! – powiedział ostrym tonem. – Adler zginął w pojedynku. Oto moja rekonstrukcja zdarzeń. Najprawdopodobniej mój przyjaciel zażądał satysfakcji od Lotza po tym incydencie w winiarni Kempinskiego, o czym dowiedziałem się drogą telefoniczną od naocznego świadka. Lotz upokorzył Adlera przy damie, a ten nie mógł tego przeżyć. Na policji nic nie osiągnął, wszak stróże prawa to również „ludzie honoru". Najpewniej uznali, że spoliczkowany profesor powinien się odpłacić pięknym za nadobne i zrewanżować się studentowi ciosem albo oddać go pod sąd uniwersytecki. A najlepiej żeby go wyzwał na regularny pojedynek na pistolety. I Adler, nic nie wskórawszy, tak zapewne zrobił. Napisał list pożegnalny, podrzucił go Bachmannowi, a potem poszedł żądać satysfakcji od Lotza. Wzięli sekundantów, zapewne kolegów Lotza, jakiegoś lekarza i poszli nad Odrę... Noc była bardzo jasna, księżycowa... Taka jest moja rekonstrukcja zdarzeń.

Norden szybko oddychał, a Mock poczuł, że opuszcza go złość na profesora. Cała sprawa wydała mu się nagle fascynująca.

– I docent Adler zginął w pojedynku, który tak naprawdę był zaplanowanym i zainscenizowanym morderstwem, tak?

– Tak, już to panu mówiłem. – Profesor skinął głową. – Tak właśnie sądzę.

– No dobrze... Jeśli tak było, to wystarczy znaleźć uczestników tego pojedynku. Przesłuchać Lotza, jakichś sekundantów, lekarza... To przecież robota dla policji... Za udział w pojedynku grozi sąd i więzienie!

– Nie! – przerwał mu Norden. – To robota dla pana! Policja, jak panu powiedziałem, palcem nie kiwnie w tej sprawie. Każdy policjant to „człowiek honoru". Mimo że pojedynki są jak najsurowiej zakazane, nie znajdzie pan wśród stróży prawa takiego, co by się zainteresował tą kwestią, zwłaszcza że mają łatwe i przekonujące wyjaśnienie śmierci Adlera. Zhańbienie w winiarni, jego list pożegnalny – nawet jeśli go im przekażę – wszak kto im zabroni, by słowa „najgłupszy z możliwych sposobów" uznać za przyznanie się do samobójstwa? Sprawę przekażą *ad acta*, choć w głębi duszy będą podejrzewać, że odbył się pojedynek...

Sapał ciężko i przerwał, bo oto po schodach wchodziła grupa studentów, dokazując i śpiewając. Kiedy zniknęli za załomem na półpiętrze, chwycił Mocka za rękaw.

– Tylko pan może mi pomóc usidlić tego Lotza i ująć jego kompanów! Tylko pan! Człowiek nienawidzący burszów i pojedynków! Śmiałek, który nie boi się zabrać głosu wśród największych mędrców tego miasta i tupnąć nogą na zgromadzeniu Sanhedrynu! Poprowadzi pan tajne śledztwo, Mock, i znajdzie pan coś, co może zdemaskować tego drania Lotza lub jego kompanów. Tylko tyle, nic więcej! Zdobędzie pan informacje kompromitujące Lotza, a ja już je wykorzystam odpowiednio! Tylko tyle i aż tyle, Mock! To jest mój jedyny i ostatni aneks do naszej umowy. Więcej ich nie będzie. Daję panu słowo honoru!

Eberhard poczuł dym papierosowy dochodzący z dołu od strony portierni. Zachciało mu się palić, lecz tego ranka skończył mu się tytoń. Nie miał odwagi poprosić Nordena, żeby go poczęstował.

– No, sam nie wiem, panie profesorze – powiedział coś, by uzyskać zwłokę. – Sam nie wiem... Nie jestem przecież detektywem!

Eduard Norden podskoczył jak ukłuty ostrogą.

– Straciłem dziś dwóch przyjaciół, Mock! – krzyknął, nie zważając na to, że ktoś może ich podsłuchiwać. – Dwóch przyjaciół! Wie pan, co to znaczy po łacinie *utrumque*?

– Jakże mógłbym nie wiedzieć – zdumiał się student, niespecjalnie wystraszony gniewną reakcją filologa. – Ale należałoby tu doprecyzować...

– Krótko! Wie pan czy nie? – wrzasnął Norden. – Co to znaczy *utrumque*?!

– Jedno i drugie – odparł Mock i poczuł znów małe młotki w uszach. – To właśnie znaczy...

– Tak jest, dobrze. Jedno i drugie. Przeciwieństwo do *neutrum*?... A co znaczy *neutrum*?

– Ani jedno, ani drugie.

– Otóż to! – Norden chwycił Mocka za rękę. – Pańska asystentura to jedno, a pańskie działania detektywistyczne to drugie. W *utrumque* mamy spójnik „i". A zatem albo pan wykonuje jedno i drugie: jest pan moim protegowanym oraz prowadzi pan śledztwo mające skompromitować Lotza... Albo nie prowadzi pan śledztwa oraz, podkreślam, traci pan moje poparcie, a ja nie chcę pana znać! Rozumie pan? *Utrumque* albo *neutrum* – wybór należy do pana!

Mock miał wrażenie, że młoty bijące w jego głowie pogruchocą mu skronie. Poczuł się zdradzony, oszukany, pogryziony i wypluty. Tylko raz tak się czuł. Było to sześć lat wcześniej. Nauczyciel greki z wałbrzyskiego gimnazjum, profesor Grünhaut, pożyczył Eberhardowi książkę. Pierwszy tom przepięknego wydania tragedyj Eurypidesa z początku dziewiętnastego wieku. Gimnazjalista Mock, ulubiony uczeń Grünhauta, miał przeczytać wstęp do tego wydania i na jego podstawie wygłosić przed klasą referat o Eurypidesie. Kiedy już kończył przygotowywać swoje wystąpienie, pijany ojciec niechcący wylał na książkę profesora kufel słodkiego ciemnego piwa. Eberhard wygłosił referat i długo nie oddawał książki nauczycielowi. Zbierał każdy grosz i chował w skrytce pod podłogą. Wałbrzyski antykwariusz obiecał zdobyć to wydanie Eurypidesa dla gimnazjalisty, ale pod warunkiem że ten kupi wszystkie trzy tomy. Młody Mock nocami pracował przy wyładunku węgla na dworcu, o poranku woził mleko, w dni wypłaty czatował na pijanych górników i okradał ich, gdy zasypiali w parkach i zaułkach. Zdobył te pieniądze, a antykwariusz sprowadził książkę. W dniu kupna Ebi uniósł deski podłogi – tam trzymał zgromadzoną sumę. Skrytka była pusta. Ojciec w pijackim rozrzewnieniu wyznał synowi, że pożyczył sobie całą kwotę i nie wie, kiedy odda. Wtedy gimnazjalista dotkliwie go pobił. Mówiąc dokładnie – omal nie zabił.

Tym razem Mock panował nad sobą na tyle, że nie dopuścił się rękoczynów wobec Nordena.

– Mówi pan profesor *utrumque* lub *neutrum*, tak? – powiedział cicho. – A ja panu coś powiem. W łacinie najbardziej mnie zawsze irytowała odmiana zaimków... Nie lubię ich i żadnego nie wybieram. Do widzenia, panie profesorze!

Zszedł wolno po schodach, czując na sobie spojrzenie Nordena.

Właśnie przekreśliłem swoją karierę – pomyślał. – Ale za to mogę sobie spojrzeć w oczy przy goleniu.

Nagle sobie przypomniał, że musi iść do golibrody i naostrzyć brzytwę, a rzemieślnik zażąda od niego zapłaty za tę usługę.

Nie miał ani grosza, same długi i odrzucił asystencką gażę. Zachciało mu się wrzeszczeć.

WAŁBRZYCH,

niedziela 24 grudnia 1905 roku,

godzina siódma wieczór

GÓRNICZY SZYB ANNA I SZYB DWORCOWY wznosiły się wysoko ponad dwupiętrową kamieniczką przy wałbrzyskiej Bahnhofstrasse[61] 16. Ceglane mury znajdującej się tam oficyny pokryte były węglowym pyłem, który się wciskał w każdą szparę pomiędzy nieotynkowanymi cegłami. Czernił on parapet i zaprószał szyby chronione przez grube kraty. W tym lokum, omijanym przez światło słoneczne i bardziej podobnym do więzienia niż do mieszkania, wychowali się Eberhard Mock i jego starszy brat Franz. Tutaj matka odumarła ich w dzieciństwie, tutaj pracował i przez całe lata się zachlewał ich ojciec, szewc Willibald Mock.

Teraz w dużej izbie, do której wchodziło się przez warsztat, siedziały cztery osoby – będąca w zaawansowanej ciąży żona Franza Irmgard, jej mąż, szwagier oraz dobiegający sześćdziesiątki właściciel pracowni. W pokoju pod oknem stały dwa drewniane łóżka z wypchanymi słomą siennikami oraz z wielkimi pierzynami, które Irmgard tego dnia rano po przyjeździe oblekła czystymi poszwami. Na ścianach nad posłaniami zwieszały się smętnie stare kilimy o nieokreślonym kolorze, podziurawione przez mole. Po przeciwległej stronie stał piec kaflowy oraz duży stół przykryty czystym obrusem i zastawiony wigilijnymi potrawami. Na niewielkiej szafie, która z powodu urwanych drzwi zakryta była fioletową szmatą, ustawiono małą choinkę, na której wisiało kilka

---

61 Obecnie ul. Dworcowa.

jabłek i pogniecionych papierowych ozdób wykonanych przez podwórkową dziatwę.

Willibald Mock pozornie ubrany był jak co dzień – w kamizelkę i w koszulę. Kilka jednak szczegółów, które wypatrzyło uważne oko jego młodszego syna, wyraźnie zdradzało odświętny charakter jego stroju. Po pierwsze, koszula była czysta, po drugie, zaopatrzona w kołnierzyk, a po trzecie w końcu, pod szyją stary miał zawiązaną kokardę.

Stroje Franza i Irmgard wyglądały tandetnie i krzykliwie. On włożył kraciaste spodnie, jasną marynarkę i zupełnie nie pasującą do reszty stroju nowiutką czapkę cyklistówkę, która go najwyraźniej cisnęła, bo – kiedy ją zdjął w pomieszczeniu – zostawiła mu na czole czerwony pasek. Ona – szeroką żółtą sukienkę, która przy każdym ruchu wydawała zgrzyty i szelesty. Eberhard w swoim surducie wyglądał przy nich jak przybysz z innego świata i – co gorsza – tak się właśnie czuł.

Oto jeszcze niedawno widział kryształowe żyrandole, a teraz musi siedzieć przy kopcących lampach naftowych. Oto niedawno cieszył oczy wytwornymi tłoczonymi tapetami, a teraz ma przed sobą zawilgotniałą ścianę, na której wykwitają grzyby i pęcherze. Oto niedawno podziwiał urodę dystyngowanej pani Norden, a teraz pozostaje mu jedynie widok szwagierki z wyraźnymi brakami w bocznym uzębieniu.

– No to napijmy się, studenciku. – Franz uśmiechnął się i sięgnął po karafkę. – Dawnośmy się nie widzieli tak wszyscy razem przy wigilii... To pierwsza wigilia u ojca od czasu, jak się stąd wyprowadziliśmy...

Nalał Eberhardowi i sobie. Przed ojcem nie stał żaden kieliszek.

– Nie zapraszaliśta mnie na święta, to się nie pchałem! – zauważył stary. – Cud, że mnie na swoje wesele zaprosiliśta!

Wypili. Franz cały kieliszek, Ebi – tylko pół. Pierwszy zagryzł ogórkiem kwaszonym, drugi – śledziem z cebulą. Mock przypomniał sobie wesele brata, urządzone w małej karczmie za Popowicami. Swoje zaloty do jednej ze służących i zaciętą minę ojca, który wtedy siedział sztywny, jakby kij połknął. Kiedy po nocy spędzonej z ową służącą w stodole Eberhard wszedł rano do sali weselnej, jego ojciec wciąż siedział przy stole w tej samej pozycji. Przed nim stał pełny kieliszek wódki, który nalano mu tuż po wejściu.

– A dokąd to mieliśmy niby ojca zapraszać? – obruszyła się Irmgard. – Do pokoiku, gdzie mieszkaliśmy kątem u ludzi? Dopiero teraz Franz dostał służbowe mieszkanko od dyrekcji kolei... Ciasne, na poddaszu, pokój z kuchnią i z wychodkiem na podwórzu, ale własne. Zapraszamy ojca serdecznie na Wielkanoc!

Stary spojrzał na butelkę wódki i mruknął:

– Bez łaski! Tu mi dobrze!

Eberhard czuł w ustach piekący smak solonego, niedokładnie wymoczonego śledzia. Inaczej smakował comber z sarny na obiedzie u Nordenów.

– Niech się ojciec przestanie dąsać – rzekł z uśmiechem Franz. – Wszyscyśmy razem, tutaj, gdzie się wychowaliśmy... Były w naszym życiu dole i niedole, ale wyszliśmy na ludzi, widzi ojciec? Ja mam fach ślusarski na kolei, płacą dobrze, to i szacunek u ludzi jest... Żonka moja kochana zaciążyła... – Pocałował Irmgard. – A Ebi to dopiero nadzieja naszego rodu! Profesorem będzie jak ten Grünhaut, co całe nasze miasto go podziwiało, kiedy po Szczawienku razem z żoną jechali odkrytym powozem! – Klepnął brata w ramię. – No dawaj, Ebi, jeszcze po całym!

– Mnie nie nalewaj, ja jeszcze mam!

– No to dobrze! Ja całego, ty pół! Dawaj, bracie!

Wypili. Franz chuchnął, Eberhard się skrzywił. Irmgard sięgnęła po papierośnicę leżącą na stole. Jej mąż położył na niej dłoń.

– Nie pal, proszę cię – powiedział z pewną czułością. – Wiesz, że tego nie lubię...

Eberhard wiedział, że Franzowi w gruncie rzeczy jest obojętne, czy jego żona pali, czy też nie. Uczynił tak ze względu na ojca. Stary zawsze twierdził, że palą tylko ulicznice.

Irmgard wzruszyła ramionami, lecz cofnęła dłoń.

– Co to za czasy! – Willibald westchnął. – Żeby kobiety paliły! Kiedyś to bywało! *Kinder, Küche, Kirche*[62]... I wszystko było dobrze, wszyscy zadowolnieni... A teraz to jedna z drugą tylko palić, plotkować, likier popijać... Oj, pomieszało się im w głowach, pomieszało...

Synowa zacisnęła usta, Eberhard bardzo długo gasił papierosa.

– Uważaj! – warknął ojciec. – Bo sobie mankiety popiołem pobrudzisz...

– Mówi ojciec, że kiedyś to bywało, co? – Młodszy syn utkwił w starym kamienne spojrzenie. – Tak bywało, że ho, ho! Prawda, ojciec? *Kinder, Küche, Kirche*... Tak właśnie nasza matka robiła... Dzieci przewijała, do kościoła chodziła i w kuchni siedziała, a ojciec za ścianą walił w swoje kopyto! Po jakimś czasie, już po dużej wódce, nie trafiał ojciec w kopyto, tylko walił młotkiem po stole,

---

62 Dzieci, kuchnia, kościół (niem.).

po ścianach, po szybach! Gdzie popadło. A nawet matce się tym młotkiem nieraz dostało... I Franzowi, i mnie, kiedy siedziałem nad kajetami... Na szczęście nie bił ojciec po głowie... Tak było, ojciec, czy nie? Wszystko było dobrze, wszyscy zadowolnieni, co, ojciec?

Zaczepny ton rozsierdził Willibalda. Wstał tak gwałtownie, że kokarda przekrzywiła mu się pod szyją.

– A ty co, gówniarzu! A ty co? Tak do ojca?!

– *Stille Nacht, heilige Nacht*[63] – ryknął Franz, intonując znaną kolędę.

Irmgard podchwyciła pieśń. Stary prychnął, usiadł i dołączył do syna i synowej. Po chwili i Eberhard włączył się do chóru. Warsztat szewski, przeżarty złością, biedą i węglowym pyłem, rozbrzmiewał teraz starą kolędą wyśpiewywaną przez zachrypłe i fałszujące nieco głosy.

– Ależ u was wesoło! – rozległo się nagle ode drzwi. – Ho, ho! Prawdziwe święta!

Do pokoju weszło dwóch mężczyzn. Kiedy otrzepali płaszcze i czapki ze śniegu, Eberhard ich poznał. Koledzy ojca, z którymi ten latem się spotykał w ogródkach działkowych. Górnik Barfuss i pomocnik piekarski Mattauschek. Obaj chwiali się nieco na nogach. W rękach trzymali wielkie litrowe flasze.

– Siadajcie, przyjaciele! – Willibald się rozpromienił. – Siadajcie! Czym chata bogata! I kapusty z grochem mamy dość! I karpia smażonego sobie pojemy! I bryja jest też piernikowa! Moja synowa robiła! Palce lizać! Pamiętacie? Oto mój syn Franz z żoną

---

63 Cicha noc, święta noc (niem.).

Irmgard, a to mój mały Ebi, teraz student, wielki pan, że ho, ho!
Chłopaki, weźta krzesła z warsztatu i przynieśta moim gościom!

Synowie wstali, ukłonili się przybyłym, a potem zrobili to, co
im nakazał ojciec. Goście odkłonili się i z trudem usiedli przy
stole. Policzki Barfussa aż tryskały purpurą, kontrastującą z ciem-
nymi liniami węgla, które przez lata harówki w kopalni wżarły
mu się w powieki. Mattauschek uśmiechał się głupkowato i prze-
wracał oczami, co miało świadczyć o jego wielkim zdumieniu
i zachwycie. Nalał koledze i dwóm młodym Mockom, po czym
roześmiał się głośno.

– No proszę, proszę... To ten mały Ebi, który mi kiedyś piłką
szybę wybił... Oj, dostał on od ciebie wtedy w skórę, co, Willy?
A teraz wielki pan! Student! No proszę, proszę...

Eberhard roześmiał się trochę z przymusu. Wypili. Zagryźli.
Najmłodszy Mock się rozkaszlał. Duży kielich wódki to było zbyt
wiele jak na jego przełyk.

– Mam się czym pochwalić, co, kamraci? – krzyknął Willibald. – Synowie jak malowani, a tutaj w brzuszku to już wnuczek
się rusza!

Dotknął brzucha synowej, a ta się nieco odsunęła z ledwo skry-
waną niechęcią. Tymczasem przybysze całą swoją uwagę skupili
na Eberhardzie. Student w ich świecie był niezwykłym i egzotycznym stworzeniem, a uniwersytet mityczną i odległą krainą.

– No, powiedz mi, Ebi – Mattauschek uśmiechnął się krzywo – czy to prawda, że są studenci, którzy studiują na przykład
dziesięć lat?

– Tak bywa – odparł zapytany. – Nikt nie rozlicza z semestrów, ale ze zdanych egzaminów. Nie zdałeś egzaminów, no

to powtarzasz semestr, a nie ma limitu powtórzeń. A jeśli ktoś się solidnie uczy i nie marnuje czasu na piwo i pojedynki, to wystarczą mu trzy lata. Napisze dysertację doktorską, obroni jej tezy, zda wymagane egzaminy... Potem oczywiście musi zdać egzaminy nauczycielskie, jeśli chce mieć zawód... Tak jest na Wydziale Filozoficznym, gdzie ja studiuję, bo ten wydział opuszczają wyłącznie przyszli nauczyciele, profesorowie gimnazjalni. Ale to można zrobić już po studiach... Ja tak zamierzam...

Mattauschek i Barfuss patrzyli na niego z otwartymi ustami. Eberhard uświadomił sobie, że nie do końca go zrozumieli. Takie słowa jak limit, semestr, dysertacja na pewno słyszeli po raz pierwszy.

Ojciec pieszczotliwie klepnął syna w ramię i spojrzał na kolegów triumfalnie. Rozpierała go duma.

– Widzicie, chłopaki? Widzicie? Moja krew!

Zapadła niezręczna cisza. Barfuss poprawił się na krześle. Teraz on postanowił zabrać głos. I znów wrócił nieszczęsny temat uniwersytetu.

– Powiedz mi, Ebi... A dużo dziewczyn studiuje teraz na uniwersytecie?

– Nie, niedużo. Może dwadzieścia, trzydzieści. Na ponad tysiąc studentów...

– A ładne są one, ładne? – włączył się do rozmowy Mattauschek.

– Niektóre ładne – odparł Eberhard.

Pomyślał, że zaraz będą robili aluzje do tego, by się rychło z jakąś ożenił i też ją napompował – jak jego brat.

– A dobrze dają, Ebi, dobrze dają po kątach?! – Barfuss ryknął śmiechem.

– Co dają? Nie rozumiem.

– No, dupy dają, chłopaku! Ile już wyruchałeś? – wydarł się Mattauschek.

Ojciec roześmiał się rechotliwie, Franz skrzywił twarz w dziwnym grymasie, a Irmgard znów zacisnęła usta. Eberhard wraz z krzesłem odsunął się od stołu.

– A jak najchętniej dają? – dopytywał się Barfuss. – Od przodu czy od tyłu?

W rozdziawionej gębie górnika przesuwał się lubieżnie język – od jednego kącika ust do drugiego. Z fałd, w jakie układała się pomarszczona skóra na jego twarzy, wystawały siwe kępki niedogolonej szczeciny.

Wymierzył Mockowi przyjaznego kuksańca w bok. Raz i drugi. Student spojrzał na jego czarne półksiężyce pod paznokciami, na grube palce zakrzywione jak szpony. Po trzecim szturchnięciu oparł dłonie na kolanach, jakby chciał wstać.

– Czy ojciec zawsze zaprasza na wigilię te łachudry? – zapytał spokojnym tonem. – Czy ojciec jest w stanie uszanować ten dom, w którym nasza matka zamknęła oczy na zawsze? Czy te łachudry muszą kalać to miejsce, gdzie nasza matka wykaszlała swoje płuca? Niech mi ojciec odpowie!

Wszyscy umilkli. Eberhard wstał bardzo powoli.

– Wypierdalać stąd, ale już! – ryknął.

Mattauschek się opierał. Zaczął coś wrzeszczeć w kierunku Willego. Cios Eberharda trafił go w nos i rzucił nim o szafę. Zaatakowany usiłował zachować równowagę. Chwycił za brudną fioletową zasłonę. Trzasnęła i rozerwała się w połowie, odsłaniając składowaną tam niezbyt czystą bieliznę – skłębioną i upchniętą po półkach. Górnik Barfuss zaczął się cofać pod ścianę. Eberhard go dopadł i chwycił za kołnierz. Kopniakiem otworzył drzwi do warsztatu i zaczął go ciągnąć po klepisku w stronę wyjścia na podwórko. Noga Barfussa zahaczyła o półkę, na której stały buty do naprawy. Półka runęła, a stare śmierdzące obuwie potoczyło się po głowie i plecach gościa.

Młody Mock, ciężko dysząc, otworzył drzwi wejściowe. Do warsztatu wtargnęła chmura mrozu, posypując wszystko lekkim śniegiem. Eberhard jednym ruchem pociągnął leżącego na ziemi Barfussa i wrzucił go w śnieżycę omiatającą podwórze.

Mattauschek nie ryzykował starcia ze studentem. Wyszedł sam, słysząc jego gniewny pomruk i bardzo krótkie:

– Won!

Eberhard zamknął drzwi na klucz i wrócił na kolację wigilijną. Irmgard patrzyła na niego z lekkim respektem, spod którego przebijała figlarna wesołość. Ojciec siedział czerwony i napuchnięty od wściekłości. Franz natomiast uśmiechał się od ucha do ucha i śpiewał:

– *O Tannenbaum, o Tannenbaum, wie grün sind deine Blätter!*

I wtedy Eberhard uświadomił sobie w jednym błysku zrozumienia, że w tym pomieszczeniu są tylko dwa łóżka. W jednym będą spali jego brat z bratową, a drugie on sam musi dzielić z ojcem. Zrobiło mu się niedobrze na myśl, że stary będzie w nocy puszczał wiatry.

Włożył paltot, melonik i wyszedł z domu, słysząc głos Franza.

– Musi ochłonąć chłopak!

Na podwórzu minął Mattauschka i Barfussa, którzy trzymali się za ramiona i co chwila padali w śnieg. Obrzucony ich przekleństwami, wyszedł na Bahnhofstrasse[64] i ruszył w stronę dworca. Nie wiedział, czy jeszcze jest jakiś pociąg do Wrocławia. Nie wiedział, czy będzie musiał poszukać sobie noclegu w Wałbrzychu. Wiedział tylko jedno: przyjmie propozycję Nordena.

WROCŁAW,
środa 3 stycznia 1906 roku,
kwadrans na trzecią po południu

EBERHARD MOCK STAŁ PRZY MATTHIASPLATZ[65] pod Instytutem Rolniczym i wypatrywał dorożki, która miała po niego przyjechać. Minął kwadrans od umówionej godziny i już zaczął się obawiać, że Norden po sztubacku zakpił z niego w rewanżu za wcześniejsze odrzucenie jego propozycji *utrumque*.

Kiedy wczoraj przyszedł do niego niespodziewanie, profesor go nie przyjął. Jedynie przez kamerdynera przekazał wiadomość, że Mock – o ile podjął właściwą decyzję – ma czekać pod Instytutem Rolniczym następnego dnia o godzinie drugiej. Eberhard natychmiast przekazał służącemu, iż owszem, podjął tę oczekiwaną decyzję i że zastosuje się do wskazówek.

Już drugi kwadrans szedł na trzecią, o czym całemu miastu przypomniały katedralne dzwony, kiedy do trotuaru, na którym

---

64 Obecnie ul. Dworcowa.
65 Obecnie pl. św. Macieja.

Mock stał wśród zadymki, podjechały eleganckie sanie z oknami szczelnie zasłoniętymi. Niewysoki szczupły fiakier uśmiechnął się do studenta przyjaźnie i stuknął od dołu w rondo swego cylindra.

Mock otworzył drzwiczki, wsiadł i znalazł się naprzeciwko Nordena. Jeszcze nigdy nie był w tak eleganckim wyściełanym aksamitem pojeździe. Pasażer poprawił ciężkie zasłony i spojrzał na przybysza znad binokli.

– Przepraszam pana za spóźnienie. Wprawdzie studenci wciąż mają wakacje świąteczne, ale rada wydziału długo dzisiaj obradowała. Zaczyna się poważna i trudna dyskusja o obsadzeniu katedry po Bachmannie.

Eberhard nie wiedział, co ma odpowiedzieć.

– Oczywiście – wydukał.

– Zdecydował się pan przyjąć moją propozycję *utrumque*. Proszę powtórzyć, czego od niego oczekuję.

– Tak. – Ten krótki wyraz Mock silnie zaakcentował. – Zostanę pańskim asystentem, doktorantem, a potem pan profesor pomoże mi uzyskać posadę nauczycielską. To jedno. Poprowadzę śledztwo, które ma za zadanie skompromitować Lotza. Ta kompromitacja pozwoli panu złapać go w potrzask, ale to już nie moja sprawa. To drugie. Tylko, panie profesorze, ja nie wiem, co mam robić… Nie wiem, od czego zacząć…

– Zaraz do tego przejdziemy, Mock. Teraz mam pytanie. Dlaczego się pan zgodził?

Zapytany zastanawiał się długo, wpatrując się w guzy przytrzymujące aksamitną materię wnętrza.

– W podjęciu ostatecznej decyzji pomogła mi – powiedział w końcu – świąteczna atmosfera... W krystalicznym chłodzie gór, u których stóp leży moje rodzinne miasto, zrozumiałem, że pański warunek *sine qua non*, który muszę spełnić, jest niczym w porównaniu z zyskami, jakie mnie czekają. Udał się panu szantaż, profesorze!

Norden się skrzywił, ale nie skomentował tej ostatniej konstatacji.

– Dobrze. Nie zawiodłem się na panu. Dzisiaj uzyskałem zgodę na stypendium asystenckie dla pana. Wszystko się potoczy tak, jak pan to przedstawił. Pańska przyszłość jest w pańskich rękach. Wybrał pan dobrą drogę. Niemiecka młodzież potrzebuje odważnych i czystych moralnie nauczycieli. Ale *ad rem*. Zapytał pan, od czego ma zacząć swe działania, tak?

– Tak.

– Zaraz się pan dowie!

Norden trzykrotnie stuknął laską o sufit sań. Po pięciu minutach pojazd się zatrzymał. Drzwi się otwarły i wraz z powiewem mrozu ujrzeli fiakra. Ten otrzepał ze śniegu płaszcz i cylinder, po czym wszedł do środka i usiadł obok Mocka bez słowa. W budzie rozszedł się zapach dobrej wody kolońskiej.

– Przywiązałem konie i dałem im obroku – oznajmił dorożkarz.

– Na tym podwórku jest bezpiecznie. Podsłuchujący musiałby podejść bardzo blisko. A wtedy zwróci uwagę koni. Odwrócą w stronę przybysza łby i rozdzwonią się dzwoneczki w uprzęży. A zatem możemy rozmawiać swobodnie, dopóki nic nie będzie dzwoniło...

Norden się uśmiechnął. Był bardzo zadowolony z tego meldunku.

– Przedstawiam panu, panie Eugster – powiedział – mojego studenta i asystenta, pana Eberharda Mocka.

– Helmut Eugster. – Fiakier wyciągnął rękę do Mocka. – Prywatny detektyw. Przeciwnik pojedynków. Dzisiaj we wcieleniu dorożkarza. Mam jeszcze wiele innych wcieleń.

Mock uścisnął podaną mu dłoń i przyjrzał się obcemu. Z daleka wydawał mu się młodszy, teraz zaś ogolona na łyso głowa, zawinięte do góry wąsy oraz zmarszczki mimiczne koło oczu wyraźnie wskazywały, że detektyw ma około pięćdziesiątki. Rozpiął płaszcz. Pod spodem widać było garderobę z materiałów najwyższej jakości. Sprawiał wrażenie, jakby nie mógł usiedzieć na jednym miejscu, a jego głowa niemal kręciła się wokół własnej osi. Z tą ruchliwością szczupłego, niskiego mężczyzny kontrastował spokój jego głosu. Głębokim, budzącym zaufanie basem wypowiadał zdania niezbyt szybko, ale również nie rozwlekle.

Narzucił sobie pled na kolana. Jego dłonie były mocne i pięknie uformowane. Na małym palcu lewej lśnił sygnet z brązowym oczkiem, w którym był wygrawerowany krzyżyk z trzema ramionami zakończonymi strzałkami.

– Niech pan zrobi to samo, Mock, i rzuci sobie pled na kolana – poradził. – Mam panu wiele do powiedzenia, potrzebujemy na to czasu, a bardzo zimno jest dzisiaj.

Eberhard zaczął niezdarnie rozkładać pled.

– Szybciej! – ponaglił go Eugster.

Mock spojrzał na niego ze zdziwieniem.

– Co się tak patrzysz? – Detektyw uśmiechnął się życzliwie. – Jestem byłym policjantem, a w policji zawsze mówi się ty do podwładnych.

– Jestem pańskim podwładnym?

– Od dzisiaj tak. Mów mi szefie.

Eberhard odwzajemnił uśmiech detektywa. O dziwo, nowa rola nawet mu się spodobała.

WROCŁAW,
środa 3 stycznia 1906 roku,
godzina trzecia po południu

MOCK ODETCHNĄŁ GŁĘBOKO I POPRAWIŁ PLED na kolanach. Już się nie buntował. Już nie miał dylematów moralnych. Wigilia spędzona w biedaszybie węglowym wśród żebraków, kurew i syfilityków była dla niego bardzo ważną lekcją podejmowania decyzji.

– *Aut Nordenius, aut nihil*[66] – powtarzał sobie, gdy w pierwszy dzień świąt Bożego Narodzenia wczesnym rankiem wracał do Wrocławia.

Przez następnie dni, kiedy leżał w łóżku trawiony gorączką, a zacna pani Nitschmann odwszawiała w rozpalonym chlebowym piecu jego ubranie, utwierdzał się w tej zasadzie. Teraz też się nie wahał. Odpowiedział: „Tak jest!", na wszystkie punkty planu Eugstera. Niektóre z nich bardziej mu się podobały, inne mniej, ale zaakceptował wszystkie.

Intensywne lekcje szermierki i strzelania, których miał mu przez miesiąc udzielać detektyw, wzbudziły w nim chłopięcą

---

66 Albo Norden, albo nic (łac.).

wręcz ekscytację. Mniejszym entuzjazmem napawała go konieczność wstąpienia do korporacji Vandalia.

– To niezbędne – przekonywał Eugster. – Musisz osłabić czujność, a nawet zdobyć zaufanie Lotza. Musisz się do niego zbliżyć. A teraz plan działań. Sąd honorowy przywróci ci zdolność honorową. To po pierwsze. Zostanie ci zaliczony okres fuksowania w Silesii i staniesz się pełnoprawnym wandalem. To po drugie. Odbędziesz rytualny pojedynek z Lotzem na rapiery. Nikt z was oczywiście nie zginie, będziecie walczyć w ochraniaczach na ręce i w specjalnych okularach szermierczych. Ten pojedynek was pogodzi. Zgodnie ze statutem Vandalii tak się rozwiązuje konflikty pomiędzy jej członkami. To po trzecie. Nikt nie każe ci być przyjacielem Lotza, ale musisz mieć go na oku i meldować mi wszystko, co może mi się przydać, aby go chwycić w imadło.

– Słucham? Jakie imadło?

– Wyjaśnię ci to w odpowiednim momencie.

Wstąpienie do Vandalii bardzo się Mockowi nie podobało. Zasada „aut Nordenius, aut nihil" pozwoliła mu jednak szybko odpędzić wszelkie wątpliwości. Zgadzał się z Eugsterem, iż jest to jedyny sposób, aby uśpić podejrzliwość Lotza, a potem wyprowadzić morderczy cios. Na czym miałby on jednak polegać? Eugster wyjaśnił to, opowiadając historię rodziny Richarda Lotza, która studentowi w pewnych momentach boleśnie przypominała dzieje jego własnej.

Ojciec Richarda Hubert Lotz był tępym, pryncypialnym i bajecznie bogatym rentierem, który mieszkał wraz żoną w Kątach Wrocławskich w ogromnej willi. Złośliwi powiadali, że tak naprawdę zajmował on skromne domostwo od podwórza, a pałac ów otwierał tylko wtedy, gdy chciał zaimponować komuś ze swoich gości – bardzo zresztą nielicznych.

Pochodził z biednej plebejskiej rodziny z Bielawy. Jego dziad i ojciec byli tkaczami, rewolucjonistami i degeneratami – jakby żywcem wyjętymi z dramatu Hauptmanna. Hubert i jego dwaj bracia ambicji i nienawiści do ojca mieli w sobie tak dużo, że w wieku lat kilkunastu porzucili dom rodzinny, zabierając ze sobą złotą i wysadzaną drogimi kamieniami monstrancję, którą ich dziad ukradł w jakimś kościele w czasie zawieruchy napoleońskiej, a potem ani on sam, ani jego syn nie mieli dość odwagi, aby ją komuś odsprzedać. Jego wnukowie nie wahali się jednak wykupić za nią dwudziestoletniej dzierżawy działki koło Nowej Rudy. Właściciel działki Albert graf von Zbisch, miejscowy magnat i nałogowy hazardzista, również nie miał oporów, aby za monstrancję oddać w dzierżawę bezwartościowy – jak sądził – kawałek swej ziemi i w ten sposób pokryć część długów. I tak oto firma Gebrüder[67] Lotz stała się oficjalnym dzierżawcą tej działki. Bracia zaczęli uparcie i wytrwale ryć ziemię w poszukiwaniu węgla. Po roku trafili na ogromne złoża czarnego złota. Krótko później Hubert Lotz opłakiwał śmierć swych braci.

Pokłócili się kiedyś o zyski i w swym sporze odwołali się do arbitrażu grafa von Zbischa. Ten – jako człowiek honoru – zarządził pojedynek na siekiery w przepastnych lasach na Przełęczy Sokolej. Miało być do pierwszej krwi. Hubert nie mógł się jednak opanować. Odkrył w sobie morderczy instynkt. Skończyło się na tym, że obu braci prawie porąbał na kawałki. Ciała zakopano,

---

67 Bracia (niem.).

a o całej sprawie nie wiedział nikt poza miejscowymi plotkarzami, którzy byli Eugsterowym źródłem informacyj.

Wiedziony paranoiczną wręcz pasją oszczędzania bratobójca zgromadził po dwudziestu latach eksploatacji działki majątek tak ogromny, że pozostało mu tylko celnie go zainwestować i żyć z procentów. Tak właśnie zrobił. A potem się ożenił ze spokojną, gospodarną niewiastą z biednej chłopskiej rodziny.

Jego jedynak Richard zaczął sprawiać mu kłopoty jako kilkunastolatek. Nie chciał się uczyć i uganiał się za wiejskimi dziewuchami. Ci sami złośliwcy, którzy twierdzili, że senior mieszka w nędznej chałupie, posiadając pałac tylko dla oczu gości, poinformowali Eugstera, iż jedna z owych dziewcząt otrzymała od Lotza seniora sporą kwotę za pozbycie się owocu lędźwi jego syna. W końcu stary nie wytrzymał. Wygnał szczeniaka z domu na cztery wiatry.

– Albo zdechnie, albo się stanie porządnym człowiekiem – powiedział do żony. – Ani się waż mu pomagać!

Po dwóch miesiącach osiemnastoletni Richard wrócił – posiniaczony, z wybitym zębem i z zaawansowaną rzeżączką. Padł przed ojcem na kolana i poprosił o wybaczenie. Hubertowi wystarczyło jedno spojrzenie na syna marnotrawnego, aby się przekonać, iż jego pokora jest jedną wielką komedią. Wtedy to zrozumiał, że jest tylko jeden sposób, aby poskromić pierworodnego. Tylko wytrwałe uczenie się, zdaniem starego, tylko tępe kucie na pamięć może spacyfikować dzikie zapędy synowskie i otworzyć Richardowi wrota do cywilizowanego świata. Oznajmił mu wtedy swoją decyzję.

– Jeśli w ciągu dwunastu lat nie skończysz studiów, obojętnie jakich, to cały mój majątek zapiszę jakiejś ochronce. Daję ci minutę na odpowiedź i przyrzeczenie mi tego, czego żądam.

Lotz junior bez szemrania przyjął ten warunek, nie wnikając, dlaczego stary przyjął liczbę dwunastu, a nie – na przykład – dziesięciu lat. Po wielkiej dawce korepetycyj i grubych łapówek – tak znów mówiły plotkarskie języki – osiemnastoletni Richard Lotz został przyjęty do wrocławskiego gimnazjum Johanneum, gdzie zasiadł w ławie klasy piątej wśród młodszych od siebie o trzy lata kolegów. Po pięciu latach – jeden rok repetował – z wielkim trudem zdał maturę i zapisał się na Wydział Prawa wrocławskiej uczelni, gdzie z różnymi kłopotami studiował od lat kilku, wdając się w burdy, pijatyki i skandale.

– O dziwo, żaden z tych występków mu nie zaszkodził – mówił Eugster. – Owszem, trafiał do karceru, ale poza ostatnim surowym wyrokiem po bójce z tobą dostawał zdumiewająco łagodne kary. Wraz z panem profesorem podejrzewamy, że ma on jakiegoś potężnego protektora…

– Kogo? – zapytał Mock.

Eugster spojrzał znacząco na Nordena.

– Walter Rehberg – powiedział profesor. – Nadsekretarz wszechmogący. Przyjaciel sędziego uniwersyteckiego Schauenburga. Ten, skądinąd bezwzględny dla innych, jest wyjątkowo łagodny dla Lotza, który jako wielokrotny recydywista już dawno powinien pożegnać mury uczelni.

– Tylko stąd to podejrzenie? – zdumiał się student. – Czy ja dobrze rozumiem? Widzi pan profesor jakiś związek Lotza z Rehbergiem tylko dlatego, że Lotz dostawał łagodne wyroki od przyjaciela Rehberga, sędziego Schauenburga? Proszę mi wybaczyć, panie profesorze, ale widzę tu słabe ogniwo. Dlaczego Rehbergowi miałoby zależeć na Lotzu?

– Przyznaję, Mock, że nasze podejrzenia mają wątłe podstawy. – Norden poprawił binokle, wyjął z kamizelki zegarek i schował go, nawet nań nie spojrzawszy. – A oto skąd się one biorą. Rehberg jest członkiem Towarzystwa Krzewienia Higieny Rasowej, a mój świętej pamięci przyjaciel Adler był zdeklarowanym przeciwnikiem eugeniki. A śmierć Adlera, spowodowana najpewniej przez Lotza, jest na rękę Rehbergowi... Oto stracił życie jeden z najzagorzalszych krytyków wspomnianego Towarzystwa, namaszczony przez Bachmanna na następcę. Przed Adlerem rysowała się wspaniała przyszłość, mimo że Rehberg robił wszystko, by tamten nie dostał katedry. Jak pan widzi, Mock, jest bardzo prawdopodobne, że Rehberg, wróciwszy z pogrzebu Adlera, otworzył szampana. A stara zasada mówi: *Is fecit, cui prodest*[68]. Stąd się biorą nasze podejrzenia. Nie wykluczam oczywiście, że to tylko przypadkowa zbieżność... Oskarżanie Rehberga to poważna sprawa, ale...

– ... podejrzewanie go – wszedł mu w słowo Eugster – to już zwykła detektywistyczna rutyna. No, cóż... Poruszamy się po omacku. Mamy jeden prawie pewnik. Jaki, Mock?

– Chodzi szefowi o to, że Lotz zabił Adlera? – Wywołany do odpowiedzi uśmiechnął się lekko, zwracając się po raz pierwszy do swego rozmówcy słowem „szef". – Ależ to wcale nie jest pewnik! Zajście w winiarni Kempinskiego i enigmatyczne sformułowanie w liście pożegnalnym są to, owszem, jakieś argumenty za pojedynkiem... jako zamaskowanym morderstwem... Jednak przyznajmy: argumenty dość wątłe.

---

68 Ten popełnił, komu to wychodzi na korzyść (łac.).

Norden spojrzał znacząco na Eugstera.

– To pewnik – uparł się detektyw. – Jutro o dziesiątej przyjdź do starej rzeźni przy Świętej Elżbiecie. Przekonasz się, że to pewnik. A teraz od pewnika przechodzimy do wniosku, który...

– ... jest następujący – wszedł mu w słowo Norden. – Zmusimy Lotza do przyznania się do winy i do wyjawienia nam ewentualnych mocodawców, o ile tacy w ogóle są. I tutaj widzimy pańską rolę, Mock.

– Jak możemy go zmusić? – zapytał Eugster. – To jest najważniejsze pytanie... Otóż musimy go chwycić w imadło... I teraz ci to wyjaśnię, Mock. Każde imadło ma korbę, którą się dociska jakiś przedmiot. Naszą korbą będzie groźba wyrzucenia Lotza ze studiów. Relegowanie go i wilczy bilet na wszystkie niemieckie uniwersytety. To jest jednak możliwe tylko w jednym jedynym wypadku. Wyjaśnię teraz pewne kwestie proceduralne. Kiedy sprawa jest zbyt poważna dla sędziego uniwersyteckiego, trafia do sądu powszechnego. Jeśli wyrok sądu jest niekorzystny dla studenta, ten wylatuje z uniwersytetu i trafia do zwykłego więzienia. Już nigdy nie wraca na żadną uczelnię. Wyobraźmy sobie, że to się właśnie przydarza Richardowi Lotzowi. Stary Hubert Lotz nie daje mu wtedy złamanego feniga. Tak, Mock, Lotz junior musi popełnić przestępstwo, aby zajął się nim i skazał go sąd powszechny. I ty go do tego przestępstwa skłonisz. A potem ja dokręcę korbę imadła.

Mock niezupełnie wydobrzał po przygodach wałbrzyskich i huczało mu teraz w głowie od tych wywodów.

– Ale jak? I jakiego przestępstwa? – pytał bezradnie. – On się obraca tylko wśród studentów, a studenci nie popełniają przestępstw, lecz występki. Piją za dużo, zadają się z ulicznicami, a to wszystko skutkuje jedynie karcerem!

– W ciągu pięciu lat na uniwersytecie wrocławskim – detektyw uśmiechnął się wyrozumiale – znaleziono dziesięciu martwych studentów z ranami postrzałowymi. Wszystkie te przypadki nasi mędrcy z Królewskiego Prezydium Policji uznali za samobójstwa. A ja mam dowody na to, że to nie były samobójstwa, i jutro ci przedstawię jeden z nich. Gdzie masz być i o której? Zapamiętałeś?

– Tak. Dziesiąta w starej rzeźni.

– Dobrze. – Eugster pokiwał głową z aprobatą. – Wedle pruskiego ustawodawstwa pojedynkowy zabójca jest zwykłym mordercą i trafia do więzienia na minimum piętnaście lat. Lotz się tego śmiertelnie wystraszy. To będzie nasze imadło. Musimy go złapać na gorącym uczynku. A jeśli nie uda nam się go przyskrzynić w ten sposób, poszukamy innego imadła... Jakiegoś występku typowo akademickiego – ściąganie, zastępstwo na egzaminie *et cetera*...

– Nie dość, że wystraszy się więzienia – powiedział Mock w zamyśleniu – to jeszcze kiedy wyjdzie, zostanie bez złamanego feniga, bo nie skończy studiów i ojciec go wydziedziczy...

– Teraz pan się zrehabilitował w moich oczach, Mock – włączył się Norden. – Teraz pan myśli...

– Twoje zadanie jest następujące. – Eugster uniósł palec ku górze. – Dzięki moim wpływom odzyskasz zdolność honorową, zaskarbisz sobie zaufanie Lotza, choćby w jakimś minimalnym stopniu, odbędziesz z nim pojednawcze starcie na rapiery, przez co wejdziesz do Vandalii. A potem zaczniesz węszyć i odkryjesz coś, co pozwoli go wziąć w imadło... Wtedy mi się przyzna i wyda swoich mocodawców...

– A co, jeśli Lotz nie miał żadnych mocodawców? Jeśli będzie z uporem zaprzeczał ich istnieniu? Może po prostu on sam popełnił pojedynkowe zabójstwo i nie miał żadnych wspólników?

– Widziałeś kiedyś Lotza na jakimkolwiek wykładzie z filozofii? – prychnął Eugster. – Czy sądzisz, że ten pijak i łobuz zrozumiał coś z tego, co mówił Adler? Nie, on tam przyszedł po to, aby sprowokować Adlera! Przecież wszystko widziałeś! Przyszedł tam po raz pierwszy i ostatni... Nigdy wcześniej go nie było. Cel był oczywisty, tym bardziej że przygotował się do swego skandalicznego wystąpienia! A myślisz, że przygotował się samodzielnie, czy ktoś mu dostarczył jakichś materiałów? Bo ja optuję za tą drugą możliwością...

– Moritz Adler telefonował do mnie – Norden pokiwał głową ze smutkiem – i opowiedział mi o tym nieszczęsnym wykładzie. Nie rzucał jednak na nikogo podejrzeń. Dopiero ja ich nabrałem po tym, co się stało.

– Tak oto jeden z najgorszych studentów prawa, notoryczny repetent i bywalec karceru, po raz pierwszy i ostatni przychodzi na wykład Adlera, na zupełnie inny wydział niż ten, na którym studiuje, i trafia w czułe punkty wykładowcy, doprowadzając go do wściekłości. – Eugster bawił się sygnetem. – Ktoś go chyba do tego przygotował, nie sądzisz, synu?

Mock drgnął, słysząc ostatnie słowo detektywa. Uśmiechnął się szelmowsko.

– Podoba mi się ta zasada imadła, szefie!

Norden wyciągnął dłoń. Eugster przykrył ją swoją i mrugnął do Mocka. Student położył na tych dwóch dłoniach trzecią – własną. I znów kolejne dłonie – Nordena, detektywa i Mocka – stworzyły swoistą piramidę.

– *Pactum est*[69]! – zawołał profesor.

---

69 Pakt został zawarty (łac.).

WROCŁAW,
czwartek 4 stycznia 1906 roku,
godzina dziesiąta rano

MOCK STAWIŁ SIĘ PUNKTUALNIE na ulicy Engelsburg[70], której bajkowa nieco nazwa kontrastowała z ponurym czerwonym gmachem rzeźni miejskiej. Eugster czekał na niego przy wejściu do tego budynku. Podał mu rękę. Był ubrany w rzeźniczy fartuch, który śmiesznie kontrastował z melonikiem.

– *Vade mecum*[71]. Po drodze ustalimy warunki współpracy. To po pierwsze. Potem ci pokażę, skąd mam pewność, że Lotz zabił Adlera. To po drugie. A na koniec powiem parę gorzkich słów o pruskiej królewskiej policji. To po trzecie.

Mockowi podobał się sposób mówienia Eugstera. Był rzeczowy, a nade wszystko przypominał mu manierę pana Limburgera, nauczyciela gimnastyki z wałbrzyskiego gimnazjum, który był uwielbiany przez uczniów. Ów potężnie zbudowany instruktor sportu, były atleta, już na początku każdej lekcji przedstawiał uczniom jej przebieg, używając wyrażenia „po pierwsze..., po drugie", *et cetera*. Mock, nie lubiąc nieprzewidzianych zdarzeń, czuł wtedy bijące od pana Limburgera poczucie bezpieczeństwa. Eugster przypominał go zresztą zawiniętymi do góry wąsami i łysą głową, różnił się zaś od niego – i to znacznie – swoją mikrą posturą.

– Posłuchaj uważnie. – Detektyw wskazał Mocka stróżowi, który to gest oznaczał: on jest ze mną. – Przez miesiąc będziesz

---

70 Pod Zamkiem Anielskim (niem.), obecnie ul. Łazienna.
71 Idź za mną (łac.).

strzelał, fechtował i boksował. Tutaj. Pod moim okiem. Codziennie, łącznie z niedzielami. O siódmej rano, kiedy nie masz żadnych zajęć na uniwersytecie. W dni wykładowe o drugiej po południu. Nasze zajęcia będą trwały zawsze cztery godziny z przerwami na posiłek i papierosa. Spotykamy się przy stróżówce. Punktualnie. Jeśli masz zwyczaj spóźniania się, to wypleń go na czas naszego szkolenia.

– Nigdy się nie spóźniam.

– To dobrze – mruknął detektyw i obrócił się dokoła swej osi, pokazując palcem ceglane mury dokoła. – Mój ojciec był szefem rzeźni miejskiej i obecny kierownik, jego następca, zna mnie dobrze. Pozwala mi używać różnych jej pomieszczeń. Znają mnie tu wszyscy. Ciebie nie zna nikt. I tak ma zostać. Rzeźnicy i masarze mogą cię kojarzyć wyłącznie jako tego młodego od Eugstera. Poza zdawkowymi pogawędkami nie wdawaj się tu z nikim w dłuższe rozmowy! Czy wszystko jasne?

– Tak jest!

– Dobrze. Po miesiącu zaczniesz działać. To po pierwsze. Wtedy przestajemy się poznawać na ulicy. W najpilniejszych sprawach kontaktujesz się ze mną wyłącznie przez profesora Nordena. Przez niego przekazujesz mi raporty. To po drugie. Co trzeci dzień nowy raport, choćby przez te trzy dni nic się nie działo, rozumiesz?

– Rozumiem. To po trzecie.

Eugster spojrzał na niego z lekkim rozbawieniem.

– Dobrze. Teraz wszystko powtórz. Tylko cicho. Wprawdzie robotnicy mają przerwę śniadaniową, ale zawsze trzeba być ostrożnym.

Mock powtórzył bezbłędnie. Eugster kiwał głową z aprobatą i uważnie słuchał, nie przestając się rozglądać po dużym dziedzińcu w kształcie prostokąta. Wzdłuż dłuższych boków znajdowały się dwie zadaszone rampy, do których podjeżdżały wozy, gdzie składowano gotowe wyroby masarskie. Tam zwykle o ciepłych porach roku siedzieli robotnicy, spożywając śniadanie. Teraz, w środku zimy, było tu pusto. Nikt nie słuchał, kiedy Mock popisywał się swą pamięcią.

Kiedy skończył, Eugster dał mu znak, by poszedł za nim. Weszli do ubojni, gdzie na hakach wisiały rozłupane wpół ciała świń. Z czerwonego zakrwawionego mięsa szczerzyły się żebra. Wokół rozchodził się słodkawy zapach krwi. Jej stężałe kałuże były widoczne pomiędzy pieńkami, na których rąbano mięso. Przecięli halę i znaleźli się przy małych drzwiczkach w jej rogu. Eugster otworzył je dużym kluczem. Przekroczywszy próg, detektyw przekręcił włącznik elektryczności. Żarówka pod sufitem rozpaliła się żółtawym wątłym światłem. Wąskie schody biegły w dół.

– Uważaj na szczury – mruknął. – Kiedy zobaczysz jakiegoś, pozwól mu spokojnie uciec. Przyciśnięte do muru, potrafią być naprawdę niebezpieczne. Syczą wtedy i skaczą do oczu.

W słabej trupiej poświacie zeszli po żelaznych schodach.

– Policzyłeś? – zapytał detektyw.

– Niby co? – zdumiał się jego uczeń.

– Stopnie schodów. Wróć na górę i policz!

Eberhard zrobił, co mu nakazano.

– Dwadzieścia.

– Skupiaj się, synu, na drobnych czynnościach. – Eugster patrzył uważnie na swego podopiecznego. – Zapamiętaj maść konia, który cię minął, i kolor oczu człowieka, z którym rozmawiasz. Licz stopnie schodów, po których wchodzisz, i liczbę pięter każdego domu na twej drodze. Bądź zawsze czujny! Nie wiadomo, kiedy mogą się przydać zapamiętane drobiazgi. Niejednemu ta wiedza ocaliła życie.

Otworzył drugie drzwi, spod których pierzchnął szczur, ocierając się o trzewiki Mocka. Dwa razy pstryknął włącznik światła – zgasło na schodach, zapaliło się w wielkim piwnicznym pomieszczeniu.

Była to przestronna pusta hala z dwiema żeliwnymi umywalkami i z dużym hakiem, na którym wisiała potężna martwa świnia. Zachlapane czymś małe okienka u góry nieotynkowanych ceglanych ścian nadawały temu otoczeniu niepokojącego, jakby więziennego charakteru. Eugster podszedł do ciała zwierzęcia i wyjął zza fartucha rewolwer.

– Spójrz na tę broń. – Podał go Mockowi. – To mauzer zig-zag, bardzo dobry, niezawodny, mój ulubiony. Lubił go również docent Adler, a zwłaszcza jego ojciec Israel Adler, członek towarzystwa strzeleckiego. Wykładowca odziedziczył tę broń po ojcu i w feralny wieczór dokądś z nią wyszedł. Tak twierdzi policja.

Mock oglądał broń z zainteresowaniem.

– Odciągnij kurek, przyłóż lufę do łba tego knura i wal! Po strzale kurek wraca na miejsce!

Eberhard wykonał polecenie. Huk wystrzału targnął pustą halą. Eugster poczekał, aż rozwieje się dym, podszedł do wieprza i ołówkiem kopiowym obrysował dziurę, jaką strzał wyrwał w głowie martwego zwierzęcia.

– A teraz stań szesnaście kroków od knura, o tutaj!

Detektyw odliczył starannie kroki i podeszwą wyrył bruzdę w miękkim klepisku. Uczeń stanął we wskazanym miejscu.

– Wal stąd! Tylko nie w łeb.

Eberhard wymierzył. Kiedy strzelał, usłyszał jakiś dziwny zgrzyt gdzieś u góry i to go rozkojarzyło w chwili oddania strzału. Uniósł nieco dłoń, a odrzut jeszcze bardziej zniekształcił lot kuli. Huk był tak głośny, że strzelca zabolały uszy.

– Nie trafiłeś – mruknął Eugster. – Jeszcze raz...

Mock wymierzył starannie. Wyobraził sobie, że ma przed sobą nie martwe zwierzę, ale Richarda Lotza. Kiedy naciskał spust, zamiast zwierzęcia ujrzał wykrzywioną w pijackim grymasie twarz własnego ojca. Huk, dym, brzęk łuski. Tusza zakołysała się na haku.

– Teraz dobrze – pochwalił Eugster, podszedł do świni i zapalił zapalniczkę. – Chodź tu i powiedz mi, która dziura jest większa.

Mock w migotliwym świetle przyjrzał się obu ranom wlotowym – jednej na łbie, drugiej pod zadem zwierzęcia, tam gdzie trafił z daleka.

– Ta zakreślona, ta na głowie jest większa, czyli ta... Gdy strzeliłem z bliska...

– Tak jest. Strzał z bliska wyrywa wielką jamę. Tak jak w wypadku samobójstwa z przystawieniem broni. Gazy prochowe, które idą za pociskiem, odbijają się od kości czaszki i rozrywają skórę. Wielka wyrwa w głowie. Widziałem samobójców, którzy nie mieli połowy czerepu. Widziałem też zwłoki Adlera w kostnicy. Dziura w jego głowie nie ujawni nam, z jakiej broni wystrzelono. Kula już by nam o tym powiedziała, ale żadnej kuli nie znaleziono... Tak czy siak, wiemy jedno: dziura była mała. Stąd płyną dwa wnioski „albo – albo". No jakie, Mock? Albo...

– Gdyby strzelił z bliska, otwór byłby duży, a jest mały – odparł niepewnie uczeń. – No jasne! Strzelił sobie w łeb z daleka!

– Dobrze. To pierwsze „albo". A drugie?

– Albo ktoś inny zastrzelił go z dalszej odległości, bo Adler nie mógł sobie wydłużyć ręki o kilka metrów.

– Co ci się wydaje bardziej prawdopodobne? Że strzelał do samego siebie z daleka? Po co? Przecież mógł przyłożyć lufę do skroni lub wsadzić do ust i po prostu nacisnąć spust. Czy może bardziej prawdopodobne jest to, że został zabity?

– Rzeczywiście... – powiedział Mock w zamyśleniu. – To jasne! Ktoś go zabił...

– No. – Eugster sapnął z satysfakcją. – Dobrze rozumujesz. Przybij grabę!

Mock wyciągnął rękę. Twarz detektywa wykrzywiła się nieznacznie. Prychnął ze wstrętem.

– A fuj! Masz brudną łapę!

Eberhard spojrzał na rękę. Rzeczywiście była czarna od prochu.

– To, co widzisz – instruktor dotknął dłoni swojego ucznia – to są tak zwane osmaliny powystrzałowe. Gazy prochowe wydostają się na zewnątrz wszystkimi otworami rewolweru lub pistoletu. Z wyjątkiem nagana, który jest prochoszczelny. Tak czy inaczej, palce Adlera, gdyby popełnił samobójstwo swoim „zygzakiem", powinny być brudne, ponieważ śmierć nastąpiła po strzale z rewolweru Mauzer, a nie z nagana. Jak sądzisz, jakie denat miał palce? Brudne czy czyste?

– Czyste?

– Tak jest! Czyściutkie i zadbane, jakby dopiero co wyszedł od manikiurzystki! – Detektyw się roześmiał. – Co to oznacza? Że wcale nie strzelał!

– No to jak wziął udział w pojedynku? – zapytał zdezorientowany Mock.

– W pojedynku losuje się kolejność strzałów. Jeśli przeciwnik Adlera w wyniku losowania strzelał pierwszy i zabił Adlera po tym pierwszym strzale, no to docent upadł i już nie wystrzelił. Miał zatem ręce czyste. Trup nie strzela, synu, chyba że w opowiadaniach grozy...

Wyciągnął papierośnicę. Przypalił Mockowi i sobie. Gdzieś w rogu hali rozległ się cichy szczurzy pisk. W upiornym nikłym świetle kołysał się martwy osmalony prochem wieprz. Był jak wahadło – raz pokrywał cieniem twarz detektywa, raz dopuszczał do niej wątły strumień światła, przez co wydawało się, że przez oblicze Eugstera przelatują paroksyzmy.

– Do tej pory wykazałem, że Adler został zabity, prawda? – Detektyw wypuścił dym nosem. – A teraz udowodnię ci, że zabił go Richard Lotz.

Zapadło milczenie. Ta zapowiedź zrobiła na Mocku wielkie wrażenie.

– Ósmego grudnia, w dzień kiedy znaleziono Adlera na Kępie Mieszczańskiej, pojechałem wieczorem do mieszkania Lotza na Trebnitzer Strasse[72] – zaczął swą opowieść detektyw. – Liczyłem na jego nieobecność i chciałem zrobić rewizję. Nic z tego nie wyszło, Lotz był u siebie i grał z kompanami w karty. Ale moja

---

72 Obecnie ul. Trzebnicka.

misja nie była całkiem nieudana. Przekupiłem jedną z praczek z pralni na podwórzu i wiesz, czego się od niej dowiedziałem? Otóż owa kobieta wyprała koszulę, którą Lotz dał jej z samego rana. Praczka bardzo się zdziwiła, gdy spojrzała na zabrudzenia. Rzadko takie widywała. Prawy mankiet koszuli Lotza był cały brudny od wewnątrz, rozumiesz? „To tak, jakby ten panicz wsadził gołą rękę w jakiś smar albo w jakie inne gówno, a potem wraził ją w rękaw. Ledwom go doprała, ten mankit". Tak mówiła ta rezolutna niewiasta. Co mi o tym powiesz?

Mock myślał dłuższą chwilę. Potem zdjął płaszcz i surdut. Podał Eugsterowi swe ubranie.

– Potrzyma pan przez chwilę, szefie?

Detektyw skinął głową i odebrał garderobę.

Student był w samej koszuli. Rozpiął guziki, a potem udawał, że ją zdejmuje. Nie spuszczał oczu z pobrudzonej prochem dłoni.

– Miał rękę osmaloną prochem i ściągając koszulę przed snem, pobrudził od wewnątrz prawy mankiet! – krzyknął. – Tak jak ja teraz... Tak, mordercą jest Lotz!

Eugster stał roześmiany od ucha do ucha.

– Masz jeszcze jakieś pytania, synu?

Eberhard zaciągnął się chciwie dymem i odparł:

– Mam. Dlaczego nie poszedł pan na policję, szefie? Dlaczego Richard Lotz jeszcze nie siedzi w więzieniu oskarżony o zamordowanie Adlera?

– Odpowiedź jest prosta. – Eugster posmutniał. – Nie ma żadnego dowodu. Koszula została wyprana. – Detektyw podszedł do wiszącego wieprza i kopnął go ze złością. – Poza tym policja działa tak, jak jej na to pozwalają oskarżyciele sądowi – powiedział. – Nie można zaaresztować Lotza, nawet gdyby miał brudną koszulę. Żaden oskarżyciel nie zaryzykuje kompromitacji, by akt oskarżenia oprzeć na brudnej koszuli! A wiesz dlaczego? Bo żaden sędzia nie wyda wyroku skazującego Lotza na tej podstawie. To po pierwsze. A po drugie, policja lubi spokój i odfajkowane sprawy. Szef komisji morderstw woli nie pytać, dlaczego dziura w głowie samobójcy jest mała ani dlaczego ma on czyste palce. Woli przymknąć oczy, uznać ten zgon za kolejne samobójstwo, zwłaszcza jeśli są powody do targnięcia się na życie. Potem trzeba tylko napisać odpowiedni protokół i włożyć go w odpowiedni segregator. Jest jeszcze coś. Wielu moich byłych kolegów uważa za niegodne prowadzenie jakiegokolwiek dochodzenia w sprawie domniemanego pojedynku. Policja operuje na pewnym zakreślonym ściśle obszarze. A za tymi granicami jest ciemne terytorium, na którym działa zasada imadła. To mój obszar, Mock!

– On nie należy już tylko do pana, szefie – poprawił go Eberhard. – Ale również...

– No jasne! Nie jestem jedynym prywatnym detektywem w Prusach!

– Nie o to mi chodziło. – Głos studenta zabrzmiał dobitnie. – To od dzisiaj także moje terytorium.

WROCŁAW,
środa 6 lutego 1906 roku,
godzina szósta po południu

EBERHARD MOCK W CIĄGU MIESIĄCA poczynił ogromne postępy zwłaszcza w boksie. Do tej dyscypliny miał naturalne skłonności oraz niejakie doświadczenie, zdobyte w bójkach. Wobec tego pod okiem Helmuta Eugstera doskonalił jedynie kwestie techniczne – siłę ciosu, kąt jego wyprowadzenia *et cetera*. Wszystkie ćwiczenia wykonywał w rękawicach, a obiektem treningu były ciała martwych wieprzy. Nie cieszyły się one zainteresowaniem rzeźników, ponieważ mięso knurów uważano za mniej smaczne niż mięso loszek. Detektyw kupował zatem zwłoki samców za grosze, wieszał je na haku, a tam Mock bił w nie zapamiętale przez kilka dni, aż do momentu kiedy zaczynały cuchnąć.

W strzelectwie i w szermierce Eberhard wszedł na *terra incognita*[73]. W tej pierwszej dziedzinie rokowania były bardzo obiecujące. Miał dobre oko i silne dłonie, przez co w niedługim czasie z odległości dwudziestu kroków trafiał w jabłko z celnością przekraczającą siedem na dziesięć, jak skrupulatnie wyliczył jego preceptor. Dla przeciwwagi – w nauce fechtunku był mało uzdolniony i bardzo opieszały. Po czterech dniach podskakiwania, przysiadania i atakowania rapierem wiszącego knura instruktor zarządził tak zwane utarczki na stojąco, przypominające menzury, czyli rytualne studenckie pojedynki, podczas których nie odrywano nóg od ziemi, a rapierami wywijano sobie przed nosem.

---

73 Ziemia nieznana (łac.).

Szyje studentów ochraniane były szalikami, a ich oczy – okularami zaopatrzonymi w skórzane noski. Przebrani w grube kaftany ochronne, których prawy rękaw był zakończony pikowaną rękawicą, walczyli bronią o tępym zakończeniu i dodatkowo zaopatrzoną na końcu w drewniane kulki. Stali przy tym nieruchomo – co w Mocku budziło pusty śmiech. W jego mniemaniu była to szczeniacka zabawa, w której o wszystkim decyduje zwykły traf, nie umiejętności. Wystarczyło machać rapierem i przypadkiem trafić lub być trafionym, i pojedynek się kończył.

Siłą rzeczy, w ślad za tym lekceważeniem szły i beznadziejne zniechęcenie, i bardzo marne postępy. Szermierka była zmorą Eberharda. Jego instruktor stracił w końcu cierpliwość i postawił go przed wyborem: albo się będzie lepiej przykładał do szermierczych treningów, albo jego lekceważenie zostanie w trakcie pojedynku dostrzeżone i uznane za tchórzostwo, a stąd już płynie oczywista groźba – nie zostanie namaszczony na wandala.

– Posłuchaj mnie uważnie, cwaniaku – powiedział kiedyś rozzłoszczony Eugster. – Wytłumaczę ci wszystko jak krowie na granicy. Do Vandalii zostaniesz przyjęty tylko wtedy, gdy okażesz odwagę w pojedynku. Dla sędziego, który decyduje, czy próba zakończyła się pomyślnie dla fuksa czy nie, nie liczy się, ile on ran otrzymał ani ile ich zadał. Najważniejsze jest to, że fuks się nie boi, stoi mocno na nogach, patrzy w twarz przeciwnikowi, nie odsuwa głowy, nie kuli jej w ramionach i walczy z zaangażowaniem. Walczy z zaangażowaniem, słyszysz Mock? Jeśli będziesz nadal machał rapierem jak ksiądz kadzielnicą, to natychmiast zarzucą ci, że kpiny sobie robisz z uświęconego tradycją zwyczaju. I wtedy cały plan wniknięcia do korporacji między bajki możemy włożyć! A jest coś jeszcze! Czeka cię przy okazji wielka przykrość. Bez woli walki nie odeprzesz ataków Lotza. A on jest twoim wrogiem i przy okazji menzury zechce się na tobie zemścić. Będzie cię smagał po mordzie tak ostro, że niczego nie będziesz widział poza krwawą mgłą! Niejeden był taki rębajło, który przy okazji menzury wyrównywał dawne rachunki. Skutek będzie taki, że nie tylko nie staniesz się pełnoprawnym wandalem, ale też pocięta gęba będzie ci przypominała całe życie o twojej głupocie!

Eugster wysmarował wtedy węglem kulki na końcach rapierów i rzucił się wściekle na Mocka. Po kilku starciach twarz ucznia była brudna – w odróżnieniu od oblicza jego preceptora. To uświadomiło przyszłemu pojedynkowiczowi, jak mocno będzie poraniony, jeśli nie zaangażuje się bardziej w naukę fechtunku.

Ruszył teraz do ćwiczeń z zapałem. Wraz z determinacją nadeszły drobne sukcesy. Ponieważ miał wytrzymałe nadgarstki, potrafił długo stawiać opór. Z dnia na dzień odbijał ciosy coraz pewniej i coraz mniej węglowych smug pokrywało jego policzki. Pewnego dnia Eugster kazał mu zaatakować. Uczeń – ku zdziwieniu nauczyciela – zrobił to nadzwyczaj sprawnie i węgiel ubarwił podbródek przeciwnika. Tym samym została obalona ostatnia bariera psychiczna i przez kolejne dwa tygodnie szkolenia Eberhard przygotowywał się do menzury z wielkim zacięciem, czy to walcząc z Eugsterem czy to tnąc fantoma, czyli świński łeb osadzony na tyczce na wysokości twarzy Lotza.

Treningi oraz wykłady nie pozostawiały Mockowi zbyt wiele wolnego czasu. Zgodnie z zaleceniem swego preceptora starannie ułożył nowy plan dnia. Zaczął od tego, że zrezygnował prawie ze wszystkich porannych zajęć uniwersyteckich. Metrykę zaliczył u profesora Zachera w przedterminie, otrzymawszy notę *aus-gezeichnet*[74], i przestał chodzić na jego ćwiczenia. Nieubłagany los usunął już był wcześniej inną przeszkodę – poranne zajęcia z Adlerem. Problem stanowiły jedynie Sterna wykłady z pedagogiki, które zaczynały się codziennie o dziesiątej i z których Mock za nic nie chciał rezygnować. Nie widząc innego wyjścia, uprosił swego instruktora, aby zgodził się szkolenie zaczynać o barbarzyńskiej wręcz porze – o wpół do szóstej rano. Dzięki temu po czterech godzinach ćwiczeń miał jeszcze dwa kwadranse. Mył się po treningu pod pachami mydłem karboksylowym i biegł na uniwersytet.

W ten oto sposób wszystkie poranki w tygodniu mógł poświęcić na ćwiczenia fizyczne. Śniadania jadał na miejscu, w rzeźni, przekładając pszenne bułki świeżymi wyrobami masarskimi, których detektyw dostarczał mu za darmo. Z ćwiczeń biegł w te pędy na wykład Sterna, a potem około południa wracał do domu i odsypiał mocnym zdrowym snem poranny wysiłek. Po godzinie drugiej jadł obiad w szynku Pod Wielorybem, na co mógł sobie teraz pozwolić, ponieważ zaciągnął u Zuckermanna ratalną pożyczkę *à conto* skromnego stypendium asystenckiego, które miał otrzymywać od początku semestru letniego. Od trzeciej do piątej siedział na wykładach Hoffmanna z gramatyki historycznej greckiej i na wykładach Ebbinghausa z powszechnej historii filozofii. Potem wracał na stancję i udzielał korepetycyj. Mógł znacznie zredukować liczbę swoich uczniów dzięki wspomnianej pożyczce, jednak tego nie uczynił. Uważał, że

---

74 Celująco (niem.).

takie postępowanie – przerywanie lekcyj przed końcem semestru szkolnego – byłoby niegodne.

Wlewał zatem dalej do tępych głów okolicznej dzieciarni kubły łaciny, historii i matematyki. Czynił to w przyjemnym cieple pieca – dzięki pieniądzom kolegi nie musiał już oszczędzać na opale. Później się golił i – zmęczony jak zwierzę pociągowe po całodziennych trudach – padał około dziewiątej wieczór na swój barłóg, na którym zasypiał natychmiast, by o piątej się zerwać i pędzić znów do rzeźni, gdzie jego instruktor stawiał się punktualnie wraz z drugim uderzeniem ratuszowego dzwonu. W niedziele Mock mógł się dłużej wyspać, bo spotykał się z Eugsterem w rzeźni o dziesiątej. Było to i tak zbyt mało snu dla młodego organizmu – po powrocie z ćwiczeń musiał jeszcze trochę podrzemać. Potem szedł na obiad i nad Odrę na samotny zwykle spacer. Około ósmej wieczór znów morzyła go senność i zaraz po goleniu przykładał głowę do poduszki i spał do piątej rano. Tak wyglądały jego styczniowe i lutowe dni – bliźniaczo podobne jeden do drugiego.

Wraz ze śmiercią Adlera zniknęła okazja częstego widywania Nataszy Diabrinskiej. Z zakresu filologii klasycznej Rosjanka chodziła akurat na te zajęcia, których Mock nie wybrał w tym semestrze – na wykłady profesora Nordena o Demostenesie i docenta Jacoby'ego o greckiej tragedii. Z powodu korepetycyj Eberhard musiał zrezygnować ze słynnych na całe miasto wieczornych wykładów filozofa Sterna o pesymizmie i optymizmie, na które z zapałem uczęszczała dziewczyna. Z powodu tych wszystkich różnic widywał ją jedynie w przerwach pomiędzy zajęciami – często jakąś zamyśloną i smutną. Na korytarzach próbował ją zagadywać przy papierosie, z mizernym skutkiem. Czynił to bez przekonania, zdawał sobie bowiem sprawę, że wśród swych licznych obowiązków nie jest w stanie wykroić nawet chwili, by ją zaprosić na obiad czy na koncert, a nawet gdyby to mu się udało, zaraz zjawi się groźny przeciwnik, który zniszczy wszelkie jego umizgi – nieposkromiona senność. Natasza wyczuwała to wahanie i porzuciła całą wobec niego kokieterię. Na awanse odpowiadała uprzejmie, lecz krótko, a wymuszone dowcipy przyjmowała z bardzo bladym uśmiechem.

Prawdę mówiąc, musiał przyznać, że w obecnych okolicznościach nawet mu to odpowiadało. Owszem, sądził, iż jest zakochany, owszem – w swych nowych planach, jakie przed nim roztoczył Norden, powziął dobrą nadzieję na zdobycie względów Nataszy. Wierzył bowiem mocno, że będzie mu bardziej przychylna w letnim semestrze, kiedy na swych zajęciach ujrzy go jako asystenta profesora. Wiara ta chwilami nabierała wręcz cech pewności. Ciągłe i intensywne ćwiczenia fizyczne wzmocniły go również duchowo. Cieszył się widokiem swego wysportowanego ciała i twardością mięśni. Zuchwale i uwodzicielsko spozierał na młode kobiety, nierzadko wywołując u nich rumieniec zawstydzenia. Te gry uważał za rodzaj treningu przed zdobyciem wymarzonej bliskości Nataszy. Wiedział, że nie powinien się jednak śpieszyć i powściągał, jak mógł, swą wrodzoną niecierpliwość. Aby osiągnąć upragniony cel, musiał poczekać do początku swej asystentury, czyli do semestru letniego, który się rozpoczynał dwudziestego trzeciego kwietnia. Teraz pozostawało mu tylko przesunąć nieco spełnienie tych marzeń, wylewać litry potu na ćwiczeniach fizycznych i spokojnie realizować Eugsterową strategię punkt po punkcie.

Pierwszy z nich – przywrócenie zdolności honorowej – miał być zaliczony tego właśnie ponurego lutowego dnia w siedzibie korporacji Vandalia przy Werderstrasse[75] 25.

Eberhard Mock siedział w głównej sali korporacji przy długim stole i wpatrywał się w szklanki i w karafkę z wodą. Naprzeciw siebie miał Richarda Lotza. Obaj czekali na wyrok sądu honorowego, który obradował w sali obok. Każdy z oponentów miał u boku sekundanta, który był „prawnym" przedstawicielem zwaśnionej strony, kimś w rodzaju adwokata. Każdy z sekundantów mógł zakwestionować werdykt sędziów, jeśliby oczywiście pozostawał on w jakimś punkcie w sprzeczności z kodeksem honorowym. W praktyce to się jednak nie zdarzało.

Mock nie znał swojego sekundanta, został on mu przydzielony z urzędu przez Vandalię. Był to trzydziestoletni na oko student z długą blizną na policzku, który zachowywał się sztywno i oficjalnie, a słowa cedził rzadko i jakby od niechcenia. Sprawiał wrażenie godnego zaufania.

Równo o szóstej otwarły się wielkie drzwi i do sali weszło trzech mężczyzn w średnim wieku. Najstarszy z nich, kirasjer w randze kapitana, miał na sobie mundur galowy – białe obcisłe spodnie, wysokie buty z ostrogami sięgające za kolana i granatową kurtkę z akselbantami. Na jego głowie tkwił hełm z pikielhaubą. Na piersiach dwóch pozostałych panów, ubranych w zwykłe surduty, widniały granatowo-czerwono-białe szarfy korporacji. Byli to tak zwani *alte Herren* – zasłużeni i obdarzeni wielkim autorytetem dawni korporanci. Wszyscy trzej usiedli w określonym

---

75 Obecnie ul. Księcia Witolda.

porządku – wojskowy u szczytu stołu, a jego koledzy po bokach. Kirasjer pozostał w hełmie – zapewne miał on dodać powagi jego aparycji, która i bez tego wzbudzała należyty respekt.

– Sąd honorowy w składzie: przewodniczący kapitan Wenge oraz członkowie składu mecenas Luckner i maestro Ruckernagel, ogłasza werdykt z szóstego lutego dziewięćset szóstego roku – wojskowy spojrzał na kartkę, którą miał przed oczami – w sprawie stwierdzenia zdolności honorowej studenta, pana Mocka. Otóż oznajmia się *in publico*, iż pan Eberhard Mock jest człowiekiem honoru.

Przerwał i spojrzał na zainteresowanych. Mock uśmiechnął się z radością. Choćby nie wiem jak gardził pojedynkami, korporacjami i zachowaniami rytualnymi, musiał w głębi duszy przyznać, że spodobało mu się to określenie własnej osoby. Twarz Lotza była bez wyrazu – podobnie jak obu sekundantów.

– Uzasadnienie wyroku wygłosi teraz pan mecenas Luckner. – Kapitan Wenge odłożył kartkę na bok.

Siedzący po jego prawej stronie mężczyzna odchrząknął.

– Przeciw honorowi pana Mocka zostały przez pana Richarda Lotza podniesione *in publico* dwa zarzuty, w wyniku których pan Mock miałby zostać uznany za człowieka niehonorowego. – Mecenas przenosił swe surowe spojrzenie z jednej strony konfliktu na drugą. – Pan Mock, sprzeciwiwszy się tym zarzutom, odwołał się do sądu honorowego, a pan Lotz zgodnie z ogólnymi zasadami kodeksu musiał się zgodzić na propozycję zmierzającą do ukonstytuowania się niniejszego sądu honorowego. Zarzuty pana Lotza są następujące. Po pierwsze, pan Mock, dziewiętnastego października roku dziewięćset piątego doznawszy od człowieka honorowego, rzeczonego pana Lotza, ciężkiej zniewagi we wrocławskiej restauracji Pod Białym Bocianem, nie zażądał satysfakcji, co miałoby, zgodnie z paragrafem drugim, punktem czwartym kodeksu honorowego, wykluczyć pana Mocka z grona ludzi honoru. Po drugie, tegoż dnia i w tymże miejscu pan Lotz został przez pana Mocka podstępnie napadnięty, w wyniku której to napaści pan Lotz doznał uszczerbku na zdrowiu w postaci zwichniętej szczęki. Zgodnie z paragrafem drugim, punktem siódmym kodeksu honorowego, cytuję: „Kto podstępnie napada (z tyłu, z ukrycia), ten traci honor". Koniec cytatu.

Mecenas Luckner pogładził gęste siwiejące bokobrody, nalał sobie obficie wody z karafki i pociągnął kilka sporych łyków.

– Zarzut pierwszy zostaje oddalony, gdyż pan Lotz w chwili zajścia, dziewiętnastego października roku dziewięćset piątego, nie był człowiekiem honoru, ponieważ był w stanie nietrzeźwości. Zgodnie z paragrafem drugim, punktem szesnastym nie jest człowiekiem honoru, cytuję: „notoryczny alkoholik, jeśli w stanie nietrzeźwym popełnia czyny poniżające go w oczach opinii społecznej". Koniec cytatu. Wedle relacji świadków najmniejszej wątpliwości nie ulega stan nietrzeźwości, w jakim pan Lotz brał udział w zajściu. Ponadto sąd uznał, że obelżywe odezwanie się do panny towarzyszącej panu Mockowi było właśnie czynem „poniżającym" pana Lotza w „oczach opinii społecznej". Pozostaje zapytanie, czy pan Lotz jest notorycznym alkoholikiem. Poproszę maestra Ruckernagla o wyjaśnienie tej kwestii.

Trzeci mężczyzna, muzyk filharmonii, zrobił srogą minę, wbijając wzrok w Lotza.

– Alkoholikiem jest człowiek często nadużywający alkoholu – powiedział. – Tutaj sąd nie ma wątpliwości, że określenie to ściśle się odnosi do pana Lotza. Słowo „notoryczny", pochodzące od łacińskiego *notus*, czyli „znany", oznacza właśnie to, iż dana osoba jest znana z tego, że nadużywa. O tym, że pan Lotz jest znany ze swej nadmiernej skłonności do napojów alkoholowych, świadczy geneza wielokrotnie powtarzającego się – niestety – faktu przebywania pana Lotza w karcerze uniwersyteckim. Jak się dowiedziałem od pana Schauenburga, sędziego uniwersyteckiego, każdy smutny fakt pobytu tamże poprzedzony był dopuszczeniem się przez pana Lotza występku w stanie upojenia. Słowo „notoryczny" jest zatem jak najbardziej adekwatne.

– Panie sędzio – odezwał się adwokat Lotza. – Czyżby tylko z tego powodu mój klient miał stracić na zawsze zdolność honorową? Gdyby tak było, trzeba by ją odebrać ogromnej liczbie korporantów, którzy czasami wypiją o jeden kufel za dużo i trafią do kozy.

– Panie Hichs – zabrał głos kapitan Wenge. – Sąd nie twierdzi, że pański klient jest człowiekiem niehonorowym. Sąd twierdzi, że był człowiekiem niehonorowym w momencie popełniania swego czynu... Powtarzam: „był".

– A zatem – wszedł mu w słowo mecenas Luckner – otrzymuje miano niehonorowego wstecz i owo miano dotyczy zamkniętego okresu, czyli owego feralnego wieczoru w restauracji Pod Białym Bocianem. Przed nami siedzi zatem Richard Lotz, który wtedy, w stanie zamroczenia, nie miał honoru, a teraz jest człowiekiem honoru...

Mówca wypił potężny łyk wody, opróżniając prawie całą karafkę, co by wskazywało – jak przypuszczał Mock – że i on jest z alkoholem za pan brat, ponieważ suchość w ustach może świadczyć, że poprzedniego dnia mocno go nadużył. Teraz zabrał głos kapitan Wenge.

– Drugi zarzut z paragrafu drugiego, punktu siódmego kodeksu honorowego, wyrażający się w słowach: „Kto podstępnie napada (z tyłu, z ukrycia), ten traci honor", sąd honorowy, któremu przewodniczę, również oddala. Proszę o uzasadnienie, mecenasie Luckner...

– Przesłuchani przez sąd świadkowie zajścia, choć mówią o podstępnym uderzeniu, nie potwierdzają, jakoby nastąpiło ono z tyłu lub z ukrycia. Pan Mock stał twarzą w twarz i uderzył pana Lotza *a fronte*[76], a zatem sąd nie ma żadnych podstaw, aby uznać ten atak za podstępny. Sąd honorowy oddala zatem zarzuty pana Lotza i, powtarzam to raz jeszcze, uznaje pana Mocka za człowieka honoru.

Luckner skończył i spojrzał na kapitana.

– Niniejszym zamykam posiedzenie – kapitan wstał – chyba że panowie adwokaci mają pytania bądź apelacje.

Obaj wywołani do odpowiedzi pokręcili przecząco głowami.

– Żegnam panów! – powiedział kapitan. – Teraz czas na panów wewnętrzne sprawy korporacyjne, które ani mnie dotyczą, ani obchodzą.

Skinął głową i wyszedł z sali – na schodach było jeszcze przez chwilę słychać brzęk jego ostróg. Dwaj *alte Herren* wstali i zbliżyli

---

76 Od przodu (łac.).

się do stron konfliktu. Zabrzęczały kolorowe szyby w ruchomych drzwiach kiwających się na zawiasach. Do sali wszedł służący i wniósł butelkę wina. Napełnił sześć kielichów i zniknął jak cień. Mężczyźni siedzieli wśród ciemnych boazerii, korporacyjnych sztandarów i jelenich poroży. Byli oświetleni rzęsiście dwoma wielkimi żyrandolami zwisającymi z sufitu. Światło wyraźnie ujawniało uczucia, które targały trzema zebranymi. Wydęte usta Lotza objawiały lekceważenie, błysk w oczach Mocka świadczył o zadowoleniu, a spierzchnięte usta Lucknera i sińce pod jego oczami ujawniały silne pragnienie alkoholu. Pozostali trzej – sekundanci oraz muzyk Ruckernagel – okazywali całkowitą obojętność i znudzenie.

– Drodzy panowie – odezwał się w końcu Luckner, pociągnąwszy mocno wina. – Na prośbę zarządu naszej wspaniałej korporacji Vandalia zwracam się jako *alter Herr* do panów Lotza i Mocka. Pan Mock dwa tygodnie temu zgłosił swój akces do naszego stowarzyszenia. Zarząd uznał za celowe przyjęcie pana Mocka w nasze szeregi bez konieczności fuksowania. Za terminowanie uznano jego niegdysiejszy staż w Silesii. Pozostaje mu oczywiście odbycie menzury wstępnej. Czy pan Mock zgadza się na menzurę wstępną?

– Tak jest! – odpowiedział Mock.

Luckner pociągnął kolejny łyk wina i wyraźnie się odprężył.

– Na wczorajszym zebraniu zarządu postawiono jednak dwa warunki – kontynuował. – Pierwszy z nich został dzisiaj spełniony. Sąd honorowy wydał werdykt, zgodnie z którym pan Mock jest człowiekiem honoru. Pozostaje warunek drugi: zażegnanie konfliktu, jaki poróżnił panów Lotza i Mocka. Zgodnie ze statutem naszej organizacji spory pomiędzy jej członkami są nie-dopuszczalne i winny być natychmiast rozstrzygane na drodze pojedynku korporacyjnego. Czy panowie Lotz i Mock są gotowi taki pojedynek odbyć i niezależnie od jego wyniku puścić swój zatarg w niepamięć?

– Tak jest – powtórzył Eberhard, a Lotz pogardliwie pokiwał głową, patrząc na przeciwnika z lekkim uśmieszkiem.

– Nie dosłyszałem, Lotz! Głośniej!

– Tak. – Bursz rozsiadł się na krześle, szeroko rozrzucając nogi. – Zgadzam się puścić w niepamięć zwadę z Mockiem, gdy tylko poszatkuję mu gębę!

Obaj *alte Herren* drgnęli na to ostatnie *dictum*, ale najpewniej uznali, że czas ich goni i nie będą teraz uczyć Lotza dobrych manier.

– Dobrze. – Luckner wypił ostatnie krople wina. – Zarząd ustalił, iż pojedynek pojednawczy z panem Lotzem będzie jed-nocześnie dla pana Mocka menzurą wstępną do korporacji. Odbędzie się on w ostatni dzień semestru zimowego, w sobotę siedemnastego marca bieżącego roku, w sali, gdzie się właśnie znajdujemy.

Mecenas wstał i potrząsnął mocno dzwonkiem. Do sali wszedł służący i napełnił pusty kieliszek Lucknera, i dolał do pozostałych. Dwaj *alte Herren* unieśli puchary i wykrzyknęli pierwszą część korporacyjnego zawołania, wyszytego na wiszących tu sztan-darach.

– *Amico pectus*[77]!

–––––––––––––––––

77 Dla przyjaciela serce! (łac.).

– *Hosti frontem*[78]! – odkrzyknęli wszyscy pozostali oprócz Mocka.

Minutę później mecenas Luckner wychodził przez bramę, obok której powiewały dwie granatowo-czerwono-białe flagi, dobrze widoczne w świetle latarń. Skierował się w lewo, w stronę mostu Wyspiarskiego[79], gdzie stały umówione sanie. Luckner bez słowa wsiadł do budy, która była wybita od wewnątrz wykwintnym aksamitem. Usiadł ciężko i zdjął melonik. Mimo zimna był cały spocony. Otarł czoło perfumowaną chustką.

– Cholera – odsapnął. – Dużo było tego rieslinga wczoraj, oj za dużo... Nie mam już dwudziestu lat...

Lekkie podskakiwanie sań i szmer płóz sunących po śniegu uśpiły go, ledwo oparł utrudzone czoło o ścianę pojazdu. Mecenas utracił poczucie czasu.

Obudziło go lekkie pukanie w ramię. Ocknął się. Po przeciwnej stronie siedział niski, szczupły fiakier w cylindrze na głowie.

– Kiedy mają się bić? – zapytał.

Luckner przez chwilę zbierał myśli. W końcu zrozumiał, o co go pytają.

– Siedemnastego marca, na sam koniec semestru. Zgodnie ze zwyczajem: w sobotę.

– Nie przesadził pan, mecenasie? Tak długo ma czekać mój podopieczny?

– Nastawali na to inni członkowie zarządu – odparł Luckner, rozsiewając woń wina. – Bardzo zdecydowanie nastawali. Nie

---

78 Dla wroga podniesione czoło! (łac.).
79 Obecnie most Pomorski.

mogłem się im przeciwstawić, zwłaszcza że byłem nieugięty w sprawie uznania fuksowania w Silesii za równoważne terminowaniu w Vandalii... To jest niesłychany precedens: przyjęcie bez stażu fuksa, tylko na podstawie menzury wstępnej...

Dorożkarz kiwał głową, ale jednocześnie krzywił się i cmokał, jakby to wszystko mu się nie podobało.

– Mało to dla pana zrobiłem? – wykrzyknął zniecierpliwiony mecenas. – Mało? A pan się nawet nie zająknął, co zrobił pan w zamian dla mnie!

– Wczoraj poszło pismo do Watykanu. – Fiakier pochylił się ku Lucknerowi. – Napisane piękną łaciną. Prośba o rozpatrzenie powodów, dla których mógłby pan uzyskać rozwód kościelny...

– Też mi coś! – Resztki włosów na głowie Lucknera się nastroszyły. – Takie pięknie zredagowane pisma to ja już trzy do Watykanu wysłałem! I milczenie jest wciąż odpowiedzią... Też mi coś!

– Ale to wysłane wczoraj – szepnął fiakier – jest opatrzone bardzo ważnym podpisem... Baaardzo ważnym...

Luckner patrzył na swojego rozmówcę spod zmrużonych powiek – czujnie, nieufnie, ostrzegawczo.

– Watykańskie młyny sprawiedliwości mielą powoli, mecenasie. Sędziowie w sutannach nie śpieszą się, analizują latami każdy punkt pozwu rozwodowego. Mają wciąż nadzieję, że małżonkowie dojdą do porozumienia. Ale czasami procedura nabiera niespodziewanej szybkości, zwłaszcza gdy jakiś książę Kościoła włączy się w całą sprawę... Kiedy jakiś purpurat delikatnie i taktownie ponagli prawników...

– Kardynał von Kopp... – szepnął Luckner. – O Boże, naprawdę? Dziękuję panu, kochany panie Eugster! Dziękuję...

– *Nomina sunt odiosa*[80], mecenasie! – odparł fiakier i poklepał swojego pasażera po dłoni. – No, właśnie jesteśmy pod pańskim domem przy Ebereschenallee[81]. Proszę iść i odpocząć po trudnym dniu. Za kurs nie musi pan oczywiście płacić…

WROCŁAW,
sobota 17 marca 1906 roku,
godzina trzecia po południu

W PIWNICY SIEDZIBY KORPORACJI VANDALIA, która służyła za salkę do szermierczych ćwiczeń, rozlegały się przekleństwa i świst rapiera. Richard Lotz stał przebrany w strój do pojedynku – w maskę i gruby pikowany kaftan z jednym rękawem. Drugą rękę – wolną od rękawa – założył na plecy. Rapier był tępy i zaopatrzony w drewnianą okrągłą końcówkę. Dzięki temu manekin, zwany fantomem, nie ponosił żadnej szkody, kiedy Lotz chlastał po nim swoją bronią.

Student był fioletowy od wysiłku.

– Zabiję cię, skurwysynu, zabiję! – wrzeszczał, waląc piłkę, która udawała ludzką głowę.

– Mniej nerwów! Więcej zimnej krwi, durniu! – rozległo się na schodach prowadzących do piwnicy.

Lotz przerwał i swe zwężone ze złości oczy zwrócił na schody. Zobaczył najpierw wyczyszczone lakierki, potem spodnie

---

80 Nie należy wymieniać nazwisk (łac.).
81 Obecnie ul. Jarzębinowa.

o ostrym kancie, później czarny płaszcz, biały jedwabny szalik i melonik nasadzony na czubek dużej, niekształtnej głowy.

– Dzień dobry, panie Rehberg – wydukał, a potem dodał wyraźnie zaniepokojony: – Ktoś tu mógł pana widzieć.

– Ty się nie martw o mnie – odparł nadsekretarz – ale myśl raczej o sobie. A poza tym nikogo tu nie ma poza kelnerami, którzy ustawiają stoły na górze!

Podszedł do studenta i powolnym ruchem zarzucił na plecy tył szalika. Jego nowiutkie rękawiczki miały modne szwy wzdłuż palców.

– Przyszedłem zobaczyć, jak się przygotowujesz do pojedynku z Mockiem. – Prawą dłonią podkręcił nieduże rzadkawe wąsiki. – I muszę ci powiedzieć, że jestem pod wrażeniem. Bardzo solidnie trenujesz, bardzo... Za dwie godziny rozniesiesz go w pył...

Lotz uśmiechnął się triumfalnie. W tym momencie jego nos znalazł się w palcach Rehberga. Młodzieniec poczuł woń kremu do konserwacji skóry. Bolało, ale nie ośmielił się wyrywać. Pochylił głowę i oddychał ciężko przez usta.

– ... ale za bardzo ulegasz emocjom, idioto. – Nadsekretarz przyciągnął go za nos ku sobie. – Za bardzo, Lotz. Mock prędzej czy później umrze bez pomocy twojego rapiera. A nawet prędzej niż później...

Puścił nos Lotza i wyjął z kieszeni jakiś przedmiot wielkości pudełka do zapałek, zawinięty w gazetę.

– To jest to, o czym ci mówiłem – szepnął. – Tylko pamiętaj, nie dotykaj tego gołą ręką, najlepiej tą rękawicą, co masz na sobie!

Lotz wyciągnął dłoń obleczoną w pikowaną rękawicę. Rehberg położył na niej zawiniątko i odszedł w milczeniu. Kiedy jego kroki ucichły, Lotz wrzasnął:

– Zabiję cię, ty skurwysynu, zabiję!

Z taką siłą uderzył głowę fantoma, że ta spadła z kija i potoczyła się po posadzce piwnicy.

WROCŁAW,

sobota 17 marca 1906 roku,

godzina piąta po południu

DWA DNI WCZEŚNIEJ SKOŃCZYŁ SIĘ SEMESTR ZIMOWY i natura, jakby zdając sobie sprawę z organizacji roku akademickiego, obdarzyła Wrocław i Śląsk zapachem wiosny i ciepłym powietrzem. Forsycje obsypały się kwieciem, a ptaki rozpoczęły całodniowe koncerty wśród nadodrzańskich drzew. Ludzie rozpinali płaszcze i przysiadali na ławkach, obserwując krę spływającą na północny zachód. Urzędnicy zaczęli się spóźniać, uczniowie wagarować, kieszonkowcy wykorzystywali roztargnienie przechodniów, a dziewki uliczne szykowały się na nowy sezon.

W świecie akademickim nastąpiła jedna wielce znacząca zmiana. Rada wydziału przewagą jednego głosu podjęła uchwałę o przyznaniu Alfredowi von Jodenowi katedry na Wydziale Filozoficznym i wystąpiła ze stosownym wnioskiem do ministerstwa. Nie przekonały senatorów filipiki przeciwko tej kandydaturze, jakie wygłaszali dziekan Wydziału Filozoficznego agronom Holdefleiss, profesor Norden oraz – chyba najzacieklej i najdobitniej – były rektor, sanskrytolog Hillebrandt. Był nawet moment, kiedy frakcja antyjodenowska miała przewagę dzięki przyłączeniu się do niej cieszącego się wielkim autorytetem byłego rektora, matematyka Rosanesa. Jej przeciwnicy nazywali ją ironicznie „grupą starotestamentową" z uwagi na obecność w niej wielu profesorów, którzy byli żydowskiego pochodzenia. Nieoczekiwanie kilku z nich zmieniło w ostatniej chwili front i rada wydziału na swym trzecim posiedzeniu poświęconym tej sprawie zatwierdziła desygnowanie von Jodena na katedrę po Bachmannie. Dyrektor ministerialny Friedrich Althoff nie miał nic przeciwko temu. Alfred von Joden spełnił swe marzenie – został profesorem w Seminarium Filologicznym.

W dzień jego „ingresu", jak to wydarzenie ze złością określił Norden, Towarzystwo Krzewienia Higieny Rasowej wydało uroczystą kolację w hotelu Cztery Pory Roku. Plotkarze opowiadali, że główny bohater wieczoru wychylił zbyt dużo toastów i służba musiała go zanieść do zawczasu przygotowanego pokoju.

W świecie akademickim nastąpiła też jedna mało znacząca zmiana. Student Eberhard Mock został zatrudniony jako asystent profesora Eduarda Nordena oraz zaproszony do odbycia rytualnego pojedynku wstępnego w burszenszafcie Vandalia.

W ten pogodny wiosenny dzień duża sala korporacyjna pękała w szwach. Burszowie siedzieli przy stołach ustawionych wzdłuż wszystkich ścian sali. Środek pomieszczenia, gdzie miała się odbyć menzura, był pusty. Ci, którzy przyszli najpóźniej, zajęli najgorsze miejsca stojące – pod ścianami i na antresoli – skąd nie było dobrze widać szczegółów pojedynku. Poczucie ciasnoty potęgowane było przez wieńce i flagi, zwisające z sufitu nad głowami korporantów. Na ścianach obok jelenich poroży widniały obrazy – kiepskiej dość jakości – przedstawiające menzury w lasach oraz uroczyste coroczne zjazdy, tak zwane komersy, u stóp góry Ślęży. Na tych ostatnich malowidłach powtarzała się ta sama scena – burmistrz Sobótki wręcza korporantom klucze do miasta oraz beczkę miejscowego piwa.

Gwar i ścisk na sali były nie do opisania. Studenci przekrzykiwali się jeden przez drugiego, a specjalnie wynajęci kelnerzy z trudem przeciskali się pomiędzy stołami. Służący, nie przewidziawszy wysokiej temperatury tego dnia, napalił w piecu taką ilością opału, jakby był środek zimy. Kafle ziały tedy gorącem, wyciskając poty z młodych podekscytowanych ludzi. Wszystko zasnuwał dym tytoniowy, a para osiadała na lustrach i szybach okien.

Wśród tego rozgardiaszu wstał senior, czyli przewodniczący burszenszaftu. Tego roku funkcję tę sprawował student prawa, niejaki Maximilian Golücke.

– *Silentium!*[82] – krzyknął.

– *Silentium!* – wsparli go dwaj członkowie zarządu, siedzący po jego bokach.

Po tym okrzyku wszyscy trzej zaczęli – zgodnie ze starym zwyczajem – walić rapierami o stół, wydając przy tym tak potężny hałas, że rozbawione piwem towarzystwo rzeczywiście posłusznie się uciszyło.

Golücke rozpoczął obrady hasłem.

– *Amico pectus!*

– *Hosti frontem!* – ryknęła sala.

Przewodniczący zdjął czapkę i uniósł swój kufel w geście pozdrowienia.

---

82 Cisza (łac.).

– Rąbać salamandrę! Rąbać salamandrę! – skandowali studenci.

Pochodzenie tego wezwania – niejasne i tajemnicze – różnie tłumaczono w burszowskim świecie, ale oznaczało ono jedno: uroczysty toast, przed którym należało walnąć o stół pełnym kuflem, a po wypiciu go do dna uczynić to powtórnie, ale pustym. Łomot powstający podczas walenia w stół przypominający odgłos rąbania drewna jakoś wyjaśniał pierwszy człon zagadkowej nazwy tego pijackiego rytuału. Drugi człon – salamandra – był objaśniany w korporacyjnym miesięczniku „Vandalenzeitung" w sposób bardzo zawiły. Stworzenie to żyło – według starożytnych – w ogniu, a pierwotnie toasty wznoszono nie piwem, lecz sznapsem, czyli wodą ognistą. Stąd związek jaszczurki z pijackim zwyczajem.

Mock, siedzący teraz z Lotzem w przedpokoju i czytający tę etymologiczną argumentację, nie mógł się nadziwić ludzkiej pomysłowości w wyjaśnianiu zagadkowych nazw.

Senior trzasnął naczyniem o stół, chlapiąc pianą, i uniósł je do ust. Wszyscy uczynili to samo, przez co sala rozbrzmiała armatnim niemal hukiem. Pili do dna, a piana wypływała spod pokrywek i ściekała im po brodach. Kiedy już opróżnili naczynia i gruchnęła salwa wydana tym razem pustymi kuflami, rozpoczął się festiwal bekania. Kelnerzy zaczęli się uwijać w niewiarygodnym tempie, roznosząc piwo i precle pokryte grubymi kryształkami soli. Wprawdzie następną salamandrę planowano rąbać po kolejnym punkcie programu, czyli po kilkunastu dopiero minutach, niedopuszczalne było jednak, aby podczas tego następnego toastu miało komuś zabraknąć pienistego napoju.

Senior korporacji wstał. Dał znak siedzącemu po swej prawicy zastępcy, tak zwanemu koseniorowi, do którego obowiązków należało organizowanie menzur. Ten wyszedł na środek sali w towarzystwie kolegi, drugiego zastępcy seniora zwanego kwestorem, który nie tylko zajmował się wydatkami organizacyjnymi, ale był również pisarzem i kronikarzem. Ta funkcja nakazywała mu sporządzanie raportów z każdego uroczystego zebrania połączonego z menzurą oraz z inicjacją.

– Pojedynek menzuralny – krzyknął kosenior. – *Ricardus Lotz contra Everardum Mockium!* Gwardia pojedynkowa, wystąp!

Na środku sali było teraz siedmiu mężczyzn. Kosenior, będący sędzią tego pojedynku, stał w centrum, mając po boku kwestora i studenta medycyny w białym kitlu. Pozostali czterej odgrywali rolę sekundantów oraz oficjalnych świadków, których nazwiska miały zostać później ujęte w protokole. Kelner przyniósł dwa krzesła i ustawił je pomiędzy stojącymi korporantami.

– *Ecce monomachi!*[83] – krzyknął sędzia.

Wtedy zza oszklonych drzwi wkroczyli do sali obaj pojedynkowicze ubrani tylko w spodnie i w koszule. Po sali rozszedł się nieprzychylny szmer. Był on skierowany głównie przeciwko Mockowi. Nie wszyscy burszowie zgadzali się na zwolnienie go od obowiązku fuksowania, który to przywilej ich zdaniem wcale mu się nie należał. Niektórzy nie zgadzali się również z wyrokiem sądu honorowego.

Wielu szemrało jednak przeciwko Lotzowi. Wiecznie pijany i brutalny olbrzym, uniwersytecki recydywista, który balansował na krawędzi społecznego upadku, działał na nerwy niektórym kolegom. W ostatnich menzurach z taką dziką satysfakcją ranił

---

83 Oto pojedynkowicze (łac.).

nawet swych komilitonów, że niejeden zadawał sobie pytanie, czy przypadkiem nie przekracza on granic kodeksu honorowego i nie zamienia statutowej działalności w jakiś sadystyczny niemal proceder. Szła za nim również wątpliwa sława pewnego siebie prostaka, który tylko szuka okazji do prawdziwych pojedynków na śmierć i życie, by wyładować swoją złowrogą energię.

Senior kolejnym okrzykiem: *„Silentium!"*, uciszył szmer na sali. Przeciwnicy podali sobie ręce i usiedli na krzesłach. Sekundanci ubrali ich w kaftany, a na ich prawe ręce naciągnęli ochraniacze zakończone rękawicami. Na głowach siedzących umocowali okulary ze skórzanymi noskami. Sami włożyli prawice w podobne rękawy, po czym chwycili rapiery i stanęli obok w pełnej gotowości.

– Moi drodzy panowie. – Sędzia zrezygnował z łaciny. – Jak wiemy, nie wolno kłuć, można tylko siec. Pierwsza próba ukłucia kończy się wykluczeniem kłującego. Lewa ręka musi być zawsze za plecami. A teraz zarządzam następujące zasady tej menzury. Trzydzieści starć, po osiem uderzeń w jednym starciu. Panowie świadkowie, sprawdzić klingi walczących!

Świadkowie podeszli do rapierów i przyjrzeli się ostrzom. Rutynowo przejechali po nich czystymi szmatkami, po czym odsunęli się, kiwając głowami, iż wszystko jest w jak najlepszym porządku.

– Do góry! – krzyknął sędzia.

Na ten znak obaj pojedynkowicze wznieśli i skrzyżowali swe rapiery. Sekundanci stanęli obok i swe klingi podłożyli pod ich klingami, jakby podtrzymywali je od dołu. W ten sposób zawsze blokowali broń walczących, uniemożliwiając im zadawanie ciosów wykraczających poza liczbę wyznaczonych starć.

– Walka!

Sekundanci cofnęli swe rapiery i kucnęli.

Pojedynek się rozpoczął.

Eberhard bardzo szybko poczuł siłę przeciwnika w swych nadgarstkach. O ile wcześniej w najmniejszym stopniu nie niepokoiły go ani ponure spojrzenia Lotza, ani jego pomruki, ani nawet groźby, które wyszeptał pod jego adresem przed samym wejściem na salę, o tyle teraz poczuł lekki dreszcz strachu. Spodziewał się wprawdzie frontalnego ataku już na początku pojedynku, ale nie sądził, że to natarcie tak nadwątli jego wiarę we własne siły. Wśród szczęku broni czuł, jak ostrze śwista koło jego nosa.

Z ulgą przyjął wezwanie do przerwy i interwencję sekundantów, którzy wstali z kucek i własnymi rapierami zablokowali broń pojedynkowiczów.

Chociaż minęło tylko dziesięć sekund, bo tyle trwało osiem skrzyżowań rapierów, Mock miał wrażenie, jakby walczył dziesięciokrotnie dłużej. Nie był to dobry znak, tym bardziej że czekało go jeszcze dwadzieścia dziewięć takich starć.

W czasie kilkusekundowej przerwy świadkowie wycierali ostrza rapierów, kwestor zapisywał liczbę starć, a studenci wymieniali uwagi na temat zachowania walczących. Eberhard przyznał w duchu rację Eugsterowi – rzeczywiście wśród komentarzy dominowały te, które oceniały męstwo pojedynkowiczów.

Sędzia krzyknął: „Do góry, walka!", i wszystko zaczęło się na nowo.

Przez kolejne starcia sytuacja się powtarzała. Lotz nacierał szaleńczo i z wielką mocą, ale Mock jakimś cudem odpierał jego gwałtowne ataki. Usiłował liczyć starcia, ale po czwartym wszystko mu się pomieszało. Po dwóch minutach walki Eberhard miał wrażenie, że dostał się w zwariowany kołowrót. Komendy sędziego, szczęk broni, szelest chustek przesuwających się po klingach, okrzyki publiczności, która nie mogła się nadziwić, iż dotąd nikt nie został trafiony – to wszystko w uszach Mocka zlewało się w kakofonię, która wypełniała salę i pulsowała. Po jednym z ostatnich ciosów przeciwnika poczuł mrowienie w nadgarstkach. Czuł je zawsze, gdy był bardzo zmęczony. Wtedy zwykle prosił Eugstera o przerwę. Ale teraz nie było tu nigdzie detektywa, a sala, w której walczył, nie przypominała rzeźni.

Kiedy świadek po raz kolejny czyścił jego ostrze, Eberhardowi tańczyły dziwne mroczki przed oczami. Koszula kleiła mu się do kaftana. Piec ział gorącem. Ludzie wokół krzyczeli. Tytoniowy dym odbierał oddech. Ktoś z boku beknął potężnie. Mock w jednej chwili poczuł obrzydzenie i nowy przypływ strachu przed dalszą walką – jak kiedyś, gdy w Wałbrzychu zaatakował go parszywy, ociekający ropą pies.

Mam czekać na cios? Mam wystawić mu policzek, by zranił mnie tak mocno, aby w końcu przerwali? – pytał sam siebie.

I wtedy w głowie usłyszał głos Eugstera, który powtarzał nieustannie: Ty masz nie czekać na cios! Ty masz być na cios przygotowany!

W jednej chwili zrozumiał, że czekanie na atak Lotza byłoby poddaniem się. Klęską. Upadkiem. Piekącym wstydem.

– Walka! – krzyknął sędzia.

Uniósł rękę. Rapiery skrzyżowały się ponad głowami przeciwników i szczęknęły kilka razy. W pewnej chwili Lotz przekręcił dłoń i obniżył nieco łokieć. Mock usłyszał syk ostrza tuż obok swojego ucha. Na policzku i szyi poczuł ciepło.

– Moja strona została trafiona! – krzyknął sekundant Mocka.

– Przerwa! – krzyknął sędzia. – Lekarz!

Mock stał spokojnie, kiedy student medycyny dezynfekował mu ranę piekącym lizoformem. Czuł ją na szyi, nieco poniżej małżowiny. Nawet się nie skrzywił przy tych zabiegach, co wywołało wśród widzów szmer aprobaty.

Lotz ciężko oddychał, spod jego maski pociekła strużka potu. Najwyraźniej żar panujący w sali i jemu dawał się we znaki.

– Zdolny do walki! – zawołał przyszły lekarz.

– Walka! – zakomenderował kosenior.

Szczęknęły rapiery. Mocka tak bolał nadgarstek, że w pewnej chwili – zupełnie instynktownie – chciał przerzucić rapier z prawej ręki do lewej. Nie mógł tego oczywiście zrobić, bo takie zachowanie było zakazane. Niemniej ruszył lewym ramieniem. Lotz ujrzał to i zawahał się przez ułamek sekundy. Eberhard ciął go wtedy z boku. Ostrze rapiera przejechało po czubku głowy jego przeciwnika. Oderwał się od niej kawałek skóry pokryty jasnymi włosami. Frunął na odległość pół metra i wpadł gdzieś pod stół. Ktoś sięgnął po niego i krzyknął:

– Skalp!

– Moja strona została trafiona – wrzasnął sekundant Lotza.

Krew wypływała z rany na głowie Lotza i zalewała mu oczy. Stał i nawet się nie skrzywił. Pulsujący płyn spływał mu po czole i dostał się pod okulary. Za ich szkłami widać było teraz czerwone rozmazy.

Medyk dezynfekował skaleczenie, Lotz syknął głośno z bólu. W sali rozległ się szmer dezaprobaty. Dłoń z bandażem śmigała wokół głowy rannego.

– Niezdolny do walki! – zadecydował lekarz *in spe*.

Lotz odepchnął go i ruszył na Mocka z rapierem. Zapadła martwa cisza. Nikt nie ośmielił się wejść olbrzymowi w drogę.

– Richardzie! – krzyknął senior. – Uspokój się!

Eberhard zgodnie z przepisami oddał już był swoją broń sekundantowi i właśnie wkładał surdut. Stał bezbronny, a Lotz zbliżał się z furią wypisaną na twarzy. Kiedy stanął tuż przed Mockiem, ten wyciągnął do niego rękę i wypowiedział krótkie zdanie – spokojnie i powoli:

– Przykro mi, panie Lotz.

Te najzwyklejsze słowa zrobiły na przeciwniku wielkie wrażenie. Stał przez chwilę i ocierał pot z policzków. Podał w końcu Eberhardowi lewą dłoń i przyciągnął go lekko ku sobie. Zaskoczony Mock zachwiał się i prawie że wpadł w uścisk Lotza. Wtedy olbrzym pochylił się ku niemu i szepnął:

– Unikaj ciemnych uliczek. Ja tam będę na ciebie czekał. I tam się odleję na twoje ścierwo!

NOWO MIANOWANY CZŁONEK KORPORACJI VANDALIA poznał tego wieczoru różne blaski i cienie burszowskiego życia. Jedną z wad nazwał w myślach stadnym zachowaniem. Kiedy się umył i usiadł piekielnie głodny do stołu, gdzie zrobiono mu miejsce wśród trzech innych nowo przyjętych, nie mógł się nadziwić, jak to się dzieje, że przedstawiciele tej przyszłej elity narodu mają w sobie tak mało indywidualizmu, tak się wzajemnie naśladują we wszystkich głupstwach, a nade wszystko – tak ślepo wykonują wszelkie rozkazy seniora. Dotąd sądził, że na zebraniach burszenszaftów panuje radosna swoboda, a teraz był świadkiem wojskowego drylu – nawet pito na komendę.

Irytowała go również konieczność bratania się z tymi, którzy jeszcze do niedawna na jego widok wydymali pogardliwie usta. Zupełnie nie znani mu ludzie podchodzili, trącali jego kufel swym naczyniem i wypowiadali przychylne opinie na temat jego umiejętności szermierczych. Niektórzy przy tym wprost mówili mu ty, inni proponowali *Duzfreundschaft*[84]. Nie odmawiał, choć w duchu nie mógł się zupełnie pogodzić z tym, jak niską wartość ma słowo „przyjaźń", skoro przyjacielem ma zacząć nazywać na przykład Karla von Stietenkraffta, który przydreptał do niego z przymilnym uśmiechem jako jeden z pierwszych.

---

84 Bliska przyjaźń, której cechą jest mówienie do siebie ty (niem.).

Po chwili okazało się, że ceremonia bruderszaftu twarzą w twarz była w ogóle zjawiskiem pozornym, bo jednym z obyczajów burszowskich było gremialne przejście na ty. Po odśpiewaniu pieśni zwanej *corona* senior Golücke wstał, uniósł kufel i wrzasnął:

– Schmollis!

Na to zawołanie odpowiedział ryk:

– Fiducit!

Mock również wykrzyknął to słowo, o którym w statucie towarzystwa czytał, iż jest powszechną zgodą na ogólne przejście na ty, zaproponowane – również ogólnie – przez dziwne słowo „schmollis", które pochodziło od niderlandzkiego *smullen*, czyli hulać, biesiadować.

Po godzinie od zakończenia trzech menzur wstępnych i kilku menzur regularnych ulotniły się gdzieś wojskowy rygor i pruski porządek zebrania, które tak irytowały Mocka. Zapanowała rzeczywiście swoboda, a nawet swawola. Otwarto okna, zrzucono surduty i kurtki, zaczęły się nawet koleżeńskie przepychanki. Studenci pili – już nie czekając na hasło „rąbać salamandrę" – i palili na potęgę. Pianista z fajką w zębach walił w klawisze, a kilkunastu zgromadzonych wokół niego śpiewaków ryczało na całe gardła. Kilku studentów urządziło sobie osobliwe wyścigi konne, w których rolę rumaków odgrywały krzesła.

Tylko dwóch korporantów nie uczestniczyło w powszechnej wesołości. Jeden z nich usiłował prowadzić uprzejme pogawędki z kolegami i sprawiał wrażenie zadowolonego z całej sytuacji, drugi nawet nie udawał. Oddalony od pierwszego o długość stołu, wbijał w niego nienawistny wzrok. Pierwszy nazywał się Eberhard Mock, drugi – Richard Lotz.

Nowo przyjęty bursz skłamałby, gdyby powiedział, iż nie czuje niepokoju pod tym wściekłym spojrzeniem spod zawiniętego bandażem czoła. Nigdy jeszcze nie miał śmiertelnego wroga, bo mimo wszystko nie nazwałby tak swojego ojca po ostatnim Bożym Narodzeniu. A tutaj chyba ktoś taki się narodził. Eberhard prawie fizycznie czuł bijącą od Lotza furię tak wielką, iż jakaś irracjonalna część jego duszy zaczynała zadawać sobie dręczące pytanie – czy groźba, jaką przeciwnik skierował pod jego adresem w czasie dziwnej ceremonii ni to podawania rąk, ni to braterskiego uścisku, nie jest tak naprawdę realna.

Właśnie to uczucie niepokoju sprawiło, iż kiedy wyszedł do ubikacji, starannie zamknął za sobą drzwi, a oddając mocz, opierał się o nie plecami, by utrudnić zadanie Lotzowi, gdyby ten chciał je sforsować. To napięcie towarzyszyło mu również, kiedy – wymknąwszy się chyłkiem z pijatyki – szedł szybko wąską Werderstrasse[85] w stronę uniwersytetu i oglądał się co chwila dokoła.

Przeszedł przez most Wyspiarski[86] i ruszył wzdłuż Odry ku mostowi Uniwersyteckiemu. Tuż przed nim w kamienicy po lewej stronie mieściła się kawiarnia Nadodrzański Taras. Ten niegdyś elegancki lokal teraz nieco podupadł i był w zasięgu finansowych możliwości Mocka.

Korporant miał dość jadła i napitku, i to nie one go ciągnęły w stronę kawiarni. Wiedział, że w soboty bywają w niej młode kobiety z niższych warstw społecznych, a miał już zdecydowanie dosyć męskiego towarzystwa. Powiedział: „Dobry wieczór!",

---

85 Obecnie ul. Księcia Witolda.
86 Obecnie most Pomorski.

stojącemu w drzwiach grubemu portierowi, który niewątpliwie pełnił tu funkcje porządkowe, i wszedł do lokalu.

Kawiarnia składała się z kilku dość wąskich pomieszczeń połączonych łukowatymi przejściami z ornamentami udającymi styl mauretański. Nad owymi przejściami zwieszały się płaty ciężkiej, udrapowanej i pofałdowanej materii. Pianina, na którym muzyk wygrywał teraz skoczne melodyjki, nie było widać, bo stało ono w niszy, ukrytej w pierwszej sali. Nie najlepiej były też widoczne stoliki – ale to już nie z powodu architektonicznych osobliwości. Wszystko zasnuwała gęsta tytoniowa mgła, a utrzymywała się ona długo, ponieważ – jak słusznie sądził Mock – zimny wieczór nie skłaniał do otwierania okien. Skutkiem tego w kawiarni panował gorący zaduch.

Student stanął przy barze, zamówił kieliszek koniaku i rozejrzał się w poszukiwaniu dam gotowych na pogawędkę, która będzie miała dalszy ciąg. Ku swojemu rozczarowaniu nie dostrzegł prawie żadnych kobiet wolnych od męskiego towarzystwa. Pozostawało mu zatem to, co zwykle robił w takich chwilach – uważnie się przyglądać właśnie mężczyznom i wypatrywać, który z nich mrugnie okiem, co natychmiast zdradzi jego profesję sutenera. Pytać kelnera czy barmana o to, czy w lokalu są jakieś żądne uciech i pieniędzy młode damy, było działaniem bezużytecznym, ponieważ pracownik lokalu z całą pewnością by zaprzeczył i natychmiast uznałby pytającego za tajniaka, którego trzeba wziąć na celownik i w razie kłopotów oddać w ręce wykidajły.

Pytający wzrok Mocka, którym ten wodził od stolika do stolika, zauważył pewien młody człowiek w mocno sfatygowanym tużurku i w jasnej kraciastej kamizelce. Trącił on mało delikatnie łokieć siedzącej obok niego młodej drobnej blondynki, która wstała natychmiast od stolika i ruszyła ku Eberhardowi z lekkim uśmieszkiem, kręcąc powabnie biodrami. Czuł na sobie jeszcze dwa spojrzenia – owego mężczyzny i drugiej kobiety, którzy zostali przy stoliku. Wzrok mężczyzny był uważny, kobieta spoglądała obojętnie. Natomiast ta, która podeszła teraz blisko do Mocka, patrzyła na niego z filuternym wdziękiem.

– Postawi pan koniak mojemu przyjacielowi? – Uśmiechnęła się, ukazując dziąsła. – Ma on chyba coś, co pana zainteresuje...

– Nie interesuje mnie twój przyjaciel ani nic, co on posiada. – Przysunął się do niej bliżej i łapczywie wciągnął w nozdrza zapach jej rozgrzanego ciała. – Interesujesz mnie ty! Postawić ci koniak, mała?

– Nie piję, atleto – szepnęła dziewczyna. – Lubię na trzeźwo czuć ogiera... takiego jak pan...

Mock znał nieźle obyczaje prostytutek i ich sposoby wabienia klientów. Wiedział, że dziewczyna odstawia teatr, ale świadomość tego była blada i niewyraźna. I bladła, i przygasała coraz mocniej – odwrotnie proporcjonalnie do napięcia, jakie rosło w jego spodniach. Zbliżył się do niej i rzeczywiście nie poczuł od niej alkoholu, jedynie woń tytoniu.

– No to postawię ci lemoniadę... Chcesz?

– Dziękuję, Herkulesie. – Przysunęła się do niego jeszcze bliżej, aż zapuścił wzrok w rozcięcie jej bladożółtej sukni. – Ale wiesz, mój znajomy bardzo lubi koniaczek. Bo widzisz... On ma mnie i moją koleżankę do wyłącznej dyspozycji... Ale niekiedy dzieli się nami z innymi... I o tym dzieleniu lubi porozmawiać przy koniaczku... Mam na imię Uschi, a moja przyjaciółka to Lucie...

Barman, niewysoki grubasek we fraku i w muszce, zasyczał ostrzegawczo. Eberhard spojrzał na niego pytająco.

– Uschi! – szepnął ze złością barman. – Do stolika z panem! Nie tulić się tutaj! Tu ludzie patrzą! Zaraz wam koniak podam!

Dziewczyna wzięła Mocka pod ramię i wyginając swą szczupłą kibić, poprowadziła go do stolika. Tam z radością powitała go jej koleżanka, a i alfons okazał życzliwość, wykrzywiając twarz i ukazując ułamany przedni ząb.

– Dziesięć marek! – powiedział bez żadnych wstępów. – Dziesięć marek i masz pan obie naraz!

Mock ochłonął natychmiast. W kieszeni miał piętnaście marek i gdyby się zgodził na tę cenę, to zostałoby mu pięć, a za tę sumę musiałby przeżyć prawie miesiąc. To równałoby się nędznej wegetacji i proszeniu o darmowe śniadania w szynku Pod Wielorybem.

– Nie potrzebuję obu naraz – odparł z uśmiechem. – Uschi mi wystarczy... Pięć marek, bracie... Tylko pięć, zgoda?

Chciał stuknąć w kieliszek alfonsa, ale ten odsunął go i spojrzał na gościa z niechęcią. Druga dziewczyna, rudowłosa Lucie, sięgnęła ręką pod stół. Oparła ją na udzie Eberharda i powoli zaczęła przesuwać ku górze. Szybko dotarła do rozporka i zaczęła go sprawnie rozpinać.

– O, jak ładnie! – szepnęła i przesunęła językiem po górnej wardze. – Jesteś już gotów, ogierze, całkiem gotów...

– Siedem – mruknął Eberhard, zastanawiając się, czy słowo „ogier" jest ich dyżurnym określeniem.

Uschi wsunęła sobie dłoń w dekolt i zaczęła masować piersi. Tymczasem Lucie całkiem rozpięła mu spodnie pod stołem.

Musiała mieć w tym wprawę, bo wszystko robiła na ślepo. W tym czasie przysuwała się do Mocka coraz bliżej i w końcu chuchnęła mu w ucho gorącym oddechem.

– Ja jestem nietypowa – mruczała. – Lubię patrzeć, kiedy Uschi to robi z mężczyzną... Dlatego obie naraz...

Barman coś krzyknął w ich stronę. W jego głosie dźwięczało rozdrażnienie.

Eberhard ostatkiem siły woli odsunął się od dziewczyny i spojrzał zamglonym wzrokiem na sutenera. Żeby się opanować, liczył plamy tłuszczu na jego kraciastej kamizelce.

– Idź stąd! – warknął. – One obie mi wystarczą za całe towarzystwo...

– Są napalone jak kocice. – Alfons uniósł kieliszek. – Dziewięć marek. I masz godzinę, żeby dobrze sobie potarmosić.

– Osiem – odparł Eberhard.

– Nie! – warknął mężczyzna.

– Nie upieraj się, Clemens! – Uschi uśmiechnęła się do opiekuna. – Ja ci oddam tę markę z mojego zarobku. Dawno nie miałam do czynienia z takim miłym studentem... I takim dzielnym... Ze świeżą raną po pojedynku... To prawdziwy mężczyzna... Ani krzty nieśmiałości...

Alfons skinął głową i stuknął od góry kieliszek studenta. A potem gdzieś zniknął.

– Idziemy – szepnęła Uschi melodyjnie. – Mieszkamy wysoko...

– W niebie – zawtórowała jej Lucie.

Wszyscy byli zadowoleni oprócz barmana, który cmokał z niesmakiem, kiedy wychodzili. Był on tu najwyraźniej stróżem moralności.

– Niech się pan nim nie przejmuje, kochanie – powiedziała Uschi, kiedy wyszli na ulicę. – To pedał.

Dziewczyny miały mieszkanie w sąsiedniej kamieniczce, na mansardzie. Były w nim duże łóżko żelazne, dwa lustra, parawan i miednica. Typowy warsztat pracy kobiet tej profesji. Mock widział już takie wnętrza. Natomiast w tym było coś nowego. Czerwony klosz lampy i wiszące na oparciu łóżka miękkie boa z piór. Również czerwone.

To podziałało na niego jak największy afrodyzjak. Najpierw – delikatnie zachęcony przez Lucie – umył się w miednicy i włożył prezerwatywę, którą zawsze nosił po wstrząsających opowieściach Zuckermanna doświadczonego niegdyś przez kawalerską chorobę. Po czym plącząc się w opuszczonych do kolan spodniach, ruszył do łóżka, na którym leżała Uschi z rozrzuconymi nogami. Miała na sobie tylko gorset, pończochy i wysokie sznurowane buciki na obcasie. Uśmiechając się do niego, owinęła wokół szyi czerwone boa. Lucie tymczasem siedziała na krześle całkiem naga z przymkniętymi oczami. Nie spuszczając wzroku z Mocka, wzdychała cichutko i zadowalała samą siebie.

Eberhard poczuł, że zaraz eksploduje.

– Uklęknij i odwróć się do mnie tyłem, mała... – Słowa ledwo mu przechodziły przez zaciśnięte gardło.

Uschi odwróciła się i pochyliła, wtulając głowę w poduszkę. Przypadł do niej jak buhaj. Dziewczyna zaczęła jęczeć. Aby zachować równowagę w krępujących mu łydki kalesonach i w spodniach, chwycił się obcasów jej bucików. Spodobało mu się to. Nie puszczał ich aż do końca.

Mock, tak bardzo zaangażowany w swoją czynność, nie zauważył, że Lucie przestała zajmować się sobą. Nie zarejestrował tego, że przeszukując kieszenie jego surduta, nagle zaczęła potrząsać prawą dłonią, z której kapała krew. Ani tego, że zasyczała z bólu, ani że jakiś mały przedmiot wypadł z kieszeni jego surduta i stuknął o podłogę.

Potem jednak chyba już jej nic nie bolało, bo z szelmowskim uśmieszkiem wskoczyła im do łóżka.

WROCŁAW,
poniedziałek 23 kwietnia 1906 roku,
godzina wpół do ósmej wieczór

MINĘŁY ŚWIĘTA WIELKANOCNE I WŁAŚCIWIE ROZPOCZĄŁ SIĘ semestr letni. Menzury w korporacji Vandalia prawie nikt już nie pamiętał oprócz Lotza, który wtedy stracił skalp. Ten okres był dla Mocka czasem nadziei. Owe uczucie było wywołane znacznym polepszeniem się jego sytuacji na różnych frontach codziennej walki, za jaką starożytni uznawali ludzkie życie.

Eberhard odwiedzał brata znacznie częściej. W soboty bywał w jego skromnym, ale bardzo czystym mieszkanku służbowym w podwrocławskim Brochowie. Tam jedli pożywną kolację – najczęściej porcję pieczeni z kapustą – a potem grali w karty przy kuflu piwa i prowadzili nieustanne dyskusje z Irmgard, między innymi na temat imienia dla dziecka, które już się energicznie ruszało w jej łonie. W Wielką Sobotę Eberhard przenocował u nich i został na śniadaniu wielkanocnym. Było ono udane – pewnie i dlatego, że Franz zgodził się po usilnych namowach brata nie zapraszać ojca.

Eberhard wciąż odczuwał przepaść, jaka dzieliła życie jego rodziny od wyższych sfer, do których pretendował. Zdawał sobie sprawę, że tę otchłań może zasypać tylko wtedy, gdy jednakowo zaakceptuje oba swe światy – uczelniany i rodzinny – pierwszego z nich nie będzie idealizował, a drugiego deptał.

Otrzymawszy pierwsze stypendium asystenckie, rzucił się w wir pracy naukowej. Wiersze *Eneidy* analizował z dziką pasją i nie poddawał się, choć do tej pory nie mógł w nich znaleźć żadnego ukrytego przesłania. Z profesorem Nordenem spotykał się prawie codziennie w Seminarium Filologicznym i informował go o niewielkich postępach swej pracy nad Wergiliuszem, co uczony przyjmował z ojcowską wyrozumiałością. Częsta bytność w seminarium oraz obowiązki biblioteczne, jakie podjął pod okiem profesora Foerstera, sprawiły, że nawiązał dość bliskie stosunki z innymi filologami. Raz ośmielił się nawet podjąć dyskusję z profesorami Skutschem i Zacherem na temat pewnej rzadkiej stopy metrycznej u Plauta. Nie przepadał jedynie za docentem Jacobym, który odnosił się do niego ironicznie, a niekiedy jawnie złośliwie. Nowy profesor von Joden ledwie go zauważał.

Obecność Eberharda w świecie naukowym dostrzegła za to panna Diabrinska. Przychodziła do biblioteki wprawdzie nie częściej niż zwykle, ale Mockowi zdawało się, że patrzy na niego inaczej. Często prosiła go o przyniesienie takiej czy innej książki i kiedy się wspinał po drabinie na górne półki, zdawało mu się, że czuje na sobie jej wzrok. Wdawała się z nim w przyjemne pogawędki, które biegły tak naturalnie i swobodnie jak nigdy wcześniej.

Eberhard z radością przyznał rację Zuckermannowi, iż Schmisse, jak nazywano szramy po pojedynkach, działają ekscytująco na kobiety i zawsze, kiedy rozmawiał z Nataszą, odwracał się do niej odpowiednim profilem – aby mogła dostrzec jego okaleczone ucho i niewielką bliznę. Z tej całej radości postawił koledze nawet piwo w szynku Pod Wielorybem – co wcześniej się nigdy nie zdarzało. Oddał mu wtedy pożyczkę i poinformował go, że zaraz pojawi się Natasza, która ostatnio jest dla niego na tyle łaskawa, że zgodziła się nawet przyjąć zaproszenie na obiad. Dyskretny Zuckermann zrozumiał w lot, iż Mock chce go prosić o opuszczenie knajpy. Nie uczynił tego wprawdzie, ale usiadł daleko, skąd później obserwował dziewczynę i rzucał na kolegę znaczące spojrzenia, mówiące: No, bracie, niezła jest ta mała!

Tête-à-tête nie było niestety zbytnio udane. Rozmowa znów się nie kleiła, aż w końcu Natasza zrobiła szczere, a nawet szokujące dla Mocka wyznanie. Oświadczyła, że jej serce należy do innego mężczyzny, z którym – i to właśnie wstrząsnęło Ebim – utrzymuje na tyle bliskie stosunki, że zamierzała z nim wyjechać do Włoch na ferie świąteczne, co się ostatecznie z jakichś powodów nie udało. Zatkało go wtedy. Wyobraził sobie Nataszę w pozycji, jaką niedawno na swym łóżku przyjęła Uschi, a za nią jakiegoś mężczyznę robiącego to, co on wyprawiał ponad miesiąc wcześniej w nędznym mieszkanku przy moście Uniwersyteckim.

Widziała, że jej towarzysz nie może się otrząsnąć z wrażenia, lecz nie czyniła nic na swoje usprawiedliwienie. Jej zuchwała mina mówiła wtedy: Robię, co chcę, a wszystkim wara od tego! Mock doszedł w końcu do siebie, ale trwało to dłuższą chwilę i kosztowało go sporo gorzkich myśli. Nieoczekiwanie dołączyły się do nich wtedy wyrzuty sumienia.

Jak ja mogę ją źle oceniać – pomyślał nagle – skorom sam chędożył jak knur przez pół nocy i jeszcze inne sprośności wyrabiał. I to z dwiema naraz! Sam postąpiłem niemoralnie, a jej niemoralność zarzucam?

Logika tej konkluzji na tyle go uspokoiła, że odzyskał dobry humor. Reszta obiadu upłynęła im w pogodnej atmosferze, choć Mock nie mógł się pozbyć gorzkiej myśli, że właśnie otrzymał kosza. Poszli z Nataszą na piechotę przez Ostrów Tumski do jej mieszkania przy Monhauptstrasse[87]. Kiedy już tam dotarli, dziewczyna pocałowała go w policzek i powiedziała:

– Jest pan przystojny, ale ta blizna jeszcze bardziej dodaje panu męskiego uroku!

– Nie ma takiego wagonu, którego nie dałoby się odczepić! – szepnął Mock do siebie, kiedy panna Diabrinska zniknęła w bramie kamienicy.

Wiosna wzmacniała nadzieję. Przyświecała mu ona w sprawach naukowych, nie tracił jej do końca również w kwestiach osobistych. Jedynie jego śledztwo, które miało ujawnić jakieś kompromitujące Lotza sprawki, nie przynosiło najmniejszych nawet efektów. Choć Mock każdy wieczór spędzał przy piwie w lokalu Vandalii przy Werderstrasse[88], nawiązał wiele kontaktów z komilitonami, wypił niejeden schmollis z członkami zaprzyjaźnionych korporacyj i co trzy dni przekazywał Eugsterowi przez

---

87 Obecnie ul. Matejki.
88 Obecnie ul. Księcia Witolda.

Nordena raporty, miał jednak frustrujące poczucie, że wypełnia je na siłę nic nie wnoszącymi szczegółami. Owszem, niejeden kolega rozgadał się przy piwie i relacjonował erotyczne i pijackie wyczyny Lotza, nie pomijając nazwisk ani prostytutek, ani towarzyszących mu współbiesiadników. Opowieści te na niewiele się jednak przydawały – Mock poszukiwał przecież jakichś informacyj, które umożliwiłyby relegowanie Lotza z uniwersytetu. A to musiałoby być jakieś przestępstwo powszechne – najlepiej ujęcie go w chwili, gdy się pojedynkuje – albo najpoważniejszy występek przeciwko uniwersyteckim przepisom, skutkujący wyrzuceniem z wilczym biletem, czyli ściąganie na egzaminie pisemnym lub zastępstwo na egzaminie ustnym, gdy dobrze przygotowany student zdaje zamiast swego leniwego kolegi. Te ostatnie wykroczenia były dość częste, ponieważ egzaminatorzy – nierzadko roztargnieni albo skupieni na badaniach naukowych i uważający nauczanie za prawdziwe utrapienie – nie znali wszystkich swoich studentów, zwłaszcza że wykłady były dla tych ostatnich nieobowiązkowe.

Niestety, Mock nie wpadł na ślad takich przestępstw. W jednym z raportów z rozczarowaniem donosił Eugsterowi, iż powoli mu się kończą pomysły na dalsze śledztwo, zwłaszcza że już przepytał prawie wszystkich tych, którzy wobec Lotza przejawiali jakąś niechęć. Pozostawało mu zatem teraz podpytywać – co było ryzykowne – wyłącznie jakichś jego popleczników.

Mock się do tego specjalnie nie palił, ponieważ stanowili oni niewielką, ale bardzo zwartą grupę, która była jakby korporacją w korporacji. Mieli swoje tajemnice i swoje rytuały, które trzymali w głębokim sekrecie i o których szeptali inni korporanci, jakoby to były jakieś wyjątkowo zbereźne występki. Wszyscy jej członkowie okazywali Eberhardowi jawną niechęć oprócz – o dziwo! – Karla von Stietenkraffta. Wobec takiego muru student--detektyw postanowił chwilowo porzucić swe działania wśród wandalów i spróbować dowiedzieć się czegoś o Lotzu od nie-zrzeszonych studentów prawa. Udało mu się zainteresować sobą pewną amerykańską studentkę, która uczęszczała wraz z Lotzem na wykłady profesora Leonharda z prawa rodzinnego i spadko-wego. Ta rozszczebiotana dziewczyna o imieniu Susan, robiąca arcyzabawne błędy w niemczyźnie, bez wahania zgodziła się, aby Eberhard przyszedł po nią na korty tenisowe przy parku Południowym i zabrał ją na wiosenny spacer tamże. Niczego się nie dowiedział, choć nić sympatii pomiędzy nim a dziewczyną została nawiązana.

Ta Amerykanka – myślał teraz, siedząc w siedzibie Vandalii przy kuflu – nie jest taka zła... Można by połączyć przyjemne z pożytecznym...

Zadumał się. Tymczasem w sali musiało dziać się dużo, bo nagle podniósł się wielki ryk. Tego wieczoru obchodzono uro-czyście początek semestru i zgodnie z tradycją organizowano specjalne spotkanie, na który były również zapraszane damy korporacyjne, którym to mianem określano wszystkie koleżan-ki wandalów, nawet niekoniecznie studentki. Stosowne ogłosze-nie wywieszano zawsze na czarnej desce. I właśnie teraz owe damy weszły do sali, stąd okrzyki powitania, przypominające jeden wielki wrzask.

Mock omal nie zadławił się piwem. Jedną z nich była pan-na Natasza Diabrinska – weszła do sali w towarzystwie dwóch innych Rosjanek, które znał z widzenia. Wstał i natychmiast podbiegł do nich, wyprzedzając po drodze jeszcze kilku konkurentów.

– Dobry wieczór! – zakrzyknął, całując ją w dłoń. – Zapraszam! Koło mnie jest kilka wolnych miejsc!

– Niech będzie – odparła z lekkim uśmieszkiem, po czym szybko powiedziała coś po rosyjsku do koleżanek.

– Dobrze – chórem odpowiedziały po niemiecku.

– *Fräulein Diabrinska* – Ebiemu aż błyszczały oczy – przedstawi mnie pani koleżankom?

Podczas prezentacji dziewczęta wymieniły swe nazwiska, które i tak wyrzucił z pamięci. Poprowadził je do stołu, gdzie siedzieli jego dwaj nowi koledzy. Na widok kobiet zerwali się z miejsc, przedstawili i z ciężkim tupotem pobiegli po dodatkowe krzesła. Po chwili mieszane damsko-męskie towarzystwo wypełniało szczelnie salę.

Lotz siedział po drugiej stronie stołu, oddzielony od Mocka pięcioma osobami. Był już mocno pijany. Na policzkach wykwitły mu czerwone nieregularne rumieńce, przy których jego jasne brwi i rzęsy wydawały się białe. Niechlujstwo aż od niego biło – głowę miał owiniętą brudnym i mokrym od potu bandażem, spod rozpiętego munduru wyzierała koszula poplamiona piwem. Wykrzykiwał coś i walił pięścią w stół, by swoim słowom dodać mocy. Nagle, nie przejmując się obecnością dam, głośno beknął.

Mock poczuł, że w uszach zaczynają mu walić młoty. Wstał gwałtownie i spojrzał na Lotza złym spojrzeniem. Natasza pociągnęła go za rękaw.

– Chciałeś coś? – Pijany student odwrócił się do niego, łypnął białkami oczu, wbijając wzrok w dziewczynę.

– Niech pan siada! – szepnęła Natasza. – Mam dość pojedynków i męskiego honoru! Niech się pan nie da sprowokować!

Mock usiadł i odwrócił się do dziewczyny. Kątem oka widział chwiejącą się postać Lotza i słyszał jego grubiański śmiech. Był pewien, że jego przeciwnik wyśmiewa się z niego bez słów. Ale był przy tym dość ostrożny. Gdyby rzucił w kierunku Eberharda słowną zaczepkę, obrażony musiałby zażądać satysfakcji, a ścięcie skalpu ostrzegało Lotza przed zbyt pochopnym wyzywaniem niedawnego przeciwnika.

Mock postanowił zatem posłuchać wezwania Nataszy. Nie mógł nie wykorzystać tej niewiarygodnej okazji, że oto siedzi obok niego w sytuacji towarzyskiej, która może mieć wspaniały dalszy ciąg.

Plan postępowania miał bardzo prosty. Zaatakować i zdobyć fortecę naprawdę zdecydowanym szturmem. Nie musiał już się przed nią popisywać swą dzielnością, bo już ją był wykazał. Nie musiał niczego udawać, bo wyraźnie mu powiedziała, że nie może liczyć na jej względy. Ale jednak dała mu znak, obecnością swą pokazała, że czegoś od niego oczekuje. Przyszła tutaj z dwiema koleżankami-przyzwoitkami, to prawda, ale nie mogła inaczej. Mimo wszystko przyszła i bez wahania przyjęła jego zaproszenie do stolika. A zatem – do ataku!

Mock pochylił się ku niej i szepnął:

– Nie mogę przestać o pani myśleć! Wypełnia pani wszystkie moje sny!

Natasza odwróciła się do niego gwałtownie.

– Jak pan śmie!

Jej oczy płonęły autentycznym gniewem.

– Przepraszam – szepnął i owiał ją gorącym oddechem. – Ale nie mogę siedzieć przy pani! Tracę głowę!

– Głowę niełatwo odzyskać. – Odsunęła się od niego nieznacznie. – Niech pan uważa!

Eberhard dojrzał w jej dużych, ciemnych, lekko skośnych oczach pewne rozbawienie. Spirale loków wymykały się z koka. Piersi ukryte pod białą wyprasowaną bluzką wznosiły się i opadały. Uśmiechnął się do niej szelmowsko. Wszystko było na dobrej drodze.

Jego zaloty przerwał teraz donośny głos dochodzący z miejsca, gdzie siedział Lotz. To Karl von Stietenkrafft stał przy stole i wygłaszał mowę w języku będącym mieszaniną greki, łaciny i niemieckiego. Powtarzały się w niej wiersze Teognisa z Megary, mówiące o tęsknocie za ojczyzną w świecie szerokim. Było to komiczne *valedictio*, czyli mowa, jaką wygłaszali absolwenci gimnazjum na przyjęciu pomaturalnym.

– Co on chrzani?! – krzyknął Lotz, wskazując na kolegę.

– *Valedictio* – odpowiedział jeden z jego kompanów.

– Że co? – zapytał awanturnik.

– Nie wiesz, Richardzie, co to jest *valedictio*? – rzucił ktoś inny. – Nie wygłaszałeś takiego po maturze?

Zdumienie, które zabłysło w oczach Lotza, opadnięcie dolnej szczęki wskazywały wyraźnie, iż na oba te pytania odpowiedziałby przecząco.

Kelnerzy rozstawiali kufle i precle. Mock skinął na znak, że też sobie życzy piwo, a Natasza poprosiła o likier kakaowy.

– Tak jest! – odpowiedział kelner. – Dla pani likier, dla pana piwko! To już piąte...

Mock rzadko przekraczał liczbę czterech półlitrowych piw. Tym razem postanowił sobie dodać animuszu przed ostatnim atakiem na twierdzę o nazwie Natasza. Zdawało mu się, że liczba wymieniona przez kelnera zrobiła na dziewczynie wrażenie. Wydęła usta – ni to w podziwie, ni to w zdumieniu, ni to w lekceważeniu. To go jakoś specjalnie podekscytowało.

Pochylił się ku niej i zaczął ją pytać o to, jak się czuje piękna dziewczyna w męskim świecie uniwersytetu. Szczególnie dążył w stronę ustalenia, czy potrzebuje ona obrońcy przed grubiaństwem kolegów i kadry administracyjnej czy też nie – a jeśliby potrzebowała, to niech się zgodzi na niego, Eberharda, jako na swoją straż przyboczną.

Temat skłaniał ku lekkiemu flirtowi i Natasza dała się ponieść temu nurtowi konwersacji. Mock był wyjątkowo swobodny i dowcipny. Już to udawał rozognionego jej wdziękami, już to – obojętnego, co ją mocno intrygowało. Jego niski głos i duże piwne oczy wprawiały ją w lekki niepokój, który czuła gdzieś w żołądku.

Eberhard był coraz bardziej rozmowny. Czuł, że zbliża już się chwila, kiedy da się ponieść żądzy. O niczym teraz nie myślał, jak tylko o tym, by pocałować Nataszę w białą gładką szyję. Spoglądał uparcie w to miejsce, co ją nieco deprymowało, choć nie mogła zaprzeczyć, że zainteresowanie Ebiego było dla niej wcale przyjemne.

W pewnym momencie znów rozległ się ryk Lotza.

– Horacy! – krzyknął.

– To nie Horacy – odparł spokojnie von Stietenkrafft. – To Tacyt. Na początku *Roczników*. *Sine ira et studio*[89], słynne zdanie

89 Bez gniewu i osobistego zaangażowania (łac.).

na samiutkim początku... Każdy może to potwierdzić, prawda, panowie?

Monachijczyk rozejrzał się po kolegach. Każdy z nich kiwał głową i przyznawał mu rację. Lotz trzasnął kuflem o stół.

– To powiedział Horacy, kurwa wasza mać!

– No, dobra – odezwał się Stietenkrafft. – Zostawmy Richarda i idźmy dalej z naszą zgadywanką... Ja mam teraz pytanie. Kto powiedział: „*Tu regere imperio populos Romane memento*"?[90]

Dwa metry dalej wstał ze swego miejsca senior korporacji Maximilian Golücke. Walnął kilkakrotnie szpadą o blat stołu. Wszyscy zamilkli.

– Richardzie, tak się nie godzi przy damach. – Senior miał głos donośny jak dzwon. – Jesteś zbyt pijany i niechlujny. Przynosisz wstyd korporacji. Proszę, wyjdź!

Lotz odsunął się od stołu wraz z krzesłem. Wyprostowanymi rękami opierał się o blat, a głowa kołysała mu się na wszystkie strony. Dwaj koledzy podjęli go pod ramiona i unieśli. Szedł, potykając się i uśmiechając głupkowato. Kiedy opuszczał salę, spojrzał na Nataszę.

– Będę cię miał, ty rosyjska dziwko! – zabełkotał. – Na sto sposobów!

W panującym ogólnie hałasie mało kto słyszał tę zapowiedź. Natasza rozmawiała ze swoimi koleżankami po rosyjsku na jakiś frapujący ją temat. Mock, pozbawiony chwilowo jej towarzystwa, dumał nad czymś intensywnie i wciąż patrzył na Lotza.

---

90 Pamiętaj, Rzymianinie, by rządzić narodami (łac.). Słowa z *Eneidy* Wergiliusza.

Jakaś nieokreślona myśl uwierała go jak drzazga. Usilnie chciał ją złapać, co nie było łatwe, gdyż zaduch w sali i dwa litry piwa w trzewiach nie stwarzały ku temu idealnych możliwości. Postanowił się przewietrzyć.

– Przepraszam panią, muszę wyjść – powiedział do panny Diabrinskiej, czując, że samogłoski w jego wypowiedzi są nieco rozchwiane i zbyt długie. – Za chwilę przyjdę. Coś odkryłem w pewnej ważnej, tajnej sprawie i muszę szybko zapisać moją myśl...

Zobaczył pytanie w jej oczach.

Nie odpowiedział na nie, ukłonił się, wyszedł z sali i zbiegł szybko po schodach. Pod latarnią stał Lotz. Kiwał się na wszystkie strony i oddawał mocz. Zapiął spodnie i ruszył w dół ulicy, czkając i szurając nogami jak starzec chory na podagrę. Na ulicy zrobiło się całkiem pusto. Mock stanął w świetle latarni, wyjął ołówek i notatnik.

Dlaczego Lotz nie wie, co to jest *valedictio*? – pytał samego siebie, a potem zaczął bezwiednie naśladować Eugstera. – To pierwsza wątpliwość. A druga: jak to możliwe, że nie zna początku *Roczników* Tacyta? Przecież każdy gimnazjalista to czyta w ostatniej klasie! To druga...

To pijak, wszystko mu się myli – odpowiedział sobie po chwili, ale czuł, że to wyjaśnienie mu nie wystarcza.

Dlaczego Lotz nie wie tego, co wie każdy maturzysta? – poprawił siebie w myślach. – Tak powinno brzmieć właściwie zadane pytanie.

Zrozumiał, że to właśnie była ta myśl, która go tak boleśnie kłuła.

– Lotz nie wie tego, co wie każdy maturzysta – odpowiedział sobie bardzo powoli. – Lotz nie słyszał nigdy o *valedictio*, chociaż każdy maturzysta je wygłasza. Nie zna *Roczników* Tacyta, choć każdy prymaner[91] je czyta i musi zaliczyć przed maturą. Jaki z tego wniosek? Lotz nie ma matury! Ale coś tu jest nie tak... Jeśli nie ma matury, to dlaczego podlega werdyktom sędziego uniwersyteckiego, który wyrokuje tylko w sprawach pełnoprawnych studentów, a nie wolnych słuchaczy bez matury? Czemu siedział w karcerze, jeśli nie jest studentem? Oto same zagadki!

Przez dłuższą chwilę wszystko zapisywał w notesie. Ponura reminiscencja z dzieciństwa przypominała mu, że ojciec zawsze rano po przepiciu twierdził, że niczego nie pamięta. Mówił wtedy matce bezwstydnie: „To nie ja zrobiłem, to wódka zrobiła". Nie chciał być taki jak ojciec. Teraz zapisze swoje myśli i nie będzie mu straszna żadna alkoholowa niepamięć.

Poczuł na sobie czyjś wzrok. Oderwał ołówek i spojrzał. Natasza stała ubrana w płaszcz przed budynkiem korporacji i patrzyła na niego. Nie widział jeszcze u niej takiego wyrazu twarzy. Bardzo poważna, trochę smutna. Miał wrażenie, że jej oczy zaszły łzami. Podeszła do niego, ujęła go pod rękę i oparła głowę na jego ramieniu.

Uśmiechnął się. Raport dla Eugstera mógł poczekać do rana.

---

91 Uczeń ostatniej klasy gimnazjum, zwanej primą.

WROCŁAW,
wtorek 24 kwietnia 1906 roku,
kwadrans na ósmą rano

MOCK POCAŁOWAŁ NATASZĘ NA POŻEGNANIE. Ani on, ani
ona nie chcieli jednak szybko przerwać tego pocałunku. Stali
objęci w małym przedpokoju na trzecim piętrze kamienicy na
Monhauptstrasse[92] i nie przejmowali się, że ktoś może wyjść
z mikroskopijnej kuchni albo z drugiego pokoiku zajmowanego
przez jej dwie koleżanki. Eberhard przyciskał ją mocno, trzymając dłoń na talii, powyżej pośladków. Nie mógł się opanować,
by nie podciągnąć jej nocnej koszuli i nie przesunąć palcami po
nagiej skórze – śliskiej i napiętej jak jedwab. Dziewczyna, czując, co się dzieje w jego lędźwiach – po raz czwarty w ciągu tej
nocy i tego poranka – odepchnęła go lekko, a jej koszula nocna
opadła do kostek.

– Wystarczy, Ebi – szepnęła. – Wystarczy. Musisz już iść!

Spojrzał na nią. Wyglądała zachwycająco mimo nieprzespanej
nocy. Jej gęste ciemne włosy opadały na ramiona ciężkimi falami.
W lekko podkrążonych oczach dostrzegał całą mieszaninę uczuć:
uległość, smutek i erotyczną obietnicę. Przyciągnął raz jeszcze
rozgrzane ciało kobiety, pocałował ją w ciepłą, pulsującą skroń
i wydukał coś, czego jeszcze nigdy w życiu nie powiedział.

– Zakochałem się w tobie.

– Idź już! Idź! – Wspięła się na palcach i pocałowała go w szyję,
tuż pod lewym uchem zranionym w czasie menzury.

---

92 Obecnie ul. Matejki.

Wyszedł i ruszył w górę – na strych. O to go prosiła, bojąc się, że jakiś stróż moralności odkryje obecność mężczyzny w jej mieszkanku i swe oburzenie przedstawi właścicielowi budynku.

Przemykając się wśród sztywnych od krochmalu prześcieradeł, doszedł do drzwi prowadzących na sąsiednią klatkę schodową. Zbiegł po schodach i wyskoczył na ulicę odprowadzany podejrzliwym wzrokiem stróża, który właśnie wychodził ze swojego mieszkania z małym kundlem u nogi i miotłą u boku. Mock gwizdnął na psa, wzbudzając jego umiarkowane zainteresowanie, i pobiegł w stronę Sternstrasse[93], podskakując wesoło jak sztubak.

Było pogodnie i nieco chłodno. Słońce rzucało mocne światło na wspaniały, nowo wybudowany gmach Instytutu Zoologicznego[94]. Eberhard minął go, skręcił w lewo, przebiegł przez most Tumski i ścigając się z tramwajem linii czerwonej na moście Piaskowym, stawił się – niestety, po czasie – w Seminarium Filologicznym.

Spóźnienie zdarzyło mu się po raz pierwszy w jego studenckim życiu. Na ironię zakrawało to, że to *novum* nastąpiło akurat w pierwszym dniu spełniania właściwych asystenckich obowiązków, do których przede wszystkim należało towarzyszenie profesorowi w czasie wykładów i seminariów oraz podawanie mu żądanych książek.

Nie było to jedyne *novum* tego dnia. Czuł przyjemne ciepło w podbrzuszu – syte znużenie, którego jeszcze nigdy nie doświadczył w swych bliskich kontaktach z kobietami. Prostytutki

---

93 Obecnie ul. Sienkiewicza.

94 Dziś w budynku tym mieści się Muzeum Przyrodnicze.

mniej lub bardziej elegancko sugerowały mu zawsze, aby po spełnieniu albo zmykał, albo płacił za kolejny akt, jak to było na przykład ostatnio w ramionach Uschi i Lucie, kiedy rozpalony jak zwierzę, chciał raz jeszcze doświadczyć niezapomnianych wrażeń i dopłacił grubo ponad ustaloną kwotę – dwanaście marek zamiast ośmiu – przez co musiał przeżyć miesiąc za trzy marki, czyli za kwotę, jaką robotnik zarabiał w tydzień. Doznania erotyczne z dziewczynami pracującymi były szybkie i niegodne pamięci. Często jego przygodne kochanki były pijane i natychmiast zasypiały, gdy oboje osiągnęli swój cel. I jedne, i drugie nie obdarzyły go tym, co dała mu Natasza – czułym oddaniem i trzykrotnym najwyższym uniesieniem.

Profesor Norden, jak się Mock spodziewał, nie był zachwycony spóźnieniem swojego asystenta. Kwadrans po ósmej zaczynał wykład na temat twórczości Demostenesa, a biurko zastał puste, podczas gdy oczekiwał, iż będą na nim leżały różne wydania oracyj tego mówcy. Poinformował wczoraj Mocka, iż będą mu one potrzebne przed ósmą, ponieważ musiał w nich odnaleźć pewne ustępy, które miał analizować. Tymczasem jego asystent nie wykonał swych obowiązków, a powód jego zaniedbań można było wyczuć powonieniem. Słodkawa woń piwa w jego oddechu oraz silny tytoniowy zapach, który się wżarł w jego surdut, wskazywały wyraźnie, iż Mock spędził wczorajszy wieczór w jakimś lokalu. To, co profesor wyczuł, nie podobało mu się i skłoniło do zgryźliwej uwagi.

– Panie Mock, jest pan moim asystentem zaledwie od miesiąca, a swe właściwe obowiązki spełnia pan dziś po raz pierwszy. I już pozwala pan sobie na spóźnianie? Zapachy, które panu towarzyszą, oraz widok pańskiej bladej twarzy i podkrążonych oczu wskazują, że wczoraj delektował się pan czymś więcej niż ciastkiem na herbatce u cioci. Co to ma znaczyć?

Eberhard nie odpowiedział wprost na to jawnie retoryczne pytanie.

– Panie profesorze, mam coś na Lotza. Muszę o tym koniecznie powiedzieć panu Eugsterowi! Proszę sobie wyobrazić, że najpewniej Lotz nie ma matury, a traktowany jest przecież jak pełnoprawny student... Jeśli tak jest, to ktoś mu na to pozwolił... A w czyjej gestii jest pozwolić na studiowanie wbrew przepisom?

– Rehberg? – szepnął Norden i spojrzał uważnie na Mocka zza binokli. – To dlatego jest pan dzisiaj... *Sit venia verbo*[95], niedysponowany?

– Tak, dowiedziałem się tego, a właściwie wywnioskowałem to przy piwie... Spożycie tego napoju, i to w dużych ilościach, było – tu student trochę podkoloryzował – nie do uniknięcia...

– Dobrze, Mock. – Najwyraźniej zadowolony Norden podał mu stary rewers biblioteczny z notatkami na odwrocie. – Niech pan mi odszuka te miejsca u Demostenesa we wszystkich wydaniach, które mamy w seminarium. Sporządzi pan zakładki i włoży je we właściwe miejsca książek, a potem wejdzie pan z nimi na wykład. Będzie mi pan je podawał. Po wykładzie zaś niech pan idzie choć trochę odpocząć, a ja zatelefonuję do pana Eugstera. O ile go znam, to nie da on się panu porządnie wyspać po wczorajszych breweriach...

Wszystko przebiegło zgodnie z oczekiwaniami profesora. Mock znalazł wskazane passusy w książkach, przyniósł je na

---

95 Że tak powiem (łac.).

wykład, usiadł przy bocznym stoliku, tuż obok katedry wykładowcy, i podawał mu na wezwanie żądane tomy. Czasami profesor kazał mu przepisać jakąś frazę z książki na tablicę. Mock robił to z przyjemnością. W szkole uwielbiał kaligrafię.

Po wykładzie Norden pobiegł do rozmównicy publicznej w Urzędzie Telegraficznym przy Mäntlergasse[96], a jego asystent – do bufetu przy Sali Muzycznej. Tam spożył trzy różowe serdelki z musztardą i tyleż chrupiących pszennych bułek. Popił to wszystko dwiema szklankami lemoniady i poczuł taką senność, że oparł łokcie na stole, podparł brodę i zadrzemał.

– Ależ pan pospał! – Zacna bufetowa pani Woermann uśmiechnęła się przyjaźnie. – Będzie z pół godziny... A co też pan w nocy robił?

Mock uśmiechnął się, przetarł oczy, zapłacił, pożegnał bufetową i ruszył na trzecie piętro do Seminarium Filozoficznego. Pod drzwiami stało około dwudziestu studentów, wśród nich kilku jego komilitonów z Vandalii. Przywitał się z nimi i wymienił parę zdawkowych uwag na temat wieczornej uroczystości. Dowiedział się, że Golücke zarządził korporacyjną komisję dyscyplinarną w sprawie Lotza. Kiedy jeden z nowych kolegów zaczął czynić delikatne aluzje do prawie jednoczesnego opuszczenia sali przez Ebiego i Nataszę, nadszedł docent William Stern i wpuścił studentów do środka.

Wykładowca pedagogiki był znakomitym mówcą, ale Mock usnąłby tego dnia pewnie nawet na słynnym przemówieniu

---

96 Obecnie ul. Krawiecka.

Bismarcka sprzed ponad czterdziestu lat, kiedy wojowniczy kanclerz wołał, iż „wielkie kwestie współczesności rozwiązuje się krwią i żelazem". Przed oczami przeleciało mu – jak w fotoplastikonie – kilka obrazów z Nataszą w roli głównej i stracił kontakt z rzeczywistością.

Obudził go śmiech. Jakimś szóstym zmysłem pojął, iż on sam jest obiektem tej wesołości. Potrząsnął głową i ujrzał profesora Nordena w drzwiach sali wykładowej.

– Oczywiście, panie profesorze. – Stern uśmiechał się, nie spuszczając z oka Eberharda. – Już zwalniam z wykładu pańskiego asystenta. Myślę, że pańskie zajęcia będą dla niego większym pożytkiem niż moje skromne wywody...

Wokół rozbrzmiały stłumione parsknięcia. Jakiś wandal roześmiał się nawet w głos. Nie chcąc się do reszty kompromitować głupimi pytaniami, o co chodzi, Mock wstał, zakręcił nie używany kałamarz, włożył pióro do drewnianego piórnika i – schowawszy materiały piśmienne do kieszeni surduta – wyszedł z sali, oczekując od Nordena kolejnej tego dnia reprymendy.

Filolog nie uczynił mu jednak najmniejszego wyrzutu.

– Pod szermierzem – rzucił i odszedł szybko w stronę schodów prowadzących do bocznego wyjścia.

Mock zszedł i stanął pod pomnikiem. Wokół kręciło się kilku studentów. Nieopodal stała też kryta dorożka. Fiakier kilkakrotnie strzelił z bicza. Kiedy student na niego spojrzał, dorożkarz zrobił do niego wyraźne perskie oko.

Eberhard zbliżył się i – widząc kolejne mrugnięcie – wsiadł z impetem do dorożki, omal nie druzgocząc kości siedzącemu tam Eugsterowi.

– To sprawa ważniejsza niż twój wykład. – Detektyw wyciągnął rękę na powitanie. – Sądząc po twoim wyglądzie, musiałeś się wczoraj chyba nieźle poświęcić, by zdobyć te informacje. To po pierwsze. – Pochylił się ku studentowi i pociągnął nosem. – Damskie perfumy – mruknął i zachichotał. – Dostałeś chyba jakąś nagrodę za twój trud, co, Ebi?

Mock nie zaprzeczył. Eugster przybrał mentorski ton, który Eberhard u niego lubił.

– Coś ci powiem, synu. Uważaj na kobiety. Niejedna z nich wygląda na cnotliwą Zuzannę, ale po zmroku przeobraża się w rozpustną Jezebel. To po drugie.

– Co pan chce przez to powiedzieć, szefie? – Mock aż się rzucił na kanapie.

– To tylko ojcowska rada. Tylko tyle – odparł Eugster. – To po trzecie. A teraz mów! Wszystko *ab ovo*[97].

Jechali dorożką spod uniwersytetu na Paradiesstrasse[98] 3, bo taki właśnie adres podał fiakrowi Eugster. Na wysokości Wzgórza Liebicha[99] Mock skończył swoją relację o przebiegu minionego wieczoru, oczywiście dyskretnie pomijając jego szczęśliwy finał, jaki się rozegrał w pokoiku Nataszy Diabrinskiej. Eugster podziękował mu i popadł w długi namysł nad słowami swego agenta. Ten zaczął się natomiast zastanawiać nad zupełnie inną kwestią.

Spokoju mu nie dawało to, że tak mało wiedział o Eugsterze. Z jednej strony był niepozornym – przynajmniej

---

97 Od początku (łac.).

98 Obecnie ul. Worcella.

99 Obecnie Wzgórze Partyzantów.

z aparycji – prywatnym detektywem pozbawionym biura, co Mock był sprawdził w księdze adresowej, z drugiej zaś – urządzał specjalistyczne szkolenia w rzeźni miejskiej, co nie mogło się przecież obyć bez zezwolenia jakichś wysoko postawionych czynników. Z jednej strony mieszkał w oficynie przy Kreuzstrasse[100], co świadczyło o jego niewysokiej pozycji społecznej, a z drugiej – dysponował niebywałym luksusem posiadania telefonu, bo dokąd by niby Norden dzwonił!

Paradoksalnie – im bardziej tajemniczą figurą wydawał mu się jego preceptor, tym bardziej mu ufał. Ebi wierzył, że oto po latach samotności i poniewierki nastały teraz dla niego czasy szczęśliwe, kiedy znalazł się w cieniu dwóch jakże różnych, ale równie potężnych protektorów. Jeden z nich rozwijał jego intelekt i prowadził go do wymarzonego celu, jakim była posada profesora języków klasycznych, drugi zaś szkolił jego ciało i instynkt, nie szczędząc przy tym nauk z zakresu filozofii praktycznej. Pierwszy był jego mistrzem uniwersyteckim, drugi zaś – filozofem-wojownikiem, który pomagał mu się poruszać w dżungli, jaką był świat. W życiu Ebiego sukcesy zawodowe – asystentura, o której wcześniej nawet był nie śnił – przypadły teraz na czas największego triumfu w życiu osobistym, za który uważał spełnienie swych marzeń o kobiecie pięknej i mądrej.

Te radosne myśli przerwało Mockowi stukanie fiakra w dach dorożki.

– Dojechaliśmy – powiedział Eugster. – Przed nami rozmowa z dyrektorem gimnazjum Johanneum doktorem Milchem.

---

100 Obecnie ul. Świętokrzyska.

Wykonałeś dobrą robotę, wątpiąc w maturę Lotza. Jeśli to prawda, mamy go w garści. Dlatego muszę zweryfikować to u źródła. Na moje pytanie, czy Richard Lotz zdał tu maturę, dyrektor mi po prostu powie „tak" lub „nie". To po pierwsze. W wypadku „tak" szukamy na niego innego haka, w wypadku „nie" złożę natychmiast mało przyjemną wizytę nadsekretarzowi Rehbergowi i poproszę go o dokumenty studenta Lotza. To po drugie. Idziesz ze mną do dyrektora Milcha?

— Jedno mnie dziwi, szefie — rzekł w zamyśleniu Mock.

— Co takiego?

— Już wykonałem przecież moje zadanie. Zgodnie ze zleceniem profesora Nordena reszta, czyli wzięcie Lotza w imadło, należy do pana, nieprawdaż?

— Tak — odparł Eugster.

— No to po co mnie pan tu zabrał? I czemu mnie pan pyta, czy idę z panem?

Fiakier znów postukał w sufit dorożki. Nikt mu nie płacił za stanie w miejscu.

— Zaraz! — Eugster wychylił głowę, po czym ją schował i spojrzał bystro na Mocka. — Ty wiesz, że ja nie wiem, jak odpowiedzieć na twoje pytanie... Zażyłeś mnie... — Milczał przez chwilę. — Chyba przestałem cię traktować jako ucznia — odezwał się w końcu — i w myśli uznałem cię za współpracownika. To po pierwsze. Od tej chwili mów mi po imieniu!

— To po drugie — zawołał ze śmiechem Mock.

WROCŁAW,
wtorek 24 kwietnia 1906 roku,
kwadrans na południe

GIMNAZJUM JOHANNEUM SŁYNĘŁO WE WROCŁAWIU nie tylko
z najwyższego poziomu naukowego, ale również ze swej progra-
mowej tolerancji. Powstało w drugiej połowie dziewiętnastego
wieku po długim i zażartym sporze, który był uważnie śledzony
przez inteligencję w całym cesarstwie. Spór dotyczył wyznanio-
wego charakteru szkoły. Pruskie ministerstwo oświaty opowia-
dało się za chrześcijańskim profilem gimnazjum, wrocławski
magistrat natomiast – za bezwyznaniowym. Spór się toczył
nieśpiesznie, decyzje wstrzymywano, a wybudowany za ogromną sumę sześciuset tysięcy talarów budynek szkolny stał pusty.
Sprawa oparła się o Reichstag, w którym starcia były równie ostre
jak we wrocławskim magistracie. Ostatecznie tę batalię wygrała
rada miejska i wbrew pruskiemu ministerstwu oświaty wprowa-
dziła zasadę bezwyznaniowości, która wyrażała się w prostym
parytecie: uczniowie i nauczyciele wyznania protestanckiego,
katolickiego i mojżeszowego mieli się dzielić na równe trzy części.
Niezależnie od kwestii wyznania wszyscy byli zgodni co do tego,
że Johanneum nie powinno być gimnazjum realnym, kształcącym
w praktycznych zawodach – jego celem miało być kształtowanie
duchowych i moralnych przymiotów młodzieży i przygotowanie jej do studiów. Nikt nie miał wątpliwości, że najlepiej temu
zadaniu sprostają języki klasyczne, których piękne brzmienie
rozwija zmysł estetyczny, a ich surowa, ścisła gramatyka pokazuje
logiczną strukturę świata i języka.

I tak po sześciu latach sporów w neorenesansowym gmachu na Paradiesstrasse[101] rozpoczęło działalność liberalne gimnazjum klasyczne, którego mury opuszczali wybitni uczeni, prawnicy i lekarze. Na czele tego zakładu stał teraz dyrektor Anton Milch i właśnie jego mieli zamiar odwiedzić Eugster i Mock, by wypytać o niedawnego ucznia Richarda Lotza. Nie dotarli jednak przed szefowskie oblicze. Natknęli się na przeszkodę, która okazała się nie do sforsowania.

Kiedy wstąpili na schody gimnazjum, drogę zastąpił im wysoki mężczyzna po pięćdziesiątce, ubrany w czapkę i w mundur ze złotymi guzikami – typowy strój szkolnego woźnego. Z jego oczu wyzierały władza i pewność siebie. Za nim stał umorusany, niewysoki, ale potężnie zbudowany chłopak z szuflą od węgla. Był zezowaty, ale Mock nie miał najmniejszych wątpliwości, że w razie bijatyki potrafiłby bardzo celnie operować swym narzędziem.

– Panowie do kogo, słucham? – zapytał grzecznie funkcjonariusz szkolny.

Eugster udawał Greka:

– A kto pyta?

– Pfleiderer, woźny – odparł z godnością mężczyzna. – A teraz jeszcze raz pytam: panowie do kogo i w jakiej sprawie, słucham?

– Do dyrektora Milcha, a w sprawie tajnej – wycedził przez zęby detektyw i wskazał palcem na siebie i na Eberharda. – Komisarz Helmut Eugster z prezydium policji, a to praktykant Eberhard Mock.

---

101 Obecnie ul. Worcella.

Wyjął legitymację i podsunął ją woźnemu pod nos.

– Proszę poczekać – powiedział Pfleiderer po uważnym przestudiowaniu dokumentu.

Odwrócił się i wszedł po schodach. Czynił to powoli, dłonie splótłszy na plecach. Uważnie stawiał stopy w wypastowanych trzewikach. Wszedł do swego kantoru usytuowanego naprzeciw drzwi wejściowych. Tam nasadził na nos binokle, usiadł i przerzucał jakieś kartki, co chwila spoglądając znad szkieł na dwóch przybyszów. Nie spieszył się.

Tymczasem chłopak z szuflą, najpewniej palacz, czuł się niepewnie. A to patrzył na Eugstera i Mocka, a to strzygł na boki zezowatymi oczami i co chwila oglądał się za siebie. Zadzierał przy tym głowę, jakby wciąż na nowo odczytywał wielki napis wykuty nad łukowatym wejściem „Sic itur ad astra"[102]. Sprawiał wrażenie, jakby oczekiwał, że ktoś przyjdzie mu w sukurs i uwolni od niezręcznego obowiązku pilnowania obcych.

Tym kimś stał się woźny. Zatrzasnął z hukiem drzwi do kantorka i zszedł po granitowych stopniach, przesuwając ręką po poręczy zaopatrzonej w guzy, które miały uniemożliwić młodszym gimnazjalistom zjeżdżanie. Szepnął coś do ucha palaczowi i zatrzymał się dwa stopnie wyżej, niż stali Mock i Eugster.

– Sprawdziłem w księdze adresowej – powiedział spokojnie. – W spisie funkcjonariuszy prezydium policji nie ma Helmuta Eugstera. Nie ma… A zatem żegnam panów!

Wszyscy milczeli przez dłuższą chwilę. Pfleiderer założył kciuki za guziki munduru i przebierał palcami po brzuchu,

---

102 Tak się idzie do gwiazd (łac.).

który był zbyt duży w porównaniu ze szczupłą raczej sylwetką woźnego.

Wydął bęben, aby dodać sobie godności – pomyślał Mock, zauważywszy, że kłykcie palacza zbielały na stylisku od szufli.

– Panie Pfleiderer – Eugster uśmiechnął się przymilnie – niechcący zrobiłem pana w konia, za co przepraszam. Jestem byłym policjantem, obecnie prywatnym detektywem, ale wciąż mam jeszcze nawyk przedstawiania się jako policjant. Puśćmy to w niepamięć... Jest pan świetnym portierem, który chroni ten zakład naukowy przed obcymi. I bardzo dobrze! I nie będziemy się upierać! Nie będziemy się pchać do dyrektora, bo może pan nam odpowie na kilka pytań dotyczących pewnego dawnego ucznia... Od dawna pan tu pracuje?

– Od dwudziestu lat. – Woźny jeszcze mocniej wypiął brzuch.

Eugster otworzył usta w takim podziwie, jakby usłyszał, iż Pfleiderer własnoręcznie wybudował tę szkołę.

– No proszę, proszę! – wykrzyknął. – Wspaniale! Podziwiam! To co? Możemy o jednego ucznia zapytać?

– No... Czego panowie chcą, słucham? – odparł woźny i obejrzał się na palacza.

– Jest pan bardzo wyrozumiały! Niech pan mi powie, panie Pfleiderer, czy uroczyste pożegnania maturzystów odbywają się w szkole.

– Tak.

– Czy pan jest wtedy w pracy?

– Oczywiście, ja tu mieszkam od podwórza... Zdarza się, że do mnie zachodzą maturzyści, kiedy już się pożegnają z profesorami... Ja tu lubiany jestem...

Eugster wbił spojrzenie w ulubieńca młodzieży.

– Richard Lotz. Tak się nazywa ten były uczeń... Mam do pana proste pytanie, które chciałem zadać dyrektorowi, lecz pan, chwalebnie spełniając swe obowiązki, mnie do niego nie wpuścił. Ale może mi właśnie pan odpowie... Tacy funkcjonariusze jak pan zwykle wiedzą więcej niż sam dyrektor... Mam tylko jedno, bardzo proste pytanie. Czy Richard Lotz zdał maturę?

Pfleiderer patrzył przez chwilę to na Eugstera, to na Mocka, a przez jego oblicze przelatywały cienie.

– Won! – przerwał ciszę.

Eugster mrugnął na Mocka i wyszedł z budynku.

Znaleźli się na trotuarze przed szkołą. Detektyw ujął swego współpracownika pod ramię i poprowadził w stronę Brüderstrasse[103]. Szli w milczeniu wzdłuż zwartego ciągu kamienic.

– Powiedz mi, Ebi – detektyw zatrzymał się i sięgnął po papierosy – czy coś cię zdziwiło w tej całej sytuacji? Oczywiście oprócz tego, że woźny najpierw był uprzejmy, a na wzmiankę o Lotzu stał się grubiańskim wykidajłą...

Eberhard zastanawiał się przez chwilę, zaciągnąwszy się papierosem.

– Wiesz, wydaje mi się dziwne, że ten węglarz towarzyszył woźnemu. Jego obecność nie wyglądała na przypadkową... Sprawiał wrażenie silnorękiego głupka, który jest w kłopotliwej sytuacji i sam nie wie, co robi...

Helmut splunął na trotuar i roztarł ślinę trzewikiem.

– Tak jest, też to zauważyłem. Wnioski?

---

103 Obecnie ul. Pułaskiego.

– Nigdy nie widziałem, by palacz towarzyszył woźnemu przy stróżówce. Był tam przypadkiem? Wydaje mi się, że chłopaka wyrwano z kotłowni i ustawiono naprędce jako ochronę.

– Mów dalej!

– Teraz mam pytanie. Czy księgi adresowe są potrzebne woźnym?

– Nie – odparł Eugster. – Księgi adresowe są standardowym wyposażeniem sekretariatów, nie stróżówek. Sekretarze piszą pisma i muszą znać dokładne adresy. Woźni są od wpuszczania ludzi i od drobnych napraw.

– A zatem mamy dwie dziwne sytuacje dotyczące owego Pfleiderera. – Studentowi tak spodobało się wnioskowanie, że aż się lekko uśmiechnął. – Był przy nim silnoręki. Dlaczego? Miał w kantorku księgę adresową. Dlaczego?

– Odpowiedz na te dwa „dlaczego?", Ebi! Uruchom wyobraźnię!

– To proste. – Mock był pewny siebie. – Ktoś mu kazał nas zatrzymać. Gdybyśmy się opierali, to wkroczyłby do akcji palacz ze swoją szuflą i musiałbym pokazać, czego się u ciebie nauczyłem na treningach... A księga adresowa... Sam nie wiem... O ile w ogóle była tam księga adresowa... Pfleiderer mógł nas bujać!

– Kto mu kazał bujać?

– Oczywiście jego zwierzchnik. Dyrektor.

– Skąd wiedział, że przyjdziemy?

Mock milczał zasępiony. Na ustach Eugstera pojawił się ironiczny uśmieszek.

– Tak ci dobrze szło, Ebi. Tymczasem rozczarowałeś mnie brakiem hipotezy na temat księgi adresowej oraz brakiem śmiałości...

Tak, mój drogi, posłuchaj mnie uważnie. Podejrzenia co do matury Lotza powziąłeś ty i przekazałeś swoją hipotezę Nordenowi i mnie. A więc o tym tropie wiedzieliśmy my trzej: Norden, ty i ja. Ja nie poinformowałem dyrektora o tym, że przyjdę, i nie prosiłem się o to, by mnie cieć wywalił na zbity pysk. Znam lepsze sposoby spędzania wolnego czasu...

Mock parsknął śmiechem.

– A może ty to zrobiłeś? Może to ty dziś wpadłeś na chwilę na papierosa do dyrektora Milcha z samego rana i błagałeś go: Wyrzuć mnie, drogi dyrektorku, wyrzuć? – Nagle w oczach Mocka błysnęło bezbrzeżne zdumienie. – Profesor Norden? Ale dlaczego? I jak? Przecież miał seminarium dziś rano... A potem poszedł zatelefonować do ciebie...

– A może wtedy zatelefonował jeszcze do kogoś? Zostawmy to na razie, ale zapamiętajmy! Nie wolno ufać Nordenowi!

Eberhard był wyraźnie zgnębiony.

– Teraz wróćmy do dziwnej obecności księgi adresowej w kantorku woźnego – ciągnął przerwany wątek Eugster. – Wyobraź sobie dyrektora Milcha. Nie chce nas wpuścić do szkoły. Czemu? Może jest bojaźliwy, bo ma coś na sumieniu, a może po prostu nie ma czasu – wszystko jedno. A zatem nie chce, i już. Wzywa do siebie woźnego i mówi: Weźcie, Pfleiderer, z sekretariatu księgę adresową. Pewien intruz może dzisiaj chcieć wejść do mnie na siłę albo po dobroci. Jeśli na siłę, to go powstrzymajcie z krzepkim palaczem. Jeśli po dobroci, to okaże wam fałszywą legitymację policyjną, bo tylko ten dokument uprawnia do wejścia na teren szkoły. Zapamiętajcie nazwisko tego intruza i sprawdźcie je natychmiast w księdze adresowej. Gwarantuję wam, że to nie będzie żaden policjant. Każcie mu wtedy wyjść! Jak ci się podoba taka rekonstrukcja zdarzeń?

– Tak, właśnie tak! – odparł zapytany. – Tak się właśnie stało. Tylko dlaczego dyrektor Milch nie chciał nas wpuścić? I dlaczego Norden nas zdradził?

Eugster nic nie odrzekł. Przeprowadził Mocka na drugą stronę Paradiesstrasse[104], pod kaplicę Kościoła staroreformowanego. Zawrócili w stronę Grosse Feldstrasse[105].

– Na pierwsze pytanie najpewniej dostaniemy odpowiedź dziś wieczorem. To po pierwsze. A na kolejne twoje pytanie odpowiem ci niebawem. Jedno jest pewne. Nie ufaj Nordenowi i działaj tylko ze mną! To po drugie.

– A co będzie dziś wieczorem, Helmucie? – Mock po raz pierwszy zwrócił się do swego preceptora po imieniu.

Eugster zatrzymał się i spojrzał na studenta bardzo poważnie.

– Pierwsze przykazanie policyjne. Walcząc z przestępcami, sam musisz niekiedy stać się przestępcą, łamać prawo i dręczyć ludzi. I nie raz, i nie dwa okaże się, że zrobiłeś błąd. Że skrzywdziłeś i upokorzyłeś niewinnego. Ze złem wielkim walczysz złem małym. Ale zło małe gromadzi się i gromadzi w życiu policjanta jak kupa gnoju... Czy zaakceptujesz tę górę gówna, Ebi? Albo się na to zło małe zgadzasz, albo wracaj do swoich Homerów i Wergilich. Zastanów się dobrze nad odpowiedzią. Nie śpiesz się!

Mock zapatrzył się na dziewczynę wychodzącą z bramy. Była krzepka i wysoka. Na plecach miała przymocowane nosidło

---

104 Obecnie ul. Worcella.

105 Obecnie ul. Krasińskiego.

bardzo podobne do tych, w jakich pomocnicy murarzy dźwigają cegły. Z tą wszakże różnicą, że zamiast cegieł leżały w nim książki. Mała flaga przymocowana do nosidła informowała o tym, że w suterenie tej kamienicy znajduje się „Introligatornia M. Conrad, Paradiesstrasse[106] 16". Widok dziewczyny skierował jego myśli ku Nataszy. Co ona powiedziałaby, słysząc zasadę „ze złem wielkim walczysz złem małym"?

– Zadałem ci pytanie! – ponaglił Eugster nauczycielskim tonem.

W pamięci studenta rozgrywała się pewna wałbrzyska scena. Jako nastolatek bije i kopie pijanego ojca. Potem stary Willibald nie pił przez pół roku. Było to pół roku spokojnego życia dla Ebiego i Franza. Złem małym poskromił na pół roku zło wielkie.

– Zadałem ci pytanie! – powtórzył detektyw.

– Akceptuję! – Zabrzmiało to niemal jak przysięga.

– Powtórzysz mi to jeszcze raz dzisiaj w nocy, kiedy będzie po wszystkim. Wtedy dopiero przejdziesz prawdziwy chrzest bojowy. Pójdziemy do knajpy, wypijemy wódkę, a ty mi jeszcze raz powiesz: Zgadzam się na to!.

– A co znaczy „po wszystkim"? – zapytał Mock. – Co to jest „wszystko"?

Eugster poczekał, aż z bramy przelotowej wyjedzie furmanka załadowana skrzynkami z olejem.

– Być może zobaczysz dzisiaj, jak człowiek zmienia się w jęczące zwierzę – powiedział cicho.

---

106 Obecnie ul. Worcella.

– Widziałem to nie raz i nie dwa! – Eberhard uśmiechnął się z młodzieńczą butą, myśląc o swoich bójkach.

– Ale być może będzie to zwierzę prawie konające...

Mock umilkł. Już się nie popisywał.

WROCŁAW,
wtorek 24 kwietnia 1906 roku,
godzina szósta po południu

GMACH JOHANNEUM OPUŚCILI JUŻ DAWNO wszyscy nauczyciele i uczniowie. Przed chwilą, jako ostatni, wyszedł dyrektor Milch, który przypomniał Pfleidererowi o konieczności wywieszenia aktualnego anonsu ze zmienioną godziną zaplanowanej na następny dzień prelekcji rabina Vogelsteina w siedzibie gminy żydowskiej. Pan Oskar Pfleiderer zapewnił, że oczywiście powiadomi uczniów, a na pytanie, czy on sam się wybiera na wykład słynnego historyka, odpowiedział, że woli w tym czasie przejrzeć swoją wielką kolekcję znaczków pocztowych, gdyż ta czynność – w odróżnieniu od wszelkich prelekcyj – wcale go nie nudzi. Dyrektor spodziewał się takiej właśnie odpowiedzi – wybuchnął śmiechem i poszedł do domu. Był to ich swoisty rytuał – jeden zapraszał, drugi odmawiał. I tak było od piętnastu lat, od kiedy Milch zarządzał tym gimnazjum. Dyrektor, zapraszając woźnego, chciał mu uświadomić, iż uważa go za człowieka kulturalnego, natomiast jego podwładny – kompletnie niezainteresowany tymi propozycjami – zawsze łagodził dowcipem swoją odmowę.

Kiedy już wszyscy wyszli, woźny zrobił obchód budynku – pierwszy z sześciu, które czynił w ciągu doby. Pozamykał dokładnie wszystkie sale lekcyjne, sprawdził zamki na drzwiach od frontu i od tyłu, po czym poszedł do swojego jednopokojowego mieszkanka, którego okna wychodziły na podwórze.

Zszedł po drewnianych schodach przy tylnej klatce schodowej i otworzył drzwi służbówki dużym kluczem. Rzeczywiście sięgnął po klaser, nie okłamał zatem swego zwierzchnika. Chciał przejrzeć swój ostatni nabytek, którym była belgijska seria z królem Leopoldem w różnych kolorach.

Kiedy zaczął przewracać grube kartonowe strony, usłyszał dochodzący z kuchni dźwięk przypominający potarcie zapałką o draskę. Zaniepokojony, wszedł do pomieszczenia i zdębiał.

Niewysoki mężczyzna ze złamanym nosem stał w kuchni i zaciągał się papierosem. Na widok woźnego pstryknął w daszek swej czapki cyklistówki.

– Co to jest, słucham! – wrzasnął Pfleiderer. – Won mi stąd, przybłędo! Żebraku przebrzydły!

Woźny zareagował takimi właśnie słowy, ponieważ kilka lat wcześniej, w czasie wyjątkowo łagodnej zimy, nakrył pewnego nędzarza w szopie na narzędzia, gdy ten erotycznie sobie igrał ze starszą kobietą wiadomej profesji. Na krzyk woźnego ów Romeo szybko się ulotnił, a za nim wyszła jego Julia – znacznie wolniej i z większą godnością. Jeszcze na boisku poprawiała swe liczne potargane spódnice.

Nędzarz jednak zachował się zupełnie inaczej. Niski, lecz bardzo zwinny mężczyzna podskoczył jak piłka ku woźnemu i z całej siły walnął go w ucho.

W małżowinie woźnego szkolnego rozdzwoniły się dzwony, jak – nie przymierzając – w pobliskim kościele pod wezwaniem Świętego Maurycego.

Ale Pfleiderer się łatwo nie poddawał. Wyciągnął pięści potężne jak małe bochenki i ruszył ku intruzowi. Zamachnął się, ale cios przeszył tylko powietrze. Wtedy mały podskoczył i coś brzęknęło w drugim uchu napadniętego.

Napastnik przystąpił teraz do szybkich ataków. Ciosy były celne i niezbyt bolesne, aż do chwili gdy jeden z nich – prosty sierpowy – okazał się tak silny, że woźny się zachwiał, stracił równowagę i padł jak długi na ziemię.

Kiedy wstał, jego czerwone małżowiny pulsowały bólem. Tymczasem krępy bokser siedział na krześle w miejscu, gdzie pokoik łączył się z małym przedpokojem, blokując zaatakowanemu ucieczkę. Gdyby Pfleiderer chciał opuścić mieszkanie, musiałby przeskoczyć przez napastnika. Uparty woźny postanowił po raz ostatni spróbować szczęścia. Potrząsnął głową, wciąż nie mogąc uwierzyć, że jakiś mikrus rzuca nim jak workiem kartofli.

I wtedy otrzymał cios w podbródek. Ciężko klapnął na pośladki, nawet nie zginając kolan.

Napastnik zdjął czapkę, otarł czoło i wskazał palcem na swe usta i uszy, po czym pokręcił przecząco głową. To oznaczało: Jestem głuchoniemy. Nie nawiążesz ze mną żadnego kontaktu, chyba że chcesz dostać w ucho.

Pfleiderer nie chciał. I już nie próbował żadnych sztuczek.

WROCŁAW,
wtorek 24 kwietnia 1906 roku,
trzy kwadranse na siódmą wieczór

MOCK ZWYKLE KORZYSTAŁ Z USŁUG PROSTYTUTEK w ich nędz-
nych pokoikach, w najlepszym razie, lub w zaułkach – w najgorszym. Dane mu było dotąd odwiedzić tylko jeden burdel z prawdziwego zdarzenia. Był to tani lupanar przy Hinterhäuser[107] tuż
za Blücherplatz[108]. Był tam kiedyś wspólnie z Zuckermannem
i pamiętał, iż zamtuz składał się raptem z trzech pokoików przy-
pominających ten przy Werderstrasse[109], gdzie przed miesiącem
po raz pierwszy w życiu zabawiał się w *ménage à trois*[110].

Takiego przybytku rozkoszy jak ten, w którym teraz się znajdował, jeszcze nigdy nie widział. Ekskluzywny dom publiczny
zajmował ostatnie piętro wielkiej reprezentacyjnej kamienicy
przy skwerze na rogu Berliner Chaussee[111] i Alsenstrasse[112]. Były
to dwa ogromne mieszkania połączone wspólnym korytarzem
wyłożonym jaskrawoczerwonym chodnikiem. Od ścian wyta-
petowanych grubą, miękką ciemnozieloną tkaniną odcinały się
framugi koloru takiego jak chodnik. W małych ściennych niszach
ustawiono marmurowe rzeźby nagich nimf. Wszystko zatopione

---

107 Obecnie ul. Psie Budy.

108 Obecnie pl. Solny.

109 Obecnie ul. Księcia Witolda.

110 Trójkąt (fr.).

111 Obecnie ul. Legnicka.

112 Obecnie ul. Stefana Czarnieckiego.

było w półmroku, rozświetlonym wątłymi płomykami gazowych lampek i małymi latarenkami naftowymi. W powietrzu unosiła się ciężka woń perfum i kadzidła.

– Mamy jedną podstawową zasadę. – Piskliwy głos wydobywał się z gardła szefowej, która była potężna jak piec i używała wachlarza z takim zapamiętaniem, jakby we wnętrzu panował trzydziestostopniowy upał. – Nie oferujemy panom jadła ani napitku, chyba że chodzi o absynt. To nie restauracja. Tutaj żaden pan nie spotka, nie daj Boże!, swojego szefa i nie zagra w karty z kolegami z biura jak w innych świątyniach Wenus. Tutaj każdy nasz gość spotka tylko swoje pragnienia. A każde pragnienie ma u nas własne realne ciało! Spójrzcie, panowie, przez wizjer do tych pokoi, gdzie się palą lampki, a może ujrzycie swe marzenia. Tam gdzie lampki zgasły, wizjer jest zasłonięty od środka. Tam panowie już są zanurzeni we własnych niegrzecznych snach!

Eugster i Mock zaglądali przez wizjer do niektórych pokoi i w świetle świec widzieli piękne kobiety poprzebierane w rozmaite bardzo skąpe stroje. Pokojówka miała na sobie tylko czepek i fartuszek, pielęgniarka ubrana była w krótki biały kitel, uczennica miała na sobie granatową spódniczkę i rozpięty na piersiach mundurek, biuralistka jedynie binokle i zarękawki, a amazonka kapelusz i buty do konnej jazdy. Były też muzy artystów, jak je nazywała burdelmama: anioły ze skrzydłami u ramion i półnagie hybrydy z głowami ptaka lub jałówki. Przybytek ten o pięknej nazwie W Ramionach Morfeusza słynął, jak to przed wejściem powiedział detektyw swojemu uczniowi, z dwóch rzeczy: z całego spektrum niezwykłych kobiet oraz z palarni opium, którego dym wdychano w specjalnej sali.

Doszli do końca korytarza. Burdelmama stanęła przed pokojem z lewej strony i wsparła jedną rękę na potężnym biodrze. W drugiej dłoni trzymała duży klucz, na którego końcu dyndał pomponik z czerwonej włóczki.

– Wasza dziewczyna jest tutaj, panie szanowny – zwróciła się do Eugstera. – I wiem od Smoczka, że jeszcze ma przyjść trzech waszych kolegów. Wiem też, co będziecie robić. Normalnie nigdy bym się na to nie zgodziła. Ale Smoczek zapewnił mnie, że jest pan dżentelmenem... A tej małej i tak niewiele już zostało... Żaden klient jej nie chce... Niech się jeszcze choć trochę nacieszy tą forsą, którą ją pan obsypie... No właśnie. – Chrząknęła. – A tak *à propos* forsy...

Eugster wręczył jej kopertę, którą natychmiast włożyła w obfity dekolt. Puściła do detektywa oko i oddaliła się majestatycznym krokiem.

– Niezła jest! – Eugster nie spuszczał wzroku z odchodzącej kobiety.

Mock nie słyszał tej opinii, ponieważ patrzył przez wizjer na dziewczynę znajdującą się w ostatnim pokoju. Leżała na łóżku na boku, oparłszy policzek na dłoni. Spod czepka pojedyncze rude loki wymykały się na zielono-złotą wenecką maskę z cekinami, która była całym jej strojem. Zastanawiał się przez kilka sekund, czy w trakcie aktu erotycznego kazałby jej odsłonić twarz czy raczej pozostawiłby ją zamaskowaną. Ta druga myśl wydała mu się bardziej kusząca.

Weszli do pokoju, mówiąc grzecznie: „Dobry wieczór!", i powiesili na wieszaku meloniki.

Kiedy dziewczyna wstała z łóżka, Mock zrozumiał, że coś jest z nią nie w porządku. Szła sztywnym krokiem, jakby nie zginała kolan. Plecy miała również nieco wygięte do tyłu. Nie odpowiedziała na powitanie mężczyzn, lecz jedynie wyciągnęła rękę. Nie wyprostowała jej w łokciu. Wyglądała jak ptak o złamanym skrzydle.

Kaleka, jakaś połamana kaleka – pomyślał Mock i poczuł obrzydzenie do tego burdelu. – Nawet takie są tutaj oferowane...

Eugster podał jej grubą kopertę. Dziewczyna patrzyła na niego przez chwilę zza maski, która zakrywała jej całą twarz. Tylko oczy błyskały w skośnych wycięciach. Zabrała pieniądze i wróciła do łóżka, powłócząc jedną nogą. Usiadła, a potem przeliczyła banknoty – powoli i dokładnie. Mock chciał również usiąść, ale nie uczynił tego, biorąc wzór z Eugstera, który wciąż stał przy drzwiach i nasłuchiwał odgłosów z korytarza. Student zaczął zatem przyglądać się wnętrzu, które było urządzone na modłę orientalną.

Nagle dziewczyna wrzasnęła. Odwrócili się do niej gwałtownie.

– Co, za mało? – zapytał detektyw. – Nie tak się umawialiśmy ze Smoczkiem?

Z jej gardła dobywał się wysoki pisk. Trzymała w ręku bicz zakończony kulką. Zaczęła nim machać, jakby brała zamach.

– Hej, mała! – zawołał Eugster z uśmiechem. – Nie dla mnie takie atrakcje!

– Ty draniu! – Zamaskowana twarz zwrócona była w stronę Mocka. – To wszystko przez ciebie, ty skurwysynu!

Eberhard usłyszał świst bata i cofnął się instynktownie. Kulka na końcu bicza minęła o centymetr jego nos i wbiła się w ścianę. Zanim dziewczyna pociągnęła rękojeść ku sobie, zdołał ujrzeć, iż owa kulka jest nabijana igłami. Wtedy usłyszał kolejny świst.

W jednej sekundzie zrozumiał, jak bardzo opłaciło mu się wylewać litry potu na szermierczych i bokserskich treningach. Kucnął, czując świst bata nad głową. Odbił się mocno z obu nóg i runął całym ciałem na dziewczynę. Po sekundzie przygniatał ją na łóżku. Przyciskał jej ręce mocno do kołdry, starając się ochronić swoją twarz przed jej kłapiącymi zębami.

Łóżko zatrzeszczało teraz pod potrójnym ciężarem. Detektyw chwycił dziewczynę za policzek i wcisnął jej głowę w poduszkę, zsuwając przy tym maskę. Gęste rude włosy rozsypały się po pościeli. Dziewczyna drżała, mężczyźni dyszeli. Eugster zacisnął kajdanki na jej przegubie i wstał. Prostytutka zwinęła się w kłębek i odwróciła się do nich tyłem.

– Rozejrzyj się, Ebi, po pokoju i po szufladach – wysapał detektyw. – Sprawdź, czy ta czarownica nie ma tu więcej szpilek i jakichś zatrutych sztyletów.

Mock wstał i podniósł bicz z podłogi. Uniósł go jeszcze wyżej, aż kulka zatańczyła mu przed oczami. Był to zwykły kasztan nabijany igłami. Śmierdział. Z obrzydzeniem przysunął go do nosa. Tak, śmierdział końskim łajnem.

– Znasz ją, Ebi? – zapytał Eugster. – Już ją gdzieś chędożyłeś i nie zapłaciłeś jak trzeba, a teraz się mści?

Mock podszedł do dziewczyny i przyjrzał się jej uważnie. Pełne wargi były podniesione ku górze – jak u suki, która szczerzy zęby. Jej usta wykrzywione były w strasznym uśmiechu, który nie znikał z twarzy.

– Znasz ją? – ponowił pytanie detektyw.

– Podobna do jednej takiej, z którą miałem okoliczność – mruknął Eberhard. – Ale tamta była normalna...

– Ta też była normalna jeszcze miesiąc temu – odparł Helmut. – Dopóki nie zaraziła się tężcem.

Mock uniósł jeszcze raz bicz i powąchał kasztan.

– Jak się można zarazić tężcem? – zapytał.

– Chcesz go złapać, to wleź skaleczoną stopą w końskie gówno. Tężec murowany... Ale nie odpowiedziałeś mi na pytanie. Znasz ją czy nie?

– Znam ją – potwierdził cicho Mock. – To Lucie, dziewczyna alfonsa o imieniu Clemens...

– Zgadza się, właśnie tak ma na imię Smoczek, mój stary współpracownik z półświatka – powiedział Eugster. – Ale za co ona tak cię nienawidzi?

Mock patrzył na nabijany igłami kasztan i jak przez mgłę przypominał sobie, że Lucie, baraszkująca wtedy w łóżku z nim i ze swoją przyjaciółką Uschi, miała pobrudzone krwią palce.

‖ WROCŁAW,
‖ **wtorek 24 kwietnia 1906 roku,**
‖ *trzy kwadranse na ósmą wieczór*

LUCIE OPOWIEDZIAŁA IM WSZYSTKO. O tym, że z koleżanką okradają klientów. Kiedy Uschi zajmuje się napalonym mężczyzną, ona, Lucie, przeszukuje ich ubrania. Tak też zrobiła, kiedy w ich mieszkanku bawił Eberhard. I spotkała ją za ta straszna kara.

Nienawidzi go za to. Ma tutaj kilka biczów, ale tylko jeden z nich był przeznaczony dla niego, gdyby tu kiedyś zajrzał.

– Skąd się to wtedy wzięło u ciebie w kieszeni? – Helmut nie mógł się nadziwić przedmiotowi, który teraz leżał na spodku od filiżanki. – To paskudna rzecz, naprawdę... To śmiercionośna broń z opóźnionym działaniem. Skąd to miałeś, do cholery? Nic nie pamiętasz? Aż taki byłeś wtedy pijany?

Mock zaprzeczył. Po menzurze wypił nie więcej niż cztery piwa, a potem w Nadodrzańskim Tarasie mały koniak. Był więc tylko lekko zawiany. Spojrzał na Lucie, która teraz leżała zwinięta pod kołdrą w rogu łóżka.

– Krwawiła z palca, tylko tyle pamiętam, rozmazywała sobie lubieżnie krew na piersi... Czy ja mogłem się zarazić? – zapytał szeptem.

– Nie. Tężec jest nieuleczalny, ale chory człowiek nie prątkuje jak gruźlik... A Lucie... No cóż... Niewiele jej zostało. Za pieniądze, które dałem tej małej, jej rodzina z Ząbkowic Śląskich będzie żyła w miarę dostatnio przez pół roku... A jej samej... na niczym już nie zależy... Zrobi dla nas najgorsze świństwo... A my to świństwo sfotografujemy...

– Jakie świństwo? – Eberhard aż wstał. – Co masz na myśli?

– Milcz! – Oczy Eugstera pociemniały z gniewu. – Zapomniałeś, że dziś jest twój prawdziwy chrzest bojowy? Zapomniałeś? Jeśli się boisz, to zmykaj! No! Przebieraj nóżkami!

Wtedy zapukano do drzwi.

– Otwórz! – warknął detektyw.

Mock spełnił polecenie. W drzwiach stali Oskar Pfleiderer i dwaj niewysocy mężczyźni po jego bokach. Wyglądali na bliźniaków. Takie same zwinne, kocie ruchy, nieufne spojrzenia, nosy bez chrząstki. Woźny miał napuchniętą twarz i zielonkawy siniec pod okiem. Kiedy go wepchnęli do pokoju, upadł pod łóżkiem. Jeden z mężczyzn zdjął z ramienia ciężką torbę. Wyjął z niej dużą skrzynkę. Kiedy odkręcił jeden z jej boków, oczom wszystkich ukazał się aparat fotograficzny. Drugi mężczyzna zaczął wkręcać nóżki w spód skrzynki. Lucie obserwowała to z zainteresowaniem. Krzywy tężcowy uśmiech na jej twarzy robił upiorne wrażenie. Co chwila syczała z bólu.

– Rozbieraj się do naga! – powiedział Eugster do leżącego mężczyzny.

– Nie zrobię tego!

Detektyw zmrużył oczy.

– Albo się rozbierasz grzecznie sam, albo ci dwaj panowie zedrą z ciebie ubranie siłą... Ostatecznie może to zrobić ta młoda dama. Wybieraj! Jedno z trzech!

– Co pan chce zrobić? Co? – zawołał piskliwym głosem woźny.

Eugster kucnął przy nim i jedną dłonią chwycił go mocno za policzki.

– Już nie wołasz do mnie: „Won!"? Już nie jesteś taki odważny?

– Co pan ze mną zrobi, słucham? – zabulgotało mu w ustach.

Eugster ścisnął go jeszcze mocniej, tworząc z jego ust zwinięty ryjek, z którego zaczęła ściekać ślina.

– Grzecznie pytasz, to ja ci grzecznie odpowiem, Pfleiderer... Czego ja chcę? Hm... Otóż chcę wiedzieć wszystko o Richardzie Lotzu. Wszystko. Puszczę ci teraz mordę, a ty mi ładnie opowiesz... Całą historię o nim. Od A do Z, nieprawdaż?

Stał przed woźnym i – choć niższy od niego o głowę – budził przerażenie swym kamiennym spokojem.

– Ależ ja nic nie wiem! – wykrztusił przesłuchiwany. – Był u nas taki uczeń i to wszystko!

– Zdał maturę?

– No tak, zdał! Tak jak wszyscy z jego klasy!

– To dlaczego mi o tym nie powiedziałeś wcześniej, kiedy cię grzecznie pytałem? Wygoniłeś mnie wtedy, pamiętasz? Powiedziałeś: „Won!"...

Pfleiderer zaciskał usta. W jego oczach widać było przerażenie.

– Dyrektor mi zabronił, panie – wydukał w końcu. – Nie wiem dlaczego, ale zabronił. Błagam pana...

Eugster usiadł na fotelu i zapalił papierosa.

– Ile masz lat, Pfleiderer?

– Pięćdziesiąt i trzy – wyjęczał zapytany.

– To tyle co ja – oznajmił z uśmiechem detektyw. – Wiesz, w naszym wieku... Już nam nie staje tak łatwo jak kiedyś, co Pfleiderer? Kiedyś to ho, ho! A teraz? No, cóż... Lata lecą... Dlatego zmarnowałbym tylko czas, gdybym chciał zrobić zdjęcia, jak chędożysz tę małą – wzrokiem wskazał Lucie – boby ci nie stanął po prostu... I to jeszcze przed nami wszystkimi i przed aparatem fotograficznym... Wpadłem zatem na inny, lepszy pomysł...

Sięgnął do szafki nocnej i otworzył ją. Było w niej kilka pejczy, każdy zakończony czerwoną gumową kulką.

– Ona jest gotowa na wszystko i zrobi ci coś naprawdę świńskiego. Najpierw cię przywiążemy nagiego do łóżka, nogi szeroko, a wtedy... – wydał z siebie dźwięk imitujący wybuch magnezji – aparat buch, buch! Jedno zdjęcie za drugim... Potem mała zacznie cię okładać pejczem... Magnezja buch, buch! A potem wrazi ci ten pejcz... No wiesz gdzie... To coś naprawdę świńskiego... Możesz się nawet zesrać... A magnezja buch, buch! Zdjęcie za zdjęciem! Tfu! Ohyda! – Eugster splunął na podłogę. – Nie zmuszaj mnie do tego, żebym poszedł pod twoją szkołę i wręczył komplet zdjęć każdemu wchodzącemu... Każdemu uczniowi i nauczycielowi... Kiedy już dyrektor Milch wejdzie do swojego gabinetu, to zdjęcie będzie leżało na jego biurku... To co, Pfleiderer, powiesz nam coś więcej?

Stróż milczał.

Detektyw kiwnął głową na swoich pomocników. Ci ruchami dłoni kazali woźnemu wstać. Najwidoczniej dzielili ze sobą nie tylko bokserskie nosy, ale i niemotę. Mężczyzna wstał posłusznie i zaczął płakać. Mock poczuł ból w brzuchu.

Pfleiderer nie bronił się wcale, kiedy zdzierali z niego ubranie. Jakiś guzik od munduru zastukał po podłodze. Jeden ze zbirów szarpnął za koszulę tak mocno, że urwał rękaw. Drugi chwycił nóż i rozerżnął materiał mundurowych spodni, przecinając pasek wpół. Pfleiderer stał teraz cały drżący w stroju złożonym z kalesonów i podkoszulka. Pocięte resztki spodni wisiały mu pod kolanami. Nie był zbyt czysty. Bił od niego smród potu i nie pranej bielizny. Po opuchniętej twarzy płynęły łzy.

– Powiem, wszystko powiem – szeptał. – Wszystko... Nie rób mi tego świństwa... Błagam...

– Zostawić go! – polecił Eugster. – Siadaj i mów, tylko z daleka ode mnie, bo śmierdzisz!

Woźny kiwnął głową i usiadł na brzegu łóżka. Jeden z niemych pomocników Eugstera podał mu papierosa i ogień.

– Lotz nie zdał matury... – Przesłuchiwany zaciągnął się mocno. – Nie zdał do klasy maturalnej... Ma ukończonych sześć klas...

Detektyw dał znak głuchoniemym. Ci troskliwie okryli pledem wyprężone plecy dziewczyny i wyprowadzili ją z pokoju. Kiedy mijała Mocka, idąc na wyprostowanych nogach, spojrzała na niego bez wyrazu.

Eberhard odetchnął z ulgą, widząc, że skończyło się torturowanie woźnego, a dziewczyna ich opuszcza.

– Dlaczego nie zdał? Źle się uczył? – zapytał.

– To też, to też – mówił szybko Pfleiderer. – Ale nie zdał, bo wcześniej wyleciał... Rok przed maturą... Z wilczym biletem wyleciał!

Eugster wstał, poklepał swego ucznia po ramieniu i powiedział do niego cicho:

– Gratuluję, Ebi. Miałeś rację... A za co wyleciał? – zwrócił się do woźnego.

I wtedy usłyszeli historię o krnąbrnym gimnazjaliście i o znienawidzonym powszechnie nauczycielu niemieckiego. Profesor ów nazwiskiem Weebers wrócił kiedyś po szkole do swego mieszkania w towarzystwie ucznia przedostatniej klasy Richarda Lotza. Gimnazjalista był tego dnia dyżurnym, a do obowiązków dyżurnego należy nieść do domu profesorów zeszyty z wypracowaniami. Weebers wpuścił Lotza do swojego mieszkania, zaprosił go do gabinetu i dopiero tam odebrał zeszyty.

– Jakby nie mógł zrobić tego wcześniej! – skomentował Pfleiderer. – Na przykład odebrać na schodach, przed domem... Ale

Weebers taki już jest... Bardzo wygodny... Jeszcze by się pan profesor przemęczył! Kiedyś to nawet mnie rozkazał... Rozumie się, rozkazał... Nawet „proszę" się nie zająknął... Rozkazał, abym do pralni...

– Pralnia to by się tobie przydała! – warknął Eugster i zmarszczył nos. – A teraz do rzeczy, Pfleiderer! Do rzeczy!

Dalsza historia przybrała w ustach przesłuchiwanego obrót zgoła kryminalny. Nauczyciel odebrał zeszyty w swoim gabinecie i dopiero tam dał znak chłopakowi, by się zbierał do domu. Służący profesora mówił później, że chłopak nie mógł trafić do wyjścia i długo zabawił w przedpokoju. W końcu poszedł. Następnego dnia profesor Weebers przyszedł do szkoły z palcami owiniętymi bandażem. Nie mógł kredy utrzymać. Twierdził, że kieszeń jego płaszcza była pełna potłuczonego szkła.

Podejrzenie padło na Lotza. Akurat tego dnia nie było go w szkole. Rzekomo zachorował. Kilka dni później przyszedł i został wezwany do dyrekcji. Miał dwa palce skaleczone. To był dowód jego zbrodni. Wsypał szkło do kieszeni profesora i sam się przy tym pokaleczył. Nie przyznał się oczywiście. Decyzją rady pedagogicznej został tydzień później usunięty z gimnazjum z wilczym biletem.

– Śmiał się, kiedy go wywalali, śmiał! – wołał Pfleiderer. – A na koniec to mi nasikał pod dyżurką i myć musiałem...

Zapadła cisza. Mock zaczął gorączkowo chodzić po pokoju. Nagle zatrzymał się przed woźnym i zapytał:

– To czemu pan robił taką wielką tajemnicę, *Herr Pedell*, z tego, że Lotz nie zdał matury? To przecież kreatura jakaś była, nie uczeń! Dyrektor panu kazał milczeć?

Pfleiderer kiwał potwierdzająco głową.

– Czemu dyrektor to ukrywa, czemu kazał nas panu wyrzucić?

Eugster spojrzał z irytacją na swego ucznia.

– A skąd cieć może wiedzieć? Dostał polecenie od dyrektora, że ma kryć ten występek, no to krył! A Milch nie chciał pewnie narażać na szwank dobrego imienia szkoły... Ot i wszystko...

– Poczekaj, Helmucie – żachnął się Mock. – A może *Herr Pedell* ma na ten temat swoje przypuszczenia, co? Może coś więcej wie?

Tytuł, mimo że właściwy woźnym akademickim, używany był z upodobaniem przez Eberharda. Najwyraźniej to się spodobało przesłuchiwanemu.

– Niech sobie panowie wyobrażą – oko mrugnęło nad opuchniętym oczodołem – że dwa lata po wyrzuceniu Lotza ze szkoły chłopak od szklarza przyniósł tableau. Tak jest zawsze... Jakaś klasa odchodzi, szklarz dostaje zdjęcia uczniów i profesorów, po czym robi swoje... Oprawia... Potem przychodzi chłopak od szklarza, pokazuje Milchowi gotowe tableau, inkasuje forsę, a ja po kilku dniach wieszam tableau wśród innych. Tym razem było inaczej... Dyrektor Milch nie wydał mi żadnego polecenia, bym powiesił tableau z klasą Lotza... A kilka miesięcy później naszą szkołę wizytował inspektor szkolny...

W opowieści nastąpił nieoczekiwany zwrot. Ów wizytator miał bratanka, który chodził do tej samej klasy co Lotz, i chciał go zobaczyć na obrazie. Nie znalazłszy tableau tego rocznika, inspektor wyraził swoje niezadowolenie. Dyrektor Milch wyjaśnił, że szkło się zbiło. Urzędnika najbardziej zdumiało jednak to, że na ścianie nie ma pustego miejsca po owym rzekomo rozbitym obrazie. Wyraźnie nie usatysfakcjonowany i małostkowy urzędnik napisał o tym później w raporcie. Na tym sprawa by się skończyła, gdyby pewnego dnia nie przyszli do szkoły policjanci.

– Udali się prosto do dyrektora – mówił Pfleiderer. – Sprawy polityczne. Tego wieczoru robiłem jak zwykle obchód i zamykałem drzwi. Wszedłem do gabinetu dyrektora. Jego szafa była otwarta na oścież. Zapomniał zamknąć. On często taki zapominalski. I wiecie, co zobaczyłem, kiedy zamykałem szafę? To tableau, które się rzekomo zbiło. Nietknięte! A wiecie, co na nim było? Richard Lotz na podobiźnie, wśród kolegów, jak żywy!

Następnego dnia prostolinijny woźny poszedł wprost do dyrektora, powiedział o tym, że znalazł obraz w jego szafie i jego zdaniem trzeba go powiesić wśród innych.

– I Milch mi zabronił, rozumiecie? Zabronił! – ciągnął Pfleiderer. – A ponieważ jest człowiekiem bardzo łagodnym i traktuje po ludzku nawet chłopaka od palacza, co z nim stałem, kiedy przyszliście... no to wytłumaczył mi... Powiedział, że zrobił to na prośbę ojca Richarda Lotza, znanego bogacza i filantropa... I że na polecenie pana Lotza ma to tableau trzymać w ukryciu, a wyciągać tylko wtedy, gdy ktoś ważny zapyta... Policjant albo inspektor... I właśnie ci policjanci przyszli i pytali, czy jakiś chłopak z klasy Lotza zdał maturę... Szukali go... To jakiś polityczny był... No to stary im pokazał tableau, że tak, że zdał... No to oni poszli, a tableau hyc do szafy, a nie na korytarz! Bo tam któryś z profesorów by się wściekł, że błąd na tableau, że jest tam Lotz, który nie zdał matury... Tableau miało świadczyć o zdaniu matury, bo świadectwo uczeń zabiera... Oczywiście w szkole jest pełna dokumentacja, ale tableau policji wystarcza... Dyrektor zdenerwował się na policję, że go nachodzi. Kiedy mi kazał was wywalić, pomyślałem, że to dlatego... Że nie lubi policji ni detektywów, bo wpada przy nich w pomieszanie, kiedy go przesłuchują... To delikatny i ludzki człowiek ten dyrektor... Dał mi sporo pieniędzy od ojca tego gagatka za milczenie... No to żem milczał i robił, co kazał... – Nagle Pfleiderer zdał sobie sprawę, że złamał daną obietnicę. – Do dzisiaj – wyjąkał. – Bo mnie przymusiliście...

Znów zaczął płakać. Siedział na łóżku w brudnych kalesonach i w poszarpanym podkoszulku, a łzy i wydzielina z nosa kapały mu na pierś.

Jęczące zwierzę – pomyślał Eberhard. – Każdy może się stać jęczącym zwierzęciem...

Tego wieczoru zobaczył okrutne imadło. Po raz pierwszy w życiu.

WROCŁAW,
wtorek 24 kwietnia 1906 roku,
godzina dziewiąta wieczór

BURDELMAMA PANNA MAGDALENE JUNG była zbyt kategoryczna, kiedy mówiła, iż zarządzany przez nią zakład nie jest miejscem spotkań towarzyskich i że tutaj można się tylko nurzać w rozkoszy – czy to zmysłowej, czy narkotykowej, czy też w obu naraz. Owszem, zwykłym bywalcom takie ścisłe zakreślenie usług musiało wystarczyć i żaden z nich nie mógł liczyć na to, że po erotycznych ekscesach usiądzie tu z kolegą przy piwie i do późna w nocy będzie dyskutował o polityce czy plotkował o kolegach z biura.

Gdyby któryś klient zapragnął takiego właśnie zwieńczenia wieczoru, burdelmama odpowiedziałaby mu – niezupełnie zgodnie z prawdą – że w przybytku po prostu nie ma miejsca na pogawędki.

– Są tylko pokoje z dziewczętami – wyjaśniałaby wtedy panna Jung z grzecznym uśmiechem. – I jeśli szanowny pan życzy sobie tam znowu się udać, to kierownictwo byłoby bardzo szczęśliwe z tej trafnej decyzji. Którą dziewczynę pan wybiera?

Zwykle klient nie zamierzał podwajać i tak bardzo słonej opłaty. Dzięki takiej polityce lupanar W Ramionach Morfeusza nigdy się nie zamieniał w podły szynk – jak to bywało gdzie indziej, kiedy to klienci, upadłszy moralnie, postanawiali pogłębić alkoholem swe upodlenie, nierzadko w towarzystwie kobiet, które im wcześniej służyły.

Niewysoki łysy pan, który przyszedł tu z jakimś młodzieńcem – po czym dołączyli do nich jeszcze trzej mężczyźni o dość odstręczającej powierzchowności – nie był jednak zwykłym klientem. Był protegowanym jej przyjaciela Clemensa Miosgi, zwanego Smoczkiem, który to przydomek był na wrocławskiej ulicy interpretowany w kontekście erotycznym.

O ciepłych uczuciach alfonsa do nowego gościa panna Jung przekonała się wtedy, gdy – nieco zaniepokojona, co może spotkać Lucie ze strony pięciu mężczyzn – wysłała do Clemensa chłopaka z informacją, że właśnie „wzięli ją w obroty", i otrzymała w zamian krótką informację, że ma im dać wszystko, czego zapragną. Miosga był jedynym człowiekiem w tym mieście, któremu energiczna i twarda w interesach niewiasta nigdy nie odmawiała, bo i dziwne by było, gdyby nie słuchała swego obrońcy. Jako jedyna kobieta wśród właścicieli lupanarów nierzadko była atakowana przez bezwzględną konkurencję. I wtedy do akcji wkraczał Smoczek, który swoimi brutalnymi metodami uświadamiał przeciwnikom, iż mają się trzymać z dala od przybytku panny Jung.

Ze względu na te właśnie powiązania łysy niski pan dostał coś, co było sprzeczne z oficjalną polityką zakładu – a mianowicie tajny pokój, w którym teraz nieodpłatnie mógł się zrelaksować przy jadle i napitku zamówionych w pobliskiej gospodzie Barwinskiego. Towarzyszył mu ów młodzieniec. *Madame* zamknęła drzwi za sobą, wskazując, gdzie jest uchwyt dzwonka, gdyby chcieli zadzwonić na służbę, i poszła sprawdzić, czy biednej Lucie coś złego się nie stało. Uczyniła to z obowiązku, bo – mimo eskorty dwóch zbirów – łysemu panu i mocno zbudowanemu czarnowłosemu młodzieńcowi dobrze z oczu patrzyło.

Eugster i Mock zostali sami. Czekając na kolację, palili w milczeniu, które było pełne niewypowiedzianych pytań i wątpliwości. Jakieś ciężkie zakłopotanie blokowało i jednego, i drugiego. Preceptor wyczuwał, że jego uczeń nie przyjął spokojnie upokorzenia Pfleiderera.

Miał rację. Mock nie mógł zrozumieć, dlaczego pozwolił sobie na przekroczenie rubikonu, którym był próg gimnazjum Johanneum. Wszak wykonał zlecenie *utrumque*, którego zażądał Norden – dostarczył jakiegoś tropu detektywowi! Powinien był teraz wrócić do Seminarium Filologicznego i dalej pilnie studiować starożytnych autorów. Tymczasem wystarczyło, żeby go Eugster docenił, potraktował jak kolegę, przeszedł na ty, a on ślepo za nim podążył. Wszedł z nim w przedsionek piekła, jakim było torturowanie – tak, nie wahał się tak tego nazywać! – biednego starego człowieka, który stojąc zasmarkany w burdelu w brudnej bieliźnie, z minuty na minutę tracił swoją godność. Czy z tego piekła, gdzie wykręcone przez tężec dziewczyny atakują zatrutymi kolcami, jest jeszcze powrót do uporządkowanego świata starożytności, do dźwięcznych heksametrów, do proporcyj greckich tympanonów i surowego piękna łacińskiej gramatyki?

Mock nie wytrzymał tego milczenia.

– Kiedy cię w dorożce zapytałem, dlaczego chcesz, bym z tobą dalej brnął w tę sprawę, mimo że wykonałem swoje zadanie, nic mi nie odpowiedziałeś. Odpowiedz mi teraz, bardzo cię proszę!

Eugster długo gasił papierosa w popielniczce.

– Mylisz się – powiedział. – Odpowiedziałem ci wtedy, że sam nie wiem. Mogłeś wtedy odejść. Czemu tego nie zrobiłeś? Mogłeś też odejść po naszym spacerze, kiedy ci powiedziałem o bolesnym chrzcie, jaki przejdziesz tego wieczoru. Miałeś wybór: zdecydować się na trudne chwile albo odejść do swoich Home-rów i Wergiliuszów. Czemu nie odszedłeś?

– Nie wiem.

Ani jeden, ani drugi nie mówił szczerze. Detektyw nie miał zamiaru opowiadać o swoim nieudanym małżeństwie i o synku, który zmarł na koklusz i byłby teraz w wieku Mocka. Nie chciał rozwodzić się na temat swojej pięknej żony, która później uciekła z jakimś podrywaczem do Ameryki i słuch po niej zaginął. Słowem się nie zająknął o swych samotnych wieczorach, które spędza, gra-jąc sam ze sobą w szachy w swym małym mieszkanku w oficynie.

Bo co by to dało? – myślał. – Cóż może obchodzić tego mło-kosa, że jest pierwszym od dwudziestu lat człowiekiem, z którym mogę się podzielić moją życiową mądrością? Z którym dobrze mi się gada? Miałem mu powiedzieć: Nie odchodź, bo nie chcę stracić kumpla?

Eberhard też skłamał, mówiąc „Nie wiem". Wiedział. Po prostu mu się spodobało. Szermierka, strzelanie, boks, ale nade wszystko pewność siebie, jaką uzyskał dzięki naukom Eugstera. Stał się mocnym człowiekiem, który pokonuje łotrów i zdobywa piękne kobiety!

Mężczyźni patrzyli na siebie ze spokojem, a ich spojrzenia wyraźnie mówiły, że temat ten uważają za zamknięty. Doszli do progu szczerości i tu się zatrzymali.

– Czemu wziąłeś akurat tę dziewczynę? – zapytał Mock. – Wszak wiele innych chyba zgodziłoby się to odegrać, prawda?

– Otóż nie. – Eugster rzucił się na krześle, jakby go zabolało to pytanie. – Wcale nie! Wrocław to nie Berlin, gdzie jest mnóstwo dziewcząt z nizin, które za parędziesiąt marek zrobią wszystko przed kamerą. Naprawdę wszystko. Z psami, z końmi... Tfu! Niedobrze mi się robi... Ufam pod tym względem mojemu człowiekowi Clemensowi. Powiedział mi, że nie znajdzie tutaj żadnej dziewczyny, która udawałaby, że wsadzi pejcz w odbyt jakiemuś starcowi. Nie miał wątpliwości, że wiele z nich robi gorsze rzeczy, ale nie przed obiektywem. Jedynie umierająca Lucie weźmie to zlecenie dla pieniędzy. Tak mówił. Może czuł litość dla nieszczęsnej dziewczyny i chciał moimi pieniędzmi pomóc jej rodzinie? Nieważne... Nie dyskutowałem z nim. Zgodziłem się na Lucie.

– Naprawdę, Helmucie? Naprawdę wcisnęłaby mu pejcz w dupę?

Eugster był przygotowany na to pytanie.

– Powiedziałem „udawałaby", Ebi – odparł szybko. – Nie doszłoby do najgorszego, mówię ci! Już samo udawanie by wystarczyło.

– A gdyby doszło? – upierał się student. – I gdyby na dodatek był niewinny? Jak byś się czuł wtedy, gdyby niewinny starzec pofajdał się z bólu?

Helmut drgnął. Na tak drastyczne pytanie nie był przygotowany. Przełknął ślinę.

I wtedy zapukano do drzwi. Kelner z gospody Barwinskiego wniósł potężny srebrny półmisek przykryty kopulastą pokrywką. Uniósł ją i ich oczom ukazała się piękna przyrumieniona gęś rozcięta na pół. Między pieczonymi połówkami ptaka wznosiły się górki i doliny ciepłej kiszonej kapusty, pokrytej skwarkami. Kelner podał im serwety, które zaraz włożyli sobie za kołnierzyki, i postawił przed nimi talerze. Potem nałożył po pół gęsi każdemu, a obok mięsa wzniósł małe stosiki kapusty, szczyt każdego przyozdabiając kilkoma skwarkami. Pozostawiwszy na stole dwie otwarte butelki czerwonego wina oraz koszyk pełen mocno wypieczonego chleba, opuścił pokój.

– Odpowiem ci na to pytanie. – Eugster chwycił za nóż i widelec. – Odpowiem ci, zaczniemy jeść i już do tego nie będziemy wracali, dobrze?

– Dobrze, niech będzie!

– Kiedy zgodziłeś się asystować mi przy „imadłowaniu" Pfleiderera, wkroczyłeś na moje terytorium. Wyszedłeś ze świata Nordena i znalazłeś się w dżungli. A w dżungli nikt nie zadaje takich pytań. I co więcej, nikt na nie nie odpowiada. Po tym wszystkim albo wracasz do świata książek i dobrych manier, albo zostajesz wśród dzikich zwierząt. W pierwszym będziesz czuł się obco, bo już zostałeś skażony stosowaniem przemocy, drugi cię pożre, ale tylko wtedy gdy okażesz słabość. Wybór należy do ciebie. No, smacznego, Ebi!

Chciał nalać wina, ale nie było kieliszków. Złapał zatem butelkę, drugą pozostawiając Eberhardowi. Uniósł ją i zawołał:

– Wypijmy za jeden z twoich światów!

Stuknęli się flaszkami i pociągnęli po sporym łyku. Gęś była wyborna. Pod chrupiącą brązową skórką odsłaniały się całe połacie delikatnego tłuszczyku, w którym czuć było lekki kwas kapusty i delikatny aromat czosnku. Głodni jak wilki, odrywali udka od korpusów i zanurzali zęby w twardawym ciemnym mięsie. Widelcami wkładali sobie do ust pasma wonnej kapusty. Pod ich zębami skwarki pękały z lekkim trzaskiem. Tłuszcz z majerankiem ściekał im po brodach wraz z winem, którego sobie nie żałowali.

Po zaspokojeniu pierwszego głodu, kiedy przed każdym z nich leżały jeszcze kawały gęsi maczające się w kapuście, Eugster rozparł się wygodnie na krześle i spojrzał znacząco na swego młodego towarzysza.

– Chcesz wiedzieć, jaką przyszłość bym ci doradził? – zapytał.

– Tak – odparł prosto student.

– Wracaj na uniwersytet pod skrzydła Nordena. Widziałeś, co można zdziałać przemocą, i odtąd wobec każdego, kto ci stanie na drodze, będziesz chciał jej użyć. Ale jesteś bardzo silny i będziesz umiał to pragnienie zdusić. W końcu dojdziesz do stanu idealnego...

– A jaki to stan?

– Gniew kontrolowany – mruknął Eugster. – Wpadasz w gniew, kiedy taka jest twoja wola.

– A co robić, kiedy nagle cię ogarnia furia? Sama?

– Ja mam na to prostą metodę. Powtarzam w myślach fragmenty *Odysei*. Nie pamiętam ich za dobrze i usiłuję sobie przypomnieć... W ten sposób zajmuję czymś płonącą głowę.

Teraz to głowa Mocka płonęła – lecz ze zmęczenia i od nadmiaru wina. Wypił już pół butelki i czuł w uszach narastający szum. Nałożył widelcem na biały miąższ chleba odcięty kawałek sztywnej gęsiej skórki i pokrył to wszystko kapustą i skwarkami. Dobrze wypieczony chleb był idealnym dodatkiem.

– Sam nie wiem, czy ja chcę być pod skrzydłami zdrajcy – powiedział posępnie.

– Nie mamy pewności, czy on jest zdrajcą... To tylko przypuszczenia...

– Ale coś mi nie daje spokoju... Coś, co wprost dotyczy ciebie, Helmucie...

– Wal śmiało. – Detektyw zapalił cygaro i roześmiał się wesoło, lecz jego oczy pozostały poważne i skupione. – To nasze ostatnie spotkanie, stąd ta gęś i wino... Mów, wszystko zniosę!

– Norden cię wynajął, prawda? Bo nienawidzisz pojedynków i nie zamieciesz pod dywan sprawy śmierci jego przyjaciela Adlera, czy tak?

– Właśnie tak!

– A jeśli Norden zdradził i zatelefonował do dyrektora, aby go uprzedzić, że przyjdziemy, to... – Zabrakło mu słowa. – To by znaczyło, że Norden nie chce, abyś rozwiązał tę zagadkę... To tak, jakby ktoś wynajął malarza do pomalowania mieszkania, a potem chodził po wszystkich sklepach i mówił: Temu malarzowi nie sprzedawać żadnej farby! Tak to właśnie wygląda. Norden cię wynajął, a kiedy się zbliżasz do rozwiązania zagadki, to on sabotuje twoje działania. Norden chciał, żebyś rozwiązał tę zagadkę, ale teraz już nie chce. Dlaczego? Słuszne zadałem pytanie, Helmucie?

– Słuszne – przyznał Eugster z pewną niechęcią. – I zaraz ci na nie odpowiem.

– No to powiedz mi jeszcze jedno – Mock wymierzył ostatni cios. – Jeśli Norden nie chce, żebyś dla niego pracował, to czemu dalej dla niego pracujesz? Kiedy się zorientowałeś, że tylko on mógł telefonować do dyrektora Milcha, to czemu wziąłeś w obroty tego nieszczęsnego woźnego? By zdobyć informacje dla zdrajcy Nordena? Aż tak silna jest twoja lojalność wobec niego? Kim ty jesteś, Helmucie? To ostatnie nasze spotkanie... Powiedz mi, na Boga!, z kim ja właściwie pracowałem!

Detektyw odsapnął, odprężył się i uśmiechnął.

– Twoje rozumowanie jest na wskroś logiczne, ale jest w nim jedno kiepskie założenie...

– Jakie?

– Ja wcale nie pracuję dla Nordena. Moim szefem jest jeden z największych wrogów pojedynków, jacy stąpali po wrocławskiej ziemi... A instytucja, którą on reprezentuje, uważa pojedynki za największą z możliwych zbrodni...

– Kto to jest?

– Georg kardynał von Kopp. Metropolita wrocławski.

DWA DNI PÓŹNIEJ EUGSTER stał na pierwszym piętrze prawego skrzydła uniwersytetu i zastanawiał się, czy słusznie zawierzył studentowi i zdradził mu wszystko na temat swojej tajnej misji, w której Norden był tylko narzędziem. W końcu doszedł do wniosku, że – nawet gdyby Eberhard był zdrajcą przekupionym jakoś przez Rehberga – to i tak on, Eugster, musi wykonać ten trudny ruch teraz, za chwilę w gabinecie nadsekretarza.

A zresztą – pomyślał. – Czy Mock mógłby kiedykolwiek wykorzystać moje wyznanie?

Nie sądził, by tak się mogło stać. Aby się upewnić, odtworzył sobie w myślach całą swoją wypowiedź, którą mimo nadmiaru wina pamiętał bardzo dobrze.

– W gimnazjum uwielbiałem historię, Ebi. – Tak wtedy mówił. – I zawsze chciałem wiedzieć, jak było naprawdę. Dlatego zaraz po maturze poszedłem do policji. I tam znalazłem ludzi, którzy też chcieli wiedzieć, jak było naprawdę.

Po latach się okazało, jak mówił dalej w burdelu W Ramionach Morfeusza, że to dążenie do prawdy ma swoje granice. Raz żona pewnego samobójcy twierdziła uparcie, że jej mąż był zbyt pogodnym człowiekiem, aby targnąć się na własne życie. Helmut zbadał tę sprawę. Ów martwy porucznik kirasjerów miał zadziwiająco małą – jak na samobójcę – dziurę w głowie. Kiedy policjant przedstawił swoje wątpliwości zwierzchnikowi, ten ryknął na niego: „Dziura jest duża, bo ja tak mówię!". Wtedy koledzy szepnęli mu, że wiedzą skądinąd, że ów porucznik zginął w pojedynku, a w takim razie należy zgodzić się na samobójczą śmierć jako przyczynę zgonu, bo byłoby wbrew zasadom ścigać ludzi honoru.

Eugster przyjął to wtedy do wiadomości, lecz nie mógł się pogodzić z tym, aby ukrywać, „jak było naprawdę". Kiedy odkrył, że kilku jego kolegów policjantów otrzymało od członków rodzin informację o śmierci ich bliskich w pojedynku, a następnie zgony te były ewidencjonowane jako samobójstwo za zgodą tychże rodzin, to poczuł, że dłużej tego nie wytrzyma, i poszedł na wojnę z całym prezydium policji. Skutek był taki, że po dziesięciu latach pracy zmuszono go do dymisji, wykorzystując sfabrykowane dowody na jego zawodową nieuczciwość. Kiedy stracił pracę, zaczął pić, a kiedy zaczął pić, w życiu jego żony pojawił się jakiś donżuan z przedmieścia. Ponieważ po śmierci synka ich małżeństwo od lat było w rozsypce, ów uwodziciel nie musiał się specjalnie trudzić.

Eugster zapłakał nad odejściem żony, a potem otworzył biuro detektywistyczne. Rzucił się w wir pracy, którą zapewniały kiepskie zlecenia śledzenia niewiernych żon i mężów. Przestał też pić, ale to akurat nie było wcale spowodowane jego nową profesją.

Picie przeszkadzało mu w czatowaniu na pojedynkowiczów. Zaczajał się na nich w miejscach sobie znanych i kiedy już mieli strzelać do siebie, interweniował. Wpadał między strzelców i sekundantów i groził, że ich wyda. Ponieważ był uzbrojony, a pojedynki wedle prawa cesarskiego były karalne – co oczywiście stanowiło martwy przepis – pojedynkowicze odchodzili, uważając go za niebezpiecznego wariata. Niestety, pewnego dnia jakiś rozwścieczony rogacz zamiast do kochanka swojej żony strzelił do detektywa, ciężko go raniąc. Nie trzeba tu dodawać, że uszło mu to na sucho, ponieważ sędzia nie wierzył w balistyczne ustalenia. Kiedy Eugster wyszedł ze szpitala, zamknął się w sobie. Siedział w swym skromnym mieszkanku na Kreuzstrasse[113] i grał sam ze sobą w szachy. Nie sprzątał, nie mył się i z nikim nie rozmawiał. Z roku na rok coraz bardziej zbliżał się do krawędzi przepaści, którą był obłęd.

Pewnie by w nią w końcu wpadł, gdyby nie pewna rozmowa w pobliskim pałacu kardynalskim. Otóż jeden z sekretarzy Jego Eminencji zwrócił uwagę, iż jest pewien były policjant, który – gdyby mu tylko trochę pomóc – mógłby się bardzo przydać w antypojedynkowej batalii Kościoła. Kardynał posłuchał i kazał wezwać Eugstera. Ten przyszedł porządnie umyty i ogolony. I tak się rozpoczął nowy etap w jego życiu.

Stał się wiernym sługą kardynała von Koppa, oficjalnie – urzędnikiem kurii do specjalnych poruczeń. Kiedy zginął Adler, detektyw na polecenie kardynała natychmiast zwrócił się z propozycją współpracy do największego przyjaciela zmarłego, czyli do Eduarda Nordena, który się nigdy nie krył ze swoim wrogim stosunkiem do pojedynków. Po kilku rozmowach niezależnie wpadli z Nordenem na pomysł, iż potrzebny im jest agent wśród studentów.

Paląc teraz papierosa pod gabinetem Rehberga, dokonał szybkiego bilansu swoich antypojedynkowych działań dla kardynała. Nie był on najlepszy, ale jeden z jego największych sukcesów

---

113 Obecnie ul. Świętokrzyska.

właśnie się zbliżał, ciężko sapiąc. Był to komisarz Rudolf Fersemann z prezydium policji, który stał się cichym, lecz zajadłym wrogiem pojedynków rok wcześniej, gdy w jednym z nich zginął jego brat. Wtedy zaczął ściśle współpracować ze swoim dawnym kolegą, a efekt tej współpracy – spektakularny i przełomowy – miał się właśnie pojawić.

Obaj panowie uściskali się kordialnie, co nie było łatwe ze względu na brzuch Fersemanna, i weszli do gabinetu sekretarza Krausa, podwładnego Rehberga. Młody człowiek z równym, szerokim przedziałkiem na środku głowy uniósł wzrok znak kartek i spojrzał na nich ze zdumieniem.

– Przepraszam panów, ale na dzisiejszą rozmowę umówiłem pana nadsekretarza Rehberga tylko z jedną osobą, panem Fersemannem. Który to z panów?

– To ja – sapnął policjant. – Widocznie się pomyliłem, nie powiedziawszy, iż będę w towarzystwie współpracownika. Czy to uniemożliwia nam spotkanie, panie referendarzu?

– Ależ nie! Wcale! – Kraus pokręcił głową. – Proszę bardzo! Pan nadsekretarz czeka.

Wskazał im wewnętrzne drzwi. Otworzyli je i weszli do gabinetu, którego trzy ściany były wypełnione szczelnie segregatorami. Niewysoki, szczupły mężczyzna w ich wieku wstał od biurka na powitanie gości. Był ubrany w bardzo dobrze dopasowany granatowy surdut. Pod szyją miał zawiązany ekscentryczny jaskrawozielony krawat, którego węzeł przypominał misterne marynarskie wiązanie. Z daleka wydzielał piękne drogeryjne zapachy. Jeśli się zdziwił, że zamiast jednego interesanta ma przed sobą dwóch, to wcale tego nie okazał. Po prostu podszedł do stolika, wziął stamtąd krzesło i dostawił je do tego, które stało wprost przed jego biurkiem.

– Nadsekretarz uniwersytecki doktor Rehberg – przedstawił się cicho, lecz wyraźnie. – Zechcą panowie spocząć! Czym mogę służyć?

Jego „r" wibrowało, co mogło wskazywać na pochodzenie słowiańskie lub południowoniemieckie.

– Komisarz Fersemann – powiedział otyły mężczyzna niskim głosem. – A to mój współpracownik Helmut Eugster.

Usiedli. Nadsekretarz położył przed sobą mocne, ładnie uformowane dłonie o wymanikiurowanych paznokciach. Patrzył na przybyszów z lekkim zachęcającym uśmiechem.

– Doktorze Rehberg – powiedział Fersemann – jeden ze studentów jest podejrzany w sprawie kryminalnej. Nie będę pana wprowadzał w szczegóły dla dobra śledztwa, ale potrzebuję jego akt. Nazwisko Richard Lotz.

– Zechce pan przeliterować?

– L-O-T-Z.

– Oczywiście. – Urzędnik podszedł do drzwi i stojąc na progu, wydał dyspozycję swemu podwładnemu.

– Panie Kraus, proszę o dokumenty Richarda Lotza. Tak, L-O-T-Z.

Wymowa wyrazu „dokumenty" była francuska – co pokazało, iż jego niemczyzna, choć doskonała gramatycznie i słownikowo, zdradza raczej wpływy szwajcarskie niż słowiańskie.

Nadsekretarz wrócił na swe miejsce za biurkiem, a Kraus, włożywszy fartuch, wszedł do jego gabinetu, przyjrzał się literom wypisanym na półkach i na grzbietach segregatorów, po czym poszukał wzrokiem właściwego. W końcu go wypatrzył na półce pod sufitem. Podstawił drabinę i zdjął kartonowe pudełko. Wytarł je z kurzu i chciał wręczyć zwierzchnikowi z lekkim ukłonem. Ten ani drgnął.

– Dziękuję, panie Kraus. Proszę przekazać je panu Fersemannowi.

Sekretarz uczynił, jak mu nakazano, i wyszedł cicho z gabinetu. Przybysze zaczęli przeglądać dokumenty Lotza – kartka po kartce. W grubych palcach Fersemanna znalazło się po chwili świadectwo maturalne. Podał je Eugsterowi.

Ten patrzył na nie przez dłuższą chwilę, po czym przedarł je wpół i rzucił na elegancki dywan. Otrzepał dłonie, jakby pobrudził się łajnem.

Rehberg wstał gwałtownie. Górna warga ozdobiona małymi żółtawymi wąsikami podjechała ku górze, ukazując długie zęby.

– Co to ma znaczyć?! – wrzasnął.

Eugster wstał również i oparł swe pięści o blat biurka. Pochylił się ku nadsekretarzowi, wchodząc w chmurę wytwornych zapachów.

– Niedawno rozmawialiśmy z dyrektorem gimnazjum Johanneum doktorem Antonem Milchem – powiedział zgodnie z prawdą, nie dodając, iż tym razem woźny Pfleiderer nie robił im żadnych przeszkód w dostępie do zwierzchnika i nawet nie żądał policyjnej legitymacji od Fersemanna. – I zapytaliśmy go o maturę Richarda Lotza. I wie pan, doktorze Rehberg, co nam odpowiedział?

Komisarz wyjął jakiś dokument i podstawił go pod oczy urzędnika.

– To jest wilczy bilet Richarda Lotza – mruknął. – Wypożyczył go nam dyrektor Milch. Wie pan, jak działa wilczy bilet? Powiedz panu, mój drogi Helmucie!

– Bardzo chętnie. – Eugster z odległości kilkunastu centymetrów liczył plamki na tęczówkach nadsekretarza. – Kiedy uczeń zmienia szkołę, idzie najpierw w towarzystwie rodziców z prośbą do dyrektora nowej. To po pierwsze. Kiedy ten się zgodzi podjąć przychylną dla niego decyzję o przyjęciu w poczet uczniów, to ma obowiązek napisać list do dawnej szkoły i w tym liście zapytać o ewentualne przeciwwskazania. To po drugie. Jeśli uczeń ma wilczy bilet, stara szkoła musi o tym powiadomić nową. To po trzecie. Zgodnie z prawem wtedy dyrektor nowej szkoły musi odmówić przyjęcia. To po czwarte.

Rehberg wciąż milczał, ale na jego głowie pojawiły się krople potu doskonale widoczne pomiędzy rzadkimi, jakby przyklejonymi, pasmami włosów.

– To świadectwo jest sfałszowane, Rehberg. – Prywatny detektyw wskazał czubkiem buta podarty dokument. – Włączył pan do grona studentów kogoś, kto nie ma do tego formalnego prawa!

– Fałszowanie dokumentów państwowych to grube przestępstwo, doktorze. – Fersemann poprawił się na krześle. – Może pan powiedzieć: „To Lotz sfałszował, ja o niczym nie wiedziałem". Ale, o ile wiem, administrator uniwersytecki powinien zatelefonować do każdej szkoły, by sprawdzić, czy jej absolwent jest rzeczywiście absolwentem... Ale może ja zbyt dużo mówię... Może pan chce złożyć jakieś wyjaśnienia. Usiądźmy, Helmucie, posłuchajmy pana...

– To kłamstwo! – Rehberg usiadł za biurkiem. – To wierutne kłamstwo! To pan odpowie za zniszczenie dokumentu państwowego!

– Niech pan się skupi, doktorze Rehberg. – Eugster wciąż stał. – Daję panu pięć minut na zastanowienie. A potem przyprowadzę tu pana Huberta Lotza. Przekonałem go, by przyznał, że wręczył panu łapówkę...

– Nad czym mam się zastanawiać? – warknął nadsekretarz.

Fersemann opuścił głowę na pierś i nieoczekiwanie donośnie zachrapał. Detektyw odszedł od biurka urzędnika, usiadł na swoim krześle i założył nogę na nogę.

– Nad współpracą, doktorze. – Uśmiechnął się szeroko. – Pan spełni moje warunki, a ja zapomnę o wszystkim. Mój kolega Rudi jest chory na cukrzycę i czasami nieoczekiwanie zapada w sen. Gwarantuję panu, że nie usłyszy ani słowa z naszej rozmowy...

Rehberg podszedł do okna i równo przez pięć minut kontemplował piękny widok rzeki i mostu Uniwersyteckiego. Potem odwrócił się, usiadł za biurkiem i położył przed sobą na płask piękne dłonie.

– Słucham, panie Eugster.

– Nie. – Detektyw wyjął papierosa. – To ja pana słucham. Chcę mieć pewność, że jest pan świadom swojej winy. Tylko wtedy ja mogę pana skłonić do pożądanych przeze mnie działań. No to jak to było z tym Lotzem?

Rehberg wyjął swojego papierosa i postukał nim w papierośnicę. Sięgnął po benzynową zapalniczkę z figurką Diany otoczonej psami. Zapalił i wypuścił kłąb dymu.

– Jego ojciec przyszedł do mnie kilka lat temu – powiedział cicho. – Zaproponował mi dwa tysiące marek za zapisanie syna na Wydział Prawa jako pełnoprawnego studenta, nie jako wolnego słuchacza. Nie zgodziłem się. Tak naprawdę to bałem się, że cała ta historia może się wydać za sprawą dyrektora gimnazjum Milcha. Kiedyś coś mu się wymsknie w towarzystwie, myślałem, a błoto mnie pobrudzi... Wtedy Lotz senior zapewnił mnie, że dyrektor gimnazjum dostał już swoją zapłatę. Zrobił odpowiednie tableau i będzie milczał na temat matury Richarda. Jak widać, przedwczoraj nie milczał...

– Są różne metody, doktorze Rehberg. – Przesłuchujący uśmiechnął się, przypominając sobie, jak dyrektor gwałtownie zareagował na rewelacje Pfleiderera. – No i co dalej?

Nadsekretarz wstał.

– To ja się pytam, co dalej! Ja już panu powiedziałem wszystko. No to teraz czas na pańskie warunki.

– Są tylko trzy. Oto one!

Eugster mówił dobrych kilka minut, Fersemann chrapał, a twarz Rehberga purpurowiała i wzdymała się jak balon.

– Nie mogę spełnić pierwszego – wysyczał.

– *Aut omnia, aut nihil* – dobitnie wypowiedział tę łacińską frazę Eugster. – Albo wszystko, albo nic. Jeśli odmówisz, wyjdziemy stąd z przyjacielem bardzo smutni. To po pierwsze. Ja pójdę trochę popłakać gdzieś w kąciku nad twoim losem, a on uda się do swojego przełożonego, prezydenta policji doktora Bienki. To po drugie. Ponieważ sprawa dotyczy przekupstwa wysokiego urzędnika państwowego, musi się nią zająć sam szef. No i doktor Bienko otworzy specjalne dochodzenie, przesłucha pana Huberta

Lotza, sporządzi protokół i zaraz potem zatelefonuje... Wiesz, do kogo? Do kogoś, czyj jeden podpis sprawi, że najpierw na czas śledztwa zostaniesz zawieszony, a potem odejdziesz stąd w głębokiej infamii... Oto ten przyszły rozmówca prezydenta policji!

Detektyw wyjął z kieszeni wizytówkę. Pokazał ją Rehbergowi. Biały elegancki kartonik z nazwiskiem i z numerem telefonu był obramowany złotym motywem meandra. Dyrektor ministerialny Friedrich Althoff był wielkim miłośnikiem starogreckich motywów zdobniczych. Mówiono, że nawet jego pościel jest wyhaftowana w meandry.

– Proszę tylko o jeden dzień do namysłu – szepnął Rehberg.

Eugster pokiwał głową na znak zgody.

WROCŁAW,
czwartek 26 kwietnia 1906 roku,
kwadrans na ósmą wieczór

NA ROGU VIKTORIASTRASSE[114] I HÖFCHENSTRASSE[115] mieściła się znana ze znakomitej dziczyzny elegancka restauracja Geidego. Tego ciepłego wieczoru zapraszała ona jednak w swe progi nie tylko gości spragnionych jelenich combrów i sarniny szpikowanej skwarkami, ale również miłośników sztuki i filozofii. Ci pierwsi siedzieli jak zwykle w centralnej sali i delektowali się wyszukanymi potrawami przy dźwiękach muzyki, ci drudzy

---

114 Obecnie ul. Lwowska oraz ul. Radosna.

115 Obecnie ul. Tadeusza Zielińskiego.

zgromadzili się w bocznej salce, gdzie trwał właśnie wykład doktora Clausa Conrada z Monachium pod tytułem „Wagner i Nietzsche".

Właściciel restauracji pan Gotthard Meissner nie zmieniał nazwy firmy i wciąż używał szyldu „J. Geide's Restaurant", chcąc wykorzystać renomę lokalu, jaką przez lata intensywnej pracy zbudował jego poprzednik. Postanowił podobnie jak on być – w miarę możliwości i bez przesady – mecenasem kultury i sztuki. Kierowany życzliwością wobec artystów i uczonych, raz w miesiącu nieodpłatnie udostępniał Wrocławskiemu Towarzystwu Goetheańskiemu boczną salę, w której zwykle organizował stypy i inne spokojne przyjęcia. Miała ona tę zaletę, iż jej okna wychodziły na podwórze, a od sali głównej oddzielały ją kuchnia i korytarz, dzięki czemu dochodził do niej tylko słaby pogłos muzyki. Toteż zgromadzeni tu goście nie byli zbytnio rozpraszani przez świat zewnętrzny i mogli się skupić na sprawach ducha.

Walter Rehberg, choćby został zamknięty w klasztornej celi, nie mógłby się skupić na niczym innym niż na sposobach złagodzenia straszliwego ciosu, jaki mu wymierzono. Pełne patosu wywody monachijskiego uczonego wpadały mu jednym uchem, a drugim wypadały. Nie spuszczał oczu z drzwi, czekając, aż wejdzie tu spóźnialski, z którym musiał się koniecznie naradzić przed podjęciem dalszych kroków. Człowiek, z którym we dwóch stanowili ukryty i bezwzględny mózg organizacji zwanej Towarzystwem Krzewienia Higieny Rasowej.

Kwadrans po rozpoczęciu wykładu drzwi uchyliły się i Rehberg ujrzał w nich szczupłą twarz Alfreda von Jodena – widział na niej wyraz bezgranicznego zdziwienia. Urzędnik wstał i zbliżył się do wykładowcy na palcach, aby nie przeszkadzać innym słuchaczom. Gestem ręki ponaglił go do wyjścia.

Po chwili stali na niewielkim podwórku wśród skrzynek z napisami „J. Geide's Restaurant, Breslau, Viktoriastrasse / Ecke / Höfchenstrasse". Przestrzeń ta oddzielona była od reszty podwórza ceglanym murem i zapewniała rozmawiającym całkowitą dyskrecję.

– Dowiedziałem się od twojego służącego, że będziesz tu dzisiaj – powiedział Rehberg, ściskając von Jodenowi dłoń.

– Właściwie to miałem być gdzieś indziej – odparł z uśmiechem von Joden. – Na miłym spotkaniu *tête-à-tête*... Ale młodej osobie, z którą byłem umówiony, wypadło coś nieoczekiwanego, no i jestem tutaj...

Rehberg obszedł małe podwórko dookoła i w poszukiwaniu szpiegów zajrzał nawet do jednej z beczek po kapuście.

W ciągu pięciu minut spokojnie opowiedział o wizycie Eugstera i Fersemanna. Opowieść skończył przedstawieniem trzech warunków detektywa. Skończył mówić, zawiesił głos i spojrzał na rozmówcę.

– Co byś zrobił na moim miejscu?

Von Joden milczał.

– Zgodzę się, Alfredzie. – W głosie Rehberga zabrzmiała prośba o usprawiedliwienie. – Nie mam innego wyjścia... W przeciwnym razie moja dymisja jest kwestią czasu... Pewnego dnia w mojej skrzynce znajdzie się list Althoffa z kilkoma krótkimi zdaniami.

Von Joden, zwykle roztrzęsiony i roztargniony, teraz był wyjątkowo spokojny.

– Tak musisz zrobić – rzekł. – Ja też bym tak zrobił. Warunek pierwszy, czyli osadzenie na katedrze teologii faworyta kardynała, profesora Ohlhausena, nijak nie krzyżuje planów naszego Towarzystwa... Chociaż... – potarł skronie, jakby chciał zintensyfikować myśli. – Jednak trochę krzyżuje... Ostatnio Reichstag uchwalił załagodzenie ustawy antyjezuickiej. I jezuita na wrocławskiej Alma Mater – pierwszy jezuita od prawie stu pięćdziesięciu lat! Czyż nie jest to znak, że von Kopp zaczyna walczyć o zdobycie uniwersytetu dla Kościoła, a dla jezuitów w szczególności? A może znowu chce go zamienić w jezuicką Universitas Leopoldina?

Przystojne oblicze von Jodena nagle rozjaśniło się drwiącym uśmieszkiem.

– Czym ty się przejmujesz, Walterze? Kardynałem von Koppem, który jeszcze liże rany, choć upłynęły dziesiątki lat po kulturkampfie? A może jakimś jezuitą? Jak on nam może niby zaszkodzić? To już nie są czasy Ignacego Loyoli!

– Ohlhausen to znany uczony. Pewnie będzie senatorem, a każdy głos w senacie jest ważny dla naszej sprawy...

Von Joden klepnął Rehberga w ramię.

– Najważniejsze, że mamy katedrę – powiedział wesoło. – Już szerzę naszą ideę wśród młodzieży.

– Widzę, że dobry humor cię nie opuszcza – powiedział zgryźliwie urzędnik. – A co powiesz o drugim warunku kardynała? Ten detektyw dał mi nawet projekt opracowany przez skryby Jego Eminencji!

– Dobrze, przeprowadzimy restrykcyjną ustawę antypojedynkową, tak jak tego chce ten klecha, przeprowadzimy – zapewnił świeżo mianowany profesor. – Zgodzimy się usunąć nawet uświęcone tradycją menzury, a każdego pojedynkującego się studenta usuniemy z uczelni. My już nie potrzebujemy pojedynków i pojedynkowiczów. Lotz zrobił z Adlerem, co miał zrobić, a teraz już nam właściwie nie jest potrzebny. Teraz przystępujemy do wzmożonych działań organizacyjnych. Legalnych, Walterze, legalnych! Raz pozwoliliśmy sobie na działanie poza prawem, tylko raz! Zlikwidowaliśmy Adlera, i to wystarczy! Nie potrzebujemy już ani pojedynków, ani kreatur w typie Lotza.

Zapadło milczenie. Mijały sekundy, a twarz nadsekretarza coraz bardziej się rozpogadzała.

– Wiesz, że ty chyba masz rację, Alfredzie! Tak naprawdę to nic się złego nie stało! – sapnął Rehberg. – Chyba po raz pierwszy ja panikuję, a ty zachowujesz spokój... Ja się tak przejąłem, bo po prostu już dawno nie byłem szantażowany...

– Ostatni raz panikowałeś w Bazylei – wtrącił von Joden w zamyśleniu.

– Nawet mi nie przypominaj tego błędu młodości – żachnął się nadsekretarz. Mówiłem ci wielokrotnie – to był zupełny przypadek... Poniosło mnie... Chcesz, żebym ci do końca życia dziękował za to, co dla mnie wtedy zrobiłeś?

– Już mi wystarczająco podziękowałeś, mój stary przyjacielu. – Von Joden chwycił go za ramiona. – Jestem profesorem i możemy realizować plany, które się wtedy roiły w naszych młodych zapalczywych głowach!

Rehberg odwzajemnił uścisk i patrzył mu długo w oczy.

– Jest jeszcze ktoś, kto może być bardzo niebezpieczny...

Twarz von Jodena stężała.

– Mój kolega z Seminarium Filologicznego? – zapytał nerwowo. – Eduard Tik-Tak?

Tym razem Rehberg głośno się roześmiał.

– Ty chyba chodzisz z głową w chmurach, Alfredzie! Ty nic nie wiesz? Ty, kolega Nordena z jednego seminarium? Nic o nim nie wiesz? Przecież Norden odchodzi z naszego uniwersytetu!

Von Joden otworzył szeroko usta.

– Niejeden gołąb już o tym grucha pod szermierzem! – śmiał się dalej nadsekretarz. – A ty robisz zdziwioną minę! Otóż nasz przechrzta obejmuje katedrę filologii klasycznej nie byle gdzie! Oj, nie byle gdzie! W samym Berlinie! Kolejny przeciwnik nam umyka! Twój śmiertelny wróg z Seminarium Filologicznego! Na jego miejsce radca Althoff zaproponował mało znanego Paula Wendlanda z uniwersytetu w Kilonii, do niedawna jeszcze profesora gimnazjalnego z Berlina! No cóż, swój swego wspiera… Co, nie cieszysz się, przyjacielu?

Wykładowca zapatrzył się w ceglany mur. Powoli skierował spojrzenie gdzieś w bok. Jak zawsze, gdy opadały go niewesołe myśli.

– Wszyscy nasi wrogowie pierzchają – odparł powoli. – Pozostaje tylko jeden. Eberhard Mock. Asystent Nordena.

– Właśnie jego miałem na myśli… – powiedział twardo Rehberg. – Mam o nim wiele cennych informacji. Naszemu kochanemu Richardowi uciął pół głowy na menzurze… Moi ludzie mi donosili, że trenuje w rzeźni szermierkę, boks i strzelanie. Wygląda na to, że ten gówniarz, który gardzi pojedynkami, nauczył się pojedynkować. Tylko po co?

– On jest groźny – syknął von Joden. – To wściekły pies…

– No cóż, chyba masz rację – rzekł powoli Rehberg. – A psami chorymi na wściekliznę kto się zajmuje?

– Masz takiego hycla?

Rehberg zamknął oczy i przytaknął ruchem głowy.

– Oczywiście. Mamy go od dawna. Nazywa się Richard Lotz. I tu jest kłopot, Alfredzie. Trzeci warunek kardynała brzmi: złoczyńca Lotz ma iść do więzienia! A nam bardzo będą jeszcze potrzebne wybryki juniora i pieniądze seniora.

– Zwróćmy się zatem bezpośrednio do któregoś z sekretarzy von Koppa – powiedział w zamyśleniu von Joden. – Zaproponujmy złagodzenie ostatniego warunku... Wiem, że trzymają nas w garści, ale u normalnego księżula są większe pokłady miłosierdzia niż u starego, bezkompromisowego policjanta... A Lotza kiedyś i tak wydamy policji, ale na pewno dopiero jak ten Mock...

– ... nie będzie już groźny. – uzupełnił Rehberg.

WROCŁAW,
piątek 27 kwietnia 1906 roku,
wpół do dziesiątej rano

MIMO WIELU PRZEŁOMOWYCH WYDARZEŃ, które udzieliły odpowiedzi na najważniejsze wątpliwości, Mock wciąż nie miał pewności, czy Norden jest zdrajcą. Kiedy o to wprost zapytał Eugstera po wyjściu z gimnazjum, ten grał na zwłokę.

– Dowiesz się wieczorem – oznajmił.

Tymczasem wieczór nie przyniósł niczego nowego w tej kwestii. Po akcji z Pfleidererem Mock pewnie uzyskałby odpowiedź, jakie motywy mogły kierować Nordenem, gdyby sam nieoczekiwanie nie zmienił tematu i nie zadał fundamentalnego pytania:

– Kim ty właściwie jesteś, Helmucie?

Długa, wyczerpująca odpowiedź sprawiła, że student poczuł znużenie i już więcej o Nordena nie pytał. Zapomniał o nim również dlatego, że wtedy znów – z całą mocą – ogarnęły go wyrzuty sumienia z powodu upodlenia woźnego. Ta mieszanina uczuć wywołała w Mocku gwałtowną niechęć do Eugstera. Porzucił go zatem, nie dopiwszy wina, i uciekł na swoją stancję, gdzie nie mógł zebrać myśli, i siedział długo w noc, wypalając niezliczone papierosy.

W końcu podjął decyzję w sprawie Nordena. Choć jego silna natura pchała go do tego, by wprost zapytać profesora, czy ich zdradził, powstrzymał się od tego kroku. Po tym jak jasno zadeklarował, że opuszcza świat przemocy i wchodzi do świata filologii, indagowanie profesora w sprawie domniemanej zdrady byłoby błędem. Niezależnie od tego, czy Norden się sprzeniewierzył swym współpracownikom czy też nie, jego reakcja na takie pytanie byłaby z pewnością zdecydowana i jednoznaczna – nie chciałby znać Mocka i ten utraciłby skromne źródło swoich dochodów. Eberhard gardził konformizmem, ale przed poruszeniem tego tematu w rozmowie z profesorem postanowił jeszcze trochę poczekać, by na zimno przeanalizować wszystkie przesłanki. Jedno było pewne – taką rozmowę na pewno przeprowadzi, choć jeszcze nie wyznaczył sobie jej terminu.

Następnego dnia, po wypełnieniu swych asystenckich obowiązków, wrócił do siebie, włożył czystą i wyprasowaną koszulę dostarczoną mu przez panią Nitschmann i jeszcze raz się ogolił, gdyż wieczorem zrobił to dość niestarannie z powodu nadmiaru wina, które na pożegnanie wypił z Eugsterem. Wypomadował włosy, spryskał się wodą kolońską, którą trzymał na specjalne okazje, i z bukiecikiem tulipanów poszedł do Nataszy. Niepokoiła go nieobecność tej sumiennej studentki na porannych wykładach w Seminarium Filologicznym. Nie zastał jej w domu, a stróż kamienicy poinformował go, że *Fräulein Diabrinsky* wyjechała poza Wrocław w jakiejś pilnej sprawie.

Mock napisał naprędce liścik miłosny, dołączył go do kwiatów, a wszystko zostawił w jej pokoju, dokąd został wpuszczony przez rozchichotane koleżanki. Te jednogłośnie, choć z nieco dziwnym uśmieszkiem, potwierdziły wyjaśnienia stróża, dodając, iż Natasza często wyjeżdża do Sokołowska pod Wałbrzychem, gdzie przebywa wielu rosyjskich kuracjuszy i ci często przekazują jej listy od bliskich. Dziewczyny zapewniały go, że ich koleżanka wkrótce wróci, bo zwykle nie zostaje tam dłużej niż dwa dni.

– Już ja w to uwierzę, że pojechała tak po prostu, by te listy odebrać! Co to w Rosji poczty nie ma? – mruczał do siebie Eberhard, kiedy wracał Sternstrasse[116]. – Jak nic pojechała do tego, o którym mi mówiła, że skradł jej serce!

A może – i tu nadzieja wtargnęła do jego umysłu – a może ona właśnie pojechała po to, aby z nim zerwać? Aby mu powiedzieć: Moje serce ma Ebi?

Z mieszanymi zatem uczuciami wrócił do siebie zmartwiony nieobecnością dziewczyny, po czym – kierowany obowiązkiem i potrzebą zabicia czasu – kontynuował rozbiory metryczne Wergiliańskich heksametrów, by szukać w nich ukrytej symetrii. Robota szła mu nie najlepiej, ponieważ ciągle ją przerywał i popadał w odrętwienie – jego myśli wciąż krążyły wokół Nordena.

Gdyby Mock był człowiekiem dojrzałym i doświadczonym, zrozumiałby, że być może profesor został w pewnym momencie postawiony przed trudną alternatywą, a ta najczęściej jest wyborem pomiędzy mniejszym lub większym złem. Pomyślałby wtedy pewnie, że Norden wybrał mniejsze zło dla uniknięcia większego, i na tym zakończyłby swoje spekulacje.

Tymczasem młodzieniec był ufnym i wierzącym w dobre intencje ludzi idealistą. Gdyby sam stanął przed wyborem mniejszego lub większego zła, najpewniej nie zdecydowałby się ani na jedno, ani na drugie – dla tego pryncypialnego studenta taka alternatywa była godna pogardy. On – w swoim mniemaniu – zawsze wybierał dobro kosztem zła i nie szedł nigdy na zgniłe kompromisy. Jeśli już się o nie ocierał – jak to było w wypadku

---

116 Obecnie ul. Sienkiewicza.

propozycji Nordena, która *de facto* brzmiała: będziesz moim asystentem, pod warunkiem że najpierw zostaniesz szpiclem – to włączał zawsze bardzo sprawny mechanizm samousprawiedliwiania. Gdyby ktoś chciał ten mechanizm rozbroić i zarzuciłby mu konformizm, to był gotów ścierać się w długich polemikach pewien swoich racyj.

Podobną taktykę najchętniej przyjąłby w sprawie Nordena. Postawa profesora nie dawała się jednak nijak wytłumaczyć. Uprzedzenie dyrektora Milcha o wizycie Eugstera i Mocka było dla tego ostatniego nie tyle zdradą obcych profesorowi dwóch ludzi, ile przede wszystkim sprzeniewierzeniem się pamięci zmarłego przyjaciela Moritza Adlera, ponieważ ta właśnie wizyta miała być milowym krokiem w kierunku wyjaśnienia okoliczności jego śmierci.

Mijały kolejne dni wypełnione pracą i licznymi rozmowami z Nordenem, głównie na tematy filologiczne. Właśnie owe dyskusje sprawiły, że niewzruszona dotąd zasadnicza postawa Mocka zaczęła się nieco kruszyć. Intelekt profesora, jego mądra ironia, a nade wszystko błyskotliwe idee naukowe znów oddziałały z wielką mocą na młodego asystenta. Po chwilowym zaniedbaniu studiów w czasie przerwy międzysemestralnej – spowodowanym śledztwem dla Eugstera oraz uniesieniami z Nataszą – Mock wrócił do krainy filologii, gdzie chwilami nie mógł się obyć bez mądrego przewodnika. Chcąc nie chcąc, zaczął wymyślać dla swojego mistrza różne usprawiedliwienia – od banalnych po nadzwyczaj wyszukane, ukoronowaniem tych ostatnich było przypuszczenie, że sam profesor Tik-Tak został przez kogoś przyparty do muru.

Miał rację Eugster – myślał teraz Mock, siedząc na wykładzie profesora Nordena przy małym stoliku obok jego katedry – kiedy mówił przy winie, że od momentu tego swoistego chrztu już zawsze, nawet w świecie nauki, będę się czuł skażony. Czy ktoś mógłby przypuszczać, że w tej chwili, słuchając tak wielkiego erudyty, nie zastanawiam się nad tym, co on mówi, lecz nad tym, jak i kto go wziął w imadło.

Inna sprawa, że wykład Nordena o Pseudo-Longinusowym traktacie *O wzniosłości* niezbyt go interesował. Nie skupiając się zatem na wywodach profesora, musiał swoje myśli czymś zająć. I tym właśnie była domniemana zdrada Nordena. Mógł ją przełknąć i w zamian zrobić u jego boku karierę, ale mógł też odrzucić tę perspektywę – w imię szlachetnych idei.

Ale co wtedy? – pytał sam siebie w duchu. – Co wtedy? Jeśli powiem Nordenowi, że porzucam asystenturę, to on zmieni do mnie diametralnie stosunek. Już na pewno nie zrobię doktoratu ani u niego, ani w ogóle na tym uniwersytecie, bo jego niechęć mi zaszkodzi u wszystkich innych profesorów... A przecież nie zmienię miasta uniwersyteckiego, bo mnie na to nie stać... Musi minąć trochę czasu, zanim znajdę nowych uczniów do korepetycyj...

Nagle głos Nordena przerwał te niewesołe rozważania. Stojący na katedrze wykładowca patrzył na asystenta.

– Tak, panie Mock. Proszę zapisać ten cytat na tablicy!

Student wstał i wziął ze sobą zeszyt, w którym miał przygotowane cytaty. Zbliżył się do profesora i szepnął:

– Któryż to, panie profesorze?

Norden ze zdziwieniem na niego spojrzał i wskazał palcem na ostatni zapis.

Kiedy Mock zaczął przepisywać długi cytat z *Poetyki* Arystotelesa, do głowy przyszła mu myśl, która wywołała falę uspokojenia.

Przecież ja nawet nie wiem, czy on jest rzeczywiście zdrajcą! – jego deliberacja przyjęła nieoczekiwany obrót. – To tylko przypuszczenia Eugstera! A może Glaca chce mi zohydzić Nordena z jakiegoś powodu?

Przepisał cytat i usiadł. Używszy przezwiska Glaca, zdał sobie sprawę, że po raz pierwszy źle pomyślał o Eugsterze. I zrozumiał po raz nie wiadomo już który, że woli zdrajcę Nordena od kata Eugstera.

– Drodzy panowie – profesor spojrzał na zegarek, ale tym razem nie był to odruch automatyczny – do końca wykładu zostało nam pięć minut. Nadszedł czas, bym powiedział panom o czymś ważnym. Nasze Seminarium Filologiczne było ostatnio wstrząsane przykrymi wydarzeniami. Najpierw umarł profesor Bachmann, a zaraz po nim jego oczywisty – z racji uprawiania tych samych zagadnień naukowych – następca, a mianowicie docent Adler. Osieroconą po Bachmannie i nie objętą przez Adlera katedrę objął docent, obecnie profesor, von Joden. – Nabrał powietrza w płuca i spojrzał na Mocka. – Rzadko to bywa, moi panowie, by w jednym roku akademickim osierocone zostały dwie katedry w tym samym seminarium. Ale tak właśnie stanie się u nas. Drugą katedrę w Seminarium Filologicznym opuszczam ja, a po mnie przychodzi Paul Wendland, do tej pory profesor gimnazjalny z Berlina. Aby zbieg okoliczności był jeszcze bardziej uderzający, informuję panów, że ja idę tam, skąd przybywa profesor Wendland: właśnie do stolicy cesarstwa. Zostałem powołany na katedrę filologii klasycznej na Uniwersytecie Fryderyka Wilhelma jako następca wielkiego Adolfa Kirchhoffa, który zasiadał na niej lat ponad czterdzieści.

Ostatnie słowa wypowiedział z nieukrywaną dumą i umilkł, jakby oczekiwał oklasków. Nikt nie klaskał, nikt nic nie mówił. Żaden student nie był specjalnie zdumiony, ponieważ na uniwersytetach w świecie niemieckojęzycznym rotacja i studentów, i profesorów była bardzo duża. Ci pierwsi często zmieniali uczelnie, ciągnąc za kolegami lub za sławą jakichś wykładowców, ci drudzy porzucali często prowincjonalne uniwersytety na rubieżach państwa, jak bywało w wypadku Wrocławia czy Królewca, i szukali katedr, kierując się wysokim prestiżem danej Alma Mater. Oczywiście żadna pod względem sławy i statusu nie dorównywała berlińskiej.

– Zapraszam wszystkich moich studentów – powiedział na koniec Norden – na pożegnalną uroczystość, której datę podam później. To wszystko, moi panowie. Koniec wykładu. Do zobaczenia jutro o tej samej porze.

Studenci zaczęli bębnić kłykciami w ławy, wyrażając w ten sposób pozytywną opinię na temat wykładu. Po chwili wstali i rozkładane siedzenia zaczęły głośno walić w oparcia. Stukały piórniki, szeleściły notatki, grzechotały zapałki w palcach co bardziej niecierpliwych palaczy. Wychodzili, kłaniając się profesorowi. Jeden tylko młodzieniec stał bez słowa i wpatrywał się płonącymi oczami w wykładowcę.

Kiedy Norden wygłaszał ostatnie kwestie przed swoim audytorium, jego asystentowi natychmiast przyszło do głowy pewne pytanie. Pojawiło się ono już wcześniej, co sprawiało wrażenie jakiejś monomanii.

Co dalej z tobą, Eberhardzie? Co dalej? – huczało mu w uszach.

Kiedy Norden wspominał o starym, legendarnym Kirchhoffie, pojawiło się inne pytanie, na które – zdaniem Mocka – była jedyna możliwa odpowiedź.

Dlaczego Norden zdradził? – myślał. – Bo dostał katedrę jako zapłatę za swoją zdradę!

Student był pewien słuszności swego rozumowania. Wszak Eugster mu się przyznał, iż jest człowiekiem kardynała von Koppa, a jako taki – tu już sobie Mock dodał – walczy z jakimiś przeciwnikami kardynała, potężnymi osobistościami w świecie akademickim.

Debaty przypominające pojedynki – myślał gorączkowo, kiedy jego koledzy opuszczali salę seminaryjną. – Śmierć Adlera z ręki Lotza, objęcie katedry po Bachmannie przez von Jodena mimo jego kompromitacji w czasie wykładu Haeckla. To wszystko wskazuje na istnienie jakiejś uniwersyteckiej koterii o ogromnych wpływach. I ta koteria mogła dać Nordenowi kopniaka w górę, by raz na zawsze się pozbyć kogoś, kto poprzez Eugstera i przeze mnie uzyskał dowody na to, iż jego przyjaciel wcale nie popełnił samobójstwa!

– Wiem, co pan czuje, Mock – rzekł z uśmiechem Norden. – Najpierw panu zaproponowałem asystenturę, a teraz porzucam Wrocław... Ale zapewniam pana, że wypadki potoczyły się bardzo szybko... Kilka dni temu przyszedł do mnie list od dyrektora ministerialnego Althoffa z tą radosną wieścią i nie zdążyłem się nią jeszcze z panem podzielić... Mam nadzieję, że nie ma pan mi za złe tej zwłoki...

– Mam panu za złe – wypalił Mock zuchwale – ale nie to, że nic mi pan nie powiedział o swoim nieoczekiwanym awansie. Mam panu za złe coś całkiem innego...

– Powinienem teraz przerwać naszą rozmowę – odparł ostro Norden – bo nie przywykłem wysłuchiwać impertynencyj od chłystków... Ale dla pana zrobię wyjątek. W końcu jest pan wciąż jeszcze moim asystentem... No, słucham, słucham, Mock!

Eberhard chciał mu powiedzieć o tym, jak mocno się czuje zawiedziony, że Norden go wykorzystał, kusząc świetlanymi perspektywami. Zrobił z niego zwykłego szpicla, który miał donosić na jednego ze współstudentów. A teraz, kiedy Mock już odwalił całą czarną robotę i z ufnością ruszył pod jego przewodem w krainę filologii, profesor niefrasobliwie nie dotrzymał obietnicy i po prostu porzucił naiwnego ucznia jak zużytą serwetę.

Mock chętnie by to wszystko z siebie wyrzucił, ale coś go powstrzymywało. Nie był to szacunek do profesora, bo to uczucie już przed chwilą utracił. Raczej niechęć przed biadoleniem. Nie chciał być uznany za małą, jęczącą duszyczkę, która użala się sama nad sobą.

Powiedział zatem coś całkiem innego.

– Wie pan co? – Czuł, jak cały dygoce z nerwów. – Bardziej od pana cenię mojego ojca pijaka. On przynajmniej jest szczery! Nie jest zdrajcą! – Wręczył oniemiałemu Nordenowi cały plik kartek. – To są moje rozbiory metryczne – rzekł już spokojnie. – Na marginesie opisałem kilka ciekawych zjawisk, niekoniecznie symetrycznych, ale ciekawych. Może się to panu przydać w jego wiekopomnej pracy naukowej nad tajemniczą matematyką *Eneidy*. Ja już tego nie potrzebuję...

Profesor nie przyjął notatek. Włożył ręce do kieszeni i zza binokli patrzył na swego asystenta zaniepokojonym wzrokiem.

– Zwariował pan? – zapytał. – Jaka zdrada, o czym pan mówi?

Wtedy Mock rzucił mu kartki pod nogi i wyszedł z sali seminaryjnej.

WROCŁAW,

piątek 27 kwietnia 1906 roku,

wpół do jedenastej przed południem

STANĄŁ POD POMNIKIEM SZERMIERZA i rozpiął surdut. Z szyi zerwał krawat. Krople wytryskujące ze strug fontanny osiadały mu na twarzy i na włosach. Wdychał pełną piersią mieszaninę zapachów – zgniłą woń wody, fetor końskiego łajna i kartoflany smród z piwnicznych okienek potężnej kamienicy tuż obok gmachu uczelni.

Co dalej? Co dalej? – rozbrzmiewała mu w głowie nieznośna myśl.

Przez chwilę chciał, tak jak kiedyś po pijanemu, rozpiąć spodnie i oddać mocz do tej fontanny, która już stawała się symbolem uniwersytetu. Tylko tak okazałby pogardę całemu światu akademickiemu.

Przed tą głupią demonstracją powstrzymała go jednak prosta i oczywista odpowiedź, która z szybkością błyskawicy rozwiała wszystkie wątpliwości. Była ona tak jasna, że tylko rozdygotany Hamlet, jakim był przed chwilą, mógł ją przeoczyć. Przecież, wzgardziwszy ze wstrętem drogą detektywa Eugstera, mógł iść dalej drogą filologii, ale bez Nordena! Homer czy Wergiliusz byli zawsze niezawodnymi przyjaciółmi. Żaden z nich nie był zdrajcą ani katem.

Nikt mu przecież nie zabroni ukończyć studiów, zwłaszcza że ewentualna zemsta ze strony Nordena siedzącego w Berlinie miałaby moc niewielką. Mock mógłby napisać pod okiem Skutscha doktorat o niezwykłościach metrycznych Plauta i podążyć dalej drogą pedagogiczną. Zda egzaminy nauczycielskie, będzie najpierw tak zwanym nauczycielem uzupełniającym, potem zwykłym, aż w końcu zostanie profesorem gimnazjalnym. Wszystkiemu podoła, zwłaszcza z jakąś mądrą kobietą u boku.

Nie jakąś – poprawił sam siebie. – Z konkretną kobietą, która ma imię i nazwisko. I właśnie do niej teraz pójdę! Może już wróciła ze swojego uzdrowiska?

Przeszedł przez Bramę Cesarską[117] i przeskoczył przez pełną dorożek i powozów Burgstrasse[118]. Ruszył wzdłuż Odry, mijając po drodze trzy ogromne reprezentacyjne gmachy – Instytut Farmacji[119], Gimnazjum Świętego Macieja[120] oraz Sąd Wyższy Krajowy[121]. Skręcił w lewo na most Piaskowy, następnie w prawo na most Tumski, minął Książęcy Sierociniec[122], kościół Świętego

---

117 Przejście pod Uniwersytetem Wrocławskim.

118 Obecnie ul. Grodzka.

119 W gmachu dawnego Instytutu Farmacji mieszczą się Katedra i Zakład Chemii Organicznej Uniwersytetu Medycznego.

120 Obecnie Ossolineum.

121 Obecnie Wydział Filologiczny Uniwersytetu Wrocławskiego.

122 Obecnie Centrum Duszpasterskie Archidiecezji Wrocławskiej.

Krzyża i znalazł się na Sternstrasse[123], skąd było już bardzo niedaleko do Monhauptstrasse[124].

Mock prawie biegł. Był pełen energii i błyskotliwych pomysłów, chociaż dwa kwadranse wcześniej podeptane zostały jego nadzieje. Mimo wszystko jedna mu pozostała – nazywała się Natasza Diabrinska.

Zapowiedział stróżowi, do kogo idzie, i ruszył na górę, przeskakując po dwa stopnie. Nie zwracał uwagi na zafrasowaną minę dozorcy, który chciał coś rzec, ale zamknął usta, widząc wulkan entuzjazmu rozpierający młodego człowieka. Temu zaś się zdawało, że stróż chce powiedzieć: No ładnie, ładnie! Mężczyzna do *Fräulein Diabrinsky* w odwiedziny! Fiu, fiu, fiu – co też tam się będzie działo...

Zastukał mocno. Otworzyła mu jedna z koleżanek Nataszy. Bez słowa, z wyrazem smutku w oczach odwróciła się i weszła w głąb mieszkania, zostawiwszy drzwi otwarte.

Kiedy Natasza ujrzała Eberharda, zaczęła płakać. Uniosła się na łóżku, przykryła twarz kołdrą i łkała. Zdążył tylko zobaczyć fioletową opuchliznę, w której zapadało się jej oko. Stał i patrzył przez chwilę bez słowa. Nie widział jej twarzy, ale wystarczył mu widok prawej dłoni, którą przytrzymywała kołdrę. Skóra była naciągnięta i sina. Na wskazującym palcu odstawał oderwany częściowo paznokieć.

– Broniłam się – szeptała. – Broniłam... Ale był silniejszy... Udało mi się uniknąć pohańbienia, bo coś go spłoszyło... Nie patrz na mnie, Ebi, nie patrz...

---

123 Obecnie ul. Sienkiewicza.
124 Obecnie ul. Matejki.

Usiadł przy dziewczynie. Chciał ją pogłaskać, ale bał się, że może urazić jakieś bolące miejsce.

– Tak, wiem, Ebi. – Słowa z trudem przechodziły jej przez usta. – Nie powinnam była chodzić sama po mieście... Wiem... Mogłam cię poprosić, abyś mnie z dworca odebrał. Ale to się przecież stało tuż koło mojego domu... Nawet gdybyś odprowadził mnie pod samą bramę, to i tak musiałabym wejść na to podwórze... A on mnie wciągnął do szopy... Nie mogłam krzyczeć, bo mi coś do ust wepchnął... Nie miał mnie kto bronić... Stróża nigdzie nie było...

Łagodnie i delikatnie zaczął ją gładzić po kostce nogi wystającej z pościeli. Nie zauważył nawet, jak przy tym ruchu guzik u rękawa jego surduta wkręca się w koronkę zdobiącą poszwę.

Tutaj pewnie nie uderzył – pomyślał, gładząc Nataszę po stopie.

Mylił się. Natasza syknęła z bólu.

– Tam mnie też kopał. – Załkała i schowała nogę pod kołdrę.

– Z bezsilności. Z furii. Bo mu się opierałam... Nic mi nie złamał, doktor mówił... Nie patrz na mnie, nie chcę, żebyś taką mnie widział... Idź już, Ebi, idź!

Nie wiedział, jak się ma zachować. Siedział w milczeniu w starannie posprzątanym i jasnym od słońca pokoiku, gdzie wszystko było na swoim miejscu.

Wszędzie widać było oczywiste piętno kobiecej ręki. Niejeden przedmiot był naznaczony jakimś damskim szczegółem, który go czynił przyjaznym i miłym. Z kart książek i kajetów, starannie oprawionych w płócienne okładki bądź w szary papier, wystawały jako zakładki zasuszone liście lub kwiaty; listy na zgrabnym sekretarzyku były zebrane w idealny stosik dzięki złotej tasiemce zawiązanej u góry na równe kokardki; pudła z kapeluszami były ułożone symetrycznie na szafie, a tulipany, które zostawił u niej we wtorek, równo porozkładane w skromnym wazonie z glinki bolesławieckiej. W pomieszczeniu były tylko dwa elementy nieładu. Jednym były troczki od wiosennej sukienki, wymykające się przez szparę pomiędzy ściankami wiklinowego parawanu, drugim Natasza – namacalny dowód działania zła, żywy symbol przemocy, widzialny znak chaosu, którym ktoś skaził ten uporządkowany świat.

– Kto to był? Kto? – mówił Mock i wraz z każdym słowem czuł coraz mocniejszy skurcz gardła. – Znasz napastnika? Znasz? Powiedz mi, kto to! Kto ci to zrobił?

Milczała, a kołdra okrywająca jej twarz nasiąkała łzami. Eberhard poczuł, jak żołądek podjeżdża mu pod gardło. Jego mięśnie tężały jak beton, a w uszach brzęczały trąby.

Wstał gwałtownie. Koronka spięta guzikiem z jego surdutem pociągnęła za sobą kołdrę. Zsunęła się ona z twarzy Nataszy.

I wtedy Eberhard zobaczył jej oblicze. Guz nad lewym okiem sprawiał potworne wrażenie, choć nie był wcale siny. Skóra czoła wyglądała w tamtym miejscu tak, jakby ją ktoś rozciął i wepchnął pod nią płaski kamień. Była tak mocno napięta, że wyeksponowała dużą pulsującą żyłę, która zaczynała się u nasady nosa i przecinała wzdłuż czoła. Drugie oko zatopione było w ciemnej opuchliźnie. Zakrwawiony kącik ust wyglądał na rozdarty, a pod nosem z prawej strony rozlewał się siniec nakrapiany czerwono-żółtymi plamkami.

Mock stał sparaliżowany. Natasza krzyczała. Do pokoju wpadła jedna z jej koleżanek. Oderwała z trzaskiem koronkę od rękawa surduta mężczyzny, a jego samego lekko odepchnęła od łóżka. Przykryła kołdrą pobitą dziewczynę, usiadła koło niej i zaczęła coś mówić po rosyjsku – łagodnie i melodyjnie.

Eberhard opierał się o szafę i wypowiadał swe pytanie jak mantrę.

– Kto to zrobił, kochanie, kto?

– Ten, co tak się upił wtedy... – doszedł spod kołdry słaby głos. – Co go wyprowadzili później...

– Lotz? Ten, co pomylił Tacyta z Horacym? – W głosie Mocka rozlegał się dziwny wysoki ton.

– Nie wiem – szeptała Natasza. – Nie wiem... To ta świnia, co wydawała brzydkie odgłosy przy stole... A ciebie to zdenerwowało... No ten z knajpy, gdzie byliśmy po raz pierwszy razem...

– Proszę stąd wyjść. – Jej koleżanka wstała. – Nie widzi pan, że dręczy chorą swoimi głupimi pytaniami?!

Eberhard ukłonił się i wyszedł. Schodził powoli, słysząc brzęk wiadra na podwórku. Czuł, że płonie w nim ogień zemsty – jasny i oczyszczający – który obróci w popiół wszystko, co mu stanie teraz na drodze do Richarda Lotza. A przy tym ogarnął go dziwny spokój. Przypomniał sobie pojęcie ukute przez Eugstera: „Gniew kontrolowany. Wpadasz w gniew, kiedy taka jest twoja wola". Tak to definiował detektyw przy kolacji w burdelu.

Mock wyjrzał przez okno i zobaczył, że dozorca idzie z pełnym wiadrem do kratki kanalizacyjnej. I wtedy wola młodzieńca się odezwała. Wzbudziła gniew na człowieka, który miał tu pilnować porządku, a nie zapobiegł brutalnemu napadowi na dziewczynę.

Zbiegł na podwórko, minął stróża i spojrzał na szopę na narzędzia. Była otwarta. Zajrzał tam. W klepisku wyryte były dwie dziury. Ślady po obcasach Nataszy, gdy kopała nogami o ziemię.

Poczuł, że ktoś go łapie za ramię.

– Hej, co jest? – wrzasnął dozorca. – Co mi tu zaglądasz, łobuzie?

– Gdzie byłeś, cieciu – mówił spokojnie Mock, pozwalając, by gniew powoli się rozpalał – kiedy napadli tę dziewczynę?

– A co ci do tego? – prychnął stróż. – Taką to teraz trudno chędożyć, co? Nie położysz się na niej, bo boli, nie weźmiesz jej z boku, bo nera ją szarpie…

Mock zadał cios w pierś. Mężczyzna zachwiał się. W kącikach jego ust pojawiła się ślina. Obie dłonie położył na sercu i zaczął ciężko sapać. Powietrze wypuszczał z dziwnym świstem.

Eberhard wziął zamach. Nie pozwolił, by gniew nad nim zapanował. Cios był niezbyt silny, lecz mierzony starannie – taki jak sobie zaplanował w ułamku sekundy. Prawy podbródkowy. Stróż okręcił się wokół własnej osi i obrócony do napastnika plecami, runął twarzą w pył podwórka.

Mock spokojnie podszedł do wiadra. Pociągnął nosem. Śmierdziało rybą. Uniósł je i wylał zawartość leżącemu na głowę. Z obrzydzeniem patrzył, jak rybie wnętrzności osiadają na skroni ciecia, a odcięta głowa karpia ześlizguje się po policzku.

Z tym wiadrem to już było niepotrzebne – pomyślał, wychodząc z bramy.

Chlustając ohydną cieczą na głowę dozorcy, nie kontrolował gniewu. To on nad nim zapanował.

– Trudno – szepnął do siebie. – Dopiero się uczę.

I wtedy zrozumiał, że próg gimnazjum Johanneum był rzeczywiście granicą pomiędzy światem uniwersytetu a światem przemocy. I pojął, że już jest całkiem na tym drugim terytorium. I że z niego nie ma odwrotu.

WROCŁAW,
piątek 27 kwietnia 1906 roku,
kwadrans na południe

OGRODY PRZY PAŁACU KARDYNALSKIM były wzorcem symetrii i porządku. Alejki utworzone przez żywopłoty rozdzielały się i łączyły, jakby były ilustracją dwóch podstawowych praw rządzących naturą – rozpadu i syntezy. Korony drzewek i krzewów – starannie przycięte w kształty brył geometrycznych – pokazywały związek pomiędzy obiektami natury a obiektami idealnymi, takimi jak kula czy stożek.

Helmut Eugster nie był zainteresowany kwestiami ontologicznymi, choć był na swój sposób filozofem. Interesowała go jednak filozofia praktyczna.

Kwestia, z którą przybiegł do niego Mock, przedarłszy się z trudem i determinacją przez portierów kardynała, dotyczyła właśnie filozofii codziennego działania. Student postawił go bowiem przed dylematem, który w dużym uproszczeniu brzmiał: pomóc mu czy też nie pomóc?

Wysłuchawszy wstrząsającej historii o chuci Lotza, która wyładowała się w bestialskim pobiciu niewinnej kobiety, detektyw zrozumiał, że kompromis, do którego przyjęcia został zmuszony, był błędem.

– Musimy wsadzić Lotza do ciupy, rozumiesz? Musimy! – zakończył swój gorączkowy wywód Mock. – Miejsce bestii jest w klatce...

Eugster wziął studenta pod ramię i poprowadził go w stronę Odry, czując na sobie różne spojrzenia z okien kardynalskiego pałacu.

– Posłuchaj, Ebi – powiedział powoli. – Chwyciłem wczoraj w imadło wszechwładnego doktora Waltera Rehberga. Dzięki tobie. Wszystkie nitki biegły właśnie do niego. On był najprawdopodobniej mocodawcą Lotza, to on zaplanował ten pojedynek, w którym zginął Adler, a potem upozorował samobójstwo. Oczywiście Rehberg nie przyznał się do tego, a ja nie naciskałem, bo w naszych negocjacjach musiałem się skupić na innych zadaniach i priorytetach... wyznaczonych mi przez kardynała. Rehbergowi postawiłem trzy warunki. Jeden z nich dotyczył polityki akademickiej kardynała i o nim nie mogę ci mówić. Drugi wiązał się z ustawą antypojedynkową. Był i trzeci – podszepnięty kardynałowi przeze mnie. Rehberg dwa pierwsze przyjął bez szemrania, a na trzeci, czyli na wydanie Lotza policji, zgodził się, ale z pewnym zastrzeżeniem...

– Jakim?

– Twierdzi, że potrzebuje czasu...

– Ile?

– Dwóch lat.

Mock oniemiał.

– Dwóch lat? – wykrztusił z trudem te dwa słowa. – Przez ten czas to bydlę może zabić jeszcze wielu ludzi niewygodnych dla Rehberga! I co, zgodziłeś się?

Eugster zdjął melonik i otarł z potu głowę.

– Nie ja – mruknął ponuro – Nie ja się zgodziłem, ale kto inny... Rehberg zwrócił się wprost do kardynała z pominięciem mojej osoby. I purpurat dał swoje *placet*[125]. Na te dwa lata... Przykro mi, Ebi. Polityka zwyciężyła nad sprawiedliwością... Nie po raz pierwszy i nie ostatni.

Mock zaczął krążyć jak wściekły zwierz pomiędzy żywopłotem a murem odgradzającym rezydencję kardynała od wody. Czuł, że ogrom klęsk tego dnia – odejście od Nordena, pobicie Nataszy, bezkarność Lotza – zaczyna go dławić. Nagle uderzył się w czoło, rzucił na ławkę i spojrzał triumfalnie na Helmuta.

– Ale nie tym razem! – krzyknął. – Ukarzemy go za napad na Nataszę Diabrinską, a właściwie to ja wymierzę mu karę, ale z twoją pomocą!

Eugster usiadł obok studenta na ławce i zapatrzył się na czółna i żaglówki, które śmigały na ciemnej tafli Odry pomiędzy Ostrowem Tumskim a Wzgórzem Holteia[126].

– Znam sędziów aż za dobrze, mój przyjacielu – powiedział bardzo poważnie. – Nawet jeśli panna Diabrinska zgodzi się zeznawać, w co bardzo wątpię, to i tak do sędziów dojdzie jej opinia łatwej kobietki, która się ciągnie niestety za każdą studentką... A za tą Rosjanką szczególnie, jak słyszałem od tego i owego z uniwersytetu. Żaden sędzia nie potraktuje jej poważnie... Powie taki jeden z drugim: Sama się prosiła, wszak tylko ladacznice chodzą po mieście bez towarzystwa... Tak każdy z nich powie. Szkoda naszego trudu, Ebi...

---

125 Zezwolenie (łac.).
126 Obecnie Wzgórze Polskie.

Mock siedział przez chwilę w milczeniu. Był przerażony tym, co miał teraz zamiar powiedzieć Eugsterowi. Próg gimnazjum Johanneum był pierwszym rubikonem. Przekroczywszy go, on – dotąd porządny obywatel i nadzieja narodu – dobrowolnie zgodził się asystować przy dręczeniu i upokarzaniu człowieka. Teraz próg pałacu kardynała Georga von Koppa miał się stać drugą taką granicą. Po jej przekroczeniu Mock będzie nie tylko świadkiem przemocy, ale też jej wykonawcą.

Podjął decyzję. Splunął i powiedział:

– *Alea iacta est.*

– Co masz na myśli? Jakie kości zostały rzucone?

– Ja nie mówiłem, że sądowi oddamy Lotza – Mock rzekł cicho, lecz z naciskiem. – Ani że to właśnie sąd wyda sprawiedliwy wyrok za napad na Nataszę. Miałem na myśli to, że ja sam, bez policji, wymierzę karę... Ja jestem sądem! Tylko jest pytanie, czy ty mi pomożesz...

– Mów, co masz na myśli! Wysłucham i zdecyduję!

Nie zadawał żadnych pytań, gdy Mock relacjonował mu swoje zamiary. Z minuty na minutę czuł coraz większe napięcie mięśni. W końcu student skończył i głęboko odetchnął. Zapadło milczenie, które przerwał Eugster.

– Musisz wiedzieć jedno. – Patrzył Mockowi prosto w oczy. – Jeśli się nie uda, to...

– Wiem, trafię do więzienia – odparł Eberhard. – Pomożesz mi?

– *Alea iacta est* – rzekł Helmut w zamyśleniu.

W SIEDZIBIE KORPORACJI VANDALIA odbyły się tego dnia już trzy menzury, wśród nich jedna wstępna. Wszystkie zakończyły się pomyślnie, a nawet więcej niż pomyślnie, gdyż wszyscy menzuranci oddawali swe rapiery, brocząc krwią. Wielokrotnie już rąbano salamandrę, a chóralnym potężnym śpiewom nie było końca. Kelnerzy nie nadążali za zamówieniami.

Przepasany szarfą Eberhard Mock w mycce w korporacyjnych barwach dosiadał się raz do jednych, raz do innych kolegów i udawał, że się świetnie bawi. Żartował, śpiewał pieśni, wypijał schmollis z nowo przyjętymi wandalami i opowiadał koszarowe dowcipy. Gdyby ktoś go uważnie obserwował, natychmiast zauważyłby, że student mocno się oszczędza w piciu. Właściwie to wciąż ma w kuflu tyle samo piwa, bo kiedy ukazywało się w nim dno, natychmiast szedł do baru, gdzie barman nieznacznie uzupełniał płyn, po czym Mock znów z niewielką ilością piwa na dnie zmieniał towarzystwo. Wyglądało to tak, jakby osuszył już kilka kufli, podczas gdy naprawdę nie przekroczył chyba dwóch kwart.

Musiał zachować możliwie największą trzeźwość, aby – zgodnie z zasadą Eugstera – kontrolować swój gniew, bo właśnie opanowania wymagał pierwszy punkt planu, który przedstawił detektywowi w ogrodach kardynalskich. Gdyby to, co miał zaraz zrobić, zostało spotęgowane przez furię, cała intryga, nad której misternością jego mentor aż się zadziwił, obróciłaby się wniwecz.

Obiekt jego działań nie ułatwiał mu powściągania gniewu. Zachowywał się wobec Mocka prowokacyjnie. Najpierw Lotz gapił się na niego zuchwale od sąsiedniego stolika, a kiedy Mock zaczął zmieniać towarzystwo, podążał w tym samym kierunku, nawet się nie kryjąc z chęcią sprowokowania Eberharda.

Pierwsze zwarcie nastąpiło w ubikacji. Kiedy Mock wyszedł z kabiny, ujrzał stojącego przed nim Lotza. Osiłek wpatrywał się w niego z bezczelnym uśmieszkiem. Jego mętne oczy spoglądały ironicznie spod jasnych długich rzęs. Gdyby nie błędny nieco wzrok, można by go wziąć za trzeźwego. Wskazał dłonią na czubek swej głowy, oklejony plastrami.

– Czas chyba wyrównać rachunki, co wandalu? – W tym ostatnim określeniu dźwięczała drwina.

Mock chciał go wyminąć, ale Lotz zastawił mu drogę.

– Przepuści mnie pan? – Eberhard czuł, że przestaje panować nad sobą.

Wtedy Lotz usunął się odrobinę. Mock, przechodząc na korytarz, albo musiał się o niego otrzeć, albo go odepchnąć. Zrobił to drugie. Lekko, jakby się przepychał w tramwaju.

Nie chciał go teraz prowokować. Do tego, co miał zamiar zrobić, potrzebował świadków, a tu, w toalecie, nie było nikogo. Kiedy wyszedł z pomieszczenia, obejrzał się na swego przeciwnika. Ten nie odrywał od niego mętnego wzroku. Mock uniósł do nosa dłoń, którą dotknął Lotza. Powąchał ją i skrzywił się z obrzydzeniem. Następnie kucnął i wytarł rękę o deski podłogi – jakby pozbywał się łajna, które przykleiło mu się do palców. Powąchał, znów wytarł, a potem odszedł, słysząc za plecami donośny, sztuczny śmiech.

Kiedy Lotz wrócił do swego stolika z pełnym kuflem, był czerwony na twarzy. Pantomima z łajnem rzeczywiście podziałała mu na nerwy. Usiadł z impetem, a kufel postawił z hukiem. Piana spłynęła na blat stołu. Sięgnął do papierośnicy. Drżącymi palcami nie mógł wydobyć papierosa zza tasiemki. W końcu przeklął i zgniótł go w potężnej dłoni, a tytoniem z rozdartej bibuły sypnął po stole.

W sali rozbrzmiewała potężnie pieśń *O, alte Burschenherrlichkeit*. Mock liczył jej zwrotki. Została jeszcze jedna. Odczekał, aż studenci skończą. Tak się stało po dwóch może minutach. Zmęczony i rozradowany pianista odchylił się na swym krześle i pociągnął z kufla spory łyk.

Kiedy muzyka umilkła, nadeszła chwila, na którą Mock czekał od początku wieczoru. Wstał i podszedł wolno do stolika zajmowanego przez Lotza. Ten uniósł ku niemu wzrok. Ku zdziwieniu Mocka był teraz całkiem spokojny.

– Richardzie Lotz! – wrzasnął Mock głosem tak potężnym, że sala umilkła. – Jest pan najgorszą świnią i podlecem, panie Lotz! I tchórzem, bo tylko tchórz bije kobietę! A pan ją nie tylko pobił, ale wręcz zmasakrował!

Wypowiedziawszy to, chlusnął Lotzowi w twarz zawartością swego kufla. Oblany piwem wstał spokojnie. Po jego twarzy płynęła piana. Ktoś podał mu serwetę. Olbrzym otarł nią twarz, wyszedł zza stołu i zbliżył się do Mocka. Cuchnął piwem, którego krople osiadły mu na groteskowo długich białych rzęsach.

Senior korporacji Maximilian Golücke podszedł do zwaśnionych szybkim krokiem, aby zapobiec bijatyce. Niepotrzebnie się śpieszył. Żaden z nich nie zamierzał się bić – w każdym razie nie teraz.

– Żądam satysfakcji! – warknął Lotz.

– Dostanie ją pan – odparł Mock.

– Na pistolety! O jednego z nas jest za dużo na tym świecie...

– Zgadzam się!

Senior przybrał uroczysty wyraz twarzy.

– Stało się to w siedzibie korporacji Vandalia! – Wyjął zegarek z kieszeni i spojrzał w stronę kwestora burszenszaftu. – Godzina siódma po południu, dwudziestego ósmego kwietnia. Proszę to zapisać, Brockelmann! – W całkowitej ciszy dodał: – Zapraszam jutro panów, każdego z dwoma sekundantami, do siedziby korporacji. W samo południe!

Obaj zwaśnieni studenci kiwnęli głowami.

– To wszystko! – zawołał Golücke. – A teraz proszę panów o oddalenie się, ponieważ zgodnie z zasadą braterstwa zwaśnieni członkowie Vandalii nie mogą uczestniczyć w ogólnych uroczystościach aż do czasu wyjaśnienia swych racyj! Chyba że teraz pan Mock przeprosi pana Lotza...

Mock uśmiechnął się, kiwnął głową Golückemu i wyszedł pierwszy. Udał się w stronę mostu Wyspiarskiego[127]. Tego chłodnego wieczoru, który nastąpił po ciepłym dniu, gęsta mgła wisiała nad wodami rzeki. Choć było jeszcze bardzo dużo światła, nieliczni ludzie pojawiali się nieoczekiwanie – jak gdyby wychodzili z białej pary. Mijali Mocka ubrani na czarno mężczyźni w melonikach i w cylindrach. Sprawiali wrażenie konduktu żałobnego. Gdyby ktoś, kogo życie wisiało na włosku, był przesądny, mógłby uznać tych ludzi za ewidentny zwiastun własnego pogrzebu.

---

127 Obecnie most Pomorski.

Mock nie był przesądny i szedł spokojnie dalej. Bardziej wyczuwał, niż widział, gmach uniwersytetu, który się wznosił teraz nad rzeką jak olbrzym o rozmazanych konturach. Poszedł w jego stronę, czując ściskanie w trzewiach na smutną myśl, iż może po raz ostatni widzi swoją Alma Mater.

Bramę Cesarską[128] wypełniała mgła, w której żarzył się ognik papierosa. Stał tam niewysoki mężczyzna w płaszczu i w meloniku. Oparłszy but podeszwą o mur uniwersytecki, patrzył czujnie w stronę nadchodzącego studenta. Ten podszedł do niego i uśmiechnął się szeroko.

– Będziesz moim sekundantem, Helmucie?

– Nie sądziłem, że kiedykolwiek będę uczestniczył w tym barbarzyństwie – odrzekł i westchnął z rezygnacją zapytany.

‖ **WROCŁAW,**
‖ **niedziela 29 kwietnia 1906 roku,**
‖ *południe*

WIELKA SALA W BUDYNKU VANDALII była już posprzątana i dobrze wywietrzona po wieczornej pijatyce. Flagi u powały zwieszały się smętnie. W ostrym świetle słońca widać było kurz pokrywający wieńce i jelenie poroża. Długie stoły, przy których niedawno ucztowano, stały teraz zepchnięte pod ściany i okna. Jedynie na środku sali stał mały stolik do gry w karty z wysuniętymi z czterech stron podstawkami, w których tkwiły mosiężne

---

128 Przejście pod Uniwersytetem Wrocławskim.

popielnice wypełnione prawie po brzegi. Palili wszyscy – kłęby dymu obracały się w promieniach słońca. Protokolant Brockelmann, na co dzień kwestor korporacji, oraz czterej sekundanci – po dwóch z każdej strony stołu – słuchali uważnie kapitana kirasjerów Eugena Wengego, który został poproszony przez Golückego, aby zechciał być sędzią i tak zwanym kierownikiem pojedynku.

Wenge – z racji udziału w wydarzeniu zakazanym przez prawo – występował w ubraniu cywilnym i przedstawił się sekundantom bez wymieniania swej wojskowej szarży, którą i tak dobrze znali wszyscy wandalowie. Mimo surduta i dziwnego krawata, który raczej przypominał romantyczne chusty zawiązywane na szyi sto lat wcześniej, również sekundanci Mocka Helmut Eugster i Heinrich Zuckermann nie mieli najmniejszych wątpliwości, że siedzi przed nimi oficer. Krótkie, szybko wypowiadane zdania przypominały komendy, a bezruch i sztywność jego postawy wskazywały na to, że słowo „baczność" jest dla niego chlebem codziennym. Jedynym ruchem, jaki wykonywał w czasie prezentowania zasad pojedynku, było strzepywanie cygaretki do popielnicy.

– Strony nie mają własnej broni. Na ich prośbę mówiący te słowa dostarczy w dzień pojedynku pistolety pojedynkowe Kuchenreuter. Zapewniam, że zgodnie z zasadami broń, po pierwsze, będzie miała lufy wyczyszczone, po drugie, kurki będą chodziły wolno, po trzecie, celownik umieszczony będzie dokładnie na linii osi lufy, po czwarte, ciężar, kaliber i kształt obu sztuk będą identyczne. Sekundanci sprawdzą to wszystko po kolei przed samym starciem, czy to jasne?

Sekundanci Lotza, von Stietenkrafft i tęgi, niewysoki bursz o śląskim nazwisku Przibilla, kiwnęli głowami na zgodę natychmiast, Zuckermann i Eugster uczynili to natomiast po cichym wymienieniu jakichś uwag.

– Dobrze. Proponuję, aby końcem pojedynku była niezdolność pojedynkowa jednej ze stron, to znaczy śmierć lub rana uniemożliwiająca oddanie strzału. Teraz ważne ustalenie. Pod dyskusję: jeśli jedna ręka ranna, a drugą można strzelać, jest to, zdaniem panów, niezdolność czy nie?

– Jesteśmy za tym – odezwał się Eugster – aby ustalić, że strzelać można tylko jedną ręką.

Sekundanci Lotza długo się naradzali.

– Zgadzamy się na tę propozycję – rzekł von Stietenkrafft z mocnym monachijskim akcentem. – Ale chcemy ustalić, czy lekarz uczestniczący w pojedynku ma w sprawie niezdolności pojedynkowej którejś ze stron głos decydujący czy doradczy. Jesteśmy za tą drugą możliwością.

– Nie ufa pan lekarzom? – zapytał Zuckermann.

– Nie o to chodzi. – Monachijczyk poprawił monokl w oku. – Reprezentowany przez nas Richard Lotz jest wyjątkowo wytrzymałym na ból człowiekiem i potrafi walczyć w warunkach, które kogoś innego dawno by już zniechęciły... Lekarz może mówić swoje, a Lotz będzie chciał walczyć dalej. Jesteśmy za tym, aby umożliwić zwaśnionym taki wybór, wbrew lekarzowi...

Patrzył przy tym znacząco i z pewną wyższością na obu sekundantów Mocka. Ironiczna mina Eugstera mówiła: No proszę, proszę, jacy groźni!

– Zgadzamy się – odpowiedział w końcu detektyw po szeptanej konsultacji z kolegą.

– No to teraz najważniejsze. – Kapitan zdusił cygaretkę. – Jaki rodzaj pojedynku wybieramy? Propozycja należy do strony obrażonej. Słucham panów!

– Proponujemy pojedynek ze stanowiskiem stałym – powiedział Przibilla. – Ze strzelaniem na komendę. Pierwszy oddaje strzał pan Richard Lotz.

Eugster uniósł ręce w niemym proteście, a Zuckermann rzucił się na krześle.

– Jak to!? – krzyknął pierwszy.

– Co to za sprawiedliwość!? – zawtórował mu drugi.

– To my jesteśmy stroną obrażoną! – wycedził von Stietenkrafft.

– I mamy możliwość wyboru... – włączył się student Przibilla.

– Spokojnie, panowie – uciszył wszystkich kapitan Wenge. – Według zasad kodeksu honorowego o kolejności strzału decyduje losowanie. Jest to ostatni punkt protokołu. Zgodnie z dobrymi zwyczajami pojedynków wojskowych losowanie zarządzam po spisaniu wszystkich punktów protokołu, z przedostatnim włącznie. A teraz kolejne pytanie. Jaki dystans? Kiedy i gdzie?

Spojrzał na sekundantów Lotza.

– We wtorek o świcie w Lasku Osobowickim – odparł von Stietenkrafft.

Eugster i Zuckermann potaknęli, kiwając głowami.

– Dobrze. Jutro o dziesiątej rano spotykamy się koło Szwedzkiego Szańca w Lasku Osobowickim. Będziemy ja i protokolant pan Brockelmann oraz przynajmniej jeden z każdej pary sekundantów. Czy ta godzina panom odpowiada? – Otrzymawszy odpowiedź twierdzącą, kapitan kontynuował: – Wtedy wybierzemy miejsce. Po pierwsze, światło i cień muszą tam być o świcie takie same dla obu przeciwników, po drugie, tło musi być jednakowe; nie może jeden stać na tle lasu, a drugi na przykład na tle pustego horyzontu. Dobrze. Po trzecie, musimy sprawdzić wszystkie nierówności terenu, by nikt się nie potknął.

– Jeszcze dystans – wtrącił się Brockelmann. – Przypominam panom, że wyboru dystansu dokonuje strona obrażona.

– Proszę nam przypomnieć możliwości, kapitanie! – odezwał się Przibilla.

– Najmniej dwanaście metrów, najwięcej czterdzieści – odparł Wenge.

– Dwanaście – wysyczał monachijczyk.

– Dobrze. – Kapitan położył splecione dłonie na stole. – Dwanaście metrów to jest szesnaście moich kroków. Odmierzę je na miejscu. Zatem mamy już prawie wszystko. Panie Brockelmann, proszę napisać teraz takie oto punkty. Pojedynek trwa do stwierdzenia niezdolności pojedynkowej, którą sugeruje medyk. Jeśli pojedynkowicz nie zgodzi się z medykiem, ma prawo do dalszej walki. Jeśli nie zostanie przez medyka orzeczona ewidentna niezdolność do pojedynku, czyli utrata przytomności lub śmierć, pojedynek zostaje przerwany w dwóch wypadkach. Raz: przez uczestnika, który uzna swoją niezdolność pojedynkową. Dwa: po oddaniu trzech strzałów przez jedną stronę i trzech strzałów przez drugą, niezależnie od zdolności lub niezdolności pojedynkowej. A teraz uwaga, panowie! Rzecz bardzo ważna! Proszę pisać,

Brockelmann! Dyktuję: w każdym innym wypadku przerwanie pojedynku powoduje utratę honoru, powtarzam: „utratę honoru", przez stronę przerywającą pojedynek.

Kapitan Wenge odsapnął po tej długiej tyradzie. Spojrzał na drzwi i krzyknął:

– Lotz i Mock, wejść!

Drzwi się otwarły i w słoneczne światło pełne tańczących smug dymu weszli obaj studenci. Mieli poszarzałe od zmęczenia twarze i podpuchnięte oczy. Ogólna przyczyna tych fizjonomicznych niedoskonałości była u każdego z nich taka sama – obaj nie spali do bladego świtu. Różniły ich jednak diametralnie czynności, jakie wykonywali. Lotz pił, a potem chędożył jak buhaj sprzedajną dziewczynę z Kępy Mieszczańskiej, natomiast Mock opiekował się Nataszą – robił jej okłady, karmił ją łyżeczką i przytulał. Pierwszy spał kilka godzin w jakiejś melinie, drugi – na niewygodnym fotelu.

Kierownik pojedynku, widząc ich zmęczone twarze, chciał nawet udzielić im ojcowskiego napomnienia, jak to miał zwyczaj czynić w koszarach, ale w ostatniej chwili się powstrzymał.

– Niniejszym zarządzam, iż o kolejności strzelania zdecyduje losowanie – rzekł donośnym głosem. – Będzie ono miało przebieg następujący. Pierwszy będzie strzelał ten uczestnik, który dwa razy z rzędu wyrzuci ten sam awers lub rewers tej oto monety. Rzucać zaczyna pan Lotz. Proszę na podłogę niedaleko od stołu, przy którym siedzimy...

Wenge podał wymienionemu dwudziestofenigówkę. Lotz wyrzucił cesarskiego orła. Mock schylił się i wyrzucił również orła. Po następnym rzucie Lotza pojawiła się reszka, podobnie jak po rzucie jego przeciwnika. W trzeciej próbie orzeł był wynikiem rzutu studenta prawa, natomiast niedawno upieczony korporant wyrzucił po raz drugi reszkę, co rozstrzygnęło definitywnie sprawę.

– Pierwszy strzela pan Eberhard Mock – oznajmił kapitan Wenge. – Proszę to zapisać, Brockelmann! To tyle na dzisiaj, moi panowie. Składamy podpisy i idziemy na obiad! Mnie już kiszki marsza grają... Chyba że... – spojrzał nieżyczliwie na Eugstera podnoszącego ramię – strony mają jakieś zapytania, interpelacje i tak dalej... A widzę, że mają! Słucham, panie Eugster!

Detektyw wstał od stołu i poprawił spinki u mankietów. Potem wyprężył się jak struna. Wydawało się, że składa meldunek.

– Panie kapitanie, mój klient pan Eberhard Mock prosi pana Richarda Lotza o ostatnią rozmowę pojednawczą... To po pierwsze. Prosi, aby taka rozmowa odbyła się jutro o świcie, miejsce do ustalenia. Obaj panowie spotkaliby się w asyście jednego ze swoich sekundantów... Ci mieliby czuwać, aby to spotkanie nie przemieniło się w przedwczesny pojedynek. To po drugie. Mojemu klientowi będzie towarzyszył pan Heinrich Zuckermann.

Wszyscy odwrócili się ku Mockowi z bezbrzeżnym zdumieniem.

– Nie rozumiem. – Wenge wstał od stołu i patrzył surowo na Eberharda. – Jeśli pan chciał przeprosić obrażonego, to mógł to pan zrobić wcześniej, choćby dziś rano... Zaoszczędziłby pan czas mój i wszystkich innych!

Mock wytrzymywał spojrzenie kapitana przez dłuższą chwilę, a potem przeniósł swój wzrok na Lotza.

– Nie zamierzam przepraszać mojego adwersarza – powiedział, patrząc mu w oczy. – Chcę mu tylko przedstawić racjonalne argumenty, które skłonią go, mam nadzieję, do ugody.

Wenge odwrócił się do obrażonego.

– Co pan na to, Lotz?

Bursz zastanawiał się przez długą chwilę. Jego oblicze rozorane blizną objawiało gorączkową pracę mózgu. Lekki uśmieszek się pojawiał, kiedy przychodziła mu myśl o zgodzie na rozmowę z przeciwnikiem, zaciskał wargi, kiedy ją odrzucał. Kiedy odwrócił się w stronę Mocka, jego usta tworzyły kreskę.

– Odmawiam – powiedział.

Mock pokiwał głową. Był na to przygotowany.

Gdybyś się zgodził, idioto – pomyślał – działanie imadła, jakiego doświadczysz, byłoby mniej dotkliwe...

WROCŁAW,
poniedziałek 30 kwietnia 1906 roku,
godzina piąta rano

NIEDZIELNY WIECZÓR I NOC RICHARD SPĘDZIŁ po mieszczańsku i bez żadnych ekscesów – w swym mieszkaniu na Trebnitzer Strasse[129]. Po spotkaniu ustalającym warunki pojedynku wrócił do domu, zjadłszy po drodze potężny obiad w restauracji na Dworcu Odrzańskim[130]. Wypił tylko jedno piwo na kaca. Na tym zresztą w ogóle poprzestał, mimo że nękało go pragnienie normalne w ciepły wiosenny dzień. Najpierw długo stał w oknie i przyglądał się balonom osiadającym na pobliskim lądowisku

---

129 Obecnie ul. Trzebnicka.

130 Obecnie Dworzec Wrocław Nadodrze.

po drugiej stronie ulicy, później trochę drzemał, a potem czytał jakieś półpornograficzne powieścidło. Kolację zamówił do domu w tejże wspomnianej restauracji, a jego gońcem był chłopak od stróża. Znużony, zapadł w sen około jedenastej, nie pościeliwszy sobie nawet łóżka.

Kiedy się ocknął, zegar stojący w saloniku wybił pięć razy. Lotz wstał i ruszył przez przedpokój w stronę drzwi wejściowych. Rozsadzało mu pęcherz. W półśnie kiwał się na boki i zataczał, a swymi długimi rozpostartymi ramionami co chwila natrafiał to na jedną, to na drugą ścianę wąskiego pomieszczenia. Wywijając rękami na wszystkie strony, zmierzał jednak pewnie do celu, jakim była ubikacja na półpiętrze.

Kiedy do niej wszedł, szybko rozpiął kalesony i z ulgą zaczął walić po misce klozetowej mocnym strumieniem.

Zoologowie już dawno zauważyli, że zwierzę w kilku sytuacjach życiowych szuka zacisznych kryjówek, ponieważ czynności wtedy wykonywane są na tyle absorbujące, że skupia się na nich całkowicie i łatwo może wtedy paść łupem innego stworzenia. Jedną z najbardziej absorbujących są czynności wydalnicze.

Tego poranka Lotz utracił swój zwierzęcy instynkt samozachowawczy i nie zamknął drzwi od ubikacji. Kiedy był mniej więcej w połowie swej porannej urynacji, nagle poczuł zgniły smród, a potem przestał widzieć. Na głowę ktoś mu zarzucił śmierdzący worek.

– Lej spokojnie, pajacu – usłyszał cichy głos Mocka, a potem poczuł, że ktoś uwija mu się koło nóg, pętając je grubym sznurem.

Co gorsza, podobny sznur szybko owijał mu szyję. Wszystko to działo się tak szybko, że Lotz nie zdążył zareagować. Kiedy zapiął w końcu spodnie, wyrzucił ręce w stronę szyi. Poczuł wtedy, jak sznur wokół niej jeszcze mocniej się zaciska. Nie mógł złapać tchu.

Ciężko dyszał, charczał i wydawał nie znane sobie wcześniej świsty. Zaczął się miotać po ciasnym pomieszczeniu. Nagle się potknął o własne nogi i poślizgnął w kałuży własnego moczu. Mocno walnął pośladkami o posadzkę.

I wtedy coś twardego spadło mu na głowę. Trafiło w to miejsce, w którym skóra została zdarta przez Mocka w czasie menzury. Przecięło delikatny naskórek, który odbudował się już był na ranie. Błyskawica bólu zapaliła się w jego mózgu i zgasła.

To było ostatnie, co Lotz poczuł.

WROCŁAW,
poniedziałek 30 kwietnia 1906 roku,
wpół do szóstej rano

ZIMNA WODA CHLUSNĘŁA MU W TWARZ. Otworzył oczy i pomyślał, że oto umarł i znalazł się w niebie. Po sekundzie porzucił tę myśl jako niedorzeczną. Spojrzał przed siebie. W oddali widać było las, a przed nim rozpościerała się szeroka zielona łąka pokryta kaczeńcami.

Łąka nie jest niebem, lecz dopiero jego przedsionkiem – wytłumaczył sobie w duchu, przywołując na pamięć słowa gimnazjalnego katechety, który mówił, iż w ludowych wyobrażeniach śmierci łąka jest jakby poczekalnią, gdzie dusza czeka na wyrok Pana Boga.

Czyżbym naprawdę umarł? – zapytał sam siebie.

Nad trawami wirowały niezliczone owady. Jeden z nich krążył wokół jego głowy z głośnym bzykiem, po czym usiadł mu na policzku. Poczuł bolesne ukłucie. I wtedy przed jego oczami pojawiły się dwie niewysokie postaci.

Na pewno nie był w przedsionku nieba. Tam nie ma kłujących gzów, a anioły nie mają zakazanych mord i złamanych nosów. I nie chlustają zimną wodą.

– Wystarczy – rozległ się znajomy głos i Lotz znalazł się w cieniu rzucanym przez jakąś postać.

Szarpnął się. Był przywiązany do krzesła. Ból jak świder wkręcił mu się w głowę, w szyję i przenikał aż do piersi. Obraz łąki poszarzał mu w oczach. Zamknął je i otworzył po kilkunastu sekundach. Świat znów był piękny – błękit nieba i zieleń traw skąpane w pomarańczowozłotym świetle porannego słońca.

To naprawdę nie był sen. Stał przed nim młody, atletycznie zbudowany brunet o gęstych włosach układających się w lekkie fale. Jego ubranie było pozbawione oznak korporacyjnych. Papieros tkwił w kąciku ust. Jedno oko, zmrużone przed dymem, nadawało twarzy Mocka zawadiacki wyraz.

– Odmówiłeś, Lotz. – Student uśmiechał się krzywo. – A ja naprawdę chciałem cię przekonać, żebyś przyjął ugodę... Odmówiłeś i musiałem poprosić tych panów o pomoc... Jestem uparty i przedstawię ci mimo wszystko moją propozycję.

Obaj mężczyźni – niewysocy, lecz muskularni – kucali i gryźli źdźbła trawy. Na ich małych palcach błyskały metalowe sygnety z krzyżykami, których trzy ramiona kończyły strzałki. Wyglądali teraz bardzo przyjaźnie. Związany wiedział, że to tylko pozory.

Szarpnął się raz jeszcze. Na jego kwadratowej brodzie pokrytej poranną szczeciną pojawiła się piana śliny. Wyglądało to na napad furii. Ale Lotz był tylko przerażony.

– Ja nie pobiłem żadnej kobiety, Mock – wyszeptał. – Naprawdę, nie pobiłem...

Fala słońca wlała mu się na twarz, kiedy Mock przykucnął obok swych pomocników.

– To nie jest teraz istotne – rzekł. – Istotna jest tylko moja propozycja ugody. Jeśli przyjmiesz warunki, to nie zabiję cię jutro w pojedynku, a przypominam ci, że strzelam pierwszy. Jeśli się zgodzisz, to obaj strzelimy w powietrze, a potem pójdziemy na uroczyste śniadanie do Szwedzkiego Szańca. Zjemy coś dobrego, wypijemy po lampce szampana i się pogodzimy. Raz na zawsze... Podoba ci się taki obraz jutrzejszego poranka, Lotz?

Ten patrzył bezmyślnie na studenta i nie odzywał się, ale strach powoli znikał z jego twarzy.

– Rozwiązać go – wydał komendę Mock. – Krew pewnie mu nie dopływa do głowy i źle mu się myśli... Tylko uważać! Jeśli zrobi gwałtowny ruch, to go w łeb! Co, Richardzie, będziesz robił gwałtowne ruchy?

– Nie.

Mężczyźni rozwiązali Lotza, a potem stanęli w odległości metra. Każdy z nich trzymał w dłoni metalowy pręt. Więzień już wiedział, czym zdzielono go przez głowę. Kopnął ze złością w krzesło, do którego był przywiązany, i patrzył wyzywająco na swych przeciwników.

– A teraz przedstawię ci inny obraz – ciągnął Mock. – Ty nie przyjmujesz moich warunków. I co się wtedy dzieje? Otóż jutro o świcie spotykamy się w tym właśnie miejscu, gdzie jesteśmy. Na tej właśnie polanie w Lasku Osobowickim. Ja strzelam pierwszy...

Eberhard wydał dźwięk udający huk pistoletowego wystrzału. Imitacja była tak dobra, że Lotz aż drgnął.

– Rozwieje się dym i co ujrzymy? Ciebie. Leżysz w trawie w dziurą w głowie. Przez tę dziurę wylewa się krew z kawałkami mózgu. Mrówki natychmiast się rzucają na płyn z twojego durnego łba... Kręcą się w lepkiej mazi, wciągają ją swymi żuwaczkami...

Lotz chwycił się za usta, a potem ukląkł. Wybuch żółci rozerwał mu zęby. Wymiotował, rycząc na całe gardło. Dwie niemoty obserwowały go z drwiącymi uśmieszkami.

Minęły może dwie minuty, aż wstał i zbliżył się do Mocka. Górował nad nim o pół głowy. Roześmiał się na całe gardło, wydzielając kwaśną woń.

– Ty strzelasz pierwszy, szewczyku, ale nie jest powiedziane, że trafisz... A wtedy ja... – Złączył palec środkowy ze wskazującym, tworząc w ten sposób lufę pistoletu, którą wymierzył w Mocka. – A wtedy ja wystrzelę... I wszystkie mrówki z pola do ciebie przyjdą...

Eberhard odstąpił na pół metra, wachlując się dłonią, jakby chciał rozwiać woń dochodzącą od przeciwnika. Kiwnął palcem na jednego ze swoich pomocników. Ten sięgnął do torby stojącej na ziemi i wyjął z niej typowy pistolet pojedynkowy o wygiętej inkrustowanej kolbie. Załadował go i podał Mockowi. Ten uniósł go i skierował w niebo lufę.

– Widzisz tego stracha na wróble? – Ruchem głowy wskazał odstraszacza ptactwa, oddalonego o jakieś sto metrów. – Jest blisko czy daleko, twoim zdaniem?

Lotz milczał.

– Daleko, bardzo daleko – sam sobie odpowiedział Mock i zmrużył oczy, jakby szacował odległość. – O jakieś pięćdziesiąt metrów dalej niż najdłuższy dopuszczalny dystans pojedynkowy. I zobacz teraz, co ja z nim robię, z tym strachem... Trafiam go w sam łeb... – Pistolet wzniósł się wysoko.

– Gotuj! – wrzasnął potężnym głosem Eberhard.

Powoli opuszczał broń i kierował ją w stronę obiektu. Pod nosem, jak modlitwę, szeptał początek *Eneidy* Wergiliusza. Po dziesięciu wierszach nacisnął spust.

– O cholera! – nie wytrzymał Lotz, widząc fruwające kawałki słomy, pozostałości łba stracha na wróble.

Mock kiwnął na jednego z pomocników. Ten pobiegł w pole. Po chwili powrócił ze starym przestrzelonym kapeluszem. Pokazał go Lotzowi. Ten, widząc świeżą dziurę, zaczął drżeć.

– Tak, Richardzie – powiedział spokojnie Eberhard. – Jeśli zechcę, to z dwunastu metrów strzelę ci prosto między oczy. Chyba że zgodzisz się na ugodę. Jeśli przyjmiesz moje warunki, to jutro strzelimy obaj w powietrze i pójdziemy na śniadanie...

Lotz nie mógł ustać – tak drżały mu kolana.

– Siadaj, Richardzie! – Mock usiadł po turecku na trawie. – Siadaj! Pogadamy! No, opowiadaj! Wszystko ze szczegółami... To jest mój warunek. Chcę wszystko wiedzieć o tym, jak zabiłeś Adlera...

Gdyby o tej wczesnej porze ktoś spacerował po Lasku Osobowickim, zobaczyłby wiosenny piknik – koc, dwie butelki piwa i koszyk z bułkami, ogórkami kiszonymi i suchą kiełbasą. Dwaj studenci siedzieli obok siebie. Jeden mówił, drugi słuchał.

– Wywalili mnie z gimnazjum za jakiś drobiazg rok przed maturą... Co chwila podpadałem belfrom. Byłem zbyt pewny siebie, samodzielny, niezależny, starszy od moich kolegów o kilka lat. Dyscyplina to nie dla mnie. Kiedy mnie wywalili, mój stary wpadł w furię... Pewnie wyrzuciłby mnie na bruk, ale był już ciężko chory i matka go ubłagała. Wysupłał ogromną kwotę. Przy jednym się uparł. Jeśli wylecę z uniwersytetu, to już nie ma przebaczenia... To mnie wydziedziczy. Wiedziałem, że nie żartuje... Zapłacił Rehbergowi, aby mnie przyjął na studia bez matury. Ojciec wybulił ogromną sumę. I spokojnie sobie studiowałem prawo, zostałem przyjęty do Vandalii, odbywałem menzury... Chodziłem trochę na wykłady i nawet zdałem dwa czy trzy egzaminy, kiedy pojawił się mój zły duch... On się wplątał i wszystko popsuł...

– O kim mówisz?

– Docent Alfred von Joden. Po dwóch semestrach, które zaliczyłem nie wiem jakim cudem, wezwał mnie do siebie Rehberg. Na stole leżały wszystkie pieniądze, które zapłacił mój ojciec... Przeliczyłem. Nie brakowało ani marki. Rehberg powiedział, że sumienie nie pozwala mu dalej mnie trzymać na uniwersytecie, że są na mnie skargi... Fakt, lubię zabawę i kilka razy wylądowałem w kozie... No to Rehberg mówi, że nie chce tych pieniędzy, i każe mi się wynosić z uczelni... Zmieni zdanie, jeśli będę dla niego pracował... Zapytałem, jak mam pracować. Odparł, że mam robić to co do tej pory, tylko lepiej... Na jego żądanie mam się pojedynkować i jeśli ktoś przy tym zginie... to trudno... Tak powiedział... Zgodziłem się. Wtedy do gabinetu wszedł von Joden. Pokazał mi fikcyjne świadectwo maturalne, które ktoś sfałszował na jego rozkaz. Powiedział, że oni są moimi dowódcami... Tak powiedział. Że mam tylko ich słuchać. A pieniądze mogę zachować i wydawać na przyjemności. W razie jakiegokolwiek nieposłuszeństwa wylatuję z uczelni i wracam do ojca. Wiedziałem, że „wracać do ojca" znaczy „wylądować na bruku". Stary skąpiec złożył testament, w którym mnie wydziedzicza, w znanej kancelarii adwokackiej „Bracia von Tesch". Ledwo dychał, ale wciąż potrafił podnieść słuchawkę telefonu. Jeśliby tam zadzwonił i wydał odpowiednie polecenie, to już po mnie... – Pociągnął spory łyk piwa. – Zgodziłem się na wszystko. Nawet podobało mi się szkolenie. Strzelałem coraz lepiej... Któregoś dnia przyszli do mojego mieszkania von Joden i Rehberg. Powiedzieli, że pora zacząć spłacać dług wdzięczności. Przygotowali dla mnie wyciąg z wykładu Adlera i punkty, które miałem poruszyć na wykładzie. Miałem go rozzłościć tak, by stracił panowanie nad sobą i mnie obraził. Udało się. Widziałeś przecież, byłeś na tym wykładzie. Miałem go wyzwać na pojedynek i zastrzelić... No i sprowokowałem go... Chciał się strzelać natychmiast, jeszcze tej samej nocy... Było to trochę niezgodne z zasadami. Pojedynek powinien się odbyć za kilka dni, po jakichś próbach pojednania. Trzeba sporządzać protokoły. Ale co tam! Miał, co chciał. Wszystko załatwiliśmy szybko – sekundantów, doktora, kierownika pojedynku... Było jasno – pochodnie, księżyc... Stało się. Zabiłem go. Stało się. Katedrę po Bachmannie objął później von Joden. O to im chodziło...

Lotz wstał i zaczął chodzić nerwowo z butelką piwa w dłoni. Nagle uderzył się pięścią o udo. Pomocnicy Mocka poruszyli się ostrzegawczo.

– A te skurwysyny nie zwolniły mnie ze służby, rozumiesz? – krzyknął. – Sam nie wiem, czego jeszcze ode mnie chcą! Żebym jeszcze kogoś zabił?

Usiadł na trawie i uniósł do ust chrupiącą bułkę. Nagle zatrzymał rękę w połowie drogi i trwał tak przez chwilę w milczeniu ze zdumionym wyrazem twarzy. Powoli przeniósł wzrok na Mocka.

– A może oni chcą, żebym zabił ciebie? – wykrztusił. – Ale dlaczego? Co im przeszkadza taki mały robaczek jak ty?

Eberhard patrzył na swojego przeciwnika spod zmrużonych powiek. Słońce zmieniło nieco położenie i świeciło mu w oczy.

– Dobrze, Richardzie – mruknął. – Powiedziałeś mi wszystko, co chciałem wiedzieć o śmierci Adlera. Teraz wracaj do domu i dobrze się wyśpij. Moi ludzie odwiozą cię dorożką. Wybacz mi, że tak szorstko się z tobą obszedłem...

Wyciągnął do niego rękę. Lotz ją odtrącił.

– I co, zdaje ci się, że wszystko jest w porządku? – powiedział zaczepnie. – Nie zapomnę ci tego upokorzenia!

Ja też ci czegoś nie zapomnę – pomyślał Mock. – Za miesiąc, dwa... może za rok... spotkam cię w ciemnym zaułku i złamię ci rękę, którą zmasakrowałeś Nataszę. W kilku miejscach. Będzie ci wisiał nieruchomy, bezwładny kikut...

Poczuł przypływ wściekłości. I wtedy przypomniał sobie Eugsterową metodę poskramiania gniewu. Zaczął w pamięci odtwarzać słynny wiersz Horacego o ośnieżonym szczycie góry Sorakte. Kiedy dotarł do końca pierwszej strofki, „rzeki stanęły skute ostrym lodem", jego myślom wrócił rozsądek.

– Zabijesz mnie jutro? – zapytał lekceważącym pozornie tonem. – Czy to ja mam ciebie zabić? Tak profilaktycznie...

– Nie! – odparł z mocą Lotz. – *Pacta sunt servanda*[131]. Ale potem się strzeż... Pojedynek nie jest jedyną bronią, którą cię mogę zniszczyć...

Patrzyli przez chwilę sobie w oczy – jak atleci, którzy mają się zaraz rzucić sobie do gardeł. Mock powstrzymywał się przed atakiem ostatkiem sił. Wspomnienie kasztana z zatrutymi igłami zalewało go co chwila falą wściekłości. Oto zawierał pakt ze swoim niedoszłym mordercą! Oto układał się z kanalią, która zabiła szlachetnego Adlera, zmasakrowała Nataszę, czego się teraz ze strachu wypiera, a nieszczęsną Lucie doprowadziła do śmierci w męczarniach! I nagle w to kłębowisko emocyj wtargnęło inne wspomnienie – głos profesora filozofii, Hermanna Ebbinghausa, który przedstawiał swym słuchaczom Kantowską zasadę imperatywu kategorycznego:

– Trzymajcie się, panowie, tych zasad, co do których byście chcieli, aby były prawem przestrzeganym powszechnie. A taką zasadą powinno być na przykład dotrzymywanie obietnic.

Mock się opanował.

– Co najbardziej lubisz na śniadanie, Richardzie? – przerwał milczenie. – Kolczaste kasztany pieczone na końskim gównie?

Cios był celny. Lotz zmienił się na twarzy.

– Mam wiele powodów, by cię ukarać, skurwysynu – syczał Eberhard. – Właśnie teraz, kiedy milcząc, przyznałeś, że podrzuciłeś mi to świństwo do kieszeni. Ale to byłoby niegodne dżentelmena. Dżentelmen ponowiłby pytanie: Co najbardziej lubisz na śniadanie, Richardzie?

---

131 Umów należy dotrzymywać (łac.).

– Omlet na szynce – odrzekł Lotz po dłuższej chwili, po czym odwrócił się powoli i odszedł w eskorcie dwóch niemych mężczyzn, z których jeden trzymał torbę z pistoletem i krzesło, a drugi dzierżył pusty koszyk po wiktuałach.

Kiedy zniknęli na tle lasu, Mock wstał i powolnym krokiem ruszył ku strachowi na wróble.

– Możesz wstać! – krzyknął.

Helmut Eugster uniósł się z wysokich traw.

– Dobrze, że poćwiczyliśmy wczoraj, aby zsynchronizować nasze recytacje *Eneidy* – zaśmiał się student. – I że się nie pomyliłeś...

– Miałem ostrego łacinnika w gimnazjum i on strasznie nas męczył tą *Eneidą*... – Eugster otrzepywał ubranie ze słomy i trawy. – Znam mnóstwo wersów na pamięć. Prawdziwą trudnością było z pozycji leżącej trafić w łeb tego słomianego jegomościa...

WROCŁAW,
poniedziałek 30 kwietnia 1906 roku,
wpół do siódmej wieczór

MĘŻCZYZNA BYŁ NAGI pod bordowym pikowanym szlafrokiem. Siedział w fotelu w swoim sześciopokojowym apartamencie na Ohlauer Ufer[132] i puszczał na patefonie operę Belliniego *I Capuleti e i Montecchi*. Zamknął oczy. Właśnie się kończyła uwertura

---

132 Obecnie Wybrzeże Słowackiego.

i zaraz wejdą męskie mocne głosy, które uwielbiał. Zwłaszcza basy i barytony wywoływały u niego ciarki na plecach.

Jedną ręką wybijał skoczny rytm, w drugiej – dzierżył wysmukły kieliszek z bursztynowym płynem. Wbrew przyjętym zwyczajom lubił pić koniak w wysokich kieliszkach – w takich, w jakich Włosi piją grappę.

Każdy drobiazg w tym mieszkaniu podkreślał upodobanie właściciela do kultury włoskiej. W kuchni, wyłożonej granitowymi płytami, stał potężny stół przykryty obrusem w biało-czerwoną kratkę – jak we włoskich domach. Jednak w odróżnieniu od nich przy jego kuchennym stole nie gromadziła się liczna familia, gdyż mężczyzna nie miał tu żadnej. Gdzieś w szwajcarskich dolinach mieszkał jego ojciec, z którym nie utrzymywał najlżejszych kontaktów, matka dawno umarła, a dwaj bracia – podróżnicy i dyplomaci w służbie Trzeciej Republiki Francuskiej – rozjechali się po świecie. Nikt z jego dalszej rodziny nie mieszkał w Niemczech. On sam przyjechał tu z Bazylei w wieku lat dwudziestu trzech i w nadodrzańskiej metropolii spędził ponad połowę swego życia – równo lat dwadzieścia i osiem – robiąc tu dzięki swoim nadzwyczajnym zdolnościom błyskotliwą karierę urzędniczą.

W innych pomieszczeniach reminiscencje włoskie były o wiele bardziej oczywiste. Marmurem kararyjskim wyłożony był ogromny przedpokój, a drzwi prowadzące stamtąd do poszczególnych pomieszczeń zwieńczone były trójkątnymi tympanonami, na których albo straszyła Meduza, albo też ponury starzec ze znanej rzymskiej fontanny otwierał Usta Prawdy.

Same pokoje można by uznać prawie za ascetyczne, gdyby nie były one wyposażone w bardzo nieliczne neoklasycystyczne meble, których najwyższa jakość gwarantowana była znakiem najlepszych włoskich manufakturzystów – rodziny Bonzanigo. Jednak zgoła nieascetycznego przepychu przydawały pomieszczeniom wspaniałe malowidła iluzoryczne na ścianach i na suficie, zwielokrotniane przez liczne lustra.

W tej imitacji wnętrza włoskiego *palazzo* mieszkał samotny mężczyzna z równie samotnym starym szwajcarskim służącym. W nielicznych wolnych od intryg chwilach słuchał włoskich oper, jadał włoskie potrawy – głównie miczniki i krewetki sprowadzane z hotelu Monopol – umiarkowanie pił wino i czytał na okrągło *Boską komedię* Dantego w oryginale. Nazywał się Walter Rehberg, a nazwiska swojego służącego nie pamiętał. Mówił do niego Papuga, ponieważ ów z powodu kiepskiej pamięci powtarzał na głos każde polecenie swego pana.

Miłośnik Italii pociągnął lekki łyk koniaku i spojrzał na zegarek, który wyjął z kieszeni szlafroka. Lekko się zaniepokoił. Minął już prawie kwadrans, a on wciąż czekał, aż z sypialni wyjdzie osoba, z którą spędził popołudnie. Zganił się w myślach za swe zniecierpliwienie. Kulminacja musiała być naprawdę spektakularna.

Warto było czekać. Po kilku minutach dał się słyszeć jakiś szelest i otwarły się drzwi sypialni. Stanęła w nich młoda dziewczyna, całkiem naga. Na podbrzuszu miała namalowany czerwoną farbą krzyż, którego ramiona zbiegały się w jej pępku. Na ustach rozmazała czerwoną szminkę.

Poczuł erekcję. Tak, tego właśnie pragnął. Wyglądała jak tamta dziwka z Bazylei.

Wtedy otworzyły się drzwi do salonu. Dziewczyna krzyknęła i zasłoniła się jedną z okiennych kotar. Stary służący nie zwrócił

na nią najmniejszej uwagi i podał swemu panu srebrną tacę. Leżała na niej wyrwana z zeszytu kartka z nabazgranym w pośpiechu
nazwiskiem „Richard Lotz" i z dopiskiem „Pilne". Rehberg znów
wyjął zegarek. Student miał być u niego dopiero o ósmej.

– Patrz, Papugo, nawet go nie stać ną porządne wizytówki –
powiedział nadsekretarz w szwajcarskim dialekcie. – Wyłącz
patefon, zaprowadź panią z powrotem do sypialni. Okryj ją czymś
i daj jej czegoś ciepłego do picia. Niech na mnie czeka. To długo
nie zajmie. A tego młodego człowieka przyjmę w kuchni.

– Patefon – powtórzył służący. – Pani do sypialni, ubrać, dać
pić na ciepło, pan do kuchni.

Papuga poszedł wykonać polecenie, a Rehberg szybko wciągnął na siebie kalesony, spodnie i koszulę. Nie zawiązawszy krawata, narzucił na ramiona szlafrok, stopy w jedwabnych białych
skarpetach wsunął w wypastowane domowe trzewiki i ruszył
do kuchni. Po drodze zatrzymał się w przedpokoju, aby spojrzeć
w lustro. Włosy mu trochę odstawały, więc je przyklepał i wszedł
do pomieszczenia wyłożonego sycylijskim granitem.

Lotz powstał na jego widok, Rehberg usiadł i wskazał mu krzesło.

– Miałeś być o ósmej! – odezwał się obojętnym tonem.

– Nie mogłem już w domu wysiedzieć! – W głosie studenta słychać było zwiastun histerii. – On mnie jutro zabije, panie
doktorze Rehberg! On zastrzeliłby ptaka w locie, takie ma oko!
Zginę marnie w wigilię moich dwudziestych siódmych urodzin!

Rehberg sięgnął po butelkę grappy, którą trzymał w kuchennej
szafie. Nalał Lotzowi sporą działkę do niezbyt czystej szklanki,
która stała wśród innych brudnych naczyń.

– Napij się i mów! Wszystko po kolei!

Minął kwadrans opowieści Lotza, przerywany częstymi pytaniami Rehberga. Kiedy student skończył, wbił wzrok w stół i milczał, nie ośmielając się wznieść oczu na nadsekretarza.

Ten wstał i przeszedł się kilkakrotnie po kuchni, stukając po posadzce podwyższonymi obcasami pantofli.

– Właściwie to nic się złego nie stało, Richardzie. – Usiadł i łagodnie spojrzał na rozmówcę. – Mock nic nam nie może zrobić z tym, czego się od ciebie dowiedział. Jego słowo przeciwko mojemu słowu... Nikt nie uwierzy studentowi, o którego niezrównoważeniu psychicznym profesor Norden trąbi na prawo i lewo.

Lotz odetchnął z ulgą.

A jeśli powie Eugsterowi, co wtedy? – rozważał Rehberg już w myślach, nie chcąc się dzielić wszystkim ze studentem.

Nic – odpowiedział sam sobie. – Z kardynałem von Koppem zawarłem umowę, oddałem mu wszystko, czego chciał. Sprawa jest zamknięta. Von Kopp powstrzyma Eugstera, gdyby ten zechciał bruździć i ją rozgrzebywać. A Eugster nie zaryzykuje walki z kardynałem, bo straci dobrze płatną posadę i wyląduje na ulicy jako podrzędny łaps.

Lotz przysunął znacząco pustą szklankę do butelki. Rehberg położył na niej dłoń.

– Nie, Richardzie, już nie pij! Jutro twój wielki dzień. Musisz być trzeźwy.

– Jaki tam wielki dzień. – Lotz roześmiał się wesoło. – Z Mockiem mamy umowę. Strzelamy w powietrze i idziemy na śniadanie... *Pacta sunt servanda.*

Rehberg aż podskoczył. Obiegł stół i rzucił się z impetem na młodego mężczyznę. Chwycił go za klapy od surduta i swą wykrzywioną od wściekłości twarz zbliżył ku obliczu młodzieńca, na którego policzkach rumieńce rozszerzały się w oczach.

– Nie przypominasz sobie, skarbie, że najpierw zawarłeś pakt ze mną? – szepnął. – Dzisiaj postąpiłeś bardzo słusznie... Uśpiłeś jego czujność... On jutro będzie przekonany, że strzelicie sobie na wiwat i pójdziecie na śniadanie pojednawcze. Ale ty dobrze wymierzysz i naciśniesz spust... Pokażesz, że nie na darmo cię szkoliliśmy...

Lotz krzyknął. Oderwał ręce Rehberga od swoich klap i rzucił nim jak workiem kartofli. Nadsekretarz walnął plecami o ścianę i zjeżdżając po niej w dół, skrzywił się z bólu. Do kuchni zajrzał Papuga. Jego pan dał mu znak, że nic się nie stało, i sługa zniknął. Rehberg wstał, otrzepał szlafrok i skrzyżował ręce na piersiach. Kilka pasm włosów odstawało mu komicznie od czaszki.

Lotzowi nie było do śmiechu.

– Już nikogo więcej dla ciebie nie zabiję, ty skurwysynu! – powiedział wolno.

– Tak, zgadzam się – rzekł Rehberg. – Mock będzie ostatni. Powiedz to, Richardzie, powtórz jak mój Papuga!

Lotz długo pocierał policzki, jakby chciał, by były one jeszcze bardziej ukrwione i rumiane.

– Tak – mruknął po dłuższej chwili. – Mock będzie ostatni.

– Co to znaczy ostatni? Wyjaśnij!

– Ostatni, którego dla ciebie zabiję!

Rehberg wziął z szafki czysty kieliszek i nalał mu grappy aż po sam brzeg.

WROCŁAW,
wtorek 1 maja 1906 roku,
godzina piąta rano

PRZED ŚWITEM NA POLANIE w Lasku Osobowickim byli już wszyscy – kapitan Wenge, któremu towarzyszył służący, protokolant Brockelmann, medyk doktor Węgierski, wszyscy czterej sekundanci – von Stietenkrafft, Przibilla, Eugster i Zuckermann – oraz obaj pojedynkowicze. Po poprzednim słonecznym dniu pozostało jedynie blade wspomnienie. Tego ranka ciężkie, ciemne chmury całkiem zasnuwały niebo. Wiał zimny wiatr, ale nie padało.

Wszyscy stali w milczeniu, tylko kapitan Wenge osobiście dopilnowywał wszelkich szczegółów. Najpierw poślinionym palcem sprawdził kierunek wiatru, a potem odliczył szesnaście kroków, co miało odpowiadać dwunastu metrom. Na jego znak służący wysypał z woreczka mąkę, tworząc z niej dwie linie leżące od siebie właśnie w tej odległości. Następnie kierownik pojedynku ocenił warunki przestrzenne z punktu widzenia raz jednego, raz drugiego pojedynkowicza. Z satysfakcją stwierdził, że obaj będą ustawieni na jednolitym tle lasu, każdy będzie odczuwał wiatr boczny średniej mocy i żaden – wobec braku słońca – nie będzie narażony na dyskomfort oślepienia.

– A teraz, moi panowie – rzekł Wenge uroczyście – nadszedł czas na sprawdzenie broni. Nie wzywałem w tym celu rusznikarza, ponieważ sam znam się na broni jako doświadczony wojskowy. Nie było też takowych żądań wystosowanych przez żadną ze stron. Matthias! Dawaj tu broń, ale migiem!

Służący podbiegł z piękną inkrustowaną kasetą. Kapitan otworzył ją dużym kluczem i oczom wszystkich ukazały się dwa pojedynkowe pistolety. Były świetnie utrzymane, choć proch wdarł się tu i ówdzie i zaczernił część luf oraz metalowe szyldziki z napisem Kuchenreuter.

– Czy upoważniają mnie panowie do nabicia pistoletów? – zapytał Wenge.

Sekundanci kiwnęli głowami. Wszyscy byli bladzi i mocno przejęci oprócz Zuckermanna, który już odegrał rolę sekundanta w kilku pojedynkach, kiedy służył w wojsku. Przibilla i von Stietenkrafft byli po raz pierwszy w życiu świadkami prawdziwego pojedynku i patrzyli na wszystko, nie mogąc dobyć słów. Eugster milczał z zupełnie innego powodu. Uczestnictwo w tym – i w jakimkolwiek – pojedynku nie tylko było jawnym pogwałceniem jego zasad, ale również skazywało go na ekskomunikę, a jako wierny sługa Kościoła uważał ją za straszną karę. W głębi duszy liczył jednak na to, że kardynał von Kopp cofnie ją za jakiś czas.

Kapitan pokazał wszystkim sekundantom, iż lufy pistoletów są dobrze wyczyszczone i niegwintowane, kurki pracują wolno, celowniki są właściwie umieszczone na osi lufy, a kapiszony dobrze wchodzą w kominki i na pewno nie wypadną niespodziewanie.

Następnie wydobył z kasetki woreczek z prochem i wysypał go w niewielkiej ilości na kartkę papieru, którą służący dobył z kieszeni swych spodni.

– Zapalaj, Matthias!

Chłopiec przytknął płonącą zapałkę do prochu. Ten palił się jasno i nie wydzielał zbyt dużo dymu. Po chwili zgasł, a na papierze nie pozostała żadna odrobinka.

– Proch jest dobry! – zawyrokował Wenge i wyciągnął rękę. –
Kładź mi tu kule!

Chłopiec położył sześć kul na dłoni swego pana, zgrubiałej od
intensywnego używania rapieru. Wszyscy sekundanci pochylili
się nad nabojami.

– Tak, są dobrze odlane i nie mają dziur – orzekł Eugster, po
czym wyciągnął obie dłonie. – Proszę mi kłaść po jednej na dłoni,
wszystkie sześć po kolei... Chcę czuć ich wagę...

– Rób, co pan mówi! – zwrócił się do małego służącego kierownik pojedynku.

Ten zrobił, co mu nakazano, a Eugster badał ciężar wszystkich
kul – jednej po drugiej.

– Dobrze – rzekł. – Waga jest jednakowa.

Pozostali sekundanci powtórzyli za nim i czynność, i werdykt.

Kapitan z zadowoleniem przyjął dotychczasowy przebieg wy-
padków.

– A teraz nadchodzi czas na przeciwników – powiedział.
– Sekundanci badają swych klientów, czy nie mają oni niczego, co
może spowolnić bieg kuli. Zabronione są portfele, papierośnice
et cetera. Do dzieła, panowie!

Po raz pierwszy tego poranka Mock poczuł w trzewiach nieprzyjemne wiercenie – jakby wrzynał się w niego ostry korkociąg.
Zdał sobie nagle sprawę, że oddając teraz Eugsterowi żądane
przedmioty, pozbawia się jakiejkolwiek – choćby najbardziej ilu-
zorycznej – ochrony.

Przecież nic mi nie będzie – pomyślał. – *Pacta sunt servanda.*
Ale z drugiej strony ten skurwysyn wczoraj był bardzo butny,

kiedy odchodził... Jakby próbował się odgrażać... Nigdy nie wiadomo, co mu strzeli do przepitego łba...

Spojrzał na Lotza i napotkał obojętne spojrzenie. Nagle przypomniał sobie zmasakrowaną twarz Nataszy. Korkociąg jeszcze głębiej zanurzył się w jego trzewia. Uświadomił sobie, że przez cały poprzedni dzień i przez całą nieprzespaną noc nie tylko jej nie odwiedził, ale nawet ani razu o niej nie pomyślał. Czuł za to do siebie wstręt.

Wyrzuty sumienia nieznacznie zelżały, kiedy rozległa się kolejna komenda kapitana.

– Przeciwnicy wypróbowują nie nabitą broń! Proszę przede wszystkim sprawdzić siłę spadową kurka i jego opór.

Zuckermann podał pistolet Mockowi. Ten nacisnął cyngiel. Chodził bez zarzutu. To samo zrobił jego przeciwnik.

– Jako kierownik pojedynku załaduję teraz broń – zarządził Wenge. – Matthias, daj mi prochownicę, dwie kule, dwie przybitki i flejtuch!

Otrzymawszy żądane *instrumentarium*, kapitan na oczach wszystkich naładował pierwszy pistolet i włożył go do kasetki. Po chwili znalazł się w niej drugi – również naładowany.

– Panowie Mock i Lotz! Na stanowiska! – krzyknął Wenge. – Oba są równorzędne, ale wybór ma pan Lotz!

Ten podszedł najpierw do jednej linii zakreślonej rozsypaną mąką i długo ugniatał ziemię butem. Skrzywił się, udając, iż natrafił na jakąś nierówność terenu. Podszedł do drugiej. Pomacał podeszwą i uśmiechnął się triumfalnie.

– Wybieram to miejsce!

Mock stanął dwanaście metrów od niego. Było mu niedobrze. Mdłości szarpały jego żołądek i przełyk. Drżał świadom, że wszyscy to widzą.

– Panowie Eugster i Przibilla, proszę stanąć po obu stronach pana Lotza w odległości sześciu kroków od niego! Panowie Zuckermann i von Stietenkrafft, proszę stanąć po obu stronach pana Mocka w odległości pięciu kroków od niego! Czy mam panom wyjaśniać, dlaczego jedni pięć, a drudzy sześć kroków?

Nikt nie żądał wyjaśnień. Pary sekundantów tak były dobrane przez kapitana, iż tworzyli je ludzie podobnego wzrostu i – w związku z tym – o podobnej długości kroków. Niżsi, czyli Eugster i Przibilla, musieli zrobić sześć kroków, by być na wysokości von Stietenkraffta i Zuckermanna, którym wystarczyło w tym celu zrobić tylko pięć.

– Panowie! Zaczynamy wasze rycerskie starcie! Muszę teraz zapytać: Czy panowie nie są gotowi na pojednanie?

Obaj przeciwnicy pokręcili przecząco głowami.

– Proszę zapisać, Brockelmann: „Ostatnia próba mediacji przez kierownika pojedynku nieudana". – Wenge stał pośrodku na linii strzału i ciągnął swoją przemowę: – Pierwszy strzela pan Mock. Z moich ust padają tylko trzy komendy: „gotuj", „pal" i „stop". Na komendę „gotuj" ten, co ma strzelać, odciąga kurek. Na komendę „pal" – i tylko na komendę „pal" – strzela. Na oddanie strzału każdy ma dwadzieścia sekund. Sekundy głośno odliczam ja. Na komendę „stop" wszyscy zamierają jak głazy. Czy wszystko jasne?

Znów kiwnęli głowami.

– Zaczynamy! – krzyknął kapitan i zszedł z linii strzału.

Mock czuł, że pot mu płynie po plecach. Nagle przyszła mu do głowy myśl: A może zabić raz na zawsze tego skurwysyna?

– Gotuj!

Mock, odciągając kurek, usłyszał głos: No, załatw tę kanalię!

– Pal!

Uniósł broń i wymierzył w prawą rękę Lotza. Tę, którą ten bił Nataszę.

– Jeden, dwa, trzy, cztery, pięć...

Wycelował w głowę. *Pacta sunt servanda.* Zdecydowanym ruchem przesunął muszkę w bok. Po tym strzale kula powinna przelecieć jakieś trzydzieści centymetrów od ucha Lotza. Delikatnie nacisnął spust. Huknął strzał.

Kiedy dym się rozwiał, Mock ujrzał stojącego spokojnie przeciwnika. Wandal uśmiechał się. Miał dziwny wyraz twarzy.

– Teraz strzela pan Lotz! Gotuj!

Mijały sekundy.

– Pal!

Mock zamknął oczy.

– Jeden, dwa, trzy, cztery, pięć, sześć, siedem...

Huk, dym, ciemność.

Poczuł gorąco w głowie. Upadł.

Ktoś podniósł mu powieki. Nad sobą ujrzał twarz doktora Węgierskiego. Widział jego oczy, ukryte za lekko zaparowanymi binoklami. A to oznaczało, że wciąż żyje. I że Lotz nie dotrzymał umowy.

– Rana naskórkowa – krzyknął lekarz, trzymając w dłoniach głowę Mocka. – Krwawi obficie. Nie zagraża życiu! Moim zdaniem niezdolny do dalszej walki. Muszę zabandażować.

Zaczął mu szybko opatrywać ranę. Eberhard z trudem się podniósł i usiadł na ziemi.

Kapitan Wenge podszedł do niego.

– O niezdolności pojedynkowej decyduje uczestnik, biorąc pod uwagę opinię lekarza lub nie biorąc. Co pan na to, Mock?

Eberhard wstał. Bandaż szybko nasiąkał krwią.

– Jestem zdolny do walki – zawołał, krzywiąc się z bólu.

Wenge skinął głową i ponownie nabił broń obu pojedynkowiczom. W tym czasie wszyscy wrócili na dawne pozycje.

– Strzela pan Mock! Gotuj!

Eberhard był spokojny jak kamień.

Chciał mnie zabić, chciał mnie zabić – myślał. – Złamał umowę!

Wiedział, co ma robić. Z odległości dwunastu metrów widział, jak Lotz ze strachu wciska głowę w ramiona.

– Pal!

Krew zalewała Eberhardowi prawe oko. Przymknął je zatem. Lewym widział trochę gorzej. Odliczanie trwało już w najlepsze.

– Dziesięć, jedenaście, dwanaście...

Zostało kilka sekund. Widział, jak na twarzy Lotza wykwita triumfalny uśmiech.

– Myśli, że za późno, że nie strzelę...

Zgrał muszkę ze szczerbinką, obniżył lekko lufę i delikatnie nacisnął cyngiel, gdy usłyszał „osiemnaście".

Kula przebiła delikatne kości oczodołu. Energia eksplodowała w głowie Lotza. Z potylicy wytrysnęła mała fontanna krwi, mózgu i kostnego pyłu. Pocisk zaszeleścił po krzakach.

Mock opadł na kolana. Podbiegli do niego Eugster i Zuckermann. Uściskali go serdecznie.

– Śmierć na miejscu – usłyszał z oddali głos doktora Węgierskiego.

Kapitan Wenge podszedł do Mocka i rozejrzał się dokoła.

– Wobec śmierci pana Lotza uważam pojedynek za zakończony, a równocześnie stwierdzam jego honorowy przebieg. Niech Bóg ma w swej opiece duszę zmarłego.

WROCŁAW,
środa 9 maja 1906 roku,
godzina ósma rano

HELMUT EUGSTER MIESZKAŁ W OFICYNIE na Kreuzstrasse[133].
Zajmował dwa małe pomieszczenia – jedno przechodnie, do
którego się wchodziło wprost z podwórka, i drugie duże, lecz bez
okna, służące za sypialnię. Mock, który „apartament" swojego
mentora widział po raz pierwszy w życiu, natychmiast skojarzył
go z warsztatem szewskim ojca. Pierwsze pomieszczenie, pewnie
przedzielone niegdyś ladą, mogło być punktem przyjęć obuwia
i pracownią, a drugie – bezokienne – magazynem, a nawet miesz-
kaniem rzemieślnika. Eugster rozwiał wątpliwości swojego gościa.

– To była kiedyś stolarnia. Siadaj! Zaraz zjemy coś na śniadanie...

Podszedł do kuchenki spirytusowej, stojącej w rogu pokoju,
i zamieszał gotujące się na niej mleko. Mock rozejrzał się dokoła.
Ostre promienie słońca oraz skromny wystrój ujawniały czystość
i porządek panujący w tym mieszkaniu. Nie było tu śladu kurzu
ani piasku pod żadnym z dwóch stołów, z których jeden służył
celom kulinarnym, a drugi – stojący pod oknem – był biurkiem.
Oprócz nich w pokoju znajdowały się dwa kuchenne kredensy
stojące pod przeciwległymi ścianami pomalowanymi na biało
farbą olejną – co zdaniem Mocka przypominało bardziej szpital
czy kostnicę niż zwykły dom. Przeznaczenie kredensów było
takie samo jak stołów – jeden z nich, zawierający segregatory,

---

133 Obecnie ul. Świętokrzyska.

był meblem biurowym, a w drugim przechowywano jedzenie. Trzy krzesła uzupełniały to surowe umeblowanie. Przez otwarte drzwi drugiego pomieszczenia widział szafę i kawałek żelaznego starannie pościelonego łóżka.

Eugster przyniósł wazę z zupą i dwa głębokie talerze. Jeden z nich postawił przed Eberhardem.

– Mieszkam we Wrocławiu od trzydziestu ponad lat – powiedział z uśmiechem gospodarz – ale śniadanie jem wciąż takie jak u mnie na wsi pod Strzelinem... Z tą jednak różnicą, że tam nie znano rodzynek.

Zamieszał chochlą gęstą mleczną zupę i napełnił nią talerze. Na jej powierzchni pływały kawałki rozmoczonego chleba i rodzynki.

– Zapewniam cię, że nie są to nadgryzione wczoraj kromki, pozostałości po kolacji...

Student roześmiał się głośno. Ruch mięśni twarzy naciągnął skórę i Eberhard poczuł ból nad prawym uchem – tam gdzie kula Lotza wydarła mu włosy i osmaliła naskórek. Wciąż go bolało, choć nie tak mocno jak zaraz po pojedynku. Młoda skóra goiła się szybko. W ciągu tygodnia był raz u doktora Węgierskiego i po zmianie opatrunku natychmiast poczuł poprawę.

– Jakieś wieści z wrocławskiego świata akademickiego? – zapytał Mock, zanurzając łyżkę w zupie. – Nie chciałeś, byśmy się widywali, aż sprawa przycichnie... Dlatego ta poranna pora i skradać się do ciebie musiałem cicho jak ksiądz do gosposi... I co, sprawa przycichła?

Eugster pałaszował swoją porcję z wielkim smakiem, jakby nie słyszał pytania. Kiedy przełknął ostatnią łyżkę, rozparł się na krześle i powiódł wzrokiem po pustych ścianach.

– Szkoda, że muszę opuścić to miasto – powiedział smutno – ale w Kolonii czeka mnie wiele wyzwań... No i zamieszkam w czymś lepszym niż ta suterena...

– Wyjeżdżasz? – zdumiał się student.

– Tak, mój drogi... Nasz wspólny sukces dał mi awans... Zostałem, wyobraź sobie, mianowany na tajnego doradcę kardynała Kolonii o pięknym imieniu Antonius i pospolitym nazwisku Fischer... Jutro tam wyjeżdżam z moimi dwoma, znanymi ci, niemymi pomocnikami... Moja robota będzie polegała na infiltrowaniu katolickich związków zawodowych w poszukiwaniu socjalistycznych agentów... – Wstał i podszedł do kuchenki. Przypomniał sobie pytanie Mocka. – Ach tak! Oczywiście, że sprawa pojedynku przycichła. To przecież sprawa honoru... A wszyscy nabierają wody w usta, gdy chodzi o sprawy honorowe. Mój kolega z prezydium policji poinformował mnie starym zwyczajem o dziwnym samobójcy z małą dziurą w głowie i o wszystkich zdarzeniach, które później nastąpiły. Niewiele ich było zresztą...

Helmut postawił na stole przykrytym ceratą dwa jajka w kieliszkach i cztery połówki bułki grubo posmarowane masłem.

– Jedz, jedz! Mam nadzieję, że jajka wyszły na miękko, tak jak lubię. – Podsunął Mockowi czarkę z powidłami. – Śliwkowe, bardzo dobre, sąsiadka robiła...

– Co to za zdarzenia? Co się działo dalej?

– Jedz, a ja ci opowiem. Ojciec zabitego Hubert Lotz zgłosił się do kostnicy i odebrał ciało syna, potem przyjechał na policję i sprawiał wrażenie zadowolonego. – Postukał łyżeczką w jajko. – Tak, nie przesłyszałeś się, Ebi... Zadowolonego ze śmierci syna! Mojemu koledze powiedział coś mniej więcej takiego:

„Zapowiadał się na bandytę, ale umarł jako człowiek honoru". Z kamienną miną, bez śladu cierpienia na twarzy. Ten barbarzyński zwyczaj pozbawia ludzkich uczuć! Chwała Bogu, że senat uniwersytecki już jest blisko uchwalenia bardzo restrykcyjnej uchwały antypojedynkowej. Zakazane zostaną menzury w korporacjach, przez co biedni burszowie będą się po lasach ciąć po głupich mordach... Każdy student, który tylko zapowie swój udział w pojedynku na śmierć i życie, to znaczy zażąda satysfakcji albo takie żądanie przyjmie, automatycznie będzie usuwany z uczelni...

– To martwe prawo... – zasępił się Eberhard.

– Nie bądź malkontentem. – Helmut tryskał optymizmem.

– Na początku to prawo będzie martwe, pewnie tak... Ale od czegoś trzeba zacząć... Przyszły profesor teologii katolickiej, jezuita Ohlhausen, już ogłasza publiczne akademickie wykłady na temat pojęcia honoru, potępiające pojedynki... A to świetny kaznodzieja, ściągnie tłumy... Idziemy naprzód, Ebi! Małymi krokami, ale wciąż naprzód!

– Czyli wszystko przyschło... – Mock nie miał apetytu i jadł jajko na siłę.

Detektyw spojrzał na niego poważnie.

– Na mieście przyschło – rzekł. – Ale jest pytanie, czy zabicie człowieka zabliźniło się w twoim sercu...

Student wstał i założył dłonie za plecy. Podszedł do biurka i spojrzał na stojący tam duży krucyfiks. Przybory biurowe równo i starannie poukładane – liniowany papier listowy oraz kałamarz i piasecznica – przypomniały mu oddalony o dwieście może metrów stąd pokoik Nataszy. Był tam wieczorem w dzień pojedynku i nie zastał dziewczyny – została zabrana do Sokołowska, jak poinformowały go jej koleżanki, przez świeżo przybyłego z Rosji brata.

Bardzo go to zmartwiło. Owszem, zostawiła dla niego liścik, ale nie było w nim tego, czego by oczekiwał. Natasza zamiast najdrobniejszego słowa uznania dla uczynku Mocka, który – było nie było – pomścił jej bestialskie pobicie i próbę pohańbienia, wyrażała przerażenie, że stała się przyczyną śmierci tak młodego człowieka, który miał jeszcze całą przyszłość przed sobą. Zrzucił to jednak na zmienne nastroje niewieście, które przecież mogły być dodatkowo spotęgowane przez ból gojących się ran. Zafrasowało go jednak to, że wieść o pojedynku rozeszła się po mieście tak szybko, skoro Natasza wieczorem już o nim wiedziała. Zaczął uprzejmie wypytywać jej koleżanki, czy słyszały coś o jakimś pojedynku, ale te stanowczo i szybko zaprzeczyły.

Zbyt szybko i zbyt stanowczo – pomyślał Mock.

Wrócił tedy do domu – smutny i zmęczony – i po raz pierwszy w życiu dopadła go bezsenność. Oka nie zmrużył przez całą noc. W ciągu dnia snuł się po swojej stancji z papierosem w ręku, prawie nie tknąwszy posiłków, które mu przynosiła troskliwa pani Nitschmann. Wciąż widział siną opuchniętą Nataszę i jej oprawcę z dziurą zamiast oka. Pół kolejnej nocy przesiedział w fotelu, tęskniąc za dziewczyną i czekając na policję, która – zaalarmowana powszechnie powtarzaną, jak sądził, wieścią o pojedynku – przyjdzie go zaaresztować. Kiedy nad ranem usnął, męczyły go koszmary – przychodziły doń jakieś małe dzieci obrzęknięte, szczerbate i zalane krwią. Przez kolejne noce było nie lepiej. Tak, na pytanie Eugstera, czy wszystko się zabliźniło w jego sercu, miał odpowiedź przeczącą.

– Trochę mnie to męczy, to wszystko – rzekł, patrząc przez okno na małe podwórko, na którym czyjaś służąca wywieszała pościel. – Ale wiesz co, Helmucie? – Usiadł znów przy stole. – To są wyrzuty sumienia... Połowiczne, bo wykonałem dopiero połowę planu. Muszę iść za ciosem i przeprowadzić wszystko do końca... Lotz był narzędziem, ale wykonawcami byli Rehberg i von Joden. A oni nie ponieśli kary. Policja ich nie ukarze, bo przymyka oko na pojedynki, ty ich nie ukarzesz, bo wyjeżdżasz. No to kto pozostaje? Tylko ja. I zrobię to, zrobię... I wtedy niech mnie dopadną wszystkie Erynie, nie tylko ta jedna... Pomęczą, poszarpią i przestaną...

– Co? – Gospodarz odsunął kieliszek po jajku, wypełniony teraz skorupkami. – Naprawdę chcesz to zrobić!? – Patrzył na Mocka zdumionym, a nawet przerażonym wzrokiem. – Człowieku! Przecież ci się upiekło. Zabiłeś tego łajdaka i wszyscy nabrali wody w usta... Wielu się nawet cieszy z tego powodu. Ukarałeś go, tak jak chciałeś! W prezydium nikt się nie zajmie tą sprawą, akta Lotza wylądują w segregatorze „Samobójstwa", jak zawsze... Możesz spokojnie wracać na uniwersytet! No dobrze, zraziłeś do siebie Nordena, ale on nie jest jedynym... Znajdź sobie innego mistrza, napisz doktorat, zdaj egzaminy nauczycielskie... Wybijesz się na niezwykły wręcz w twej rodzinie poziom! Pomściłeś tę nieszczęsną dziewczynę, to czego jeszcze chcesz? Idź do niej, ożeń się, niech ci urodzi kilku małych dzielnych Eberhardów, a będzie z nich pożytek w tym kraju... Po co ci ta druga część planu? Miałem nadzieję, że żartowałeś wtedy w ogrodzie...

Mock zabębnił palcami o stół. Jego głos zabrzmiał teraz lekko, a nawet dała się w nim słyszeć pewna drwina. Słowa, które padły, były jednak ciężkie i bolesne.

– Mówisz: „zdaj egzaminy"... „Wybij się"... Te wszystkie rady są dobre, naprawdę... Gdybym miał żonę, dziecko, jak mój brat Franz, to poszedłbym za tymi wskazówkami... Na pewno bym poszedł. Stała, prestiżowa posada w jakimś dobrym gimnazjum... To wszystko jest właściwe, takie jak trzeba... Tak... – Jego głos spotężniał. – Szedłbym tą drogą i zawierałbym śmierdzące układy, tak jak ty. Kardynał ci napluł w twarz, a ty pokornie mu czapkujesz... On cię wysyła do Kolonii, a ty grzecznie pakujesz walizki... Wybacz mi te słowa, mam dopiero dwadzieścia trzy lata, a ośmielam się pouczać ciebie, weterana znającego życie na wylot... Nie gniewaj się... Ale ja nie muszę tak żyć i czapkować... Mam na to jeszcze czas! – Urwał, jakby się wystraszył zuchwałości swych słów. – Przepraszam – szepnął. – To nerwy...

– Nie gniewam się, Ebi – odparł Eugster. – Jestem czcicielem rozumu, ludzkiej racjonalności, nie zaś tego czy innego dostojnika... Nie widzę nic złego w tym, że będę sługą innego pana. Jestem najemnikiem, do tego zostałem stworzony i robię to, co umiem najlepiej... A przy tym nie służę złej sprawie. Ale coś ci powiem, mój młokosie... – Detektyw wstał i zaczął chodzić po pokoju tam i z powrotem. – Przekonałeś mnie. Na kompromisy to ty masz jeszcze czas! Dopóki strata, którą poniesiesz, nie uderzy jak rykoszetem w innych: w twoją żonę, w twoje dziatki, dopóki jesteś sam, to możesz być jak byk, który rozwala wszystko, co mu stanie na drodze... Teraz naprawiaj świat skutecznie i brutalnie, a później...

– A później, jak będę w twoim wieku – wszedł mu w słowo Mock – będę to robił subtelniej... Ale zawsze jednakowo konsekwentnie...

– Właśnie tak! – powiedział Eugster, który wyczuł, że oto się zbliża jakaś podniosła chwila.

Eberhard wyciągnął rękę.

– Żegnaj!

Helmut przyciągnął go i padli sobie w ramiona.

– Napisz kiedyś coś... Na adres kardynała, stamtąd mi odeślą, gdzie trzeba...

Po minucie Mock wyszedł z mieszkanka detektywa i ruszył przez zabłocone podwórko. W pewnej chwili się zatrzymał. Chciał wrócić i powiedzieć Eugsterowi, że w czasie studiów na Królewskim Uniwersytecie we Wrocławiu to właśnie on – nikt inny – był jego najlepszym nauczycielem.

Po chwili namysłu uznał, że byłoby to zbyt sentymentalne.

Nie miał teraz czasu na czułostkowe gesty. Dopiero zaczął naprawiać świat, a przed nim jeszcze było dużo do zrobienia.

WROCŁAW,
środa 9 maja 1906 roku,
godzina jedenasta przed południem

PROFESOR ALFRED VON JODEN przeciągał wykład, bo chciał koniecznie skończyć pewien ważny wątek. Stał na katedrze w sali wykładowej Seminarium Filologicznego i analizował bardzo istotny dla swoich wywodów *passus* z *Praw* Platona. Fragment ten, w którym wielki filozof nakazywał otaczać szczególną opieką ludzkie płody w łonie matek, nie wyszedł zdaniem von Jodena spod pióra Platona, lecz był późniejszą wstawką. Aby to wykazać, wykładowca dokonywał zawiłych analiz gramatycznych i tekstologicznych, które zmierzały do jednej tylko tezy. Właśnie ją wygłaszał.

– Tak, moi panowie. Platon był zwolennikiem higieny rasowej i odmawiał embrionom ludzkiego statusu. Owszem, trzeba przyznać, że w jego duszy, jak w duszy każdego myślącego człowieka, wciąż toczyła się walka przeciwstawnych idei i wciąż pojawiały się wątpliwości na temat statusu ludzkiego płodu. Z rozterek Platona zdawali sobie sprawę już starożytni. I właśnie o takim starożytnym świadectwie Platońskiej psychomachii mówi nam Tertulian. Ale o tym powiemy sobie na następnym wykładzie. Czy mają panowie jakieś pytania?

– Tak, ja mam pytanie. – Eberhard Mock wstał i wyszedł z ostatniej ławy. – Co pan właściwie tutaj robi?

– Nie rozumiem. – Von Joden myślał o czymś innym i układał swe notatki w równy stosik.

Student szedł wolnym krokiem w jego stronę.

– Na katedrach uniwersyteckich powinni zasiadać ludzie nieskazitelni moralnie – powiedział dobitnie. – Nie mordercy!

– O kim pan mówi?! – krzyknął wykładowca.

– O panu, Alfredzie von Joden. – Eberhard miał potężny głos, który teraz huczał w całkowitej ciszy audytorium. – Właśnie o panu! Jest pan człowiekiem skażonym zbrodnią! Zaplanował pan śmierć docenta Moritza Adlera, aby objąć katedrę po Bachmannie! Jest pan mordercą, von Joden!

Zbliżał się już do katedry, a wykładowca stał jak skamieniały. Jako dobry szachista, który dwukrotnie został mistrzem rozgrywek studenckich – raz w Dorpacie, a raz w Bazylei – umiał trafnie przewidywać ruchy swoich przeciwników. Sama szachownica wprowadzała go w natychmiastowy stan skupienia i nigdy nie lekceważył swych wrogów z tego choćby powodu, iż owi przeciwnicy istnieli rzeczywiście – siadali po przeciwnej stronie szachownicy, a ich oczy mówiły: Zniszczę cię!

Tymczasem Mock był przeciwnikiem skrytym i przyczajonym. Przypominał von Jodenowi pewnego szachistę z Dorpatu, który wszedł kiedyś do restauracji, gdzie młody Alfred świętował swoje zwycięstwo w turnieju, rozstawił szachownicę i powiedział: „Albo pan teraz ze mną zagra, albo ogłoszę, że jest pan tchórzem!". I von Joden zagrał wtedy. I przegrał. Jego przeciwnik nigdy nie zgodził się na rewanż. Profesor zwalał później winę na zaskoczenie, na swoje rozleniwienie po odniesieniu sukcesu, na nadmiar wina, wiedział jednak, że jest to tylko samooszukiwanie. Wtedy właśnie postanowił nie tylko przewidywać ruchy przeciwnika, ale wręcz grę samą. I trzymał się tego również w życiu.

Czasami o tym zapominał. Tego dnia zapomniał. Nie wiedział, jaki ruch powinien wykonać po tym zaskakującym gambicie, w którym student niszczy samego siebie i ryzykuje relegowanie z uniwersytetu. A niewiedza zawsze wywoływała jego wściekłość.

– Milczeć! – wrzasnął. – Jak śmiesz, ty draniu, nędzna kreaturo!

Mock stanął na katedrze blisko pulpitu profesora. Spojrzał na swych zdumionych kolegów i powiedział spokojnie:

– Obraził mnie pan! Jestem człowiekiem honoru i żądam satysfakcji! Jeśli mi pan jej nie udzieli, ogłoszę *in publico*, że jest pan tchórzem!

I wtedy von Joden zrozumiał, że znalazł się w kleszczach – jak wtedy w Dorpacie.

Czy mam się znów zgodzić? – myślał gorączkowo. – I znów przegrać? Tym razem to będzie walka na śmierć i życie, na pistolety, nie jakaś głupia szachowa rozgrywka...

Mock w jednej chwili pojął, że źle służy jego sprawie wahanie profesora. Im dłużej von Joden będzie zwlekał, tym więcej świadków przeciągnie na swoją stronę. Będą później mówili, że biedny wykładowca został oskarżony o rzecz straszną i zaskoczony. Owszem, może i zwymyślał oskarżyciela, ale słowo „kreatura" nie jest doprawdy obelgą wymagającą pojedynku, zwłaszcza że było reakcją na nie poparty niczym potwornie ciężki zarzut.

Eberhard dokładnie zaplanował tę rozgrywkę. Wiedział, że w razie słabej reakcji na zarzut morderstwa – a epitety, którymi został obrzucony, były właśnie taką słabą reakcją – musi przejść do działań drastycznych, w których on stanie się napastnikiem zwanym w języku kodeksu honorowego „obrazicielem".

Podszedł do von Jodena, chwycił go błyskawicznie za krawat i przyciągnął ku sobie. W sali Seminarium Filologicznego rozległ się charakterystyczny odgłos dwu plaśnięć. Jednego po drugim.

Student spoliczkował profesora.

– Co to ma znaczyć? – doszedł od drzwi podniesiony głos Eduarda Nordena. – Co to jest, kolego von Joden? Właśnie zaczynam seminarium, a pan i pańscy studenci wciąż są w sali?

Zaczerwieniony wykładowca skoczył z katedry i podbiegł do profesora.

– Kolego Norden, pański asystent właśnie mnie uderzył! – Wskazywał dłonią Mocka stojącego na katedrze. – Trzeba po policję! Natychmiast!

– On zrezygnował z funkcji mojego asystenta – wycedził Norden. – A poza tym przypominam panu, kolego, że policja nie ma wstępu na teren uniwersytetu, a sprawa nadaje się wyłącznie do rozstrzygnięcia przez sędziego Schauenburga!

– Nie! – odezwał się nagle wolny słuchacz Heinrich Zuckermann. – To nie jest sprawa dla Schauenburga! To sprawa honoru, a takie sprawy rozstrzyga wyłącznie pojedynek!

To wystąpienie przyjaciela Mocka, umówione z nim zresztą, pozwoliło von Jodenowi w jednej sekundzie ujrzeć linię obrony przed gambitem.

– Ależ co też pan bredzi? – wykrzyknął. – Według kodeksu pojedynek jest możliwy tylko pomiędzy ludźmi honoru. A chory psychicznie nie jest człowiekiem honoru! Przecież nikt nie jest tchórzem, kiedy nie daje satysfakcji wariatowi!

Ten ruch kompletnie zaskoczył Mocka.

– Nie jestem chory psychicznie! – wydukał.

– Ależ jest pan! – odparł von Joden. – Sam tego nie wymyśliłem! O pańskiej chorobie psychicznej mówił mi kilka dni temu profesor Norden, prawda kolego? Mówił pan, że Mock w przypływie obłędu ubliżył panu i porzucił asystenturę! Prawda?

Eberhard zrozumiał, że przegrał. Tak przenikliwie, zdawałoby się, wszystko przewidział! Oczywiście ani przez chwilę nie przypuszczał, iż von Joden przyjmie wyzwanie i staną naprzeciwko siebie z pistoletami. Ale wtedy profesora spotkałaby infamia i nikt w świecie akademickim ręki by mu nie podał. Tak czy inaczej, byłby skończony. Mock jednak nie przewidział, że von Joden jest gadułą i przeciągnie wykład, nie przewidział, że we wszystko wmiesza się Norden, który jednym werdyktem może zniszczyć cały jego misterny plan. Zaraz profesor Tik-Tak, którego przecież obraził, rzucając mu plik kartek pod nogi, potwierdzi jego rzekomą chorobę psychiczną i na tym sprawa się zakończy. Idiocie można odmówić pojedynku i nikt przez to honoru nie traci. Nie będzie pojedynku, nie będzie infamii, prawdziwy zleceniodawca śmierci Adlera nie poniesie kary, a mały fragment świata nie zostanie naprawiony.

– Nieprawda! – odpowiedział Norden po dłuższej chwili. – Nigdy niczego takiego nie mówiłem. Pan Mock jest całkiem zdrowy psychicznie i, jako taki, jest człowiekiem honoru.

– Jest pan kłamcą, profesorze! – krzyknął von Joden prosto w oczy swemu byłemu koledze z seminarium. – Wstrętnym kłamcą!

W sali panowała taka cisza, że słychać było bzyczenie dwóch potężnych połyskliwych much obijających się o szyby.

– Powinienem teraz zażądać satysfakcji – rzekł Norden z szyderczym uśmiechem. – Ale sądzę, że jeden pojedynek to już chyba panu wystarczy...

WROCŁAW,

sobota 12 maja 1906 roku,

kwadrans na szóstą rano

W LASKU OSOBOWICKIM PANOWAŁ poranny chłód. Słońce przebijało przez drzewa i obramowywało ich korony złotymi konturami. W ostrych promieniach błyskały tu i ówdzie skrzydełka owadów krążących nad łąką oraz kręciły się smugi pyłków unoszących się w niebo z zielonych traw. Było pięknie. Kaczeńce plamiły na żółto całe połacie zieleni.

W tym zgiełku i pozornym chaosie, jaki się był wytworzył przez różne żyjątka i organizmy łąki, kapitan Wenge był w swoim żywiole. Stał wyprostowany jak struna, wygłaszał stosowne pouczenia i wydawał właściwe rozkazy.

Kirasjer nigdy by nie sądził, że w ciągu dwóch tygodni dwa razy z rzędu będzie kierownikiem pojedynku. Nie uwierzyłby ponadto, że jednym z walczących będzie ten sam człowiek, a już między bajki by włożył to, że ów człowiek – wylosowawszy pierwszy strzał wtedy – i teraz będzie rozpoczynał starcie. A jednak tak właśnie było.

Doświadczony oficer nie był filozofem, który by zgłębiał działanie przypadku w naturze. Odnotowywał zbiegi okoliczności i działał dalej. Był człowiekiem czynu i powierzone mu zadania wykonywał sumiennie. Tak było i teraz. Sprawdziwszy broń, proch i kule, rozstawił wszystkich na przygotowanych zawczasu stanowiskach – tym razem odległość wynosiła trzydzieści metrów – i zakrzyknął:

– Gotuj!

Patrząc, jak Mock, wciąż z obandażowaną głową, mruży oko i celuje w Alfreda von Jodena, zaczął odliczanie do dwudziestu.

– Jeden, dwa, trzy, cztery, pięć...

Profesor cały się trząsł ze strachu. Drgawki, które nim targały, były tak silne, że można by je uznać za ruchy utrudniające celność i wręcz przerwać pojedynek. Z drugiej strony kodeks honorowy wyraźnie mówił, iż w pojedynkach ze stanowiskiem stałym uczestnik nie może ruszać się z miejsca – a von Joden jednak się nie ruszał, gdyż jego nogi nie odrywały się od ziemi.

Kapitan w duchu gardził profesorem. Jeszcze nigdy nie widział pojedynkowicza, który by po przybyciu na miejsce płakał, jęczał, gdzieś odchodził, wracał i nieustannie robił swemu przeciwnikowi złośliwe przytyki. Tego zachowania nie można było wyjaśnić działaniem alkoholu – jego zapachu nie było czuć od von Jodena, choć wyglądał, jakby pił całą noc. Zgodnie z kodeksem honorowym dziwne zachowanie nie mogło być powodem do przerwania starcia, ale szydercze uwagi już tak. Były one jednak tak wyrafinowane, że prostoduszny oficer sam już nie wiedział, czy można je uznać za ubliżanie niegodne dżentelmena czy też nie. Toteż przymknął na nie oko.

– Szesnaście, siedemnaście...

Nagle rozległ się kobiecy głos.

– Stój! Stać, potwory i barbarzyńcy!

– Stój! – wydarł się kapitan Wenge.

– Kochany, nie chcę cię stracić! Kochany, nie umieraj! – krzyczała kobieta.

Na polanę wbiegła młoda piękna dziewczyna z grubą warstwą pudru na twarzy. Przypadła do von Jodena. Chwyciła go w pasie i uklękła przed nim. Jej kapelusz upadł w trawę. Wszyscy mężczyźni oniemieli. Zapadła taka cisza, że słychać było tylko śpiew ptaków i cykanie świerszczy polnych.

Twarz von Jodena stężała. Wciąż chwiejąc się lekko, chwycił ją za ramiona. Chciał ją od siebie oderwać, ale trzymała go mocno. Zaczął sapać z wysiłku.

– Won, dziwko! – wykrzyknął. – Bo cię spiorę na kwaśne jabłko... Puść, bo dostaniesz...

Odrzucił ją od siebie i upadła na trawę. Uniósł pistolet i wymierzył w Mocka. Nagle roześmiał się potężnie, wciąż trzymając Eberharda na muszce.

– Tak dostaniesz jak wtedy, gdy się z tym śmieciem zadałaś... Kapitan Wenge nie wytrzymał. Podbił broń von Jodena i ta wypaliła w powietrze. Oficer wyrwał profesorowi pistolet i patrzył na niego z pogardą.

– Nie mogłam inaczej – zawodziła kobieta. – Musiałam się z nim zadać! Sam mi kazałeś, bym miała go na oku i wyciągnęła od niego wszystko, co wie... A on coś odkrył podczas przyjęcia w korporacji... Notował coś jak szalony! A jak miałam się dowiedzieć, co zapisał? Poprosić go, by mi grzecznie powiedział? Musiałam się z nim zadać! Inaczej bym nie zdobyła jego zapisków w notesie... Inaczej byś nie ostrzegł tego dyrektora gimnazjum, co i tak nic nie dało...

– A do tego Żyda to też się wdzięczyłaś, suko! – krzyknął von Joden. – Na obiedzie razem byliście przed jego śmiercią!

– Było mi go żal... – wyjęczała, szlochając. – To był smutny człowiek, tak udręczony na wykładzie przez tego drania... Żal mi go było! Ale kocham tylko ciebie! Chociaż tak mnie pobiłeś z zazdrości, że się zadałam z Mockiem, to nie powiedziałam mu, że to ty... Wszystko zwaliłam na tego Lotza! Ciebie tylko kocham!

– Ach, ta słowiańska dusza! – Von Joden zaczął się kręcić dokoła własnej osi i udawać, jakby świat cały chciał wziąć w ramiona. – Ta słowiańska czułostkowość! Tak, oddawaj się, nieboжątko, wszystkim mężczyznom, bo w każdym coś się znajdzie, czego ci żal...

Kapitan Wenge przerwał tę kłótnię kochanków.

– Milczeć, profesorze. Obraża pan kobietę! – Podszedł do nich i powiedział surowo: – Zechce pani opuścić miejsce pojedynku! A panu, profesorze Joden, daję trzydzieści sekund na podjęcie decyzji, czy bierze pan udział w starciu czy też nie.

Wykładowca ukląkł i zaczął płakać.

– Ja jestem von Joden, nie Joden – powtarzał przez łzy. – Von mam przed nazwiskiem...

Zanim kapitan rozpoczął kolejne komendy i odliczanie, profesor wstał, objął pannę Diabrinską i obydwoje opuścili polanę.

– Ogłaszam profesora Alfreda von Jodena człowiekiem niehonorowym – krzyknął kapitan Wenge i splunął.

Wszyscy pozostali również splunęli.

Nie pluł tylko Eberhard Mock. Miał tak ściśnięte wargi, że nie przeszłaby przez nie nawet kropelka śliny.

‖ **WROCŁAW,**
‖ **poniedziałek 8 października 1906 roku,**
‖ *godzina wpół do jedenastej przed południem*

ZACZĄŁ SIĘ JUŻ SEMESTR ZIMOWY na Królewskim Uniwersytecie we Wrocławiu, a tymczasem cały tamtejszy świat akademicki wciąż żył wydarzeniami semestru letniego, a zwłaszcza skandalem na samym jego początku.

Przerwany przez studentkę Nataszę Diabrinską pojedynek jej kochanka, profesora von Jodena, z jej innym kochankiem, studentem Eberhardem Mockiem, stał się tematem numer jeden na uczelnianych korytarzach, w studenckich mensach, w siedzibach korporacyj oraz w wytwornych restauracjach, do których uczęszczali profesorowie. Wkrótce zdarzeniem tym zaczęła żyć wrocławska ulica, a tu i ówdzie słychać było nawet kataryniarzy śpiewających o miłosnym triu, które się rozpadło.

Choć uliczni poeci ubarwiali, jak tylko mogli, historię miłości Nataszy i Alfreda oraz jego rywala Eberharda, w jednym mieli rację. Ów miłosny trójkąt rozpadł się całkowicie. Panna Diabrinska gdzieś zniknęła, a jej młody i nieszczęśliwy ulubieniec został relegowany z uniwersytetu z wilczym biletem za spoliczkowanie profesora na terenie uczelni. Było to przestępstwo niesłychane i bardzo wielu mieszkańców miasta miało za złe studentowi ten haniebny uczynek. Wielu jednak się z nim solidaryzowało, twierdząc, że nic się nie stało – ot, młody zapalczywy kochaś spoliczkował swego rywala. W tych dyskusjach całkowicie zapomniano, iż w czasie tego aktu spoliczkowania Eberhard stawiał zarzuty von Jodenowi całkiem inne, niż głosiła *opinio communis*[134].

Dwaj bohaterowie tego zajścia usunęli się zresztą w cień – każdy z innych powodów. Mock gdzieś przepadł, a von Joden wkrótce po tym nieszczęsnym pojedynku stał się tematem gorącej debaty na szczytach uniwersyteckiej władzy. Zaczęło się od tego, że w ostatnich dniach maja nie było już na jego zajęciach żadnego studenta. Wykładowca nie mógł uwierzyć w to, że nagle wszyscy utracili zainteresowanie *Państwem* Platona. Nie łączył w najmniejszym stopniu tego demonstracyjnego odejścia słuchaczy ze swym zachowaniem w czasie pojedynku z Mockiem aż do momentu, kiedy niejaki Heinrich Zuckermann wypalił wprost:

---

134 Powszechne mniemanie (łac.).

– Nie wszyscy lubią pojedynki, panie profesorze, ale wszyscy unikają tchórzy...

I wtedy von Joden zrozumiał, dlaczego koledzy z Seminarium Filologicznego ociągają się z podawaniem mu ręki, a – co gorsza – współwyznawcy idei eugenicznych z Towarzystwa Krzewienia Higieny Rasowej zaczynają przebąkiwać o błędzie, jakim było obsadzenie katedry po Bachmannie wykładowcą, który teraz nie ma ani jednego słuchacza. W końcu doktor Rehberg, który był w tym gronie najostrzej atakowany za wspieranie człowieka bez honoru, doszedł do wniosku, iż trzeba sprawę wyciszyć. Na jego wniosek senat postanowił zawiesić wykłady von Jodena w tym semestrze i poczekać, aż nowe wydarzenia przyćmią niesławny pojedynek i uniwersytecki melodramat.

Tak się zresztą stało. Miesiąc później całkiem inne sprawy zogniskowały uwagę środowiska naukowego. W czerwcu została wprowadzona surowa uchwała senatu zabraniająca odwiecznej instytucji menzury. Korporanci protestowali gorąco przeciwko zakazowi, a nawet zorganizowali bojkot zajęć tych wykładowców, którzy otwarcie wypowiadali się za nowym prawem, zwanym *lex Caveraviana* od nazwiska rektora Kaweraua. Bojkot ów się nie udał, ponieważ korporanci stanowili jedynie połowę młodzieży akademickiej i ich niezrzeszeni koledzy nic sobie nie robili z sugestyj opuszczania zajęć wrogów menzury.

Wobec klęski bojkotu burszowie zorganizowali kilka pochodów, a nawet doszło do awantur ulicznych, tłumionych przez policję. Podczas największych zamieszek, w lipcu, karcer pękał w szwach. Wraz z nadejściem sesji egzaminacyjnej gorące głowy młodzieży trochę się ostudziły.

Oczywiście menzury były wciąż praktykowane, ale w głębokiej konspiracji. I choć wyjeżdżano za miasto, choć pojedynkowiczom towarzyszyli teraz nie wszyscy burszowie, lecz wybrani i najbardziej zaufani – to i tak wpadki były nieuniknione, gdyż wszędzie węszyli agenci Waltera Rehberga.

Nadsekretarz, który wcześniej miał opinię wielkiego orędownika pojedynków, stał się teraz najzagorzalszym ich wrogiem. Rekrutował swoich szpicli z biednych członków korporacyj, oferował im darmowe obiady z pominięciem wszelkich procedur, takich jak choćby podstawowy warunek, by obdarowany posiłkiem dobrze się uczył. Nie wszystkim się podobała ta wolta, zwłaszcza w Towarzystwie Krzewienia Higieny Rasowej, gdzie wielu członków nosiło dumne blizny na policzkach. Niejeden z nich przemyśliwał w letnie wieczory, czyby nie poinformować dyrektora Althoffa o zbyt samowolnych i nieproceduralnych działaniach nadsekretarza i o stworzeniu przez niego siatki studenckich szpiegów.

Aż w końcu jeden z eugeników, profesor von Nahrenhorst, zdecydował się na zdradziecki ruch i napisał do Althoffa anonim piętnujący samowolę Rehberga. Kroplą, która przelała czarę goryczy i była bezpośrednim powodem tego ataku, był wywiad kardynała von Koppa dla „Schlesische Zeitung", podczas którego purpurat, krytykując ostro barbarzyński zwyczaj pojedynkowania się, wypowiedział kilka ciepłych słów pod adresem nadsekretarza, nie zdając sobie sprawy, że jest to dla niego swoisty pocałunek śmierci.

Rehberg tracił zatem poparcie wśród najbliższych przyjaciół z Towarzystwa. Postanowił zatem uruchomić intrygę, która by na długo odciągnęła uwagę od jego osoby i pozwoliła mu spokojnie przeczekać skutki ostatnich burzliwych zdarzeń. Do tego potrzebował kozła ofiarnego. Kierując się swoim doświadczeniem, wytypował takiego bez dłuższych deliberacyj.

I tak minął semestr letni, i rozpoczął się zimowy. Profesor Alfred von Joden nabrał wiatru w żagle, gdy się okazało, iż na jego wykład i proseminarium zapisało się dwudziestu studentów. Bardzo zadowolony, zmierzał tego pięknego październikowego dnia do audytorium Seminarium Filologicznego, gdzie miał rozpocząć cykl wykładów o *Państwie* Platona, tak nieszczęśliwie zawieszony w minionym semestrze.

Wszedł do gmachu uczelni bocznym wejściem od strony kościoła. Portier i studenci stojący pod salą ukłonili mu się pierwsi, ale już jego kolega profesor Franz Skutsch udał, że go nie widzi. Von Joden nie przejął się tym zbytnio. Czuł ogromną radość, a nawet euforię. Wiedział, że bez uczelni, bez tego ożywczego napięcia pomiędzy nauczającym a nauczanymi usechłby jak kwiat bez wody. A właśnie do tego źródła teraz powrócił.

Siadając na katedrze i słuchając stukotu siedzeń i piórników, wiedział, że jest tu, gdzie jego miejsce, aby znów mówić młodzieży o wielkich planach polepszenia kondycji ludzkiej, jakie snuli starożytni mędrcy, duchowi protoplaści eugeniki.

Zaczął czytać znamienny fragment z dzieła Platona o dobieraniu się partnerów w doskonałej kondycji fizycznej i duchowej, przez co idealne państwo otrzyma idealnych obywateli.

Wtedy usłyszał dziwny dźwięk. Jakby kwiczenie świni.

Spojrzał na słuchaczy i ujrzał, jak jeden z nich otwiera worek, z którego wyskakuje mały prosiak. Studenci ryknęli grubiańskim śmiechem. Przerażone zwierzę zaczęło biegać po całej sali, tupiąc mocno racicami i kwicząc niemiłosiernie. Nagle podbiegło do katedry i wsparło się o nią przednimi łapami, po czym kwiknęło i zanurkowało pomiędzy nogi i teczki studentów siedzących w pierwszych rzędach. W mgnieniu oka wykładowca ujrzał własne nazwisko wymalowane krzywymi kulfonami na grzbiecie prosiaka.

Zamknął oczy.

To na pewno sen – myślał. – To wszystko mi się śni...

Trzaskały siedzenia krzeseł, stukały piórniki, zgrzytały zakrętki kałamarzy.

To tylko złudzenia słuchowe – uspokajał się, wciąż siedząc z zamkniętymi oczami.

Zapadła cisza. Po kilkunastu sekundach przerwał ją cichy szmer. Von Joden otworzył oczy. Prosiak oddawał mocz na posadzkę sali. Teraz dokładnie profesor widział napis. VON JODEN ZAPRASZA NA WYKŁAD.

To nie był sen.

Jak najbardziej realna była też postać Waltera Rehberga stojąca w drzwiach audytorium. I von Joden na pewno się nie przesłyszał.

– Muszę cię prosić, Alfredzie, byś podał się do dymisji. Lepiej zrób to sam... I lepiej, że to właśnie ja, twój przyjaciel, o to cię proszę, niż gdyby miał to zrobić kurator uniwersytetu, Jego Ekscelencja Robert graf von Zedlitz und Trützschler...

Von Joden złożył notatki i wsunął je do teczki. Nie mógł iść, ledwo powłóczył nogami. Nie widział, jak nadpedel pan Theodor Güss goni za świnią, usiłując ją złapać. Nie patrzył na roześmiane twarze kolegów – profesorów Skutscha i Zachera – otoczonych tłumem studentów. Nie spuszczał za to wzroku z nadsekretarza Rehberga.

– Pociągnę cię za sobą, Walterze – rzekł. – Na samo dno.

BERLIN,
środa 5 grudnia 1906 roku,
kwadrans na południe

DYREKTOR MINISTERIALNY, JEGO EKSCELENCJA Friedrich Althoff noszący również tytuł tajnego radcy, mimo swych sześćdziesięciu pięciu lat był mężczyzną krzepkim i pełnym sił witalnych. Jego uśmiechnięta zwykle twarz, okolona brodą bez wąsów, oraz gęste, zaczesane do góry siwe włosy nadawały mu wygląd człowieka dobrotliwego. Natomiast potężna sylwetka i ręce jak łopaty budziły jeśli nie lęk, to przynajmniej respekt.

Był dyrektorem I Wydziału do spraw Nauczania w Ministerstwie Wyznań, Kształcenia i Spraw Medycznych, bo tak brzmiała pełna nazwa instytucji, w której zasiadał od lat dwudziestu czterech. Do jego licznych zadań należała kluczowa kompetencja powoływania profesorów na katedry uniwersyteckie w Prusach. To oznaczało, iż sprawował władzę nad całym tamtejszym szkolnictwem wyższym. Choć nie był dyktatorem i tyranem, to zdarzało mu się wcale często ingerować w sprawy obsady stanowisk profesorskich. Kiedy jednak nie było wyraźnych przeciwwskazań, o których doniósłby mu jego prywatny wywiad, to ufał uniwersyteckim radom wydziału i wierzył, że to owe ciała kolegialne mają najpełniejszą wiedzę o kandydatach na najbardziej prestiżowe i najwyżej opłacane stanowisko państwowe w cesarstwie, jakim było stanowisko profesora uniwersyteckiego.

W owym spokojnym mężczyźnie, dla którego zakulisowe rozmowy, subtelne negocjacje i wszelka tajna dyplomacja były środowiskiem naturalnym, budził się jednak czasami szarżujący nosorożec. Tratował wszystko na swej drodze, nie bawiąc się w subtelności i używając mocnego języka. Liczni urzędnicy ministerialni, widząc swego rozsierdzonego szefa, starali się wtopić w ściany, a po pracy plotkowali przy piwie i snuli domysły, jakie to głowy teraz polecą i na jakiej pruskiej uczelni.

Tego dnia mieli rację ci, którzy obstawiali, iż wściekłość Althoffa została wywołana przez Królewski Uniwersytet we Wrocławiu.

— ◆ —

W tym samym czasie profesor Eduard Norden siedział w restauracji Bauera na rogu Friedrichstrasse i Unter den Linden – bardzo zresztą blisko instytucji Althoffa. Czekając na zupę rakową, zaostrzał sobie apetyt małymi łykami ulubionego skandynawskiego akvavitu o smaku orzechowym.

Przed nim leżał nie otwarty list od Eberharda Mocka. Profesor ujmował co chwila kopertę w dwa palce – jakby się bał pobrudzić – i znów ją odrzucał na marmurowy blat stolika. Nie chciał czytać tego listu. Wiedział, że jego treść przeniesie go do miasta nad Odrą, gdzie spędził ostatnich siedem lat swojego życia, i ożywi bolesne wspomnienie równoczesnej tragicznej śmierci dwóch największych jego przyjaciół – Adlera i Bachmanna.

Pomyślał jednak, że nieczytanie listu byłoby oznaką wyjątkowej słabości charakteru. Rozerwał zatem czystym nożykiem do masła kopertę i wyjął złożoną kartkę papieru, zaczernioną równym pochyłym pismem.

Wielce Szanowny Panie Profesorze, jeśli Pan czyta ten list, to już samo to jest oznaką, iż nie żywi Pan dla mnie najgłębszej pogardy, na jaką słusznie się naraziłem moim haniebnym oszczerstwem rzuconym na Pana. Wszak nazwałem Go zdrajcą. Śpieszę wyjaśnić, iż użyłem tego określenia jak najpochopniej. Stało się to po moim odkryciu, że Richard Lotz studiuje bezprawnie. Podejrzeniem tym podzieliłem się wyłącznie – jak błędnie sądziłem – z Panem oraz z panem Helmutem Eugsterem. Nasza wspólna akcja z wyżej wymienionym, zmierzająca do tego, by dyrektor gimnazjum Johanneum dr Anton Milch przyznał, iż Lotz nie zdał matury, spaliła na panewce. Ktoś ostrzegł Milcha przed nami i ten nakazał niewpuszczenie nas na teren szkoły. Ponieważ tylko my trzej wiedzieliśmy o tej akcji, moje podejrzenie padło na Pana Profesora, a jego uzasadnienie znalazłem w nieoczekiwanym Jego awansie na katedrę w Berlinie. Uznałem, że Pan Profesor zdradził nasze plany Rehbergowi, a ten odwdzięczył się Panu poparciem u dyr. Althoffa, dzięki czemu objął Pan Profesor to jakże prestiżowe stanowisko w stolicy.

Dzisiaj już wiem, jak naiwne i krzywdzące dla Pana było moje rozumowanie. Po pierwsze, mam zbyt małą wiedzę, aby ocenić Pańską wybitną działalność naukową, która na pewno zasługuje na berlińską katedrę, a po drugie – demonizowałem wpływy Rehberga w Berlinie.

Moje podejrzenia jednak były błędne z zupełnie innego powodu. Okazało się bowiem, iż jeszcze jedna, czwarta osoba znała nasze plany wobec dyrektora Milcha. Była to studentka Natasza Diabrinska, kochanka Alfreda von Jodena. Ta zdradziecka niewiasta uwiodła i mnie. Wykorzystując chwilę mej słabości i nieuwagi, znalazła raport, który napisałem dla Eugstera, zawierający owo podejrzenie. Przeczytawszy go, panna Diabrinska powiadomiła o naszych zamiarach von Jodena lub Rehberga, a któryś z nich ostrzegł dyrektora Milcha.

Norden przypomniał sobie tę studentkę natychmiast. Odłożył na chwilę list i pokręcił głową ze zdumienia. Nie byłby mężczyzną, gdyby teraz nie poczuł lekkiego ukłucia zazdrości.

— ❖ —

Dyrektor Althoff wyglądał z okna swojego gabinetu na Bramę Brandenburską, kiedy jego przerażony podwładny oznajmił, że właśnie przybył na wyznaczone spotkanie nadsekretarz Królewskiego Uniwersytetu we Wrocławiu, doktor Walter Rehberg.

— Prosić — warknął, nie odwracając się od okna.

— Dzień dobry, Ekscelencjo! — usłyszał ode drzwi szwajcarską wymowę swojego tytułu.

Odwrócił się. Przed nim stał dobrze mu znany urzędnik akademicki, którego przed laty rekomendował u kuratora uniwersytetu hrabiego Roberta von Zedlitz und Trützschler. Jak zawsze spokojny, wypielęgnowany, wytworny.

— Nie dziwi pana, Rehberg, że wezwałem go tutaj? — Głos Althoffa drżał ze wściekłości.

– Nie dziwi mnie to wcale – odparł nadsekretarz – że Wasza Ekscelencja w swej mądrości i doświadczeniu nie wykazuje łatwowierności...

Althoffa zatkało. Przez moment czuł się skonfundowany, a tego stanu nienawidził. Walnął pięścią w stół, aż podskoczyła kryształowa popielnica.

– A w jaki to niby sposób okazałbym łatwowierność, Rehberg?!

Urzędnik lekko się uśmiechnął.

– Gdyby Wasza Ekscelencja nie zapytał mnie, co mam do powiedzenia *pro domo mea*[135]. Gdyby Wasza Ekscelencja całe oskarżenie przeciwko mnie oparł na plotkach ludzi niezrównoważonych umysłowo. Ludzi, którzy musieli opuścić nasz uniwersytet, bo żaden student nie chciał uczęszczać na ich zajęcia. Ludzi, którzy z prywatnych i nie całkiem zrozumiałych powodów chcą mnie zniszczyć... Którzy bezpodstawnie zarzucają mi korupcję... Tak, Ekscelencja byłby łatwowierny, gdyby tylko ich zeznania uwzględniał. Dlatego chyba spotkał mnie ten zaszczyt goszczenia w jego biurze...

Althoff usiadł ciężko za biurkiem i liczył w pamięci od dwudziestu do jednego. Odwrotne odliczanie zawsze go uspokajało. Sięgnął po cygaro i wielką dłonią wskazał Rehbergowi krzesło naprzeciwko siebie.

– Kogo ma pan na myśli, doktorze Rehberg, mówiąc o niezrównoważonych psychicznie donosicielach? – zapytał cicho dyrektor. – Czyżby skandalistę von Jodena? O ile się nie mylę, są panowie wielkimi przyjaciółmi jeszcze z czasów studiów w Bazylei...

---

135 We własnej sprawie (łac.).

Spokojny ton Althoffa, jego grzeczne użycie tytułu doktor, a nawet wskazanie mu miejsca do siedzenia były dla Rehberga sygnałem alarmowym. O napadach wściekłości Althoffa plotkował cały Berlin i owe plotki docierały do akademickich środowisk na prowincji. Wszyscy zgodnie również podkreślali, że chwile uspokojenia zwiastują jeszcze większą furię dyrektora. Rehberg zrozumiał, że popełnił błąd. Niechcący zdradził Althoffowi konflikt, w jaki popadł ze swym kolegą z Bazylei. Pojął, że to nie donosy von Jodena były powodem wezwania go przed dostojne oblicze. I to go zaniepokoiło. Postanowił milczeć, dopóki będzie mógł.

– No… Zadałem panu pytanie, Rehberg! – Althoff wstał i oparł pięści na biurku.

– Tak. – Urzędnik również wstał. – Rzeczywiście myślałem, że Ekscelencji chodzi o von Jodena…

– Tak nisko mnie oceniacie, Rehberg!? – ryknął dyrektor. – Tak nisko? Myślicie, że wzywałbym was tutaj z powodu jakichś niesprawdzonych plotek, oskarżeń zawistników!? – Rzucił na biurko plik listów związanych niestarannie szpagatem. – To są anonimowe donosy na pana. Pisał je jakiś „Zaniepokojony" z Towarzystwa Krzewienia Higieny Rasowej. Sądzi pan, że chcę teraz prowadzić śledztwo? Sprawdzać, w jakiej mierze prawdziwy jest ten bełkot? Myśli pan, że nie mam odpowiednich ludzi, którzy na miejscu, tam u was we Wrocławiu, ustaliliby wiarygodność tych zarzutów? No pytam się, Rehberg! Tylko po to bym pana tu wzywał!?

Urzędnik milczał. Kiedy dostał wezwanie do Berlina w trybie pilnym, uznał, że oznacza ono zwrot w jego karierze – awans lub dymisję. Suchy, oficjalny ton wskazywałby jednak na to drugie. Kiedy zobaczył dzisiaj minę swojego najwyższego zwierzchnika, uzyskał pewność – tak, zostanie zdymisjonowany. Teraz jednak zrozumiał, że chodzi o coś znacznie gorszego.

– Dymisjonuję pana ze skutkiem natychmiastowym! – Althoff walnął pięścią w stół. – Na-tych-mias-to-wym! A na zarzuty odpowie pan w kajdanach!

Podszedł do drzwi, które były ledwo widoczne w ciemnej boazerii gabinetu.

– Nie tędy wchodziłem. – Rehberg po raz pierwszy tego dnia poczuł strach.

– Wejść! – zawołał Althoff w głąb tajemnego pokoju.

Rozległy się energiczne kroki. W jasnym, rozświetlonym słońcem gabinecie pojawił się upiór z przeszłości – Eberhard Mock. A potem na elegancki dywan wszedł niski, krępy mężczyzna, z którego eleganckim, dobrze skrojonym surdutem kontrastował tyrolski kapelusz z grubego filcu.

— ◆ —

Eduard Norden jadł zupę rakową, nie odrywając wzroku od listu byłego asystenta. Gdyby tu siedział jego zmarły trzy lata wcześniej ojciec Carl Joseph Norden, to niewątpliwie zganiłby syna.

– Albo jeść, albo czytać – mawiał ten surowy i powszechnie szanowany medyk ze wschodniofryzyjskiego Emden. – *Primum edere, deinde philosophari!*[136]

---

136 Najpierw jeść, potem filozofować (łac.).

Profesor, nie przejmując się ulubioną sentencją ojca, i jadł, i czytał teraz równocześnie.

Chciałem jeszcze za coś Panu podziękować, Szanowny Panie Profesorze. Zapewne ma Pan w pamięci moje karygodne zachowanie po wykładzie von Jodena. Spoliczkowałem wówczas profesora uniwersytetu. Byłaby to oburzająca zbrodnia w świecie akademickim, gdyby nie moje intencje. Otóż wiedziałem, iż von Joden wraz z Rehbergiem uknuli spisek na życie docenta Moritza Adlera. Wiedziałem też, że będą oni bezkarni, gdyż jedyny człowiek, który mógł ich oskarżyć, student niejaki Richard Lotz, zginął w pojedynku. Postanowiłem zatem złamać karierę von Jodena.

Spoliczkowałem go, przewidziawszy, iż nie zażąda satysfakcji, gdyż będzie się bał pojedynku. A niezażądanie satysfakcji będzie się równać infamii w świecie uniwersytetu. To był mój plan. I ten plan omal nie spalił na panewce – von Joden wpadł na zabójczy dla moich zamierzeń pomysł, aby uznać mnie za niepoczytalnego. Na świadka mojego szaleństwa wziął sobie – wobec tłumu studentów – osobę o niekwestionowanym autorytecie, czyli Pana. Poprosił, by Pan dał świadectwo mojej niepoczytalności. I wtedy Pan...

– Tak. – Norden uśmiechnął się do siebie. – I wtedy ja z niechęci do zabójcy mojego przyjaciela uznałem, iż Mock jest w pełni sił umysłowych... I wtedy ten zbrodniarz musiał przyjąć pojedynkowe wyzwanie, bo w przeciwnym razie spotkałaby go infamia na uczelni...

Nieoczekiwanie Norden poczuł niechęć do człowieka, który wykorzystuje – choćby w najbardziej zacnym celu – barbarzyńskie, plemienne praktyki, bo za taki obyczaj uważał pojedynki. Ogarnęło go obrzydzenie do irracjonalnego świata, który skazuje na infamię tylko dlatego, że ktoś postępuje w racjonalny sposób i uchyla się od śmierci.

To jednak odrażająca figura ten Mock – pomyślał profesor i odepchnął od siebie list, nie przeczytawszy go do końca. – Sam nie wiem, czy dobrze zrobiłem, że mu pomogłem i protegowałem go do policji, wiedziony jakimiś wyrzutami sumienia... Całe szczęście, że nasze drogi się rozeszły.

— ❖ —

Rehberg również uważał byłego asystenta Nordena za postać odpychającą.

Wszystko go w nim teraz denerwowało – elegancki płaszcz i melonik, pewny siebie wyraz twarzy, zdecydowane ruchy, a nawet niski basowy głos, którym wyrzekł powitanie:

– Dzień dobry, Wasza Ekscelencjo!

Góral dołączył do niego i powiedział to samo, ale z inną melodią.

Zamiast standardowego niemieckiego „ekscelenc" Rehberg usłyszał charakterystyczne „ekselans". Już wiedział, skąd pochodzi towarzysz Mocka. I poczuł, że ziemia mu się zapada pod nogami.

Natomiast Althoffa wejście obu wyraźnie uspokoiło.

– Eberharda Mocka pan zna, doktorze. A oto porucznik Pius Niggli z policji kantonalnej w Bazylei...

Niggli miał wesołą, rumianą twarz wiejskiego proboszcza. Ale to, co teraz mówił, nie było dla Rehberga wesołe.

– Jest pan aresztowany, doktorze Rehberg – w ustach Szwaj-
cara głoski niemieckie brzmiały komicznie – za zamordowanie
w roku 1883 panny Georgette Hagenlocher, siedemnastoletniej
służącej państwa Horathów, u których wynajmował pan mieszkanie. Dzięki współpracy z panem Helmutem Eugsterem oraz
dzięki wskazówkom pana Alfreda von Jodena znaleźliśmy zbez-
czeszczone szczątki panny Hagenlocher z nacięciem na brzuchu
w kształcie krzyża. Znak był dobrze widoczny, mimo iż upłynęły
dwadzieścia trzy lata. Pierwszym błędem było to, że zakopał pan
ciało na torfowisku, przez co nieszczęsna dziewczyna zamieniła
się w mumię. Przy ciele było narzędzie zbrodni, bardzo charakterystyczny bagnet wojskowy. Drugi błąd. Od von Jodena do-
wiedzieliśmy się, że należał do pańskiego ojca. Znaleźliśmy go
w wiosce Oberwil koło Zug. Pański ojciec potwierdził, iż ten
bagnet był jego własnością, którą panu ofiarował na osiemna-
ste urodziny. – Policjant przerwał, by nabrać tchu. – Po wyjściu
z gmachu wsiądziemy do powozu. Dopiero tam założę panu kajdanki, aby nie robić skandalu. – Przysunął się do Rehberga i szepnął w dialekcie bazylejskim: – Biada ci, gdybyś próbował uciec!
Nadsekretarz wbił nienawistny wzrok w Mocka.

– A co ty tu robisz, szewczyku?

– Znany panu dobrze Helmut Eugster – odpowiedział spokojnie Eberhard – od lat szukał na pana haka. Śledził pański życio-
rys dzień po dniu. Spokoju mu nie dawało, dlaczego opuścił pan
Bazyleję. Przeglądał stare roczniki prasy bazylejskiej za czasów
pańskiej tam bytności. I natrafił na coś ciekawego. Na morder-
stwo młodej służącej, której zbrodniarz wyciął krzyż na brzuchu.
Akurat się zbiegło z pańskim wyjazdem ze Szwajcarii. Wtedy

Eugster przypomniał sobie osobliwy raport swojego przyjaciela z Królewskiego Prezydium Policji we Wrocławiu o religijnym, jak sądził, maniaku, który we Wrocławiu bestialsko pobił pewną arystokratkę i namalował jej farbą krzyż na brzuchu. Zanim Alfred von Joden zeznał wszystko, by się zemścić na panu, już wszystko wiedzieliśmy... I proszę na przyszłość uważać...

– I nie ubliżać od szewczyków panu kandydatowi policyjnemu Eberhardowi Mockowi! – wrzasnął Althoff.

Kiedy Mock z Eugsterem wyprowadzali Rehberga, rubaszny Szwajcar klepnął byłego studenta po ramieniu i krzyknął:

– Dzięki, Ebi, że pokazałeś mi takie przyjemne lokale w Berlinie! Oj, te berlińskie dziewczyny... pierwsza klasa!

Althoff udał, że tego nie słyszy. Zapalił cygaro, odwrócił się do okna i z wysokości swego pierwszego piętra ujrzał młodą kobietę przechodzącą przez ulicę Unter den Linden w towarzystwie wysokiego mężczyzny. Uniosła nieco suknię, aby nie powalać jej śniegiem, zalegającym na jezdni. Odsłoniła przy tym zgrabną łydkę.

Ma rację ten Niggli. – Althoff uśmiechnął się w duchu. – Dziewczyny w Berlinie – pierwsza klasa.

Nie wiedział, iż ta kobieta i jej mąż mają majątek w niewielkiej wiosce Bukowice pod Wrocławiem. Nie widział już, jak kobieta podbiega do Rehberga, którego Mock i Niggli trzymają mocno za ramiona, i patrzy mu długo w oczy.

– I coś ci powiem... Chciałem się wyzwać na pojedynek i zabić... Tak jak von Jodena. Ale ujawnienie jego romansu z Nataszą w czasie naszego pojedynku całkiem mnie rozstroiło... I dobrze, że cię nie zabiłem... Twoja przeszłość zrobi to za mnie... Obiecuję ci jedno – kiedy już zetną ci łeb toporem, a potem znów go przyszyją, przyjdę do kostnicy i będę twoim naśladowcą. Tyle że zamiast krzyża wyrysuję ci na czole trzy szóstki... Byłeś diabłem i pochowają się z diabelskim znakiem...

Tego wszystkiego stary urzędnik nie widział ani nie słyszał. Zasępiony, myślał: Źle się dzieje w państwie akademickim... Pojedynki, rozpusta, a najzdolniejsi studenci zamiast kończyć studia i zasilać nasze szkolnictwo, trafiają do policji... Jak on tam trafił, ten Mock? Kto go tam przyjął, do stu diabłów?

WROCŁAW,
czwartek 9 sierpnia 1906 roku,
godzina druga po południu

KOMISARZ RUDOLF FERSEMANN, SZEF WYDZIAŁU II, zwanego komisją morderstw, siedział w swoim gabinecie, którego okna wychodziły na Ursulinenstrasse[137]. Grube mury chroniły go przed upałem, a szklane przepierzenia zaopatrzone w drzwi i tworzące mały korytarzyk – od natarczywych interesantów.

Na zielonym blacie stołu parowała herbata miętowa i dymiła fajka. Zza kłębów pary i dymu patrzyły na Fersemanna bystre oczy młodego człowieka. Widać w nich było duży znak zapytania.

Komisarz splótł dłonie na potężnym brzuchu i zamyślił się głęboko. Wydawało się, że zadrzemał, ale było to złudzenie. Potrafił zasypiać na zamówienie, ale tylko wtedy gdy tego chciał.

---

137 Obecnie ul. Uniwersytecka.

– Wie pan, co? – Podniósł oczy na swojego rozmówcę. – Powiem coś panu szczerze, Mock... Jest pan człowiekiem niesubordynowanym, policzkuje pan przełożonych, bierze pan udział w pojedynkach. Tak, tak, wiem, że w słusznej sprawie, wiem... Wiem też, że opłacił pan studentów, aby wypuścili świnię na zajęciach jednego z profesorów... Ja dużo wiem, Mock... Patrzył na Eberharda tak długo, że ten zaczął się wiercić mocno zaniepokojony.

– Nie potrzebujemy w prezydium ludzi niesubordynowanych, Mock – wysapał Fersemann. – I nie przyjąłbym pana, nawet gdyby stu profesorów Nordenów i stu kardynałów von Koppów pisało do mnie listy polecające... – Przesunął po blacie dwa listy – jeden z pieczęcią Uniwersytetu Fryderyka Wilhelma w Berlinie, a drugi z kardynalskim herbem. – ... ale jedno słowo mojego starego kumpla Helmuta – uśmiechnął się – wystarczy mi za wszystkie rekomendacje... – Wstał ciężko i wyciągnął do Mocka mięsistą dłoń. – Witaj, synu, w naszym państwie! – I dodał w zamyśleniu: – I niech cię Bóg ma w swej opiece!

EPILOG

MAJĄTEK BUSCHHOF W KURLANDII,
poniedziałek 20 marca 1916 roku,
dzień przed rosyjską ofensywą,
godzina dziewiąta wieczór

ŚWIATŁO PADAJĄCE ZZA PLECÓW stojącej na balkonie postaci uwydatniało zarys ciała. Jeszcze raz wyrzuciła ręce ku górze, turban zsunął się z głowy, a włosy rozsypały się na ramionach.

– To nie jest guwerner – rzekł do siebie Mock. – Lecz guwernantka.

Krzyk stracił na ostrości i stał się artykułowanym komunikatem.

– Ratunku! – wołała kobieta. – Ratunku! Na pomoc, panie feldfebel!

Im dłużej Eberhard patrzył na kobietę, tym mocniej drętwiały mu mięśnie twarzy. W końcu zastygł jak słup soli. Poczuł, że brakuje mu oddechu. Był jak człowiek, który upadł z dużej wysokości, uderzając piersią o twardy grunt.

W swoich snach przed dziesięciu laty wielokrotnie widział te małe usta, te gęste, rozpuszczone włosy spadające spiralami z obu stron policzków zaokrąglonych jak u dziecka. Dziesięć lat wcześniej niejednokrotnie stroił sobie w myślach żarty z tej miękkiej wymowy, z tego akcentu, który zawsze spoczywał na drugiej od końca sylabie – tak jak teraz, gdy zamiast *Féldwebel* zawołała *Feldwébel*.

I nagle przypomniał sobie wróżbę starej Cyganki znad Węgorapy:

„W kraju dalekim, kraju północnym, w lesie przepastnym... Człowiekiem być przestaniesz. W dziką bestię się zamienisz, a piekło cię wezwie do siebie".

A zaraz potem usłyszał rozkaz podpułkownika Zunehmera:

– Zabić ich wszystkich. Co do jednego.

Przepowiednia Cyganki się nie spełniła. Mock nie stał się dziką bestią. Nie wykonał rozkazu podpułkownika Maxa Zunehmera. Nie zabił wszystkich. Rezydentka pałacu żyła. Nazywała się Natasza Diabrinska.

Po chwili był przy niej. Siedział koło niej w sypialni małżeńskiej państwa von Sass i poprawiał koc, którym ją okrył, chroniąc przed mroźnym powietrzem wiejącym zza rozbitej szyby okna. Patrzyła na niego spokojnie, lekko się uśmiechając. Już się go nie bała jak w chwili, gdy wbiegł do tej sypialni – zarośnięty, z tłustymi strąkami włosów i z krwią zabitego psa rozmazaną na twarzy. Kiedy wrzasnął na swych ciekawskich ludzi, by się wynosili z sypialni, poznała ten niski mocny głos. Już wiedziała, że to Ebi, jej były kolega z ławy uniwersyteckiej.

W ciągu kwadransa zdążyła opowiedzieć wszystko. Że od miesiąca była guwernantką dzieci państwa von Sass zamiast guwernera, który okazał się człowiekiem niegodnym zaufania. Że dwa dni kryła się w sypialnianej szafie, w której była podwójna ściana, gdzie rozpustny pan domu najpewniej ukrywał wcześniej swe kochanki. Że się tam omal nie udusiła z braku powietrza, lecz nie pisnęła ani słowa, bojąc się pohańbienia przez plienników. Że dzięki temu ocaliła cześć i życie, a teraz prosi Mocka jedynie o to, aby nie otwierał szafy, ponieważ naturalne potrzeby zmusiły ją do jej zanieczyszczenia.

Tego wszystkiego Mock słuchał w roztargnieniu. Głaskał ją po twarzy, otulał kołdrą, odgarniał jej włosy z czoła, zdawał sobie jednak sprawę, że ta troskliwość jest jednym wielkim kłamstwem, zasłoną dymną dla tego, co zaraz musi uczynić. „Zabić ich wszystkich!" – Zunehmer powtarzał to wielokrotnie. Słyszeli to jego ludzie, którzy podekscytowani wygraną walką i obecnością pięknej kobiety, rozpalili w kominku i – z wyjątkiem czterech wartowników – siedzieli teraz w salonie, jedli suchary i raczyli się ostatnimi kroplami gorzały. Wiedział, o czym rozmawiają. Zastanawiają się nad tym, jak ich szef wybrnie z tej arcytrudnej sytuacji, kiedy musi wykonać rozkaz i zabić swoją znajomą Rosjankę, którą spotkał w tej kurlandzkiej głuszy i do której najwyraźniej czuł jakiś zadawniony sentyment.

Natasza umilkła, bo położył jej palec na ustach. Podjął decyzję. Nie zabije jej, a przed Zunehmerem się wyłga. Przecież podpułkownik, nakazawszy egzekucję, nic nie mówił o kobietach. Powie mu – zgodnie z prawdą – że Natasza siedziała cały czas w szafie i nie widziała, kto zabił Łotyszy i Niemców pracujących we dworze. Że ją przekonał, iż jego ludzie są zamaskowanym oddziałem niosącym odsiecz uwięzionym w dworze Niemcom. Natasza nie wyjawi zatem nikomu prawdziwego charakteru ich tajnej misji. Taką właśnie podjął decyzję, choć wiedział, jaka będzie reakcja przełożonego. Niedowierzanie i gniew. Trudno. Nie zabije Nataszy.

– Masz coś ciepłego do ubrania?

– Tak – odparła z pewnym niepokojem.

– Ubierz się. Idziemy stąd! Zawiozę cię osobiście na stację kolejki wąskotorowej, a ona zabierze cię do Eckengrafen, do baronostwa Zoege von Manteuffel. Cały czas będę z tobą. Będziesz bezpieczna.

Natasza nic nie odrzekła, lecz jej usta się zacisnęły – jakby w niemym proteście. Eberhard wstał.

– Masz jakiś płaszcz, jakieś futro w tej szafie?

– Nie! – wrzasnęła. – Nie zbliżaj się do szafy! Prosiłam cię! Tam okropnie śmierdzi!

Mock usłyszał w jej głosie jakąś fałszywą nutę. Nie posłuchał. Otworzył szafę gwałtownym ruchem. Rzeczywiście – z wnętrza buchnął smród fekaliów. Zatkawszy nos, zaczął szukać ukrytej klamki, jakiejś tajnej gałki, którą się otwiera wejście do ukrytego pomieszczenia. Nie zważał na to, że Natasza rzuciła się na niego i usiłowała ugryźć go w łydkę.

– Nie!!! – ryczała kobieta, a jej głos załamywał się i zgrzytał.

Znalazł w końcu gałkę i otworzył wewnętrzne drzwi. Zapalił latarkę. W jej świetle ujrzał zarośniętego mężczyznę ubranego w elegancki, ale niemożliwie brudny surdut.

– Boże, nie! Tylko nie to! – krzyczała Natasza, która rzuciła się na mężczyznę z szafy. – Tylko nie to! Powiedz, Ebi, że on żyje! Błagam cię, Ebi! Powiedz! Zatkałam mu usta, żeby nie krzyczał! On jest chory, szalony! Usta mu zatkałam!

Eberhard, przezwyciężywszy obrzydzenie, dotknął szyi człowieka – tak jak uczono go na policyjnych i wojskowych kursach. Oświetlał jego fioletową nabrzmiałą twarz latarką. Spomiędzy zębów wystawał jakiś materiał. Gładka satyna obszyta koronką.

– Niestety, Nataszo – mruknął – On nie żyje. Ma w ustach... Natasza zerwała się z kolan. Szybciej niż ktokolwiek zdołałby pomyśleć, chwyciła za pistolet P 08, który Mock odłożył na szafkę nocną. Broń była odbezpieczona. Kobieta skierowała lufę w stronę Mocka.

– Był największą miłością mojego życia od pierwszego wykładu, gdy stanął dumnie na katedrze w Dorpacie i spojrzał na mnie, zalęknioną młodziutką studentkę otoczoną drwiącymi spojrzeniami kolegów – mówiła spokojnie, powoli dobierając niemieckie słowa. – Był opromieniony sławą wspaniałego uniwersytetu w Bazylei, gdzie zrobił doktorat *summa cum laude*[138]. Zakochałam się bez pamięci... Wyklęta przez rodzinę, poszłam za nim do Wrocławia, gdzie miał dostać posadę. Ale ty musiałeś się tam pojawić. – Delikatny tembr jej głosu przeszedł teraz w syk żmii. – To twoja wina, wszystko twoja! To przez ciebie on umarł.

Eberhard patrzył w jej oczy pełne łez i czuł, że ogarnia go tkliwość. Nie widział wymierzonego w siebie pistoletu, widział tylko zapłakaną, drżącą kobietę w pognieconej, szykownej niegdyś sukience. Otworzył ramiona, aby przytulić to szczupłe, kruche ciało, aby pogłaskać ją po włosach i zrobić to, co zrobił o poranku tamtego odległego dnia we Wrocławiu – pocałować ją w ciepłą, pulsującą skroń. Wtedy oko lufy drgnęło i spojrzało na niego uważnie.

---

138 Z najwyższą chwałą (łac.).

– Nie zbliżaj się, szewczyku z Wałbrzycha – mruknęła.

Zastygł w miejscu.

– Był największą miłością twojego życia – wycharczał przez zaciśnięte gardło. – Ale były też inne miłości, nie tak wielkie, ale chyba wcale liczne, co?

– Milcz! – krzyknęła. – Tak, zgrzeszyłam! I całe moje późniejsze życie było jedną wielką pokutą. Poszłam na kraj świata za ukochanym, aby odpokutować! Ale ty go zabiłeś już wcześniej... Wtedy gdy się wmieszałeś w jego życie, kiedy zniszczyłeś ten wielki plan, który powziął z Rehbergiem... A potem studenci go opuścili, profesorowie nim wzgardzili, jedyny przyjaciel go zdradził... Alfred nie mógł spać, chodził po mieście, mówił do siebie... Mieszkałam z nim w nędzy na przedmieściu, opiekowałam się nim, ocierałam mu usta, gdy się ślinił, a nawet się sprzedawałam, by przeżyć... To przez ciebie, kiedy trochę wydobrzał, musiał tutaj przyjechać, nauczać jakichś idiotów, pańskich synków, zamiast wykładać we Wrocławiu...

Eberhard stał wyprostowany i spokojnie patrzył w wylot lufy. Jego logiczny umysł odrzucał całą absurdalność tych oskarżeń.

– Nie – odpowiedział spokojnie. – To nie ja. To przecież ty go udusiłaś w tej szafie, kiedy zatkałaś mu usta, by nie krzyczał i nie zdradził waszej kryjówki. Nie mogłaś już dłużej znieść, kiedy robił pod siebie, i wsadziłaś mu w zaśliniony ryj własne gacie. Tak się nim zaopiekowałaś...

Natasza pociągnęła za spust. Jej mózg ochlapał wnętrze szafy i twarz ukochanego.

Mock zachwiał się i oparł o framugę rozbitego okna. Zacisnął mocno oczy. Po minucie odwrócił się na pięcie i z zamkniętymi oczami wyszedł z sypialni państwa von Sassów. Pod drzwiami natknął się na kilku swych ludzi, którzy pod wodzą feldfebla stali na progu z odbezpieczonymi karabinami i zastanawiali się głośno, czy wypada im wejść.

– Scholte – Eberhard zwrócił się do podwładnego. – Zabrać tych dwoje z sypialni. Należy im się godziwy pogrzeb. To w końcu profesor uniwersytetu i jego żona.

– Ładnie pan wybrnął z tego wszystkiego, *Herr Feldwebelleutnant.* – Pijany Scholte uśmiechnął się szeroko. – Wszyscy zostali zabici. Zgodnie z rozkazem.

– Ja jej nie zabiłem – mruknął Eberhard.

– Ja tam nie wnikam, nie pytam. – Scholte nigdy dotąd nie pozwalał sobie na taką poufałość. – Ale zbyt szybko umarła. Ładna była kobitka, mogliśmy się nią trochę pocieszyć w naszej wojennej niedoli...

Feldwebel Martin Scholte doskonale rozumiał, za co dostał w twarz – i to tak mocno, że na chwilę stracił przytomność. Obraził jakąś dawną znajomą swego dowódcy i spotkała go kara. Natomiast nigdy nie mógł zrozumieć – choć potem myślał o tym bardzo często w swoim długim życiu, które spędził w rodzinnej szwarcwaldzkiej wsi – dlaczego jego szef chodził potem całą noc po rezydencji von Sassów i powtarzał w kółko:

– Piekło mnie wzywa.

Pisanie powieści rozpocząłem we wtorek 2 stycznia 2018 roku o godzinie 9.12, skończyłem w środę 14 marca tegoż roku o godzinie 8.18.

POSŁOWIE

NIEJEDEN Z CZYTELNIKÓW TEJ POWIEŚCI może być zdumiony tym, jak wielki wpływ na życie akademickie wywierały pojedynki. Dla niejednego Czytelnika niezrozumiała może być infamia, jaka przekreślała karierę uniwersytecką tego, kto ośmielił się przeciwstawić temu barbarzyńskiemu obyczajowi. Stąd już tylko krok do postawienia zarzutu autorowi, iż przesadza, zanadto fantazjuje, tworzy powieść niemimetyczną. Aby się obronić przed takimi zarzutami, oświadczam, że wzorem były dla mnie losy Rudolfa Westphala, profesora filologii klasycznej na Królewskim Uniwersytecie we Wrocławiu, który w roku 1862 – nie stawiwszy się na pojedynek – został przez środowisko akademickie uznany za „tchórza" i „człowieka bez honoru", po czym w niesławie wyjechał z Wrocławia[1].

Powieść niniejsza jest mieszaniną fikcji, rzeczywistości i świadomych anachronizmów. Te ostatnie muszą być koniecznie wyjaśnione.

---

[1] Zob. J. Łanowski, M. Samocka, W. Siwakowska, *Z dziejów polskiej filologii klasycznej we Wrocławiu w XIX wieku*, „Meander" 25, 1970, s. 393–411.

1. Eduard Norden, prawdziwa znakomitość filologii klasycznej, napisał znaną książkę *Die Geburt des Kindes. Geschichte einer religiösen Idee* (Narodziny dziecięcia. Historia pewnej idei religijnej)[2]. Ukazała się ona w roku 1924. W mojej powieści książka pod tym tytułem i podejmująca podobne zagadnienia ukazała się w roku 1904 i jest autorstwa fikcyjnego filologa klasycznego Moritza Adlera.

2. W debacie uniwersyteckiej „Adler vs. Drexell" tenże Moritz Adler „obficie" cytuje „rozmaitych starożytnych medyków i fizjologów, którzy widzieli nierozerwalny związek pomiędzy uśmiechaniem się a szlachetnym i łagodnym charakterem człowieka". Starożytne wzmianki na ten temat oczywiście istnieją – nic mi jednak nie wiadomo, by były one „liczne".

3. Nie istniało ani nie istnieje czasopismo francuskie „Revue critique de philologie".

4. W roku 1905 Moritz Adler na swoim wykładzie, przerywanym impertynencko przez Richarda Lotza, wygłasza pochwałę „Jana Łukasiewicza, młodego polskiego filozofa, który wykazał, że logika stoików jest właściwym początkiem rachunku zdań". Adler nie mógł o tym wiedzieć w roku 1905, ponieważ znany artykuł Łukasiewicza, zawierający to istotne w nauce *novum*, ukazał się dopiero w roku 1935[3].

---

2   E. Norden, *Die Geburt des Kindes. Geschichte einer religiösen Idee*, Leipzig – Berlin 1924.

3   J. Łukasiewicz, *Zur Geschichte der Aussagenlogik*, „Erkenntnis" 1935, nr 5, s. 111–131.

5. Profesor Norden zachęca Eberharda Mocka do badań nad tajemnym przesłaniem *Eneidy* Wergiliusza, które miałoby być ukryte w budowie rytmicznej wierszy tego eposu. To przesłanie jest moim wymysłem.

6. Królewski Uniwersytet we Wrocławiu nie ogłosił nigdy żadnej uchwały antypojedynkowej, która karałaby za urządzanie rytualnych studenckich pojedynków (tak zwanych menzur).

7. Nie do końca jest pewne, czy Eberhard Mock mógł być asystentem profesora Eduarda Nordena w semestrze letnim roku akademickiego 1905/1906. Chociaż Norden został przeniesiony z Wrocławia do Berlina 1 kwietnia 1906 roku[4], czyli na samym początku semestru letniego roku akademickiego 1905/1906, wiadomo, że w tymże semestrze nie prowadził żadnych zajęć na Uniwersytecie Berlińskim[5]. Ponieważ do spisu wykładów wygłoszonych na Królewskim Uniwersytecie we Wrocławiu w semestrze letnim roku akademickiego 1905/1906[6] nie miałem dostępu, więc najzwyczajniej nie wiem, czy w kwietniu i w maju 1906 roku (więc w czasie kluczowych dla mojej powieści wydarzeń) Norden był

---

4   B. Kytzler, „Nel mezzo del cammin". *Eduard Nordens Breslauer Jahre. Weg-Werk-Wesen*, (w:) *Wratislaviensium Studia Classica. Classics at the Universitas Leopoldina, Friedrich-Wilhelms-Universität zu Breslau, Uniwersytet Wrocławski*, red. M. Krajewski, J. Pigoń, „Classica Wratislaviensia" 2004, nr 25, („Acta Universitatis Wratislaviensis", nr 2699), s. 35.

5   W spisie wykładów wygłoszonych na Uniwersytecie Berlińskim (https://www.digi-hub.de/viewer/readingmode/DE-11-001808596/1/ dostęp: 12.03.2018) w semestrze letnim 1905/1906 nazwisko Nordena w ogóle się nie pojawia.

6   *Verzeichnis der Vorlesungen an der Königlichen Universität Breslau im Sommer-Semester 1905/1906*, Breslau b.d.

ostatecznie w Berlinie czy we Wrocławiu[7]. Mógł być w stolicy cesarstwa i nie prowadzić żadnych zajęć, a równie dobrze mógł załatwiać ostatnie sprawy naukowe i administracyjne we Wrocławiu, gdzie naturalne byłoby korzystanie z usług fikcyjnego asystenta Eberharda Mocka. Pozostawiam tę zagadkę nierozwiązaną.

8. W roku akademickim 1905/1906 rektorem na Królewskim Uniwersytecie we Wrocławiu nie był teolog Gustav Kawerau, jak to napisałem, lecz historyk Georg Heinrich Kaufmann. Inny był też skład senatu uniwersyteckiego. Dowiedziałem się o tym już po napisaniu książki i wyplenienie tych anachronizmów spowodowałoby znaczne zmiany w tekście powieści, na które nie mogłem sobie pozwolić.

Podobnie jak w dwóch pierwszych powieściach cyklu *Młody Mock*, czyli *Mock* oraz *Mock. Ludzkie zoo*, tak i tutaj umieściłem w przypisach: (1) dzisiejsze odpowiedniki niemieckich ulic Wrocławia, (2) dzisiejsze odpowiedniki niemieckich budynków, (3) tłumaczenia ogromnej większości[8] wyrazów i zwrotów obcojęzycznych.

Pomiędzy powieściami *Mock. Pojedynek* oraz *Śmierć w Breslau* jest pewna sprzeczność chronologiczna. W mojej debiutanckiej

---

7 Wiadomo z całą pewnością, że był we Wrocławiu 24 kwietnia 1906 roku, bo wtedy wydano na uniwersytecie przyjęcie pożegnalne (*Abschiedkommers*) na jego cześć (Kytzler, „Nel mezzo del cammin", *op. cit.*, s. 40).

8 Uznałem, że powszechnie znanych zwrotów i wyrażeń łacińskich (*ad absurdum, ad acta, ad rem, ad vocem, condicio sine qua non, dictum, expressis verbis, de facto, in publico, in spe, novum, per analogiam, persona non grata*) nie będę tłumaczyć.

książce wspominam, jak to Mock wstąpił do policji w roku 1899. Tymczasem w niniejszej powieści zostaje on przyjęty do Królewskiego Prezydium Policji we Wrocławiu w roku 1906. O tej sprzeczności dowiedziałem się od mojej redaktorki Karoliny Macios i poprawię ten błąd w nowym wydaniu *Śmierci w Breslau*. Przy tej okazji bardzo dziękuję Karolinie Macios za świetną robotę redakcyjną: za poskramianie moich zapędów naukowych, za dynamizowanie akcji poprzez sugerowanie nowych scen oraz za usuwanie narracyjnych mielizn.

Moje serdeczne podziękowania za wszelką pomoc okazaną mi przy pisaniu tej powieści zechcą przyjąć: Andrzej Baworowski, Marek Burak, Leszek Duszyński, Jerzy Kawecki, Maciej Lamparski, Gościwit Malinowski, Jakub Pigoń, Paweł Piotrowski, Tomasz Sielicki, Jarosław Suleja, Przemysław Szczurek, Adam Szubielski oraz André Traliszewski.

Specjalne podziękowania kieruję do Krzysztofa Popińskiego, autora monografii o wrocławskich studentach w czasach cesarstwa niemieckiego[9], który mi służył nieocenioną pomocą.

Za wszelkie błędy tylko ja ponoszę odpowiedzialność.

---

9   K. Popiński, *Borussia, Lusatia, Marcomania... Świat burszów, piwiarń i pojedynków. Studenci Uniwersytetu Wrocławskiego 1871–1921*, Wrocław 2002.

Spis treści

— ◆ —

E-book dostępny na

woblink.com